묘니
猫腻
장편소설

1

이기용
옮김

야(夜) 1권

프롤로그 7

제1장 소벽호의 장작꾼

제 1화 귀인 22

제 2화 습격 55

제 3화 여청신 108

제2장 한 세상 두 형제

제 1화 홍수초 160

제 2화 춘풍정 조 씨 244

제 3화 어룡방 전투 275

야(夜) 2권

제 1장 일 보 전진

제 1화 피안의 하늘에 꽃이 피다

제 2화 서원 입학시험

제 3화 구서루

제 2장 기해설산 혈

제 1화 닭백숙첩

제 2화 진피피

제 3화 깨어난 주작상

제 4화 수행의 천재

프롤로그

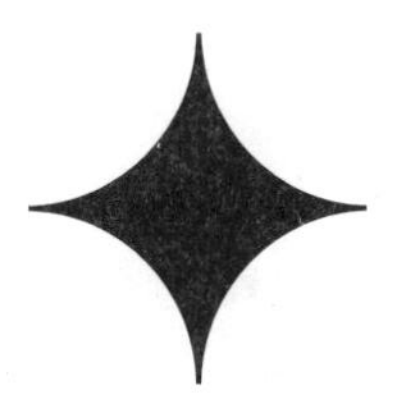

1

아주 오래 전, 수없이 많은 불가지지(不可知地, 알 수 없는 곳)가 존재했다. 그리고 그곳에는 또한 수없이 많은 불가지인(不可知人, 알 수 없는 사람)이 존재했다.

황혼의 황야.

먼 곳에 걸려 있는 화염에 휩싸인 구(球) 하나. 붉은 빛이 불처럼 서서히, 하지만 분명하게 번져 나간다. 들판에 눈이 녹으며 자라난 이끼가 화상의 흉터에 새 살이 돋아나듯 번져간다.

고요.

가끔 하늘에서 전해지는 매의 울음소리와 함께 멀리서 양들이 황야를 뛰어다니는 소리만 아득히 들려온다.

드넓은 들판, 그리고 세 사람.

그들은 황야에서는 좀처럼 보기 힘든 작은 나무 아래 모였다. 서로 인사를 나누지는 않았다. 하지만 서로 약속이나 한 듯이 동시에 고개를 숙였다. 마치 나무 아래에 진지하게 생각해볼 만한 무언가가 있는 것처럼. 그곳엔 두 무리의 개미들이 차가운 갈색 흙 밖으로 드러나 있는 나무뿌리를 둘러싸고 쟁탈전을 벌이고 있었다.

황야에서 이처럼 완벽한 집을 다시 구하지는 못할 것이기에 그 싸움은 치열하다. 얼마 지나지 않아 수천 마리 개미의 시체가 쌓였다. 피비린내가 진동하는 처참한 광경일 듯싶지만, 사실 그저 검은 점들일 뿐이다.

날씨는 여전히 매우 차갑다.

나무 아래 세 사람은 많은 옷을 껴입지 않았다. 추위는 두려워하지 않는 듯 그저 집중하여 개미를 보고 있을 뿐이었다.

얼마나 지났을까. 그중 한 명이 작은 목소리로 말했다.

"속세는 개미 왕국과 같지. 대도(大道)가 있을 리가."

이 말을 한 이는 눈매가 어려 보이는 여위고 아담한 체구의 소년이다. 옷깃이 없는 새하얀 상의를 입고, 칼집이 없는 얇은 목검을 등에 메고 있었다. 단정하게 묶은 검은 머리칼. 나뭇가지 하나가 그 사이를 가로질러 꽂혀 있었다. 나뭇가지는 언제든지 떨어질 것처럼 보이지만, 단단히 뿌리 내린 푸른 소나무처럼 조금의 흔들림도 없다.

"스승님께서 경전을 읊으실 때, 무수한 개미가
빛을 받으며 날아오르는 것을 본 적이 있다."

이 말을 한 이는 면으로 된 법복을 입은 젊은 수도승이다. 새로 난 흑청색 짧은 머리카락이 그의 얼굴과 말투와 어우러져 단호함을 드러내주었다. 목검을 멘 소년은 고개를 가로저었다.

"개미는 날 수 있다 해도 결국 땅으로 떨어진다.
개미는 영원히 하늘에 닿을 수 없어."
"그런 생각으로는 결코 도(道)를 깨우치지 못한다."

수도승은 눈꺼풀을 아래로 하며 발밑에 있는 개미의 잔해를 보면서 말했다.

"최근 너희 집 어르신 지수관(知守觀) 관주(觀主)께서
진(陳)씨 성을 가진 아이를 새로 받아들였다지. 네가 아무리
하늘의 재능을 가졌다 하더라도 지수관 같은 곳에서 너 하나만
두지는 않는다는 사실을 명심해야 한다."
"너처럼 조금도 몸을 굽히지 못하는 인간이 무슨 자격으로
현공사(懸空寺)를 대표하여 천하를 돌아다니고 있는지
도무지 이해가 되지 않아."

수도승은 소년의 도발에 응하지 않았다.

"개미들은 날 수도 있고 떨어지기도 한다. 하지만
기어오르는 것을 가장 잘하지. 동료들을 위해 아래를
받쳐주며, 그 희생을 두려워하지 않는다. 개미탑을
하나씩 하나씩 쌓아나가 그 양이 충분히 많으면 마침내
하늘에 닿을 수도 있다."

* *

어둑어둑해지는 하늘, 황혼의 빛 속에서 매의 울음소리가 날카롭게 퍼진다. 놀라움과 두려움에 휩싸인 듯한 울음소리. 그 상대가 나무 아래 세 명의 인간인지, 절대 닿을 수 없을 듯하지만 하늘을 향해 나아가는 개미 무리인지, 그도 아니면…….

"두렵다."

목검을 멘 소년이 갑자기 입을 열었다. 소년의 야윈 어깨가 더욱더 움츠러들었다. 젊은 수도승도 고개를 끄덕였다. 하지만 그 표정만은 여전히 차분하고 의연했다.

세 번째 젊은이는 건실한 몸을 하고 짐승의 털가죽으로 된 견고한 옷을 입고 있었다. 살을 드러낸 맨다리는 돌처럼 딱딱한 피부 아래 폭발적인 힘을 가진 근육을 드러내고 있었다. 그는 끝까지 침묵했지만 결국 피부에 미세한 전율을 일으켰다. 그 모습이 그가 지금 느끼는 감정을 고스란히 나타내고 있었다.

나무 아래 세 젊은이는 세상에서 가장 신비한 곳에서 왔다. 그들은 각자 스승의 명을 받들어 천하를 돌아다니고 있다. 그들은 마치 인간 세상을 관통하는 세 개의 별처럼 눈부시다.

하지만 그들도 오늘 이 황야에서 견디기 힘든 두려움을 느꼈다.

매는 개미를 두려워하지 않는다. 매의 눈에 개미는 검은 점일 뿐이다. 하지만 개미도 매를 두려워하지 않는다. 개미는 매의 먹이가 될 자격조차 없기 때문이다. 심지어 개미의 세계에서는 매와 같이 강대한 생물은 존재하지 않는 것이나 다름없다.

보지 못하면 만질 수도 없다.

하지만 천만 년 동안, 개미 무리에는 언제나 독립적이고 특이한 개미 몇 마리가 있었다. 그들은 알 수 없는 현묘한 이유로 잠시 시선을 썩은 잎과 나무껍질에서 푸른 하늘로 옮겼다. 그 순간, 그들의 세계는 달라져버린다.

보았기 때문에, 두려움을 느낀다.

* *

나무 아래 세 젊은이는 고개를 들어 수십 장(丈)이나 떨어져 있는 땅 위의 얕은 골을 바라보았다. 깊지는 않았지만 황색의 땅 위에 검은색이 선명히 드러나 있었다.

두 시진 전에 갑자기 나타난 골.

마치 보이지 않는 천귀(天鬼)가 산과 같은 큰 도끼로 쪼개 놓은 듯 또는 신(神)이 큰 붓으로 획을 그어 놓은 듯했다. 춥지는 않았지만 몸이 떨렸다. 이해하지 못했기에 두려웠다. 목검을 멘 소년이 검은 선을 노려보며 말했다.

"명왕(冥王, 어둠의 왕)은 전설이라고만 생각했어."

수도승은 담담하게 말을 받았다.

"전설에 의하면 명왕에게는 7만 명의 자녀가 있다. 아마 그중 하나는 가끔씩 인간 세상에 내려올 수도 있었을 것이다."

"전설은 그저 전설일 뿐. 전설에는 천 년마다 한 명의

성인(聖人)이 내려온다 했지만, 수천 년 동안
성인을 본 사람이 있는가?"
"정말 믿지 않는다면 저 검은 선을 넘는 것을
왜 두려워하는가."

그 누구도 검은 선, 그 골을 넘을 용기가 없었다. 비록 강대하고 거만하기 그지없는 그들이라 하더라도.

개미는 기어서 넘을 수 있다. 다리가 긴 벌레들은 걸어서 넘을 수 있다. 황야의 양들은 뛰어서 넘을 수 있다. 매는 날아서 넘을 수 있다. 하지만 오직 인간만이 그 선을 넘을 수 없다. 인간이기에, 그 선을 감히 넘지 못한다.

목검을 쥔 소년은 고개를 들어 하늘을 바라보았다.

"그 아이가 진짜 존재한다면, 그렇다면 그는……
지금 어디에 있는가?"

석양이 땅속으로 빠져들며 어둠이 사방에서 몰려오고 있었다. 기온이 급격히 떨어지면서 스산한 분위기가 온 천지를 뒤덮기 시작했다.

"검은 밤이 내려와 깔린다. 너희들은 어디로 가서
그를 찾을 것인가?"

짐승 털가죽을 입은 젊은이가 드디어 침묵을 깨뜨렸다. 그의 목소리는 나이와 어울리지 않게 무겁고 또 거칠었다. 그 울림은 강물의 움직임과 같이 끊이지 않았으며, 소리는 녹슨 검이 돌과 끊임없이 마찰하는 것과도 같았다. 그 말을 끝으로, 그는 특이한 방식으로 떠났다.

그의 드러난 두 다리에서 무수한 불꽃이 갑자기 튀어나와 하반신을 적홍색으로 뒤덮었다. 울부짖는 바람이 땅 위의 자갈들을 빠르게 움직이더니, 마치 무형의 힘이 그의 목을 잡아 십여 장(丈) 위의 하늘로 끌어올린 후 다시 힘껏 땅으로 내던지는 것 같았다.

'쿵.'

그는 땅에 세차게 내던져진 반발력으로 성큼 뛰었다. 마치 돌덩이가 아무런 규칙도 없이 먼 곳으로 튀어나가듯, 매우 둔해 보이지만 맹렬한 속도로 그곳을 벗어났다.

"저자의 성씨가 당(唐)씨인 것은 알지만 아직도 이름은 모른다."

소년은 생각에 잠긴 듯 말을 이었다.

"다른 시간 다른 공간에서 그를 만났다면, 그와 나 둘 중 하나만 살아남았을 테지. 제자가 이렇게 강한데 그의 스승은……? 듣기로 최근 몇 년 동안 23년 된 매미집 안에서 수행 중이라 하던데…… 이후에 폐관 수련이 끝나면 피부에 겹겹의 껍질을 두르고 나타나진 않을까."

수도승은 아무런 대답도 하지 않고 고개를 돌렸다. 질끈 감은 두 눈이 빠르게 떨렸다. 그 모습이 마치 어떤 두려운 문제를 고민하는 듯했다. 그는 털가죽 젊은이가 '밤'에 대한 말을 꺼낸 후부터 계속 이와 같은 기이한 상태에 빠져 있었다. 그는 자신을 바라보는 시선을 느끼며 천천히 눈을 떴다. 그리고 씨익 웃었다. 미소 속의 원초적인 의연함과 평온함은 곧 어디서 비롯되었는지 모를 자비로 바뀌었고, 살짝 벌어진 입 안은 피범벅이 되어 있었다.

씹힌 혀.

소년은 미간을 찌푸렸다. 수도승은 손목의 염주를 벗어 자신의 목에 진중하게 걸고 앞으로 나아갔다. 무겁지만 안정적인 걸음. 느리게 보였지만, 찰나의 순간 그의 뒷모습은 이미 희미하게 사라져갔다.

홀로 남은 소년의 얼굴에 모든 감정이 희미해지고 절대적인 평온만이 떠올랐다. 어쩌면 절대적인 냉정함일 수도 있었다. 그는 북쪽으로 향하는 털가죽 젊은이의 그림자를 보며 낮은 목소리로 말했다.

"사마(邪魔)."

다시 서쪽으로 향하는 수도승의 뒷모습을 향해 고개를 돌렸다.

"외도(外道)."

그리고 이어 말했다.

"도(道)에 이르지 못한다."
"사마와 외도는 도에 이르지 못한다."

이 말이 떨어지자 얇은 목검이 진동하며 윙윙 소리를 내기 시작했다.

'쉭!'

목검은 하늘 높이 솟아올라 한 줄기 빛으로 변했다. 이내 황야에 서 있는 작은 나무를 오만 삼천 삼백 삼십 삼 개의 조각으로 베었다. 가지와 줄기는 모조리 가루가 되어 생사를 잊은 듯한 개미들을 덮어 버렸다.

"벙어리가 말을 하면, 전 위에 소금을 뿌려야겠지."

소년은 콧노래를 흥얼거리며 동쪽으로 향했다. 허공에 뜬 얇은 목검이 그의 몸과 수십 장의 거리를 두고 고요하게 그를 따랐다.

2

대당(大唐) 천계(天啓) 원년(元年).

황야에 기이한 현상이 나타났다. 각 종파의 천하행주(天下行走)가 모였으나, 도(道)를 얻지는 못하였다. 그날부터 현공사 후계자인 칠념(七念)은 입을 닫았다. 마종(魔宗)의 후계자인 당(唐)씨는 사막에 은거하며 종적을 감췄다. 지수관 후계자인 엽소(葉蘇)는 생사를 돌보지 않고 각국을 돌아다녔다.

세 사람 모두 각자 깨달은 바가 있었지만, 그들 자신도 알지 못했다.

그날 '밤'이 내려오고 있을 때, 그들이 감히 건너지 못했던 검은 선 너머의 도성과 가까운 한 연못가에 짚신을 신고 헌 저고리를 입은 서생이 하나 앉아 있었다는 사실을.

서생은 그 검은 골의 강대함과 삼엄함을 전혀 느끼지 못하는 듯했다. 왼손에는 책 한 권을 오른손에는 표주박 하나를 들고 있었다. 무료하면 책을 읽었다. 피곤하면 잠시 쉬었다. 목이 마르면 물 한 바가지를 마셨다. 그리고 온몸에 먼지를 뒤집어쓴 채로 편안한 표정을 짓고 있었다.

먼 곳에서 세 사람이 떠날 때, 황야에 있던 그 옅은 검은 골이 바람과 모래에 의해 점차 평평하게 메워질 때.

그때서야 서생은 비로소 몸을 일으켜 먼지를 털어냈다. 그리고 표주박을 허리에 묶고 책을 헌 저고리 속에 고이 넣은 다음, 마지막으로 도성을 한번 바라보고서 그곳을 떠났다.

**

도성 장안(長安)의 긴 골목의 동쪽에는 통의(通議) 대부(大夫)의 저택이, 서쪽에는 선위(宣威) 장군(將軍)의 저택이 있었다. 통의 대부는 최고의 권세와 작위를 가진 인물은 아니었지만 관직에서의 위세는 매우 높았다. 평소에는 한적하기 그지없는 골목이었지만 지금은 골목 전체가 시끌벅적했다.

통의 대부댁에 희소식이 있었고 산파가 바삐 들락거렸다. 대부 어른부터 시녀까지 모두 기쁜 표정 뒤에 다른 감정이 서려 있었다. 어느 누구도 감히 웃음소리를 내지 못했다. 물이 담긴 대야를 들고 황급히 담을 따라 움직이던 시녀는 가끔씩 담 밖에서 들리는 소리에 두려움을 느꼈다. 그 소리는 이 골목에 피 냄새를 불러오고 있었다.

용맹하기로 소문난 선위 장군 임광원(林光遠)은 제국에서 가장 뛰어난 대장군 하후(夏侯)에게 미움을 샀다. 선위 장군 임광원은 적국과 내통한다는 혐의로 고발을 당했다. 친왕(親王) 전하가 몇 달에 걸쳐 그를 심문했다. 임광원은 죄상이 밝혀졌다. 그 결과는 명확했고, 그래서 처벌도 가차 없었다.

멸문지화. 일족을 참수하라.

통의 대부댁 대문은 닫혀 있었지만, 집사는 문틈을 통해 건너편 장군 저택의 대문을 긴장하며 엿보고 있었다. 맞은편에서 때때로 들려오는 소리들. 사람의 살에 창날이 찍히는 소리, 머리가 수박처럼 터져 땅에 구르는 소리. 대부댁 집사는 몸서리를 쳤다.

두 집안은 한 골목을 두고 여러 해 동안 서로 왕래하며 지냈다. 그래서 대부댁의 집사는 장군댁 집사부터 문지기까지 모르는 사람이 없었다. 그는 날카로운 칼이 친숙한 사람들의 목을 자르는 모습, 낯익은 얼굴이 문 앞에 산처럼 쌓이는 모습을 직접 보는 것만 같았다.

피가 장군댁 대문 틈 사이로 흘러나왔다. 검고 걸쭉한 것이 마치 붉은 모래가 섞인 팥죽처럼 보였다. 창백한 안색의 집사는 피를 보고는 더 이상 자신의 감정을 억제하지 못했다. 그는 대문에 몸을 의지하고 허리를 굽힌 채 먹은 것을 게워냈다.

거친 말발굽 소리와 혼내는 소리, 누군가를 사정없이 때리는 소리, 누군가 도망쳤다는 소리가 들렸다. 친왕에 의해 파견된 장군 하나가 말을 몰며 엄숙한 목소리로 소리쳤다.

"단 한 놈도 빠져나가게 해선 안 된다!"

대부댁 후원의 담장에 몇 줄의 핏자국이 생겼다. 그곳에서 멀지 않은 장작 창고.

"도련님, 제 말 잘 들으세요. 나가시면 안 돼요. 초(楚)씨를 내보내세요. 그놈을 내보내야 해요……."

장군댁 집사가 피투성이가 된 채 쉰 목소리를 내었다. 그는 네다섯 살 된 남자 아이 둘을 바라보고 있었다. 주름 가득한 얼굴에 검은 흙이 묻은 집사는 절망에 휩싸여 눈물을 흘렸다. 대부댁 저택에 난입한 우림군(羽林軍) 교위(校尉)는 얼마 지나지 않아 이 창고를 발견했다. 죽은 채 쓰러진 어른과 어린아이 시신 두 구를 확인한 교위는 약간의 두려움이 섞인 목소리로 크게 외쳤다.

"한 놈도 빠짐없이 모두 죽였습니다!"

3

세외고인(世外高人). '고인은 일반적으로 세외에 있고, 세외에 있는 사람은 고인이기 쉽다'.

쓸데없는 말 같지만 이 말 속에는 어떤 도리가 숨겨져 있다. 그들이 두려워하는 것은 속세의 사람들이 접촉할 수 없는 것이고, 그들이 기뻐하는 것은 속세의 사람들이 이해하지 못하는 것이다. 그래서 속세에서는 세외에서 어떤 일이 발생하는지 알지 못하고, 세외의 사람들은 속세에서 벌어지는 이별의 슬픔과 탄생의 기쁨을 신경 쓰지 않는다. 백정이 저울을 속이는 것, 주정뱅이가 기거하는 동굴 벽에 쥐가 구멍을 낸 것, 조정에서 장군 하나가 죽은 것, 어떤 문신이 딸을 낳은 것. 세외고인은 이 모든 것에 관심이 없다.

두 세계의 슬픔과 기쁨, 이별과 만남은 서로 통하지 않는다.

통하면 성현(聖賢)이다.

도성 장안 교외의 높은 산. 산봉우리 절반은 구름 속에 가려져 있었다. 산 뒤쪽 깎아지른 듯한 절벽 사이로 한 사람의 그림자가 천천히 올라왔다. 남자의 뒷모습은 매우 고상해 보였다. 홑옷 위로 검은 두루마기를 걸쳤고 손에는 도시락 하나를 들고 있었다. 바람에 흔들리며 동굴 앞까지 당도한 남자.

앉아서 도시락을 열고 젓가락을 집고 생강 한 조각을 입 속에 넣어 씹은 후 양고기 두 점을 집어 먹었다. 그는 만족스럽게 감탄사를 내뱉었다. 석양 무렵을 지나 도성 장안은 어둠에 뒤덮여갔다. 먼발치에서 먹구름이 비를 머금고 다가오고 있었다. 고상한 남자는 도성 어딘가를 바라보며 감개무량하게 입을 열었다.

"그 당시의 너를 보는 것 같구나."

그리고 다시 고개를 들어 하늘을 보고, 오른손에 든 젓가락으로 하늘을 가리키며 말을 이었다.

"네가 다시 더 높이 나는 것이 무슨 의미가 있겠느냐."

그가 내뱉은 두 번의 '너'는 같은 사람을 지칭하는 것이 아니었다. 침묵이 잠시 흘렀다.

그는 왼손에 들고 있던 술을 단숨에 마셔버렸다. 그는 빈 잔을 들고 하늘과 땅, 그리고 도성 주변을 살펴보고선 다시 입을 열었다.

"바람이 불고 비가 내리고 밤이 온다."

'바람이 불고'라고 중얼거릴 때, 바람이 저 멀리서 불어왔다. 옷깃이 펄럭이고 바위 사이의 고목이 세차게 흔들리며 낙석이 떨어지기 시작했다.

'비가 내리고'라는 말이 떨어지자, 도성의 하늘이 더욱 어두워졌다.

다가온 비구름에 흩뿌리던 가랑비가 장대비로 변해 쏟아졌다.

그리고 말을 모두 마쳤을 때, 어두운 밤이 하늘의 반을 가려 칠흑처럼 검어졌다.

고상한 남자는 술잔을 내려놓으며 화를 내듯 중얼거렸다.

"빌어먹을! 검어도 너무 검어."

1

소벽호의 장작꾼

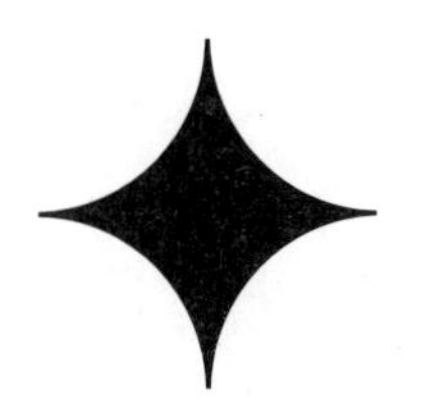

1

귀인

1

◑ ◑ ◑

대당 제국 천계 13년의 봄. 위성(渭城)에 한바탕 비가 내렸다. 제국의 광활한 국토 서북쪽에 위치한 이 군사 변경 지역의 성은 초원 만족(蠻族)들의 침입을 막기 위해 흙으로 된 벽이 두껍게 쌓여 있어 마치 튼튼한 토성(土城)처럼 보였다. 그렇기에 이 성이 건조된 후에는 벽의 흙먼지가 북서풍에 의해 사방으로 흩날리곤 했다. 흙먼지는 병영과 병졸들의 몸에 떨어지면서 온 세상을 흙색으로 뒤덮기 일쑤였다. 그때는 이부자리를 정리하는 것만으로도 황사가 일어나는 것 같았다.

봄 가뭄, 이때 내린 비는 군인들의 열렬한 환영을 받았다. 어젯밤부터 내린 빗방울이 지붕의 먼지를 씻어냈다. 마치 사람들의 눈까지 맑게 씻어주는 느낌이었다.

지금 마사양(馬士襄)의 눈은 매우 맑고 밝았다. 그의 왼쪽 눈가에는 이마에서부터 뺨까지 칼자국이 깊게 나 있어 사람이 매우 날카로워 보였다. 그 칼자국은 마치 그가 살아온 삶을 글자로 새긴 것 같았다.

그러나 오늘 위성 주둔군 사령관인 그의 태도는 매우 겸손해 보였다. 바닥에 깔려 있는 진귀한 모포 위에 생긴 흙 발자국이 불만이긴 했다. 하지만 그는 그 불만을 성공적으로 또 매우 놀라울 정도로 감추고 있었다.

누추한 옷을 입은 노인이 낮은 책상에 앉아 있었다. 마사양은 노인에게 조심스럽게 예를 올린 다음 낮은 목소리로 물었다.

"존경하는 어르신, 장막에 계시는 귀인(貴人)께
더 필요한 것이 있으신지요? 내일 꼭 출발하셔야 한다면,
제가 일백여 명으로 구성된 부대를 딸려 보내 호위토록
하겠습니다."

노인은 온화하게 웃으며 자신은 아무런 의견이 없다는 표시로 고개를 가

로저었다. 대신 장막을 가리켰다. 장막에는 세 사람의 그림자가 일렁거렸다. 두 개는 여인의 것으로 보이고 또 하나의 그림자는 크기로 보아 어린아이의 것임이 틀림없었다. 거만하면서도 차가운 여인의 목소리가 장막 안에서 울려 퍼져 나왔다.

"됐네. 장군 일이나 신경 쓰게."

오늘 새벽, 마차 행렬이 비를 뚫고 위성으로 들어왔다. 마사양은 마차 속 귀인의 신분을 짐작할 수 있었다. 때문에 상대방의 거만함에 대해서 아무런 의견을 내지 않았다. 아니, 감히 의견을 낼 수가 없었다. 장막 안의 귀인은 잠시 침묵한 후 다시 입을 열었다.

"위성에서 도성(都城, 수도)으로 가는 민산(岷山) 일대 산길은 안 그래도 통행이 쉽지 않은데, 비가 며칠 더 내릴 모양이니 그 산길마저도…… 그러니 길을 안내할 사람 하나만 붙여주게."

마사양은 잠시 멍한 상태가 되었다. 그러다가 갑자기 말썽쟁이 녀석 하나를 떠올리고는 고개를 숙여 대답했다.

"마침 알맞은 사람이 하나 있습니다."

**

군영 밖의 교위 몇몇이 서로 마주보며 놀라고 안타까워하고 다행이라고 생각했다. 각자 다른 반응을 보였지만…… 그들 모두 마사양이 그 녀석을 귀인의 길잡이로 선택할 줄은 전혀 예상하지 못했다는 눈치였다.

"장군님, 그 녀석을 이렇게 보낼 생각이십니까?"

위성은 그다지 크지 않고, 주둔하고 있는 군관과 사병을 모두 합쳐도 삼백 명이 넘지 않았다.

번화한 곳에서 멀리 떨어진 군영은 흡사 마적떼의 소굴을 보는 것 같았다. 마사양의 호칭은 장군이라 했지만 사실상 계급은 그다지 높지 않았다. 하지만 마사양은 부대를 항상 엄하게 다스렸다. 어쩌면 그는 사람들로부터 '장군'이라고 불리는 것을 좋아했는지도 모른다.

장군 마사양은 얼굴에 흐르는 빗물을 닦았다. 그리고 군영 주변에 고이는 황톳물을 보고 탄식하듯 말했다.

"그 아이를 여기에 계속 가둬둘 수는 없지 않겠나.
새도 똥을 싸지 않는 이 땅에 말이야. 추천서 회신이 온 지도
반년이나 지났고, 어쨌든 도성으로 가서 서원(書院) 입학시험을
봐야 하지 않겠나. 이왕 귀인과 함께 가는 여정인데, 가는 길에
귀인에게 작은 도움이라도 베푸는 것이 나쁘지는 않을 것이야."
"그 귀인께서 받아들이실지……."

이때 군영의 문이 열리고, 청초한 모습의 시녀 하나가 들어와 마사양과 교위들을 바라보며 냉랭하게 말했다.

"내가 가서 그 길잡이를 보고 싶네."

귀인의 최측근 시녀. 그녀는 조정의 변경 지역 군사들 앞에서도 도도함을 숨기지 않았다. 재상의 문지기, 친왕(親王, 황제의 형제)의 객경, 귀인의 측근 시녀는 관료 사회에서도 가장 골치 아픈 사람들. 가까이 있으면 사람들의 원망을 사고 멀리 있으면 문제가 되는, 그야말로 가장 번거로운 사람들이다.

마사양은 이런 이들과 왕래하기가 싫었다. 대충 몇 마디 중얼거린 후 손을 흔들어 교위 한 명을 불러 시녀의 뜻대로 하라고 명했다.

비가 멎은 위성은 유난히 깨끗해 보였다. 길가에는 두세 그루의 버드나무가 파랗게 새 순을 틔우고 있었다. 하지만 위성은 너무 좁은 곳이었다. 교위가 이끄는 일행은 경치를 구경할 새도 없이 초라하고 시끌벅적한 작은 군영에 당도했다. 상스러운 욕설과 무언가를 명령하는 목소리.

시녀는 눈살을 찌푸렸다. 술 취한 목소리 하나가 들려왔기 때문이다.

'감히 누가 대낮에 군영에서 술을!'

문에 걸쳐진 발이 바람에 날리자 안쪽에서 들리던 목소리가 더욱 또렷해졌다. 가위 바위 보 내기를 하고 있었다. 하지만 단순한 놀이가 아니었다. 곧이어 들리는 술 취한 목소리에 시녀의 청초한 얼굴에 붉은 노여움이 스쳤다. 그녀는 저도 모르게 소매 속의 주먹을 움켜쥐었다.

"음탕 가위 바위 보! 첫째 공주는 내가 품고 내가 음탕해!
둘째 공주는 네가 품고 네가 음탕해! 음탕 가위 바위 보!
셋째 공주는 내가 품고 내가 음탕해! 누가 음탕해,
내가 음탕해……!"

끊임없이 반복되는 소리. 아무리 시간이 지나도 승부가 나지 않았다. 시녀의 분노는 갈수록 더해졌다. 시녀는 문발 한쪽을 들추고 일그러진 표정으로 안쪽을 바라보았다.

탁자 맞은편의 소년.

열대여섯 살쯤 되었을까. 군대에서 흔히 볼 수 있는 면으로 된 옷을 입었는데, 겉옷은 온통 기름때로 얼룩져 있었다. 검은색 곱슬머리는 타고난 것인지 몇 년 동안 씻지 못한 탓인지 유난히 기름져 보였다. 다만 그의 얼굴만은 이상하리만치 깨끗해 눈썹이 또렷이 보였다. 심지어 그의 뺨에 난 주근깨까지도 선명하게 보였다.

"누가 음탕해, 네가 음탕해!"

이런 더러운 말을 내뱉는 소년의 표정은 유난히 엄숙했다. 전혀 음탕한 맛이 없을 뿐 아니라, 심지어 미간에 성스러움과 숭고함이 배어 있는 듯했다. 오른손을 바람처럼 내질러 주먹을 내고 따스한 봄바람처럼 보를 내고, 살의를 띠며 가위를 내고……. 그는 마치 이 가위 바위 보 승부를 목숨보다 더 중요하게 여기는 것 같았다. 이토록 열악한 환경에서도 살아남은 파리 몇 마리가 기름 묻은 그의 옷 위로 내려앉으려 했지만 그의 손이 일으키는 칼바람에 연거푸 쫓겨났다.

"내가 이겼다!"

길고 긴 가위 바위 보가 드디어 끝났다. 소년은 힘차게 오른팔을 휘두르며 승리를 선언했다.

동시에 환하게 웃으며 왼쪽 볼의 귀여운 보조개를 드러냈다. 하지만 소년의 상대는 패배를 인정하지 않으려 했다. 소년이 마지막 찰나에 손 모양을 가위에서 바위로 바꾸었다는 것이다. 놀이를 한 사람들도 옆에서 구경하던 군졸들도 쉽게 결론을 내지 못하고 있을 때 누군가 크게 소리쳤다.

"늘 그래 왔듯이 상상(桑桑)의 의견에 따르자!
그게 좋지 않겠어? 상상은 공평하니까."

모든 사람들의 시선이 방 한구석으로 쏠렸다. 그곳에서 열한두 살 된 여자 아이가 힘겹게 물통을 옮기고 있었다.

왜소한 체격에 얼굴색이 까무잡잡하고, 눈썹도 눈빛도 그리 특이하지 않은 소녀. 주인이 어디서 훔쳐왔는지 모를 시녀복은 확실히 그녀에게 커 보였다. 연신 옷을 땅바닥에 질질 끌며 자신보다 더 무거운 물통을 옮기고 있는 모습은 무척이나 힘들어 보였다. 상상이라는 어린 시녀가 물통을 놓고 돌아보자 군졸들은 긴장한 표정으로 그녀의 입을 바라보았다. 마치 도박장 주인의 마지막 판결을 기다리는 것처럼. 그리고 이런 장면은 사실 한두 번 겪은 것이 아닌 것처럼 보였다.

어린 시녀는 눈살을 찌푸린 채 머리칼이 검은 곱슬머리 소년을 힐끗 쳐다보았다. 그의 맞은편에서 아직도 화가 잔뜩 난 군졸을 바라보며 진지하게 말했다.

"스물세 번째 승부에서 넌 가위를, 그는 주먹을 냈어.

중요한 것은 네가 '그가 음탕해'를 말하는 순간 이미 진 거야."

방안에서 웃음소리가 한바탕 울려 퍼졌다. 군졸은 욕을 하며 돈을 내밀었다. 소년은 웃으면서 돈을 받은 후 상대방의 어깨를 두드리며 진심 어린 위로를 표했다.

"억울하게 생각하지 마. 이 위성에서…… 아니, 온 세상에서

누가 나, 녕결(寧缺)을 이길 수가 있겠어?"

귀인의 시녀는 안색이 매우 좋지 않았다. 옆에 있던 교위의 안색도 점점 더 어두워졌다. 교위는 문에 달린 주렴(朱簾)을 움켜쥔 채 숨을 깊게 들이마시고, 기침을 두어 번 했다. 귀인의 시녀가 노려보는 매서운 눈초리를 느낀 그는 기침이 목에서 막혀버렸다.

소년과 어린 시녀는 군영을 떠났다. 귀인의 시녀는 바로 뒤따라가지 않고 멀찍이 떨어져서 그들을 조용히 살펴보고 있었다. 교위는 그녀의 행동이 무엇을 뜻하는지 몰랐다. 그저 높은 분이 습관적으로 하는 신중하고 기이한 행동 정도로 여겼다.

가는 길 내내 녕결이라는 소년은 특별한 행동을 하지 않았다. 음식을 좀 사고 길가 술집의 뚱보 아주머니에게 인사를 했다. 그저 한가롭게만 보일 뿐이었다. 다만 한 가지 귀인의 시녀 눈에 거슬린 장면이 있었다.

야위고 작은 시녀가 녕결의 뒤에서 물통을 힘겹게 끌고 가고 있는데, 소년은 전혀 도울 생각이 없어 보인다는 것.

당 제국은 계층이 분명했지만 민풍(民風)은 소박했다. 번화한 도성

장안이거나 또는 변두리 고장일지라도 마찬가지일 것이다. 여위고 연약한 열한두 살 시녀의 힘든 모습을 가만히 지켜보기만 하는 일은 없을 것이다. 설령 그가 가장 무정한 귀인이라 할지라도.

"군영에서는 사졸들도 시녀를 둘 수 있느냐?"

귀인의 시녀는 최대한 자신의 분노를 억누르며 교위에게 물었다. 교위는 머리를 긁적이며 겸연쩍게 대답했다.

"몇 년 전 하북도(河北道)에 가뭄이 들었을 때 수많은 유랑민이 남부와 변경 군영으로 몰려들었습니다. 당시 길가에는 온통 죽은 사람들로 넘쳐났습니다. 상상은 녕결이 죽은 시신들 틈에서 구해준 아이랍니다. 녕결도 고아였고 그 뒤부터 둘은 서로 의지하며 살고 있습니다. 후에 녕결이 군대에 지원했는데, 그 유일한 조건이 이 어린 시녀를 데리고 들어와야 한다는 것이었습니다."

그는 시녀의 눈치를 슬쩍 살피고는 조심스럽게 말을 이었다.

"군대에서 그런 일이 있을 수 없다는 것을 잘 압니다. 하지만 그 당시 상황이 좀 특별해서…… 어린 여자아이를 사경으로 다시 밀어낼 수는 없지 않습니까? 그래서 모두 못 본 척했습니다."

설명을 듣고 시녀의 안색이 조금은 나아졌다. 노점에서 산 닭 반 마리를 손에 들고 휘적휘적 걷고 있는 녕결. 그 뒤에서 물통을 힘겹게 끌며 볼이 빨갛게 달아오른 여위고 어린 시녀, 상상. 귀인의 시녀는 마음이 다시 복잡해졌다.

"이게 어디 봐서 서로 의지하는 것인가? 저 소년이

어린 아이를 부려먹는 것이지. 이건 착취야!"

앞서거니 뒤서거니 걷던 네 명의 남녀는 위성 남쪽 어느 오두막 밖에 도착했다. 자갈로 된 마당과 마당을 둘러싼 초라한 울타리. 귀인의 시녀와 교위는 울타리 바깥에서 안쪽을 바라보았다.

어린 상상은 자기 키의 반 정도 되는 물통을 힘겹게 항아리 옆으로 옮긴 다음, 그 옆의 의자에 올라가 온 힘을 다해 물통을 들어 항아리에 부었다. 이어서 그녀는 쌀과 채소를 씻고 밥을 지었다. 그리고 탁자와 의자, 문과 창문을 부지런히 닦았다.

어젯밤 비가 내렸지만 그 양이 충분하지 않았다. 걸레질을 할 때마다 오히려 더러운 흙탕물 자국이 번졌다. 하지만 그 자국도 거듭된 걸레질에 빠르게 씻겨나갔다. 이내 집의 작은 마당도 깨끗하고 맑게 변해갔다.

그녀는 매일 이런 집안일에 매달려 있는 것이 분명했다. 동작이 너무 능숙하고 빠른 것으로 미루어 짐작할 수 있었다. 아직 어린 나이의 까무잡잡한 시녀가 부지런한 개미처럼 분주하게, 나이 많은 어멈처럼 능수능란하게 동분서주하는 모습. 얼굴이 땀투성이가 되어 벌겋게 달아오른 모습이 우스꽝스럽기도 하고, 동정심을 유발하기도 하고…….

'동정.'

녕결에게 '동정'이라는 정서는 확실히 부족한 듯 보였다. 조용히, 아니, 너무 편안하게 대나무 침대 의자에 누워 있었다. 왼손으로는 조금 낡은 책을 들고 읽으며 오른손으로는 딱딱한 나뭇가지를 들고 젖은 진흙땅 위로 끊임없이 움직였다. 가끔 깊은 생각에 빠진 듯이 보였다. 나뭇가지를 휙 공중으로 던지며 손바닥을 하늘로 향하게 하면, 잠시 후 마시기에 딱 좋은 온도의 따뜻한 차가 그의 손바닥 위에 올라와 있었다. 어린 시녀가 녕결의 뜻에 딱딱 맞춰 준비해주기 때문이었다.

위성의 군졸들은 이 광경이 너무 익숙해서 그 누구도 이상하게 생각하지 않았다. 하지만 울타리 밖에 서 있는 귀인 시녀의 눈빛은 점점 더 차가워졌다. 어린 시녀는 밥을 짓고 청소하는 동안에도 소년을 세심하게 살펴보면서 수시로 차를 따르고 등과 다리를 주물러주었다. 귀인 시녀의 안색은 더욱더 차가워졌다. 그녀의 얼굴은 얼음장처럼 변해갔다.

'시체더미에서 그녀를 구해낸 것이 아니었어?
서로 의지하며 살아간다고 하지 않았어? 좋아. 백만 보 양보해서 진짜 네 시녀라 하더라도, 이 어린 여자아이에게 이렇게 힘든 일을 시킨다고? 넌 소년인데 어쩌다 이렇게 게으름을 피우게 되었지? 스스로는 움직이지도 못하는 건가?'

어린 시절의 좋지 않은 기억이 떠올랐는지, 아니면 아름다운 감정에 대한 추억을 어떤 놈이 철저히 파괴해 버린 탓인지…… 귀인의 시녀는 울타리 문을 열고 안으로 들어가 버렸다. 그녀의 시선은 대나무 의자와 소년이 읽던 책으로 옮겨갔다.

그녀는 조롱하는 말투로 입을 열었다.

"무슨 대단한 성현(聖賢) 대작을 읽고 있는 줄 알았네.
시장에서 어디서든 구할 수 있는 〈태상감응편(太上感應篇)〉이잖아.
설마 너 같은 사람도 수행의 길로 들어갈 욕심이 있는 것이냐."

녕결은 몸을 일으켰다. 위성에서는 도저히 볼 수 없는 화려한 옷차림의 소녀. 녕결은 신기한 듯 소녀를 쳐다보았다. 그리고 옆에서 민망한 표정을 짓는 교위를 힐끔 보고 대답했다.

"이 책밖에 구할 수 없으니 그저 있는 대로 보는 것이에요.
호기심 정도일 뿐 무슨 욕심이 있겠어요?"

소년이 이렇게 자연스럽고 편안하게 대답할 줄 몰랐다. 오히려 그녀의 숨이 턱 막혀 왔다. 그리고 문 옆에서 먼지를 닦고 있는 어린 시녀를 보자마자 불쾌한 목소리로 쏘아댔다.

"기품 있는 대당 제국에, 어찌 너 같은 남자가 있을까."

녕결은 미간은 찌푸렸다. 그리고 상대방의 시선을 따라가 걸레를 들고 있는 상상을 바라보았다. 녕결은 상대방의 불쾌한 언행이 어디서 왔는지 짐작해냈다. 그는 왼쪽 볼에 보조개를 띤 웃음으로 온화하게 말했다.

"보아하니 저보다 나이가 많은 것 같은데……
그럼 절 '남자'라고 보지 마시고 사내 '아이'로 봐 주세요."
'이런 염치없는 인간이…….'

그녀는 소매 속의 주먹을 더욱 세게 쥐며 무슨 행동을 취하려 했다. 그 순간 소년이 진흙 바닥에 나뭇가지로 아무렇게나 휘갈긴 글씨가 눈에 들어왔다. 그녀의 마음을 살짝 움직이고, 심지어 무슨 말을 하려고 했는지조차 잊어버리게 만드는 글씨가.

**

위성에서 환경이 가장 좋은 군영 안에서 낡은 두루마기를 걸친 노인이 눈을 감고 있었다. 노인 옆에서 마사양은 몸을 반쯤 숙이고 장막 안의 귀인과 대화를 나누고 있었는데, 겸손한 태도 속에서도 놀라움을 다 감추지는 못했다.

"길잡이가 마음에 들지 않으십니까?"

불만이 가득한 목소리가 울려 퍼졌다.

"똑똑하고 일 잘하는 길잡이가 필요하지, 머릿속에 온통
허황된 수행의 꿈으로 가득차고 닭 반 마리 들 힘밖에 없는 놈이
필요하진 않네."
"지금까지 제가 본 바로는 넝결이 비록 나이는 어리지만
2년 동안 초원에서 수많은 만족들의 머리를 잘랐습니다.
닭 몇 마리 잡을 일이면 큰 문제가 없을 것 같습니다."

당나라는 무력으로 나라를 세웠기에 군공(軍功)을 매우 중시했다. 군의 명예를 건드리자 마사양은 조금의 망설임도 없이 발끈하여 대들었다. 하지만 돌아온 것은 싸늘한 목소리뿐.

"사람을 죽일 수 있다고 좋은 길잡이란 말인가?"

그 차가운 목소리에 마사양은 태도를 바꾸어 더욱 겸손하게 대답했다.

"위성의 3백여 명 부하 중 적을 가장 많이 죽인 사람이
꼭 넝결 그놈이라고 할 수는 없습니다. 하지만 제가 장담컨대,
어떤 참혹한 전투에서도 살아남을 한 사람이 있다면 바로
그 소년입니다."

그는 이어 머리를 들고 미소를 지으며 말했다.

"그 아이는 군공으로 군부의 추천장을 받았습니다.
반년 전에 이미 첫 심사를 통과한 셈이니, 이번에 도성으로
들어가면 서원 시험을 보게 될 것입니다."

서원. 이 말에 장막 안이 갑자기 침묵에 빠졌다. 마사양이 떠난 후 낡은 두루마기를 입은 노인은 천천히 눈을 떴다. 늙어 보이지만 평온한 눈이 모처럼 어떤 흥밋거리를 찾은 듯했다.

"이 변경의 소도시에서 서원에 응시할 수 있는 군졸이 있다니…… 정말 의외입니다. 이왕 이렇게 된 것, 그 소년을 길잡이로 삼는 것도 괜찮을 것 같습니다."

"나라를 떠난 지 불과 몇 년밖에 안 되었는데, 이제는 서원이라는 신성한 곳에서도 이런 건달 같은 군졸에게 응시 자격을 줄 거라고는 생각도 못했네."

말투는 여전히 냉랭했다. 하지만 실제 태도에 있어서는 엄청난 변화가 있었다. 최소한 녕결이 길잡이를 하는 일에 관해서 더 반대하지는 않게 된 것이다. 서원은 도대체 어떤 곳이기에 이름 하나로 이런 거물들의 마음을 바꾸게 할 수 있는 것일까.

"조금 전에 소년이 흙바닥에 써 놓은 글씨를 보았습니다. 〈태상감응편〉 3절을 베껴 쓴 것인데 그 글씨체가 간결하고 매우 생동감이 있었습니다. 분명히 나뭇가지 하나를 사용했을 뿐인데 젖은 땅에 쓰니 칼날과도 같은 예리한 기품이 풍겼습니다. 녕결이라는 군졸의 서예가 이미 정도(正道)를 걷고 있는 듯합니다. 다만…… 일개 군졸이 어떻게 연습했는지, 스승이 누구인지는 모르겠습니다."

"저도 본적이 있습니다. 그 신선함에 놀라긴 했지만, 다시 생각해 보니 그냥 기발한 붓놀림일 뿐이에요. 그의 글씨에 어떻게 정도를 논할 수 있겠어요."

"말씀하신 신선함이 관건입니다. 전 서예에 대해서는 잘 모르지만, 그의 나뭇가지가 휘갈겨 지나간 곳마다 금석의 기운(金石之意)을 은은히 볼 수 있습니다. 글씨 속에 있는 이러한 기개는 정말 흔하지 않습니다. 부도(符道, 부적으로 연마하는 도) 대가들의 방식과 흡사합니다."

"신부사(神符士)?"

귀인은 잠시 멈칫한 후 비웃듯이 말을 이었다.

> "이 세상 억만이 넘는 사람 중에 부도 대가는 열 몇 명 남짓이지요. 그들도 황궁에 은거하거나 지수관(觀) 내에서 정좌 수행을 하면서 일생을 명상하고 수행해야만 천지의 기운을 금구은획(金鉤銀劃)할 수 있지요. 하지만 그 소년의 몸에는 천지의 기운 파동이 전혀 없어요. 그는 그저 평범한 인간입니다. 〈태상감응편〉을 50년 본다 해도 초경(初境, 수행의 첫 단계)에도 들지 못할 텐데 어찌 대가들과 비교할 수 있겠어요."

노인은 미소를 지으며 더 이상 말을 하지 않았다. 노인은 수행자였고, 그래서 존중을 받고 있었다. 하지만 쌍방의 신분 차이가 너무 커서, '존중'의 의미는 실제로 상대방이 노인을 불쌍히 여기고 인재를 아낀다는 정도였다.

이런 현실에서 안 될 말은 하지 않는 것이 상책이었다. 물론 그가 귀인의 말에 동의한 것은 아니었다. 녕결이라는 군졸에 대한 노인만의 판단이 있었다.

> '수많은 속세의 평범한 사람 중, 천지의 기운을 느껴 수행의 첫 경지 초경에 들어가는 사람은 말 그대로 만 명 중 한 명. 특히 최초로 천지의 기운과 감응하는 것이 가장 어렵다. 허나 만에 하나, 어떤 인연과 기회로 전설에 나오는 서원의 이층루(二層樓)에 들어가 수행의 길에 오를 수만 있다면, 이 기이하고 힘이 넘치는 서예가 그에게 큰 힘이 될 것이다.'

노인의 생각은 계속 이어졌다.

> '그가 끝내 수행의 길로 들어가지 못하더라도, 최소한 이 글씨만으로도 서원과 도단(道壇)의 높은 분들이 그를 달리 볼 것이다. 그것이 안 되더라도, 최소한 문관 서예가들은

놀라게 할 것이다.'

녕결은 손에 든 책을 내려놓고 고개를 절레절레 저으며 문 밖으로 나섰다. 얼굴에는 옅은 실망감을 내비치면서. 어린 시절 식량 운송대를 따라갔던 개평 시장에서 산 〈태상감응편〉은 귀인의 시녀가 말한 바대로 노점에서 흔히 살 수 있는 책이었다. 그는 이 사실을 잘 알고 있었다. 하지만 그는 끊임없이 읽고 학습했다. 마치 이 책이 전설 속 호천도(昊天道)의 불가지지(不可知地)에 있는 천서(天書) 일곱 중의 하나라도 되는 것처럼.

책은 몹시 낡아 보였다. 상상이 실로 책등을 촘촘히 꿰매지 않았다면, 누가 우연히 뒤적거리기만 해도 가난한 선현(先賢)에게 제사를 지낼 때 쓰는 소지종이로 변했을 것이다. 그 문구들은 이미 녕결의 머릿속에 깊이 박혀 있었다. 하지만 안타깝게도 그는 여전히 수행의 입문조차 들어가지 못했다. 수행의 초경은 커녕 책의 가장 첫 부분에 나오는 간단한 감응(感應)조차 할 수가 없었다.

그는 실망하고 절망하여 걷고 있었다. 하지만 절대 다수의 사람들이 천지의 기운을 깨닫지 못한다는 점을 기억하고서 스스로의 마음을 달랬다.

'그래, 전설에 나오는 세외고인(世外高人)들은 모두 변태야.
정상인이 아니라고. 아주 희귀한 변태만이 천지의 숨결을 깨달을 수 있는 거지. 그렇지 않다면 수많은 〈태상감응편〉이 세상에 전해지는데, 도성 장안의 밤하늘 곳곳에 검(劍)과 고인(高人)들이 날아다니겠지. 하지만 그런 이야기는 듣지 못했어.'

그는 아주 정상이었다. 또는 너무 평범하다고도 할 수 있었다. 다만 눈앞에 기묘한 보물산을 발견하고도 결국 빈손으로 돌아갈 수밖에 없고, 눈앞 천지 사이에 원기라는 보이지 않는 구름이 있는데 결국 구름 한 조각조차 잡지 못한다면 달가울 리 없을 뿐.

* *

"위성이 이렇게 가난하고, 초원의 만족들도 황제 폐하에게 겁을 먹어 몇 년 동안은 오지도 않으니 군공도 빨리 쌓을 기회가 없어요. 도성으로 가는 것이 당연히 좋지요. 제가 무슨 달갑지 않을 것이 있겠어요?"

불빛이 어두운 군영 안. 녕결은 앞에 있는 장군에게 공손하게 절을 하고 진지하게 설명을 이었다.

"다만 서원 시험까지 아직 날이 많이 남았는데 이렇게 일찍 떠날 필요가 있을까 싶은 생각이 들어서요. 요 몇 년 동안 장군님 휘하에서 비약적으로 발전했다고는 말할 수 없을지라도, 장군님 가르침 덕분에 제가 제대로 된 모습을 갖추었죠. 안 그랬다면 운 좋게 서원 시험을 볼 기회도 없었을 거예요. 그래서 전 정말 위성에 더 있고 싶어요. 장군님 곁에 단 며칠이라도 더 머무르면서 가르침을 받고 싶어요……. 지금처럼 더 오래 같이 있고, 더 많은 이야기를 나누는 것도 좋아요."

앞에 있는 소년을 보고 있는 마사양의 턱수염이 살랑살랑 흔들렸다. 밤바람에 날린 것인지, 화가 난 것인지…… 마사양은 조금 안 좋은 말투로 입을 열었다.

"녕결아, 녕결아. 언제부터 이렇게 염치없는 놈이 되었니?"
"장군님이 원하신다면 언제든지 체면 따위야……."
"솔직히 말해!"

마사양은 냉담한 표정으로 엄숙하게 물었다.

"왜 길잡이가 되기 싫은 거야?"

녕결은 한참 침묵하다 조용히 대답했다.

"장군님, 그 귀인께서 저를 싫어하시는 것 같아요."
"귀인이 널 싫어한다고?"

마사양이 큰소리로 훈계하듯 말을 이었다.

"너의 신분을 잊었느냐? 너는 아직 서원의 학생이 아니야. 대당 제국의 군인으로서 상사의 군령에 복종해야만 해. 내 명령에 복종해야 한다고! 귀인이 널 좋아하는지 아닌지는 네가 신경 쓸 일이 아니야! 또 네가 귀인을 좋아하는지 그 누구도 신경을 쓰지 않아! 넌 그저 명령을 받고, 그 명령을 완수하면 돼!"

녕결은 대답을 하지 않았다. 고개를 숙인 채 군화만 내려다보았다. 군화 사이 진흙에 고집 센 푸른 풀이 자라나고 있었다. 녕결은 풀을 바라보며 침묵으로 반발의 뜻을 내비쳤다.

마사양은 긴 한숨을 쉬며 되물었다.

"도대체 무슨 생각인 거야? 왜 그들과 함께 도성으로 가지 않으려는 거냐?"
"그들의 마차 행렬을 봤는데, 초원에서 습격을 당했어요. 요즘 그쪽은 봄 가뭄에 시달리고 있고, 작년엔 금장 왕정의 선우(單于, 만족의 우두머리)가 죽었어요. 그 귀인의 시녀라는 여자 피부가 약간은 검은 것이…… 그래서 그들을 따라 갈 수 없어요."

금장 왕정은 당국과 황원(荒遠) 사이에 위치한 만족 국가. 그곳의 선우가 바뀜으로써 당국과 금장 왕정 사이에는 새로운 긴장감이 감돌고 있었던 것이다. 그리고 녕결이 내뱉은 몇 마디.

습격, 가뭄, 선우의 사망, 시녀의 검은 피부.

겉으로는 아무 관련이 없어 보이는 단어들이 하나로 엮여 그가 고집스럽게 위성을 떠나지 않으려는 이유가 되었다. 마사양은 다시 한 번 깊은 한숨을 내쉬며 물었다.

"이미 짐작하고 있었느냐?"

"위성에서 아직도 그들이 누군지 모르는 사람도 있나요?"

녕결은 어이가 없다는 듯 두 손을 살짝 올리고 군영을 바라보았다.

"장안 황궁에서 자라 초원으로 시집을 간, 위세와 복을 가진 자신의 남자가 죽은 것을 바로 알아차리지도 못하는 백치(白痴) 공주 전하께서만 그 사실을 천하의 비밀로 여기고 계시겠지요."

대당 제국의 민풍이 아무리 개방적이더라도, 또 밤중에 군영에서 나눈 개인적인 이야기일지라도 '백치 공주 전하'라는 말을 들은 마사양은 얼굴에 긴장감을 감추지 못했다. 그가 얼마나 신중했는데 녕결이 이렇게 큰 소리로 각박한 평가를 내릴 줄은 생각도 못했다. 게다가 그는 녕결의 판단이 잘못되었다고 생각했다. 때문에 마사양의 안색이 더욱 안 좋아졌던 것이다.

대당 황제의 공주. 그녀는 백치가 아니라 현명한 전하라는 사실을 천하의 모든 사람이 알고 있었다. 대당의 국력이 강력하기에, 누구를 상대해서도 화친과 같은 굴욕적인 정치 수단을 고려한 적이 없었다. 태조 황제에게 충성을 맹세했던 몇몇 만족 부족들이 종실 여자를 맞이했던 것을 제외하고는 이와 같은 일이 없었던 것이다.

그러나 3년 전 초원이 갑자기 불안해졌다. 만족의 최대 부족인 금장 부족이 은근히 반심을 나타내기 시작했던 것이다. 그래서 당시 어린 나이에, 폐하의 총애를 받던 공주가 멀리 초원으로 시집을 가 금장 왕정 선우의 부인이 되기로 결심했다. 대명궁(大明宮) 앞에서 눈물과 함께 무릎을 꿇고…….

이 일로 온 천하가 몹시 놀랐다. 세간의 의견이 분분했다. 백발의 문신들이 연이어 상주문을 올렸다. 황제는 진노하여 무수한 옥잔을 깨뜨렸고, 심사가 복잡해진 황후는 아무 말도 하지 못했다.

하지만 어느 것도 그 소녀 공주의 결심을 막지 못했다. 초원 금장의 선우는 이 사실을 영광스럽게 여기며 매우 기뻐했다. 선우는 사자(使者)를 통해 소, 양, 말 각각 오천 마리를 바치며 청혼을 했다. 천계 11년, 대당 황제는 결국 어쩔 수 없이 공주를 초원으로 시집보내기로 결정했다. 공주가 초원에 시집온 지 반 년도 안 되어 부부는 서로 존경하며 화합을 이루었다. 야망 넘치던 용감한 만족 지도자는 다시 평온한 초원의 수사자로 변해 조용히 영토를 지키며 다시는 전쟁을 일으키지 않았다.

그런데 얼마 전 선우가 갑자기 급사하고 그의 동생이 뒤를 이었다. 국경의 정세가 다시 복잡하고 긴박해진 것이다.

연약한 공주가 대명궁 앞에서 무릎을 꿇고 스스로 혼인을 결심한 이래 사오 년 동안 대당 북서쪽 국경은 소중한 평화를 누렸다. 이는 오로지 공주의 공로였다.

공주가 초원으로 시집간 가장 큰 이유는 황후를 피하기 위해서라는 설도 있었다. 설령 그것이 사실이라 하더라도, 군부의 중신들과 조정 관리들의 눈에는 공주의 행위가 현명하고 선량한 것으로 비춰졌다. 폐하의 총애를 받는 공주가 황후와 맞서지 않고 스스로 물러났다는 사실 바로 그 자체가…….

마사양과 같은 백전노장은 전쟁을 두려워하지 않았다. 특히나 만족은 더더욱 두려워하지 않았다. 하지만 대당의 공주가 적국으로 시집가는 데에는 굴욕감을 느꼈다. 그러나 평화는 하늘이 내린 선물, 도대체 그것을 거부할 사람이 어디 있겠는가. 그래서 그는 감정이 복잡했다. 이유 없는 분노와 공주의 행위에 대한 감격……. 이러한 감정들은 점점 말하지 못할 존경심으로 변해갔다.

녕결은 평범한 군졸일 뿐. 장군의 복잡한 감정을 이해할지 모르겠지만, 설령 이해하더라도 개의치 않았을 것이다. 지금 그가 매달려 있는 일은 자신의 안위에 관련되어 있기 때문이었다.

그는 줄곧 자신의 생명보다 더 중요한 것은 없다고 여겼다. 그래서 그는 장군의 어두운 얼굴을 못 본 척하며 계속 말했다.

"마차에 있는 화살 구멍 수를 대충 헤아려 봐도, 그 새로 즉위한 선우가 정말 끝장을 보려고 한 것 같아요. 공주의 호위대는 초원에서 적어도 절반의 인원을 잃었을 거예요."

"마적에게 당했다던데."

마사양의 말하는 표정이 조금 어색했다. 그 자신도 스스로의 말을 믿지 않았기 때문이다.

"금장 선우라 해도 대당 공주를 대놓고 습격할 수 없으니, 당연히…… 마적이었겠지요. 하지만 그 누가 마적으로 분장했는지는 모두 알잖아요. 잠깐…… 그러고 보니 분장을 한다 해도 누군지 다 안다면…… 만족이 이렇게 간이 컸었나? 대당 조정이 이 사실을 알고 격노해 금장을 없애버리는 게 두렵지 않은 건가?"

대당은 무력으로 나라를 세웠다. 민풍은 소박하지만, 용감하고 독하기도 했다. 가히 천하의 최강국이라 할 수 있었기에 존엄을 중시했다. 물론 금장을 철저히 쳐서 없앨 수도 있었다. 하지만 그러기 위해서는 국력의 반 이상을 소모해야 할 테다.

* *

대당의 역사에서 그런 일은 종종 있었다.

태조 말년, 초원의 어떤 부족이 백양도(白羊道) 한 마을을 습격했다. 마을 주민 142명이 모두 죽었다. 대당 제국의 사자가 가서 엄중히 죄를 물었으나 그 부족의 거만한 선우에 의해 귀를 베이고 돌아왔다. 태조는 격노하여 친히 초원을 정벌하기로 결정했다.

제국 전체가 동원되어 8만에 이르는 기병으로 구성된 철기병이 출병했다. 이 부족은 공포에 떨고 눈바람을 맞으며 도망쳐 북부의 황야로 들어가 버렸다. 그래도 대당 철기병은 몇 달 동안 추격하여 마침내 상대방 부족 전체를 몰살했다. 멋진 결말처럼 보였지만, 대당도 끔찍한 대가를 치렀다.

막대한 비용이 드는 이 전쟁을 위해 조정은 1백만 명의 민간 인부를 보내 하북도 3군의 가축을 징발하고, 민산 주위 밭을 황폐화시켰다. 가옥 10채 중 9채는 비게 되고, 남방의 조세는 4배로 늘어 민원이 들끓었다. 관리는 정사를 돌볼 여력이 없어 천하가 불안해졌고, 심지어 대당 조정은 붕괴 직전에 이르렀다.

대당 제국 사람들의 가장 기묘한 기질은 바로 이러한 위험한 순간에서의 행동과 그 이후 수많은 세월 동안…… 이 순간에 대한 평가 속에서 드러났다.

이 전쟁을 이긴 당 태조의 역사적 평가는 그리 높지 않다. 심지어 제국 내부의 평가도 마찬가지였다. 역사책에서든 술집에서든 그에 대한 평가는 이러했다.

'큰 공훈을 탐했다. 아첨하는 신하를 기용했다.
가혹한 법률을 선호했다, 불로장생을 원했지만
방법을 찾지 못했다.'

그에 대한 평가는 기껏 이 정도였다. 진부한 문인, 군권을 멸시한 서원 교수, 과세를 증오한 농부와 상인들이 모두 각가지 이유로 개국 황제 당 태조를 욕했다. 하지만 황제가 화를 내는 바람에 국력을 소진하고 그래서 백성들을 힘들게 한 전쟁 그 자체를 하지 말았어야 했다고 생각하는 사람은 아무도 없었다. 왜냐하면 건국할 때부터 지금까지 이 땅에 사는 사람들은 시종일관 하나의 소박한 도리를 믿고 지켜왔기 때문이다.

'내가 너를 괴롭히지 않는 이상 나를 괴롭히지 마라.
설령 내가 너를 괴롭혔다 해도 너는…… 여전히 날 괴롭힐 생각도 하지 마라!'

이것이 바로 대당 제국 건국의 근본이었다.

'누가 나를 괴롭히면, 나는 그를 친다.'

이것이 바로 대당 제국이 걷는 강국으로의 길이었다.

이것이 바로 세상에서 가장 강한 나라가 당국이라고 부르는 이유였다. 대당이 대당이라 불리는 것은 이런 간단한 힘의 논리에 바탕을 두고 있었다.

녕결은 전형적인 당국 사람이 아니었다. 그는 전쟁터에서 그리 용감하지도 않았고, 뒤를 생각하거나 잠시의 즐거움을 위해 자신의 집을 태우는 모험도 하지 않았다. 그가 위성에서 20년을 더 살더라도 장군이 되는 인생 대반전이 일어날 가능성은 없었다. 물론 그는 오랫동안 군에 있었기에 이 시대 당나라 사람들의 기질을 충분히 파악할 수 있었다. 그래서 공주의 마차에 난 화살 구멍을 발견했을 때 곧바로 골치 아픈 일들을 추리할 수 있었던 것이다.

'초원의 신임 선우가 감히 대당의 공주를 추격할 수 있었던 것은,
반드시 제국 내부에 그와 내통하는 거물이 있었기 때문일 것이다.
그렇지 않다면 초원의 선우는 미친 사람이다. 아무래도 내통자가
그에게 제국의 복수를 막아주겠다는 약속을 했을 것이다.'

"공주가 이미 제국의 국경으로 들어와 위성으로 왔는데
여전히 신분을 밝히지 않는 이유가 뭘까요? 주변을 믿을 수가

없기 때문이에요. 그녀는 폐하를 믿겠지요. 하지만 폐하의 신하, 예컨대 장군님, 저와 같은 군인, 심지어 조정 전체도 믿지 않을 거예요. 장안성 안의 어느 대인물이 고개를 끄덕이지 않았다면, 초원의 만족들이 감히 그녀를 공격하지 못한다는 것을 잘 알기 때문이죠. 만족에게 그런 약속을 해줄 수 있고, 선우에게 믿음을 줄 수 있는 사람…… 기껏해야 네 명, 심지어 그 네 명은 그녀도 못 건드리는 인물이죠. 이런 제국 상층의 암투는 장군님도 되도록 멀리 피해야 할 터, 하물며 저 같은 보잘 것 없는 놈은…….”

녕결은 발꿈치로 젖은 흙바닥을 가볍게 찧으며 조용히 말을 이었다.

“가는 길에 반드시 일이 터질 거예요. 저 같은 사람은 세 명, 많아야 다섯 명 정도만 상대할 수 있을 뿐…… 그러니 끼어들어 봤자 아무 소용 없어요. 제가 끼면? 그냥 산길에 시신 하나 더 많아질 뿐이에요. 빠지면? 위성에는 착한 병사 한 명이 더 있는 셈이죠. 장군님, 저를 천지의 원기라고 생각해주세요. 별 쓸모도 없는. 그냥 아예 보이지 않는 척해주세요.”

마사양은 겸손한 척하는 소년의 머리를 어루만지며 조용히 말했다.

“자신을 천지의 원기에 비유하다니. 이게 겸손인가, 자화자찬인가. 나의 군령을 취소하라고 설득하고 싶다면 자신을 방귀라고 하는 것이 더 낫지 않겠느냐?”

녕결은 헤헤 웃으며 대답했다.

“곧 서원에 가야 하는 서생인데, 말을 예쁘게 해야죠.”

마사양은 그를 더 놀리지 않고, 미간을 살짝 찌푸리며 말했다.

"공주님의 마차 행렬 길잡이를 하라는 건 사실…… 서원에 들어가는 것과도 관련이 있다. 넌 군공도 충분하고, 첫 검증도 통과했다. 상부에 추천서를 부탁했는데 이미 그 회신도 받았다. 그런데 이렇게만 하면 서원에 들어갈 수 있을까? 네가 변방에서 서원에 관한 전설을 들은 적이 있다 해도 그곳이 진짜 어떤 곳인지는 잘 모른단다."

장군의 표정이 무겁고 엄숙해졌다.

"대당 군인의 마음속에 서원은 가장 신성하고 숭고한 곳이다. 군부의 회신을 받았다는 건 그저 서원의 입학시험에 참가할 자격을 얻었다는 의미일 뿐이야. 정작 서원의 그 홍문(紅門)으로 들어가려면 최소 세 개 부(部)의 도장을 받아야 해. 나 같은 계급의 장수가 쓴 추천서는 아무 의미가 없지. 군부에서 회신을 했다 해도, 그들이 원하기만 하면 입학 응시 시기를 몇 년은 더 늦출 수 있어. 최근 몇 년 동안 이것은 이미 흔한 풍경이 되었지. 서원의 선생들이 직접 받는 학생을 제외하고, 조정의 추천으로 들어가는 수험생들은 모두 엄청난 돈을 들여 이 기회를 마련하려 하지. 이 때문에 가산을 탕진한 부자들이 얼마나 많은지 알고 있느냐? 네가 2년 동안 돈을 좀 저축한 것은 알겠다만 그 돈으로 누구를 배불리 먹일 수 있을까?"

녕결은 머리를 긁적이며 탄식했다.

"이전에는 아무도 이 사실을 알려주지 않았잖아요."
"지금은 다른 해결 방안이 있으니 굳이 알려줄 필요도 없지."

마사양은 그리 유쾌하지 않은 말투로 말을 이었다.

"가는 길에 공을 세우고 귀인의 눈에 들면 어떻게 되겠느냐. 만약 귀인이 네 이름이라도 기억해서 공주 집안의 아무 집사에게라도 너에 대해 말 한마디만 해준다면…… 그렇게 되면 어느 관아가 널 업신여기겠느냐?"

"그러니까 제 목숨을 걸고 서원 입학시험 자격을 얻어라? 근데 왜 이렇게 수지가 맞지 않는 것 같죠?"

마사양은 그를 노려보며 꾸짖었다.

"멍청한 놈! 서원에 들어가기 위해 얼마나 많은 사람들이 애를 쓰는지 알아? 지금 네 스스로 작은 위험 하나 감수하라 했을 뿐인데 그것도 안 한다고?"

잠시 숨을 돌린 장군은 다시 설득하듯 말을 이었다.

"녕결아. 네 분석대로 공주의 행적은 이미 드러났다. 너도 짐작할 수 있는데 제국에서는 모르고 있을까? 그 말은 반드시 지원병이 있다는 거야. 너의 임무는 산속의 지름길로 그녀를 데려가 그들과 빨리 만나게 하면 돼. 이게 어디 목숨 걸 일이더냐?"

녕결은 고개를 숙인 채 침묵하며 여전히 이해득실을 계산했다.

'하여튼 이놈은 이익을 안 보여주면…….'

마사양은 짜증나는 표정으로 한숨을 내쉬었다. 그러다가 얼굴에 흐릿한 미소를 띠며 말했다.

"전하의 행렬에 여(呂)씨 성을 가진 노인이 한 분 계시는데, 호천도 남문(南門)의 수행자라 들었다."

이 말이 떨어지자 녕결은 고개를 번쩍 들었다. 늘 나른하고 게으른 그의 눈빛이 갑자기 밝게 빛나기 시작했다. 이 모습을 본 마사양은 옳거니 싶어 재빨리 말을 이었다.

"어려서 위성에 왔을 때부터 너는 달콤한 말솜씨로 성안의 모든 사람들로부터 귀염을 받았지. 시간이 흘렀지만 넌 언제나 위성에서 가장 총애를 받는 아이이다."

그는 사랑하는 아이를 만지듯 녕결의 얼굴을 어루만졌다.

"그해 전임 장군이 죽기 전에 인맥을 통해 너에게 군적을 만들어 주었다. 그리고 곧이어 가을에 초원에 가서 장작을 패다가(만족을 토벌하는 일을 의미함) 모두 죽을 뻔했는데, 네 덕분에 모두 무사히 도망쳐 나왔지. 그때부터 모든 위성 사람들이 일제히 너에게 잘해주기로 결심했다. 심지어 네가 도성에서 가장 인기 많은 기생을 네 첫 여인으로 하겠다고 고집을 부렸을 때, 우린 모두 돈을 모아 그 소원을 이루어주려 했지."

머리가 희끗희끗한 장군은 말투를 바꾸었다.

"하지만 어느 누구도 네가 세외(世外) 수행의 길을 가려 한다는 걸 몰랐다. 알고도 어쩔 수 없었다. 게다가 위성 사람들이 전체 7개의 성채를 뒤졌지만 너에게 맞는 스승을 찾아줄 방법이 없었다. 네가 〈태상감응편〉을 너덜너덜해질 때까지 읽는 것을 우리는 그저 지켜볼 수밖에 없었단다."

마사양의 눈빛이 갑자기 날카로워졌다.

"하지만 지금이 기회다! 서원이든 여씨 어르신이든
모두 잡아야 해. 꼭 잡아야만 한다."

녕결은 긴 침묵 후에 고개를 숙인 채 대답했다.

"사실은 좀…… 아쉬워요."
"위성은…… 너무 좁아. 그러니 결국 넌 장안으로 가야지.
가서 진정으로 큰 세계를 봐야지. 그곳에는 흉악한 용과
호랑이들이 많겠지. 갓 낳은 송아지 같은 너지만,
네가 누굴 무서워했느냐. 적어도 그곳엔…… 낡은 〈태상감응편〉
한 권만 있는 건 아니잖느냐."

위성의 남쪽에는 개울도 아닌 작은 도랑이 있었다. 작은 도랑 옆에는 산도 아닌 작은 언덕이 있었다. 작은 언덕 아래에는 좁은 마당에 울타리가 처진 오두막이 있었다. 밤에는 비구름이 흩어졌고, 유난히 밝은 별빛이 도랑과 언덕 그리고 오두막에 쏟아지며 아름다운 은색 빛을 입히고 있었다.

녕결은 신발을 질질 끌며 별빛 아래를 걷고 있었다. 상상과 오랜 시간을 보낸 이 오두막을 보면서 자신도 모르게 발걸음이 느려졌다. 그러나 언젠가는 목적지에 도달하는 법. 그는 개만 막을 수 있고 사람은 막지 못하는 울타리 벽을 밀치고 들어갔다. 방 문틈으로 새어나오는 등잔 불빛 앞으로 가서 가볍게 헛기침을 했다.

"도성에 가면 어떨까?"
'끼익.'

삐걱거리는 문소리가 조용한 변성의 밤을 깨뜨렸다. 어린 시녀 상상이 문 앞에 쪼그리고 앉았다. 그녀의 작은 그림자가 등잔 불빛에 의해 길게 늘어졌다. 그녀는 손가락으로 나무문을 두드리며 대답했다.

"늘 장안에 가고 싶어 했잖아. 참, 녕결. 언제 화기 군영에 갈 때 기름 좀 훔쳐 와. 문이 몇 달째 소리를 내고 있잖아. 이 소리는 정말 듣기 거북해."
"군수 물자 군영에 가서 물어볼게……."

녕결은 무의식적으로 아무 말이나 응대하다 문득 깨달았다.

"아! 이제 우리 떠날 건데 이 문이 무슨 소용이야?"

상상은 무릎을 짚고 일어났다. 그녀의 왜소한 체구는 쌀쌀한 봄바람 때문인지 유난히 연약해 보였다. 그녀는 녕결을 보며 진지하지만 아무 감정이 섞이지 않은 목소리로 대답했다.

"우린 떠나더라도 새로 이사 온 사람이 이 문을 쓸 거잖아."

녕결의 마음에 왠지 섭섭함이 진하게 느껴졌다.

'이 허름한 초가집에 누가 와서 살까?'

녕결은 상상 옆으로 비집고 지나가며 가볍게 탄식했다.

"밤에 짐을 좀 정리하자."

상상은 귀밑머리 몇 가닥을 쓸어 넘기며 그의 등을 향해 물었다.

"녕결, 난 네가 그 일에 왜 그렇게 관심이 많은지 모르겠어."
"자신을 강하게 만들 수 있다는데…… 그 유혹을 거절할 수 있는 사람이 있을까? 그리고 난 그런 것들이 너무 재미있어."

어린 시녀에게 마음을 들켜버린 녕결. 고개를 돌리며 상상의 까무잡잡한 얼굴을 한참 쳐다보았다. 그리고 눈썹을 치켜세웠다.

"세상이 이렇게 넓은데 우리 둘이 어떻게 평생 위성에 있을 수 있을까? 심지어 제국 외에 다른 나라도 많고. 돈을 더 많이 벌고 승진을 더 빨리 하려면 장안이 위성보다 훨씬 좋아. 그래서 난 이번에 서원 시험에 꼭 합격해야 해."

상상은 뭔가 생각하는 듯했다. 그녀의 얼굴은 절대 예쁘다 할 수 없었다. 모래 바람 때문에 얼굴은 까무잡잡하고, 어린 시절 영양실조로 인해 생긴 누런 머리칼은 정말 아름다움과는 거리가 멀었다. 결코 청순하다고도 할 수 없는 얼굴이었다.

하지만 그녀는 버드나무 이파리 같은 눈을 지녔다. 가늘고 길쭉한 눈. 얼음 조각처럼 빛나는 눈동자. 게다가 또렷하다고 하기에는 힘든 눈빛. 그 때문에 어린 소녀라고 할 수 없을 만큼 성숙해 보였다. 마치 모든 것을 다 아는 듯한, 세상의 모든 일을 꿰뚫어 보는 듯한, 마음에 아무런 장애물이 없는 듯한 성숙한 여인……. 실제 나이나 외모와는 어울리지 않는 눈빛은 그녀를 차가우면서도 분위기 있게 보이도록 만들었다.

물론 녕결은 이 모든 것이 허상인 줄 알고 있었다. 그가 보기에 상상은 모자란 계집아이였다.

두 사람은 오랜 시간 서로 의지하며 살아왔다. 상상은 녕결에게 의지하여 일을 처리하는 것이 습관처럼 되었다. 그 바람에 생각하는 것이 귀찮아지고 자연스레 더욱 아둔해졌다. 그 아둔함을 감추기 위해 상상은 말수를 줄였고, 그래서 더 성숙해 보이기도 했다.

'상상은 멍청하다기보다는…… 미련하고 아둔하지.'

한참 침묵하던 상상이 입술을 깨물고서 흔치 않은 두려움을 나타내며 말했다.

"장안은 넓고 사람이 많다던데…… 도성은 매우 번화하다던데.
천계 3년에 이미 인구가 백만 명이 넘었다잖아…… 생활비가
엄청나게 들 거야. 장안에 살면 생활비 때문에 힘들겠다……."

녕결은 긴장하는 상상을 보며 웃으며 위로했다.

"사람이 많다고 두려워할 것 없어. 그냥 좀 더 큰 위성이라고
생각하면 돼. 난 똑같이 밖에서 사람들과 왕래하고,
넌 집안일을 관리하고. 그렇게 두려우면 밖에 안 나가면 되지 뭐."
"도성에서 고기, 채소, 곡식을 사려면 한 달에 얼마나 들까?"

상상은 눈을 동그랗게 뜨고 두 손을 꽉 쥔 채 자문자답했다.

"은자 넉 냥이 넘는 거 아니야? 그러면 위성의 배는
되는 건데……."
"내가 서원에 들어가면 나에게 좋은 옷도 만들어 줘야 해.
게다가 집에 손님이 올 수도 있어. 이를테면 동창생? 그러면
너도 새 옷 한 벌쯤 필요하고…… 내가 대충 계산해 봤는데
아무래도 열 냥은 필요해."

녕결은 진지하게 대답했지만, 사실 허튼소리였다. 장안에서 은자 열 냥이래 봤자 기껏 하룻밤 술값 정도겠다 싶었다. 하지만 너무 티 난 오답마저도 어린 시녀의 심리적 저항선을 훨씬 넘어버렸다.

"너무 비싸…… 녕결, 우리 장안에 가지 말자.
너도 서원에 들어가지 말고. 어때?"
"생각 없는 것! 서원에 들어가면 관직을 얻을 수 있어.
그럼 관아에서 한 달에 칠팔십 냥은 받지 않을까? 그리고 장안이
뭐가 그리 나쁘다고만 해. 진금기(陳錦記)라는 상점에서 파는

지분(脂粉)이 얼마나 좋은지 알아?"

지분. 이 단어는 상상의 급소였다. 그녀는 입술을 오므린 채 심리적 갈등에 몸부림쳤다. 한참이 지난 후 모기 같은 목소리가 새어나왔다.

"그럼 서원에서 공부하는 몇 년 동안은 어떻게 해?
내 바느질 솜씨는 너무 평범해서 장안 사람들 눈에 차지도
않을 텐데…… 그러니 삯바느질도 할 수 없어."
"그게 문제긴 한데…… 장안에서 사냥을 할 수도 없고……
우리 돈 얼마 있어?"

두 사람은 눈을 마주쳤다. 나무 상자 옆으로 다가가 상자를 열었다. 가장 안쪽 깊은 곳에 숨겨둔 또 다른 작은 나무 상자를 꺼냈다. 큰 은괴 하나와 손톱만한 크기의 조각난 은 여러 개. 딱 봐도 평소에 조금씩 모아 놓은 것이었다. 물론 그 수량이 많지 않았지만.

둘 다 은을 세지는 않았다. 대신 상상이 담담하게 입을 열었다.

"습관대로 닷새마다 한 번 세는데, 그저께 밤에 세어 봤을 때
76냥 3전 4푼이었어."

녕결이 진지하게 말했다.

"장안에 가면 돈 벌 방법을 생각해 봐야겠다."

상상도 진지하게 말했다.

"나도 바느질 솜씨를 다듬을 수 있도록 노력할게."

밤이 깊어지자 상상은 온돌 위에 무릎을 꿇고 이부자리를 펴기 시작했다.

작은 손바닥으로 베개 중간을 살짝 눌렀다. 녕결이 가장 편하게 잘 수 있는 각도. 그리고 그녀는 차가운 온돌에서 뛰어내린 후, 방 한구석에 있는 커다란 두 개의 나무 상자로 다가가 자신의 침구를 깔았다.

불이 꺼졌다. 녕결은 창턱에 물그릇을 얹어 놓았다. 별빛을 빌려 이불로 들어가 하품을 크게 한 후, 만족스러운 감탄을 짧게 내뱉고 눈을 감았다. 곧이어 방 한구석에서 몇 년 동안 들었던 바스락거리는 소리가 들려왔다.

지나온 몇 년과 다를 바 없는 밤. 하지만 오늘은 오두막 주인과 시녀 모두 잠들지 못했다. 새로운 세계에 대한 설렘. 도성 장안의 번화함. 희미하게 보이는 부귀. 그리고 매혹적인 향기가 나는 지분. 그 때문일까. 방 한구석의 숨소리는 좀처럼 가라앉지 않았다.

시간이 얼마나 지났을까. 녕결은 눈을 뜨고 창호지에 묻은 은은한 은빛을 보며 넋을 잃은 듯 말했다.

"장안 여자들은 추위를 타지 않아 얇은 옷만 입고, 피부도 하얗다고 들었는데…… 진짜인지 모르겠네…… 그때 내가 너무 어려서 기억이 잘 안 나."

그는 몸을 옆으로 돌려 새까만 구석을 보며 물었다.

"상상, 최근 병이 다시 도지진 않았어? 춥지 않아?"

어둠 속에서 상상은 이불을 꽉 쥔 채 눈을 질끈 감았다.

"내가 듣기로도 장안 여자들은 모두 하얗다 하더라고. 매일 좋은 지분을 바르니 하얗지 않겠어?"

녕결은 웃으며 대답했다.

"걱정 마. 이 도련님이 나중에 돈 벌면, 진금기의 지분은 어떤 걸로든지 네 맘에 드는 걸로 사."

상상은 눈을 번쩍 뜨고 별빛보다 밝은 눈망울로 말했다.

"녕결, 약속한 거다."

"상상, 방금 말했잖아. 장안에 가면 날 도련님이라고 불러야 해. 그래야 존중을 받는다고."

녕결이 죽어가는 상상을 구해 위성에 온 지 어언 칠팔 년. 상상은 호적상으로도 시녀고 하는 일도 시녀지만, 녕결을 도련님이라 불러본 적이 없었다. 별다른 뜻은 없었다. 그저 하나의 습관 같은 것이었다. 오늘부터 어린 시녀 상상은 그 습관을 버려야만 했다.

"녕결…… 아니 도련님…… 저에게 진금기의 지분을 사주겠다는 약속을 꼭 기억하세요."

"그래 좋아, 약속할게."

녕결은 대답과 함께 시선을 창밖의 짙푸른 밤하늘로 돌렸다. 별빛이 수놓아진 밤하늘을 한 번 본 후, 다시 고개를 숙이며 중얼거렸다.

"오늘도 달은 없네……."

그는 고향을 그리고 있었다. 상상은 창가에서 들려오는 잠꼬대 같은 소리를 들으며 마음속으로 생각했다.

'또 저렇게 헛소리를 시작했네…….'

2

습격

1

◑ ◑ ◑

새벽에 일어난 두 사람은 아침 햇살을 받으며 짐을 정리하기 시작했다. 가끔 티격태격했지만 침묵의 시간이 더 길었다.

녕결은 바깥 흙벽에서 무엇인가 꺼내고 있었다. 그러다 마침내 긴 자루 하나를 꺼냈다. 그 안에 든 활을 자세히 살핀 후 문제가 없음을 확인하고 상상에게 건넸다. 상상은 자루를 받아 큰 보자기 속에 집어넣었다. 이어서 녕결은 울타리 밑에서 조금 녹이 슨 박도(朴刀) 세 자루를 꺼냈다. 녕결은 세 자루 박도를 정성껏 닦은 후 아침 해를 향해 칼날을 비추고 고개를 끄덕였다. 그리고는 새끼줄로 묶어 등에 단단히 맸다. 마지막으로 그는 문 뒤에서 커다란 검은 우산 하나를 꺼내어 남은 새끼줄로 상상의 등에 묶었다.

커다랗고 검기 때문에 녕결과 상상이 대흑산(大黑傘)이라고 이름 붙인 우산. 우산이 무슨 재료로 만들어졌는지 모르지만 표면은 새까만 기름때가 낀 느낌이었고, 빛을 전혀 반사하지 않는 두꺼운 재질이었다. 대흑산은 매우 길고 컸다. 그래서 상상이 야윈 등으로 우산을 멨지만 하마터면 땅에 끌릴 뻔했다.

드디어 먼 길을 떠날 채비를 마쳤다. 녕결과 상상은 낡은 울타리를 나섰다. 그리고 동시에 뒤로 돌아서 푸른 돌바닥과 작고 낡은 오두막을 바라봤다. 상상이 고개를 들어 녕결의 턱을 보며 물었다.

"도련님, 문을 잠글까요?"

"됐어. 우린…… 다시 돌아오지 못할 거야."

⋆⋆

철로 감싼 나무 바퀴가 젖은 진흙탕 길을 지나갔다. 귀인의 마차 행렬이 천천히 길을 떠나 위성 밖으로 달려갔다. 앞뒤로 다섯 대의 마차. 위성에서는 눈에 띌 수밖에 없는 마차 행렬에 인파가 정말 많이 몰렸다. 하지만 정작 그들의 관심사는 귀인의 마차 행렬이 아니라 첫 번째 마차에 탄 소년과 그의 시녀.

누군가는 삶은 달걀을 건넸고, 뺨이 검붉은 호떡집 아주머니는 손수건을 들고 울먹이며 말을 건넸다.

"녕결아. 이 죽일 놈의 녕결아. 우리 집 조카애가 얼마나 잘생겼는데 상상을 시집보내지도 않고…… 그것도 모자라 이렇게 어린애를 데리고…… 사람을 잡아먹고 뼈도 뱉지 않는다는 그곳으로 가는 거야? 잘 들어! 우리 상상 꼭 잘 지켜!"

"아주머니, 상상이 여덟 살 때 혼담을 꺼내셨잖아요……."

몇 차례 웃음기 띤 욕설이 끝났다. 하늘에서 갑자기 보슬비가 내리기 시작했다. 실보다 더 가는 빗줄기는 약간 차가웠다. 하지만 아무도 자리를 뜨지는 않았다. 위성의 군졸 가족들은 녕결과 작별하기 바빴고, 그와 마지막 채무가 남은 사람들은 계산하느라 끊임없이 소란을 피워댔다. 그 광경은 화려하게 장식된 마차 안의 그 거만하고 냉담한 귀인 시녀의 눈살을 찌푸리게 했다.

마차 행렬이 작은 변성의 성문을 지날 무렵 녕결은 마차에서 일어나 사방을 향해 손을 앞으로 모으고 예를 올렸다. 비오는 날 등에 낡은 박도 세 자루를 매고 올리는 공손한 인사에 갑자기 웅장한 기운이 퍼졌다.

"어르신들, 아주머니들, 누님들. 고맙다는 말은 안할게요."

이 말과 함께 그는 빗속에서 주먹을 쥔 두 팔을 들어올렸다. 그리 강해 보이지 않는 가슴과 팔뚝을 내보이며, 다소 바보 같은 자세로 소리쳤다.

"이번에 장안에 가서 출세하지 못하면, 다시는 돌아오지 않을 거다!"

녕결의 말에 사람들이 일제히 환호성을 질렀다.

위성에서 유일하게 제대로 된 술집 안에서는 마사양이 측근 교위 몇과 함께 술을 마시며 이 장면을 보고 있었다. 귀인이 그들에게 배웅하지 말라 명했기 때문이다. 하지만 녕결의 외침이 들리자 한 교위가 탄식을 참지 못했다.

"출세하지 못하면 안 돌아오겠다? 멍청한 놈, 꼭 네놈 같은 소리 지껄이고 있네. 그렇다면 녕결, 네놈은 영원히 위성에 못 돌아오겠네."

마사양은 어젯밤 늦게까지 녕결과 주고받은 말을 떠올렸다. 그 대화를 떠올리자 마사양의 입꼬리가 실룩 솟아올랐다. 왼쪽 뺨에 난 칼자국도 꿈틀거렸다.

"늙지도 말고 죽지도 말아요. 저 없다고 울지 말아요. 돌아와서 잘 모실게요."

"안 돌아와도 좋아. 이런 미친 놈. 바깥세상에서 사고나 많이 쳐라."

마사양의 얼굴에 난 칼자국을 따라 뜨거운 눈물 한 줄기가 흘러내렸다.

＊＊

위성에서 멀어진다는 것은 곧 초원에서도 멀어진다는 의미. 만족과 새로 등극한 선우를 괴롭히는 봄 가뭄의 영향도 여기까지 미치지는 못했다. 봄바람에 나뭇가지와 풀잎이 푸르게 물들었다. 마차 바퀴와 말발굽도 녹음에 젖었다. 종종 나비 몇 마리가 마차 뒤를 따랐다. 준마(駿馬)는 풀밭과 구릉 사이를 질주했다. 말과 마차를 연결하는 끌채는 때로는 쇠로 된 것처럼 팽팽해졌다가 때로는 나뭇잎처럼 처지기도 했다. 그 박자에 따라 몇 겹의 담요를 깐 호화 마차 안도 가볍게 흔들렸다.

용모가 지나치게 수려한 귀인의 시녀는 창밖으로 빠르게 물러서는 경치를 감격에 겨운 얼굴로 바라보고 있었다. 황사가 가득한 북방에 대한 기억이 떠올랐는지 얼굴 표정은 굳어 있었다. 하지만 눈에는 미지의 앞날에 대한 기대와 열망으로 가득했다. 화려한 모피를 걸친 남자아이가 그녀의 종아리를 끌어안고 기대에 찬 표정으로 초원 만족 말을 몇 마디 중얼거렸다.

놀러가자는 칭얼거림이었다.

그녀는 아이에게 몇 마디 훈계했지만 곧바로 부드러운 표정으로 그를 품에 안으며 온화하게 머리를 쓰다듬었다.

'스르륵.'

봄바람에 마차의 장막 한쪽 끝이 올라갔다. 그녀는 눈을 가늘게 뜨며 행렬 앞쪽을 바라보았다. 그녀의 안색이 그렇게 좋지는 않았다. 가장 앞의 초라한 마차에 앉은 녕결이라는 군졸이 고개를 끄덕이고 있었다. 그 모습은 당장이라도 잠들 것처럼 보였다. 길잡이로서 마차 행렬의 방향을 이끌어야 하는 그가 대부분의 시간 동안 졸고 있었던 것이다. 아무리 봐도 길잡이에 적절하지 않다는 생각이 들었다.

하지만 그녀의 표정이 어두워진 이유는 그 때문이 아니었다. 졸고 있는 녕결은 수시로 떨어질 것 같았고, 그래서 상상은 시종일관 그의 옆을 지키고 있었다. 그녀는 연약하고 작은 몸으로 그를 지탱하고 있었던 것이다. 까무잡잡한 얼굴 탓에 표정은 잘 보이지 않지만, 멀리서 한눈에 보기에도 힘든 것 같았다.

'덜컹.'

마차가 얕은 개울을 건넜다. 흔들림에 녕결이 잠에서 깨어났다. 그는 눈을 비비며 하늘빛을 보았다. 황혼이었다.

그때까지 실컷 잔 그는 손을 흔들어 행렬을 멈춰 세웠다. 야영을 준비하라는 신호를 보냈다.

'잠에서 깨자마자 야영 준비 신호?'

다소 무책임해 보이는 행동에 소란스러웠지만, 어느 누구도 그의 제안에 이의를 달 수 없었다.

위성을 떠난 지 며칠째. 이때까지 소년이 내린 모든 결정은 사후에 모두 적절했다고 판명되었기 때문이다. 경로 선택, 주둔지 선정, 안전 방위, 물과 음식의 수급, 위험에 처했을 때 도주하기 위한 경로 선정 등 모든 면에서 아무런 문제가 없었다. 가장 놀라운 것은 마차의 이동 속도가 매우 빠르다는 것이었다. 귀인이 초원에서 설득해 데려온 십여 명의 만족(蠻族) 마적들은 원래 변방군을 다소 무시하기도 했는데, 이 소년 군졸의 길잡이 재능에 대해서는 탄복하지 않을 수 없었다.

사람들은 냇가에서 흙을 파내 아궁이를 만들고, 땔감을 줍고, 물을 끓이기 시작했다. 마침내 마차에서 귀인의 시녀가 내렸다. 그녀의 눈살은 더욱 심하게 구겨졌다.

멀지 않은 곳에서 마치 소풍 온 것처럼 드러누워 배를 문지르고 있는, 그저 고기를 먹을 마음 뿐인 녕결. 그리고 힘겹게 물을 받아 솥에 붓고 땔감을 모으러 다니는 키 작고 까무잡잡한 그의 시녀를 보았기 때문이다.

호위 하나가 일어서서 귀인 시녀의 눈치를 살폈다. 하지만 그녀는 고개를 가로저으며 따라오지 말라는 신호를 보냈다.

그녀는 녕결과 상상에게 다가갔다. 그녀는 녕결이라는 소년에게 확실히 어떤 능력이 있다는 점을 인정했다. 최소한 도성 장안의 소년 귀족들 보다는 훨씬 낫다고 생각했다. 그가 정말 장안의 어느 귀공자였다면 그녀한테서 칭찬을 들을 수도 있었을 것이다. 하지만 그는 결국 하층의 상스러운 소년이지 않은가.

'동고동락해야 할 어린 여자아이를 착취한다?'

이 사실은 그녀 가슴의 어떤 부분을 건드렸다. 그녀는 매우 기분이 나빠졌다. 그녀는 상상과 가까운 곳에 이르러 온화한 미소와 함께 손짓했다.

"무거운 땔감은 내려놓고 나하고 이야기나 좀 하자."

그녀의 마음을 읽었는지 상상은 녕결을 힐끔 보았다. 그가 고개를 끄덕이고 나서야 상상은 귀인의 시녀에게 다가갔다.

수려하게 생긴 귀인의 시녀가 손수건을 꺼냈다. 상상은 고개를 저었다. 그렇게 힘든 일을 많이 했음에도 어린 상상의 이마에는 땀 한 방울 나지 않았다. 그제야 풀더미에서 일어난 녕결은 몸에 묻은 풀 부스러기를 털어냈다. 그리고 공손하게 두 손을 모은 채 웃으며 예를 올렸다. 귀인의 시녀는 고개를 돌리지도 않고 담담하게 말했다.

"너 같은 사람은 징그러워. 겉으로는 앳된 모습으로 사람들에게 온화하게 대하지만, 속으로는 진부하고 고리타분한 느낌을 물씬 풍기거든."

감정 없는 음조, 살짝 들린 턱. 일부러 거리를 두려는 느낌은 없었지만, 자연스럽게 높은 곳에서 아래를 내려다보는 고귀한 기풍이 풍겼다. 대당의 공주 전하를 모시는 측근 시녀는 대부분의 관료들에게도 손가락질을 할 수 있으니, 하물며 녕결같이 하찮은 신분의 사람들에게는 오죽할까.

녕결은 한번 웃고는 고개를 가로저으며 개울가의 아궁이로 발길을 돌렸다. 귀인에게는 수많은 시녀가 있겠지만, 그에게 시녀는 단 한 명이다. 다시 말해 그의 유일한 시녀가 귀인의 무수히 많은 시녀 중 한 명에게 끌려가 한담을 나누게 되는 것이다. 귀인에게는 또 다른 시녀가 있겠지만 그녀는 직접 가서 땔감을 줍고 물을 끓이고 밥을 지어야 한다. 하지만 변방의 모래 바람에 얼굴이 두꺼워진 탓인지, 그의 웃음에 난감한 기색은 전혀 드러나지 않았다.

해가 저물 무렵, 상상은 간식을 들고 돌아왔다. 태운 죽 사발을 들고 멍하니 앉아 있던 녕결이 간식을 보고 당연한 듯 입에 넣었다.

"왜 이렇게 너와 잡담하기를 좋아할까나. 난 며칠 동안 제대로 된 밥도 못 먹었는데…… 귀인의 이런 값싼 동정심은 정말 쓸데없어. 그녀의 웃는 모습을 봐. 꼭 아이를 먹고 싶어 하는 늙은 늑대 같아. 본인은 온화하다고 생각하겠지만, 사실 위성에서 파는 물 탄 술보다 더 가식적이야."

"괜찮은 사람인데……."

"며칠 동안 무슨 이야기 나눴어?"

가는 눈썹을 찌푸린 채 한참을 생각한 후 상상이 대답했다.

"초원에서의 이야기가 대부분인데…… 무슨 말이었는지 잊었어요."

그 말에 녕결은 금세 기분이 다시 좋아져 콧노래를 흥얼거리며 간식을 씹었다.

"또 널 찾으면 돈이나 많이 달라 그래. 아니면 간식을 더 많이 받아오든지."

**

어느새 밤이 되고.

상상은 끓인 물이 담긴 물통을 끌며 천막으로 향했다. 냇가 언덕 위의 사람들은 이 모습을 보며 하나같이 경멸의 표정을 지었다. 그 경멸은 당연히 녕결을 향한 것. 어린 여자 시녀가 녕결의 발을 씻기기 위해 물을 준비하는 것을 알기 때문이었다.

발을 씻은 후 녕결은 양모로 만든 이불 속으로 들어갔다. 얼음처럼 차가운 두 발을 자신의 품에 안고, 즐기는 것인지 고통스러워하는지 모를 신음소리를 내뱉은 후 하품을 두어 번 하고 말했다.

"잘 자."

상상은 그보다 훨씬 피곤했는지 얼마 지나지 않아 잠들었다.

잠시 후 녕결은 눈을 떴다. 마치 흉터 많은 천막의 천을 뚫을 듯한 눈빛으로 하늘을 한번 보고 다시 그 손수건을 떠올렸다.

'금테로 수놓아진 손수건. 역시 내 추측이 맞았어. 그런데
내 생각이 맞다 해도…… 무슨 소용이 있지?'

녕결은 마차 천장을 바라보며 되짚어 보았다. 위성을 떠나면서부터 생긴 일들을. 호화 마차는 여정 내내 장막을 내리고 있었다. 만족 혈통의 남자 아이가 내려서 가끔 노는 걸 제외하고는 아무도 공주를 볼 기회가 없었다. 가끔씩 수려한 외모의 오만한 시녀만이 명령을 내릴 뿐.

그 시녀는 왠지 모르게 상상을 불러 이야기 나누는 것을 좋아했다. 그리고 녕결에 대한 혐오감을 조금도 감추지 않았다.

'퍽이나 좋은 배우시네.'

위성에서부터 장안으로 향하는 길까지 누구라도 그녀가 시녀가 아니라는 것을 알 수 있었다. 부하들을 대하는 태도와 그녀에게서 나타나는 표정과 기질로 그 사실을 모르기가 힘들었다. 하지만 이 점이 정말 이상했다. 녕결은 줄곧 생각했다. 대당 제국 상층의 진정한 귀인들이 상상 같은 사람을 동정하는 한가로운 마음을 가져서는 안 된다고 말이다. 물론 이것이 그의 진짜 관심사는 아니었다.

그가 며칠 동안 줄곧 주목했던 사람은 마차 안에서 낡은 두루마기를 입고 있는 노인. 어릴 때부터 현묘한 세계에 들어가려는 뜻을 품었지만 그 문에 들어가지 못했던 그가 공주 행렬을 따라 도성으로 돌아가려는 바로 그 진정한 이유. 하지만 아쉽게도 노인과 이야기를 나눌 기회를 가지지는 못했다.

가끔씩 야영지에서 식사할 때 노인과 눈길을 마주쳤다. 그 찰나의 순간 노인은 온화한 눈길을 보냄과 동시에 격려의 뜻을 보내곤 했다.

'왜 그러는 걸까…… 아무리 생각해도 이해가 되지 않아.'

순간 정신이 번쩍 들었다. 자신의 품속에 있는 작은 두 발이 아직도 따뜻해지지 않았기 때문이다. 얼음 덩어리처럼 차가운 발 때문에 자신의 흉부마저 차가워진 것 같았다. 그의 미간이 걱정스레 찌푸려졌다.

시녀 상상은 지금보다 더 어린 시절 고생을 많이 했는데, 시신 더미 속에서 비바람 아래 썩은 보자기에 며칠 동안 싸여 있었던 터. 녕결에 의해 구해진 뒤로도 큰 병에 걸려 몇 달 동안 낫지 못했다. 위성의 군의관들도 진료를 해봤지만 소용이 없었다. 그녀를 먼 개평부(開平府)까지 데려가 의원에게 보였지만 모두 같은 의견이었다.

"태어날 때부터 체질이 허약해서 그래."

극단적인 허약 체질 때문에 상상은 땀이 나는 일이 거의 없었다. 때문에 매일 독소와 체내 노폐물을 깨끗이 배출할 수 없어 그녀의 몸은 갈수록 나빠지고 있었던 것이다. 그래서 녕결은 의사의 처방대로 그녀에게 매일 많은 운동을 시켜 허한 체질을 개선하려고 했다. 사람들 눈에 늘 이 까무잡잡한 어린 시녀를 당나귀나 말을 부리는 것처럼 보이는 것은 이런 까닭이었다.

하지만 매일 이렇게 고생해도 상상의 체질은 호전되지 않았다. 녕결은 일어나 꽁꽁 언 발을 주물렀다. 그리고 구석에 있는 소가죽 술 주머니를 꺼내 상상을 깨운 후 그녀의 입술에 대주었다.

상상은 몽롱하게 눈을 뜬 채 자연스럽고 능숙하게 마개를 열어 입으로 술을 부어넣었다. 술은 한 방울도 흘리지 않았지만 천막에는 이미 술 냄새가 진동하기 시작했다. 초원에서 구해온 목이 타는 듯한 독한 술. 왜소한 체구의 시녀가 큰 술통을 단숨에 들이키고 있었다.

두 사발만 마셔도 웬만한 사내를 취하게 만드는 독주를 그녀는 순식간에 반 주머니나 마셔버렸다. 호기롭다는 말보다 괴상하다는 말로 표현하기가 더 적당한 듯한 광경이었다.

그녀는 입술을 닦았다. 버드나무 잎 같은 눈이 어둠 속에서 더욱 밝아졌다. 그녀는 녕결을 향해 미소를 짓고는 누워서 다시 잠에 빠져들었다. 언제 술을 마셨느냐는 듯이.

천막 안에 독한 술 냄새가 퍼졌다. 동시에 녕결 품속의 작고 차가운 발에 점점 온기가 퍼지기 시작했다. 녕결은 그녀의 코끝에서 스며 나오는 몇 방울의 땀을 보고 마침내 마음을 놓았다. 그리고 자신의 이마에 흐르는 땀방울을 닦았다.

머리맡에는 이미 너덜너덜해진 〈태상감응편〉이 펼쳐져 있었다. 자기 전에 몇 쪽씩 읽곤 했고, 읽지 않더라도 마음속으로 묵묵히 외우곤 했다. 수년간 지속된 그의 습관이었다.

"모든 중생이 수행을 통해 불로불사(不老不死)의 방법을 터득하고,
모든 재해와 독이 그의 생명을 해치지 않기를 기원한다."

얕은 잠에 취한 그의 정신.

"모든 중생이 늙지 않고 병에 걸리지 않아 영원히 생명의 근원을 유지하고, 용맹하게 지혜의 도(道)에 이르기를 기원한다."

정신은 책에 적힌 글자에 따라 단순해 보이지만 이해하기 어려운 감지(感知)의 방법을 따라 천천히 움직이고 있었다.

점차 그와 상상이 덮고 있던 양모로 만들어진 이불이 사라지고, 허름한 천막이 사라지고, 천막 밖의 푸른 풀이 사라지고, 이어서 시냇물도 하얀 안개로 변해 보이지 않게 되었다. 천지가 네 속에 내가 있고, 내 속에 네가 있는 세상이 되었다. 이 세상 무언가가 신비로운 박자로 숨을 쉬는 것을 느낄 수 있었다. 천지의 호흡 사이로 기운이 점점 강해져 바다로 변해가면서 그 따뜻함이 가득했다.

넝결에게 이 신비로운 느낌은 낯설지 않았다. 수년 전 〈태상감응편〉을 처음 읽었을 때부터 잠들기 전에 자주 느낄 수 있었다. 하지만 그는 그 슬픔도 잘 알고 있었다. 왜냐하면 이것은 진정한 감지(感知)가 아니라 단순한 꿈일 뿐이었기 때문이다. 따사로운 바다. 아마도 이것은 꿈속의 착각일 뿐. 자신의 품에 있는 면양말을 신은 작은 두 발이 점점 따뜻해지고 있기 때문이리라.

그래도 아주 좋은 착각이었다. 그렇게 자기 위안을 하면서 넝결은 깊은 잠에 빠져들었다. 더 이상 꿈도 꾸지 않았다.

**

아침에 잠에서 깬 넝결은 불만을 가득 표출하고 있었다. 그런 넝결 앞에서 귀인의 시녀가 차가운 표정을 짓고 있었다.

"왜 갑자기 길을 바꿔요?"

녕결은 최대한 감정을 억누르며 물었다.

"민산을 통과해 곧장 화서도(華西道)로 가야 해요. 제가 선택한 길에 아무런 문제가 없을 거예요."

하지만 귀인의 시녀는 대꾸하지 않았다.

"제가 길잡이고, 다들 민산에 대해 잘 모르시잖아요. 매복 습격을 두려워하는 건 알지만, 제가 장담하는데 제 말대로 하면 아무도 당신들을 공격하지 못해요."

귀인의 시녀는 속으로만 대꾸했다.

'네놈이 무슨 자격으로 날 설득하려는 거지?'

녕결은 자신의 천막으로 들어가 짐을 싸고 있는 상상에게 말했다.

"저들을 큰 직선 도로로 배웅한 후 우리는 돌아간다."

예전에 손으로 그린 간단한 지도를 꺼내든 녕결은 그중 한 곳을 가리켰다.

"아무리 멀리 가도 여기까지야. 더 앞으로 가면 적이 기병 몇 기만 보내도 이 대열을 모두 몰살시킬 수 있어."
"설득해야죠."
"그쪽에 공주를 마중 나온 부대가 있을 거야. 그러니 저들이 내 말을 듣지 않는 거겠지. 그리고 난 돼지 대가리 같이 멍청한 사람들을 설득하는 데에는 재능이 없어."

상상은 말없이 눈빛으로 물었다.

'그쪽에 공주 전하를 맞이하는 부대가 있다면 왜 이렇게 걱정하는 거죠? 또 왜 우리는 철수하는 거죠?'
"직감이야. 감히 대당 제국 공주를 해치려는 인물은 절대 공주처럼 멍청하지 않을 거야. 예비 방책을 여러 개 준비해 뒀겠지."

상상은 무슨 말을 하려다가 멈칫했다.

"……그녀에게 말을 좀 정중하게 하세요."
"그녀의 정체는 이미 알아. 그녀가 공주면 어때? 위성에서 이미 말했듯이, 그녀는 백치 공주일 뿐이야."

녕결은 거침없이 중얼거렸다.

"맞이하는 부대가 있다손 쳐도 장소의 선택이 중요해. 내가 결정할 수 있다면 차라리 큰길 한가운데를 택하는 한이 있더라도 송과령(松果嶺)을 선택하지 않을 거야."

녕결이 방금 지도에 눈에 잘 띄게 표시한 점을 보며 말했다.

"그들은 북산도로 가겠다는 건데, 그곳은 비록 외길이지만 길 양쪽으로 밀림이 칠 리나 우거져 있어. 저들은 그걸 생각하지도 않아. 매복하기 적격인데 말이야."

그는 잠시 침묵했다가 지도를 옷 속에 넣고 고개를 저으며 자조적으로 말을 이었다.

"길잡이라…… 그들을 북산도로 데려가는 것 외에도, 적을 현혹시키려는 의도에 불과했을 뿐이야. 그 백치 공주는 마 장군을 믿지 않았던 거지. 당연히 나를 믿지도 않았고. 백치 한 명이 백치

한 무리를 이끌고 있는 거네."

북산도에서 만날지 모르는 매복 습격, 또 맞이하러 올지 확실하지도 않은 지원군을 생각하며 녕결은 마음이 더욱 무거워졌다.

"초원에서 몇 년이나 살았는데도 똑똑해지지 못하다니……
그녀가 현명하다는 말은 도대체 어디서 나온 거야?"
'슥슥.'

녕결은 녹슨 자국이 남아 있는 박도 세 자루를 꺼냈다. 숫돌에 물을 적시고 묵묵히 날을 갈기 시작했다. 북산도에 들어가면 아마 혈전이 벌어질 수도 있기 때문이었다. 조금 늦은 감이 있었지만, 그래도 칼을 갈면 적어도 마음의 평정은 되찾을 수 있을 거라 생각했다. 상상은 그 모습을 보며 조심스럽게 물었다.

"북산도에 가서 저 사람들과 갈라서면, 그 나이 든 스승님께
가르침을 청하는 것은 어떻게 하실 거예요?"
"먼저, 살아남는 게 가장 중요해."

녕결은 고개를 숙인 채 여전히 칼을 갈았다. 동작은 느렸지만 힘이 있어 보였다.

"살아서 장안에 도착할 수만 있다면 언제든지 기회가 있을 거야.
하지만 이 백치들 손에 우리 둘의 목숨을 걸면 아무 기회도 없어."

* *

남쪽으로 갈수록 따뜻해졌다. 마차 밖 경치도 더욱 푸르러야 하지만, 행렬이 민산에 들어가고 지세가 높아지니 푸른 풀 대신 길 양쪽으로 나무가 보이기 시작했다. 나뭇잎은 아직 완전히 푸르게 변하지 않아 여전히 작년 가을과 겨울에 쌓여 온 칼바람을 닮은 살의가 남아 있었다. 천지의 기온이 조금씩 내려가면서 긴장감과 엄숙한 분위기가 마차 행렬을 뒤덮었다.

그 순간 모두가 알고 있었다. 장안성 안에서 감히 공주를 모함하고 있는 그 대인물이 공주의 귀성길을 막으려면, 민산이 그 마지막 기회라는 것을.

긴박한 경계와 수색 끝에 행렬은 수일 만에 드디어 북산도 입구 외곽에 도착했다. 하늘을 가린 밀림을 보며 녕결을 제외한 대다수 사람들은 걱정 대신 여유를 보였다.

며칠 동안 수려한 시녀가 상상을 불러 한담을 나누는 시간은 적어졌다. 수려한 시녀는 대부분 마차 안에서 시간을 보냈다.

그리고 이날 저녁 오랜만에 마차에서 내린 그녀의 얼굴에는 엷은 미소가 피어났다. 초원을 떠나기로 결정했을 때 미리 사자(使者)를 제국으로 보냈었다. 사자는 단시간에 장안에 도착하여 대규모 군대를 출격시킬 수는 없었다. 대신 그녀의 충실한 부하에게 연락할 시간은 충분했다.

열흘 전 고산군(固山郡) 측으로부터 긴급 회신을 받은 것이 북산도로 직진하기로 한 결정적 이유였다. 고산군의 젊은 도위(都尉, 정3품에서 종4품까지의 무관) 화산악(華山岳)이 그의 친위병을 이끌고 북산도 남쪽 기슭 입구로 도착할 것이라고 믿었기 때문이다.

제국을 떠난 지 불과 몇 년. 공주는 예전 부하들이 여전히 충성을 바칠 것이라 믿었다. 설령 몇몇은 황궁에 있는 그 여자에게 매수되었다 하더라도, 화산악만은 절대 매수되지 않았을 것이라 확신했다. 화산악이 자신을 바라보는 시선은 항상…… 따뜻했기 때문이다.

약속한 지점까지 30리. 마차 행렬은 어둠 속에서 주둔하며 휴식하기로 했다. 한밤중에 밀림을 뚫고 가는 것은 어느 모로 보아도 무모한 행위였다. 황혼 속에 초라한 천막 하나가 진영(陣營) 외곽에 외롭게 설치되었다. 진영은 마차를 빙 둘러 세워졌다. 공주의 호위대 대장이 안전을 위해 진영 안으로 들어오라 설득했지만 천막 주인은 고집을 꺾지 않았다.

"진영의 마차와 거리를 두지 않으면, 만약 일이 생겼을 때 어떻게 빨리 도망갈 수 있겠어."

녕결은 약간 비웃듯이 말하며 대흑산을 상상의 등에 매어 주고는 아주 예쁜 꽃 모양으로 매듭지었다.

"우리가 도망치면 저들은 어떻게 해요?"

녕결은 활시위에 습기가 찼는지 살펴보고 있었다. 그는 상상의 질문에 고개를 돌려 한참을 바라보다 진지하게 대답했다.

"어렸을 때 일을 잊었니? 난 아직도 생생해. 내가 너를 시체 속에서 꺼냈고, 나도 어렸을 때 남들은 상상도 할 수 없는 비참한 경험들을 했어. 상상, 이것은 꼭 기억해야 해. 우리는…… 아주 힘들고 힘들게…… 심지어 목숨을 걸어야만 이 세상에서 살아남을 수 있는 거야. 우리가 이렇게 고생해서 살아남은 이상, 쉽게 죽을 수는 없어."

녕결은 갈아 놓은 칼을 칼집에 넣었다. 상상도 더 이상 질문을 하지 않고 묵묵히 짐을 쌌다. 도집을 잡은 녕결의 손이 멈췄다. 허름한 천막의 장막을 한손으로 들추니 귀인의 시녀가 앞에 있었다. 수려한 얼굴 위의 웃음기가 갑자기 얼음 같은 냉랭함으로 변하기 시작했다. 그녀는 본래 상상과 이야기를 나누러 왔는데 뜻밖에도 두 사람이 짐을 정리하는 모습을 보게 되었다.

"뭘 하는 건가?"

넝결은 잠시 침묵하다 이내 미소를 지으며 몇 마디 설명을 하려고 했다. 그러나 그의 귓바퀴가 미세하게 흔들리고 얼굴의 보조개가 사라졌다. 이제껏 한 번도 보지 못한 무거운 표정. 넝결은 등에 박도 자루를 멘 채 귀인의 시녀를 밀치고 천막 밖으로 튀어나갔다.

마차의 주둔지는 북산도 입구 밖에 위치했고, 주위에 마차를 가릴 엄폐물도 없었다. 진영은 마지막 황혼의 빛에 잠겨 아주 따뜻하고 편안해 보였다.

'휘이, 휘이…….'

하지만 숲속을 지나는 바람소리는 마치 영혼이 우는 것처럼 느껴졌다. 넝결은 눈살을 찌푸리며 밀림 속을 지켜보았다. 그 소리에 세심하게 귀를 기울였다. 소리에서 미세한 변화가 감지되었다.

'휘이, 휘이…… 휘이익!'

"습격이다!"

넝결이 갑자기 고함치는 순간, 화살 하나가 숲에서 날아들었다. 화살은 행렬 중 가장 화려하게 장식된 마차를 향했다.

'퍽!'

날카로운 금속 가시가 수십 장의 젖은 종이에 꽂히는 소리. 그 깃털이 달린 화살은 화려한 마차 옆을 지키던 호위의 가슴을 꿰뚫었다. 구레나룻을 기른 젊은 호위는 피가 흐르는 가슴을 움켜쥐고 쓰러졌다.

넝결이 습격을 외치는 순간, 잘 훈련된 호위 하나가 재빨리 반응했다. 그는 끌채에 뛰어올라 마차의 창을 몸으로 막았다. 화살이 어디서 날아오는지 몰랐지만 적이 노리는 대상이 공주라는 것을 알고 있었다. 호위의 도박은 성공했다. 그 대가가 자신의 젊은 생명이었을 뿐.

"적의 습격이다!"
"전하를 보호하라!"
"방패를 세워라!"

호위들의 외침이 다급하게 퍼졌다.

'휙! 휙! 휙! 휘익!'

무수한 화살이 마치 폭우처럼 밀림 깊은 곳에서 쏟아져 나왔다. 원형으로 이루어진 마차 진영에서 떨어진 곳에 있던 녕결은 재빠르게 바닥에 엎드렸다. 동시에 자신을 뒤따라오던 상상과 그 귀인의 시녀도 덮쳐서 엎드리게 했다. 그리고 묵묵히 상대방 궁수와 화살의 수를 계산했다.

'펑! 펑! 펑! 펑!'

화살들이 나무 방패에 꽂히며 둔탁한 소리가 났다. 화살은 간혹 방패 틈 사이로 들어가 호위를 명중시키기도 했다. 화살에 맞은 말들은 고통스럽게 바닥에 뒹굴며 비명을 질러댔다.

화살이 허공을 가르는 소리, 화살이 나무 방패에 꽂히는 소리, 사람들의 고통스러운 신음 소리, 말이 울부짖는 소리 등 온갖 소리가 한데 뒤섞이며 방금 전까지 즐거운 웃음소리로 가득찼던 군영은 아수라 지옥으로 변해버렸다.

'휙…… 퍽!'

녕결로부터 반 척쯤 앞으로 떨어진 진흙에 화살 하나가 세차게 꽂혔다.

튀어 오른 흙과 돌 조각이 그의 얼굴을 때렸다. 붉은 자국이 얼굴에 새겨졌다. 하지만 그의 표정은 조금도 변하지 않았다. 그저 조용히 솔잎 위에 엎드려 눈길을 남쪽의 북산도로 보냈다.

'북산도 밀림에서 매복 습격을 하거나 야간 습격을
선택하는 대신 북산도 입구에 막 도착한 저녁 무렵에 공격을
한다? 이건 나도 예상치 못했네.'

해질 무렵은 경계심이 가장 느슨해지는 시간. 그리고 곧 지원 부대를 만날 마음에 긴장이 살짝 풀린 호위대. 적은 바로 이 점을 이용한 것이다.

북산도 양쪽 밀림에 촘촘한 그림자들이 희미하게 보였다. 화살의 밀도와 눈대중으로 살핀 적의 인원수는 대략 60여명. 생각보다 적은 숫자였다. 아무래도 황제가 총애하는 공주였기에 사후 입단속을 위해 적도 큰 부대를 동원하기보다 가장 믿을 만한 결사대를 보낸 것 같았다. 결사대이니 인원수가 많을 수 없었다.

하지만 전쟁터에서는 인원수가 관건이 아니라는 것을 녕결은 잘 알고 있었다. 심지어 이런 놀랄 만한 암살 작전을 꾸민 것으로 보아 수행자를 동원했을 수도 있다는 생각이 스쳤다. 녕결은 잠시 묘한 흥분감이 생겼다. 하지만 그 흥분은 오래 가지 않았다. 흥분은 이내 공포감으로 변했다.

"진짜 망했네요."

녕결은 고개를 돌려 시녀에게 중얼거렸다. 그녀의 눈에 망연자실한 기색이 스쳤다. 양쪽의 밀림에서 적들이 쏟아져 나왔다. 회색 당군 제복을 입고 복면도 쓰지 않은 이들이 칼을 휘두르며 늑대 떼처럼 빠르게 덤벼들었다.

신분을 숨기지 않는다는 것은, 반드시 어느 한쪽이 모조리 몰살당한다는 것.

마차 행렬 주변 호위대는 공주가 만족(蠻族) 중 초원에서 설득해 데

려온 마적. 좀 전의 화살 공격은 이미 그들의 흉악한 본성을 격발시키기에 충분해 보였다. 어떤 이는 단궁을 연이어 쏘아대기 시작했고, 어떤 이는 허리 옆에 차고 있던 곡도(曲刀)를 뽑아 달려드는 적을 향해 내질렀다.

'챙! 챙!'

칼날이 연이어 부딪히는 소리, 신음 소리와 고함 소리.

칼끝이 가슴을 찌르고, 칼날이 인후를 베고, 사내들의 몸에서 선혈이 낭자하며 주위의 낙엽들을 빨갛게 흠뻑 적시고 있었다.

전투는 초반부터 가장 처참한 단계로 접어들고 있었다. 하지만 누구도 물러서지 않았고, 아무도 도망가지 않았다. 초원의 만족들은 궁술이 뛰어났으며, 타고난 용맹함으로 당황하지 않고 순식간에 습격의 기세를 제압해 나갔다. 밀림에서 사람의 그림자가 하나 둘 쓰러졌다. 호위들은 진영 주위의 숲을 점차 통제하기 시작했다. 그들은 용맹했지만 신중함을 잃지 않았기에 맹목적으로 진영을 확대하지도 않았다. 어느 모로 보나 초원 만족들의 호위 전술은 훌륭했다. 적어도 녕결의 눈에는 그렇게 보였다. 그래서 녕결은 더욱더 이해가 되지 않았다.

'왜 그 시녀의 표정은 점점 더 무거워지고 우울해지는 거지?
내가 모르는 무슨 걱정이 있는 걸까?'

그녀는 이를 악물면서 몸을 일으키려고 했다.

'퍽.'

녕결은 오른손 주먹으로 그녀의 다리를 쳐서 그녀를 다시 넘어뜨렸다. 그는 그녀의 '진짜 정체'가 드러나 자신과 상상을 끔찍한 위험에 빠뜨리기를 원하지 않았기 때문이다.

"뭐 하는 짓이냐!"

시녀는 분노하여 녕결을 노려보는 동시에 오른손을 슬며시 허리 쪽으로 뻗었다. 녕결은 집중하여 전장을 바라보고 있었기에 그녀의 반응에 전혀 주의를 기울이지 않았다. 대신 그는 마차의 진영을 보며 어떤 가능성이 떠올라 소름이 끼치기 시작했다.

북산도 전투가 처참하게 진행되는 동안에도 마차 주위는 괴이하게 조용했다. 마차를 둘러싸고 있는 십여 명 군사는 모두 공주가 초원으로 시집갈 때부터 그녀를 호위하는 대당(大唐)의 정예 호위대였다. 그들은 마치 십여 개의 조각상처럼 두 개의 마차 주위에 반듯이 꿇어 앉아 있었다. 그리고 한 마차 앞에는 낡은 두루마기를 입은 온화한 노인이 눈을 감은 채, 호위대의 보호 아래 갈수록 어둑해지는 밀림의 깊은 곳을 향해 가부좌를 틀고 있었다.

녕결은 초조하게 마른 입술을 핥은 후 상상에게 손을 내밀었다. 그 손은 어느새 땀이 배어 흠뻑 젖어 있었다. 상상은 그를 힐끗 보고 손에 있던 활을 건넸고, 등 뒤에 메고 있던 커다란 대흑산을 풀어 몸 주변의 낙엽 위에 내려놓았다.

**

싸움은 계속되었고, 세 사람과 처참한 전장 사이에는 마차 진영이 있었다. 전투는 세 사람이 있는 곳까지 번지지는 않을 듯 보였다. 하지만 어찌된 영문인지 녕결은 극도의 긴장감을 느꼈다. 어느새 손바닥과 활시위 사이의 땀방울이 말라가고 있었다.

반면 마차 옆에 조각상처럼 무릎을 꿇고 앉아 밀림 깊숙한 곳을 바라보고 있는 호위대 군졸들의 거무스름한 얼굴은 굳세고 평온해 보였다. 경계하고 있지만 침착함을 잃지 않는 모습. 이 순간 이들의 모습은 상당히 이례적이었다.

공주의 혼례 행렬에 선발되어 초원으로 들어간 이들은 당연히 군부의 최정예들. 그들이 이렇게 가만히 있는 것은 아무래도 이상하게 보일 수밖에 없었다. 만족의 죽음과 시끄러운 소리에도 그들은 속눈썹도 하나 까딱하지 않고 시종일관 무뚝뚝한 표정으로 마치 마음이 철과 돌로 만들어진 것처럼 행동하고 있었다. 그들이 지키고 있는 두 대의 마차 중 화려한 마차에서는 아무런 기척이 없었다.

그리고 다른 하나의 마차에는 노인이 가부좌를 틀고 앉아 매우 한가롭고 편안하게 눈을 감고 있었다. 그의 무릎 위에는 검 하나가 가로놓여 있었는데, 검집이 매우 낡고 오래되어 마치 노인이 입은 두루마기와 하나인 듯 보였다.

녕결은 그들이 왜 그러는지 알 수 없었다. 그러나 호위들이 주시하고 있는 어두운 잎사귀 사이에 무엇인가 큰 공포가 존재한다는 것을 느낌으로 짐작할 뿐이었다.

화려하고 냉혹한 신세계가 막을 올리기 직전, 현실이 그로 하여금 긴장감을 최고조에 달하게 만들었다. 그는 두피가 저려 왔고, 그의 중지와 검지는 끊임없이 활시위를 만지작거리고 있었다. 이내 그의 호흡은 기묘하게 느려지고 표정이 이전보다 더 차분해졌다. 마지막 위험과 공포를 기다리며 현장 분위기에 짓눌린 터. 마치 주변의 격렬한 싸움 소리, 칼날 부딪히는 소리가 일순간에 사라지는 듯했다.

'끼익.'

팽팽한 긴장감이 고조에 달한 순간, 화려한 마차의 창문이 열리며 미모의 젊은 여성이 머리를 내밀고 근심스러운 표정을 지었다.

"전하, 염려하지 마십시오."

그녀가 말을 하기도 전에 호위대 대장은 낮은 목소리로 말한 후 재빨리 손을 내밀어 마차의 창문을 닫았다. 공손했지만 긴장감 때문인지 그의 동작은 조금 무례해 보였다.

'희생양들이구나…….'

녕결은 속으로 중얼거렸다. 고개를 돌려보니 상상이 싸늘한 눈빛으로 자신을 바라보고 있었다. 잠깐 눈을 마주쳤을 뿐인데, 평소와 달리 길게 느껴졌다. 녕결은 속으로 어쩔 수 없는 탄식을 내뱉었다.

다리 근육을 팽팽하게 한 후 발끝을 두꺼운 낙엽 속에 박고, 언제라도 힘을 쓸 수 있는 준비를 했다.

'휘이익.'

갈수록 어두워지는 북산도 깊은 곳, 회색 나뭇가지 사이에서 갑자기 큰 바람이 불어왔다. 바람은 가지 끝에 새로 난 잎을 떨구지는 못했다. 그러나 땅바닥에 몇 년 동안이나 쌓여 있던 낙엽들을 허공에 휘몰아치게 했고, 오래된 낙엽들은 일순간 하늘로 날아오른 후 땅으로 떨어졌다.

'바스락 바스락.'

가지에 잎도 없는 나무에서 낙엽이 우수수 떨어졌다. 동시에 짙은 색 가벼운 갑옷을 입은 거대한 체구의 남자가 북산도 깊은 곳에서 나타났다. 천둥과 같은 고함소리와 함께 흐릿한 회색빛이 그의 갑옷에서 스며 나와서 번뜩이다 사라졌다. 마치 하늘의 신이 구름 끝에서 불쑥 나타난 듯이.

나무같이 굵고 튼튼한 두 팔이 하늘로 향했다. 그의 손에 들려 있던 돌덩이는 굉음과 함께 돌로 된 탄알이 되어 그 화려한 마차를 향해 날아갔다.

'슉 슉 슉……!'

무거운 바위가 허공으로 빠르게 날아갔다. 바위는 나뭇가지들을 산산조각낸 후 삼십여 장 밖에 있던 그 화려한 마차를 정확히 맞췄다.

'펑!'

커다란 소리와 함께 화려하고 단단했던 마차는 순식간에 쓸모없는 천과 나무 조각으로 변했다. 부러진 사지(四肢)와 선혈이 희미하게 보였다. 칼을 잡고 마차 주변에 무릎을 꿇고 있던 대당 공주의 호위들은 마차가 부서진 것을 아직 보지 못했다. 자신들이 보호해야 할 공주 전하의 몸이 찢어지고 뼈가 으스러진 것을 아직 보지 못했다.

"전열(前列), 발사!"

호위대 대장이 무거운 목소리로 명했다. 세 명의 부하들은 무릎을 반쯤 구부린 채 석궁을 들고 숲의 깊숙한 곳을 향해 방아쇠를 당겼다. 아홉 개의 화살은 느릿느릿 춤을 추는 낙엽을 뚫고 정확히 천신(天神) 같은 거한(巨漢)의 몸에 명중했다. 하지만 거한은 손만 간단히 움직여 자신의 얼굴로 향하는 두 개의 화살만을 걷어냈을 뿐, 자신의 몸에 박힌 화살은 신경도 쓰지 않는 듯했다.

화살촉에 약간의 혈흔이 묻어 있었지만, 거한은 아마 가벼운 부상만 입은 것처럼 보였다. 거리가 너무 멀었다. 하지만 호위대 대장은 이미 마음의 준비를 하고 있는 것 같았다. 그리고 거대한 그림자를 보며 오른손을 들고 다시 명했다.

"대기!"

세 명의 호위들은 석궁을 내려놓고 다시 칼자루를 쥐었다.

* *

녕결은 상상의 재촉에 그 마차 안에 있는 불쌍한 희생양을 구하려고 했다. 하지만 사태가 걷잡을 수 없을 정도로 너무 빨리 변해서 움직이지 못했다. 그러는 사이 이미 거한은 호위대 앞까지 와 있었다.

'어떤 수행의 비술을 통해 저 거한은 이토록 거칠고 사나우며 불가사의한 힘을 가졌을까?'

거한은 천 근이 넘는 돌을 이렇게 멀리 던져 마차를 산산조각 냈지만, 그 또한 상당한 대가를 치른 것 같았다. 얼굴이 붉게 상기되고, 화살로 입은 상처에서 연신 피땀을 쏟아내고 있었다. 두 다리도 살짝 흔들리는 것이 내력도 많이 쏟은 듯했다.

하지만 무슨 이유일까. 이토록 좋은 기회에, 무표정한 호위 십여 명은 공격 대신 여전히 두 번째 마차 주위를 경계하며 지키고 있었다. 낡은 두루마기를 걸친 노인도 여전히 눈을 감고 마차에 앉아 있을 뿐.

'윙 윙 윙……!'

갑자기 노인의 희끗한 머리카락이 움직이기 시작했다. 무릎에 가로놓인 낡은 검이 움직이고, 검이 검집의 내벽에 부딪혀 세상의 피를 갈구하는 것처럼 음산한 소리를 내기 시작했다.

'칭!'

맑고 깨끗한 소리. 눈부신 단검이 스스로 검집에서 빠져나와 얕은 청색의 빛으로 변했다. 검광은 낙엽과 바람을 가르며 조용하지만 매섭게 북산도 깊은 곳을 향해 날아갔다. 마치 천신 같은 그 거대한 몸집을 일순간에 관통시킬 것처럼.

＊＊

북산도 입구의 마지막 황혼 빛과 어두운 숲 사이에 마치 보이지 않는 거울이 있는 듯했다. 눈부신 단검이 노인의 무릎에 있던 검집에서 나와 빛이 되어 날아갈 때, 검의 모습이 희미하게 비치는 회색 그림자가 밀림 너머로부터 기이한 소리를 내며 다가왔다.

'윙 윙.'

번개처럼 빠른 회색 그림자는 방금 전까지도 허공에 휘날리는 낙엽 속에 있었는데, 눈 깜빡할 사이에 북산도 입구의 전장에 도착했다. 그리고 그 기이한 소리는 마치 천둥처럼 커졌다.

'쾅!'

그림자의 위세는 순식간에 주위에 있는 나뭇잎을 산산조각 냈고, 마치 솜털같이 부서진 낙엽들은 그림자 뒤에서 하나의 곧은 선을 만들기 시작했다. 그 선의 끝은 곧바로 노인에게 향했다.

"대검사(大劍師)!"

폭풍우처럼 변해버린 그림자를 보고, 시종일관 조각상처럼 차분히 대기하던 호위대의 안색이 달라지며 누군가 큰소리로 경고했다. 호위대에서 가장 강한 노인의 검이 상대방을 향해 날아가자 이때까지 숨어 있던 적의 최강자도 종적을 드러낸 것이다.

그는 폭풍처럼 다가왔다. 제국의 어느 대인물은 공주 전하를 암살하기 위해 속세의 힘을 초월하는 수행자 두 명을 동원했고, 심지어 그중 하나는 대검사였다. 호위대는 일말의 두려운 기색 없이 평정심을 되찾아 갔으며, 그 순간 호위대 대장이 큰소리로 명했다.

"베라!"

'챙! 챙! 챙! 챙……!'

검날이 검집에서 튀어나오는 소리가 연이어 들렸다. 예리한 검 십여 개가 필살의 결의를 담고 나아갔다. 검은 허공을 베고 예측한 방향의 언덕을 자르고, 촘촘히 짠 그물과 같은 대형으로 검진(劍陳)을 만들어 가부좌를 튼 노인을 감쌌다.

빠르게 날아오던 회색 그림자는 검으로 짠 그물을 보자 갑자기 허공에서 기괴한 모형으로 정지했다. 그는 옆으로 한 바퀴 돌아 현묘하게 검망(劍網)을 피했다. 그 순간 그림자의 속도가 급격히 줄었고, 마침내 그의 본모습이 드러났다.

아주 얇고 희미한 검영(劍影).

마치 바람에 날리면 구름 밖으로 날아갈 것 같은 그림자. 매미 날개처럼 얇은 그림자는 만질 수도 없었지만 마치 영혼이 있는 것처럼 움직였다.

그 검영은 검망을 피해 방향을 트는 과정에서 이미 한 호위의 검 끝에 붙어 그의 아래턱을 스쳐 지나갔다. 옅은 혈흔 한 줄기.

'푸!'

은은한 핏자국이 빠르게 퍼지며, 그의 목에서 선혈이 마구 뿜어져 나왔다. 그는 목을 감싸며 눈을 부라린 채 천천히 앞으로 쓰러졌다. 하지만 그는 죽는 순간까지도 여전히 그 강력한 대검사를 보지 못했다.

회색의 검영은 다시 한 번 공중에서 둥근 곡선을 그리며 호위대로 날아들었다. 때로는 앞에서 때로는 뒤에서 나타나, 설령 귀신이라도 그 종적을 예측할 수 없을 것 같았다. 순식간에 또 호위 둘이 쓰러졌다.

호위대 대장은 분수처럼 흩어지는 핏방울을 응시했다. 동시에 양 손으로 길고 가는 검병을 굳게 쥐고 회색의 검영을 바라보았다. 갑작스럽게 왼발을 앞으로 내디디며 허리와 복부의 모든 힘을 동원하여 검을 비스듬히 아래로 내리쳤다.

"합!"

대장의 구령에 따라, 그의 앞에서 오랫동안 기다리고 있던 호위 넷이 검을 휘둘렀다. 순간적으로 회색 검영을 비좁은 한 공간으로 몰아세웠다. 그곳은 바로 호위대 대장이 모든 힘을 담아 칼을 휘두른 곳.

회색 검영의 반응 속도는 매우 빨랐다. 베이기 전 아주 찰나의 순간, 무리하게 속도를 줄이려 잠시 멈추었던 것이다. 하지만 대장의 머릿속에는 이마저도 계산된 듯 보였다. 비스듬히 내려친 검의 방향을 억지로 틀어, 칼끝을 다시 번개처럼 들어올렸다.

'펑!'

명중! 무거운 소리가 울려 퍼졌고, 회색 검영은 마치 회초리를 맞은 뱀처럼 두꺼운 낙엽과 썩은 흙 속으로 힘없이 떨어졌다. 아무도 환호하지 않았다. 환호할 시간이 없었다.

'웅, 웅, 우웅⋯⋯ 스스슥.'

마른 낙엽 속에서 강하게 진동하기 시작한 검영이 마치 소생한 뱀처럼 호위들의 발밑으로 빠르게 움직이기 시작했다. 마른 낙엽이 다시 날리고 사방으로 진흙이 튀었다. 그리고 순식간에 검영이 튕겨져 나와 호위 한 명의 허벅지에 댄 면갑(綿甲)을 가볍게 긁으며 대동맥을 잘라버렸다.

신음 소리와 함께 호위들은 하나 둘 쓰러져 갔다. 간혹 회색 검영을 벨 수 있었지만 그것을 완전히 잘라내지는 못했다. 대장의 얼굴에 분노의 기색이 짙게 배어 나왔다.

"합!"

또 한 번의 구령. 살아남은 호위들은 그림자를 향해 필사적으로 달려들었다. 자신의 몸과 손에 든 칼날로 마지막 장벽을 만들었다. 하지만 또 처량한 신음 소리와 함께 호위 둘의 몸이 숨결 없이 땅에 떨어졌다. 대장의 귓불이 반쯤 잘려나가 피가 뚝뚝 떨어졌다. 그 모습은 마치 술 취한 사람이 쓴 초서(草書, 가장 흘려 쓴 서체로 획의 생략과 연결이 심하다) 같았다.

회색 검영은 호위대의 칼끝에 일곱 번 맞아 속도가 많이 느려졌지만 끝내 떨어지지 않았다. 결국 검망을 무너뜨리고 낡은 두루마기를 입은 노인 앞까지 날아왔다.

마침내 모든 사람들은 그 어두운 검영을 똑똑히 볼 수 있었다. 자루가 없는 작은 검. 검날은 매우 얇았고 혈흔이 조금도 남아 있지 않았다.

피투성이가 된 대장은 한쪽 무릎을 꿇고 고개를 떨구며 이를 악물었다. 그러나 할 수 있는 것이 아무것도 없었다.

'한 칼만 더…… 한 칼만 더 명중했으면, 대원들과 함께
이 불가능해 보이는 임무를 완수할 수 있었는데…….'

대검사는 역시 대검사였다. 긴 전투처럼 보였지만 칼바람이 몇 번 불었을 뿐이었다. 검영이 몇 번 흔들리며 피를 뿌리는 시간일 뿐이었다. 검도 없는 노인은 아직도 자신이 심각한 위험에 처해 있음을 모르는 것처럼 보였다.

그러나 아무도 눈치 채지 못했다. 무릎에 살짝 올린 노인의 두 손이 부들부들 떨리고 있는 것을. 양손 엄지손가락이 마치 잠자리가 수면을 건너듯 양손 검지의 가로 마디를 빠르게 또 반복적으로 누르고 있었다. 무슨 계산이라도 하듯이.

그리고 자루가 없는 작은 검이 노인의 미간으로부터 한 치도 떨어지지 않은 거리에 다다랐을 때, 노인은 마침내 두 눈을 번쩍 뜨며 검을 바라보았다. 그저 바라봤을 뿐인데 작은 검은 응고된 것처럼 공중에서 멈추었다. 거한은 마침내 어떻게 된 일인지 깨닫고는 당황한 듯 소리를 질렀다.

"그는 검사(劍師)가 아니다! 그는…… 염사(念師)다!"

거한의 분노에 찬 외침. 자신이 함정에 빠진 것을 깨달은 듯, 회색빛의 자루가 없는 단검은 허공에서 심하게 떨리기 시작했다. 마치 도망치려는 새처럼 주변의 공기마저 진동시키고 있었다.

노인이 두 손을 무릎 위에 얹고 단검을 바라보았다. 눈빛은 가늘고 부드러웠지만 어떤 공포의 힘을 가지고 있었다. 도망치려는 검을 꼭 감싸며 한 치도 움직일 수 없게 만들었다. 노인의 시선이 닿는 곳마다 온도가 급격히 떨어졌다. 순식간에 서리가 덮이면서 검은 더 세차게 진동했다. 하지만 단검은 여전히 그곳을 벗어날 수 없었다.

'툭.'

단검이 낙엽 위에 떨어졌다.

"윽!"

그와 동시에 밀림 속, 마차 진영과 그리 멀지 않은 나무 뒤에서 고통스러운 신음소리가 들려왔다. 노인의 차분한 눈망울에 느긋한 기색이 스쳐 지나갔다. 이어 두 손으로 무릎을 짚은 채 마차에서 튀어 올라 마치 큰 바람에 이끌리듯이 밀림 속 깊은 곳에 있는 거한을 향해 날아갔다.

"으아아아악!"

거한은 포효를 한 후 큰 손바닥을 아래로 내리치며 맹렬히 노인을 공격했다. 그 모습은 마치 작은 산이 마른 노인을 짓누르는 것 같았다. 하지만 노인은 손바닥을 무심하게 바라본 후 마른 입술로 몇 마디를 중얼거렸다. 동시에 두 손을 교차해 몸 앞으로 손바닥 도장을 찍듯 뻗었다.

거한의 손바닥이 순간 멈칫했다. 손바닥은 여전히 노인의 머리 위에서 끊임없이 떨고 있었지만 아래로 내려오지는 못했다. 동시에 거한의 신체 나머지 부위도 천천히 굳어갔고 이어서 그의 눈가에 핏물이 맺히기 시작했다. 그는 매우 고통스럽게 턱을 떨었다. 노인도 지친 듯 얼굴이 창백했다. 그는 교차된 손을 풀고 힘겹게 오른팔을 들어 거한의 가슴을 향해 느릿느릿 뻗었다.

거한은 두 눈으로 이 모습을 똑바로 보았지만 그 어떤 행동도 할 수 없었다. 노인의 손바닥이 거한의 가슴을 짓눌렀다. 가벼운 바람이 손바닥과 거한의 가슴 사이로 뿜어져 나왔다.

'빠걱.'

돌산처럼 보이던 거한의 가슴뼈가 부러지며 폭삭 내려앉았다. 그와 동시에 손바닥에서 나온 바람의 반작용을 빌려 노인은 몸을 움츠리며 빠르게 뒤로 물러났다.

숲속에서 불어온 바람이 낡은 두루마기를 스치는 순간 노인은 이미 마차에서 가부좌를 틀고 있었다.

진퇴(進退)는 찰나에 지나지 않았다. 노인은 나아갔다가 다시 되돌아왔지만 마치 조금도 움직이지 않은 것 같았다. 북산도 밀림 깊숙이 쓰러져 있던 거한이 다시 꿈틀거렸다. 하지만 아래를 내려치던 손바닥이 저도 모르게 바닥을 쳐서 큰 구덩이를 만들어냈다.

'털썩!'

모든 것이 너무 늦었다. 거한은 자신의 가슴에 생긴 구멍을 보며 피같은 포효를 내뱉고서는 와르르 무너졌다. 노인은 그곳을 힐끔 바라보았고 목을 숙이며 심한 기침을 하기 시작했다. 붉은 핏방울이 두루마기에 묻어 나왔다.

호위들은 검진(劍陳)을 만들며 목숨을 아끼지 않고 회색 검영과 싸워 귀중한 시간을 쟁취했다. 그 시간 동안 노인은 대검사가 은닉한 곳의 방위(方位)를 계산했고, 자루 없는 단검을 교량으로 삼아 염력을 허공으로 날려 보내 상대방에게 치명상을 입혔다. 노인에게도 엄청난 심신의 손실을 초래한 공격이었지만 결국 성공했다. 곧이어 그는 북산도 입구로 날아가 거한을 격살했는데, 쉬워 보였지만 실제로는 매우 위험한 행동이었다. 노인의 염력은 이 공격으로 모두 소진되었다.

다행인 것은 이미 대세는 정해졌다는 것.

북산도 입구의 전투는 끝났다.

공주를 추종하는 초원 마적들은 이 전투에서 그들의 충정심과 용맹함 그리고 막강한 전투력을 증명했다. 그들의 곡도(曲刀)가 적군의 결사대를 모조리 죽였지만 그들 또한 엄청난 대가를 치렀다. 운 좋게 살아남은 몇몇마저 피투성이가 되어 서 있을 힘도 없었다. 물론 살아남아 일어설 수 있는 호위대의 수는 더 적었다. 노인은 여전히 가부좌를 튼채 그리 멀지 않은 나무를 복잡한 표정으로 바라보고 있었다.

**

어둠이 짙어지고, 북산도 입구는 고요함에 빠졌다. 노인은 커다란 나무 한 그루를 바라보고 있었다. 나무껍질이 벗겨져 날리며 그 뒤에서 어깨에 빈 검집을 멘 중년 서생이 천천히 걸어 나왔다.

서생은 청색 장삼을 입고 있었다. 나이와 어울리지 않을 정도로 수려한 외모였지만, 지금 그에게서 품위가 느껴지지는 않았다. 얼굴과 손에 무수히 많은 작은 핏방울들이 모공을 뚫고 나와 그를 공포스러운 핏덩어리로 만들어버렸기 때문이다. 청색 장삼의 일부도 붉게 물든 것으로 보아 옷으로 가려진 그의 몸 전체가 피로 칠갑을 하고 있을 것이었다.

중년 서생은 팔을 들어 이마에서 흐르는 피땀을 닦고, 노인 옆에 비어 있는 검집을 보며 낮은 목소리로 탄식하였다.

"한 수를 잘못 두면 모든 것이 잘못되는 법. 호천도 남문의 공봉 어른 여청신(呂淸臣)…… 검을 버리고 염력을 수행하다니…… 이 사실이 알려지면 얼마나 많은 사람들이 놀랄 것인가."

그는 잠시 침묵하다 다시 감탄하며 말했다.

"더 생각 못한 것은 이렇게 연세도 많은데 어찌 동현(洞玄)의 경지까지 올라간 것이오? 호천도에 무슨 비법이라도 있는 것인가?"

"공주 전하를 따라 초원에 들어간 후 색다른 풍경과 사람들을 보고 느낀 바가 있었고, 그 덕택에 경지를 돌파할 수 있었다. 본문의 도법(道法)과는 무관한 일이다."

뜻밖의 대답에 중년 서생은 깨달은 바가 있는 듯 잠시 침묵하다 옆에 있는 호위대장을 바라보며 진지한 어조로 말했다.

"내가 대검사의 경지에 오른 후 세속의 무력은 더 이상 나와 맞설 수 없다고 생각했는데…… 오늘 너와 네 부하들은 내게 한 수 가르쳐 주었다. 너희처럼 영웅적이고 두려움 없는 군인이 있다는 것은 우리 대당에게는 큰 자랑일 것이다."

호위대장은 미소를 지을 뿐 아무 말도 하지 않았다. 대신 여청신이 입을 열었다.

"장안에 대검사가 그리 많지 않은데, 난 너를 모른다…… 서원은 정말 와호장룡(臥虎藏龍)의 불가지지(不可知地)인가."

녕결의 귀가 쫑긋했다.

'서원? 공주 전하 암살 시도가 서원과 관련이 되어 있단 말인가!'

녕결은 무의식적으로 옆에 있는 수려한 시녀를 바라보았다. 그녀는 생각에 잠긴 듯한 표정이었지만 그 말을 믿지는 않는 기색이었다.

중년 서생은 고개를 가로저었다.

"네가 나의 이력까지 알아채리라고는 정말 생각도 못했다. 하지만 이 보잘 것 없는 내가 어찌 감히 서원에게 모욕을 줄 수 있겠나…… 난 결국 서원에서 쫓겨난 멍청한 학생일 뿐."

초원 마적들과 호위들은 아직도 긴장을 풀지 못했다. 녕결도 매우 긴장했지만 사실 긴장보다는 흥분을 하고 있었다. 그는 평생 처음으로 강자들의 전투를 직접 목격한 것이었다. 자루 없는 검이 하늘을 날아다니고 거한이 바위를 던져 마차를 부수고, 염력이 허공에서 종횡하는 등 가히 불가사의하다고 할 수 있는 신기한 것들이 짧은 시간에 눈앞에서 벌어졌다. 녕결은 마음을 쉽게 진정시킬 수 없었다.

'서원, 제명, 멍청한 학생? 서원에서 쫓겨난 멍청한 학생이 단검 하나로 당국 최정예 호위 열 명을 죽였는데, 서원의 진정한 학생은 얼마나 강대한 힘을 가졌단 말이냐?'

"하후(夏侯) 장군의 사람일 거야."

그때 시녀의 차가운 목소리가 들려왔다. 녕결은 하후라는 성을 듣는 순간 표정이 차가워지고 몸이 굳었다. 하지만 내색하지 않고 재빨리 평정을 되찾았다. 감탄한 듯한 녕결의 눈빛은 더욱 냉정해졌다.

"네가 호연검도(浩然劍道)를 수행한 듯 보이니, 당연히 네가 서원 출신이란 것을 짐작할 수 있었네. 다만, 서원에서 쫓겨나기 전 이층루(二層樓)에서 더 배우지 못한 것이 안타까울 뿐. 네가 처음에 검을 썼을 때는 폭풍 같은 기세를 가졌었는데, 이후에 너는 무리하게 그것의 기세를 바꿔서 기괴하게 공격했지……

호연지기(浩然之氣)는 정직함이 가장 중요한데, 넌 잘못된 길로 들어서서 편법을 사용한 거야. 20년 전 내가 젊었을 때 자네를 만났다면, 내가 설령 동현의 경지에 오르지 않았더라도 자네는 내 상대가 되지 못했을 거네."

중년 서생은 고개를 숙이고 살짝 미소를 지었으나 온몸의 피와 준수한 얼굴이 대비되어 유난히 참담해 보였다.

동현 경지에 오른 대검사. 그는 누군가의 부탁을 받고 공주를 암살하러 왔는데 사실 지극히 단순한 일이라고 생각했었다. 하지만 그에게 정보를 준 사람이 몰랐던 것은 공주 옆에 있는 이 노인이 이미 동현의 경지에 올랐다는 것. 더구나 뜻밖에도 검을 버리고 염력을 수행했다는 것.

동현 경지의 강자, 특히 염력을 쓰는 염사(念師)에게 자신의 방어가 노출되는 것은 매우 위험한 일이었다. 그래서 여청신의 염력이 자신의 기해설산으로 들어가면서 내장이 파괴되고 피가 솟구친 것이다. 하지만 어차피 오늘 북산도 입구에서 죽을 운명인 그는 여청신 노인의 말에 전혀 개의치 않는 눈치였다.

여청신은 말을 마치고는 다시 심한 기침을 하기 시작했다. 염사는 속세 사람들의 상상 속에서 가장 현묘한 존재였다. 하지만 염사 스스로는 알고 있었다. 신기해 보이는 염력이 사실 양날의 검이라는 것을. 적을 공격하는 동시에 염사 자신의 정신, 심지어 육신까지도 크게 해칠 수 있었기 때문이다.

여청신은 먼 곳에 있는 작은 산과 같은 시체를 보며, 앞에 있는 조카뻘 되는 사람이 쓸모 있는 인물이 되지 못한 것에 대한 안타까운 마음에 고개를 가로저으며 탄식했다.

"우리 대당은 강자를 많이 배출했지만, 대검사의 경지에 오른 사람은 그 수가 많지 않다. 네 능력을 서원이나 나라를 위해 쓰지 않고 이렇게 부정한 곳에 쓰다니……."

"부정? 어디가 부정한가? 여청신 선생, 당신도 호천도 출신인데,

비록 이후에 어떤 사람들에게 지워져버리긴 했지만, 그 당시 흠천감(欽天監, 천문, 역수, 점후 따위를 맡아보던 관아)에서 말했던 내용을 기억할 텐데 밤이 별을 가리니, 나라가 평안하지 못할 것이다!"

중년의 서생은 부서져 폭삭 주저앉은 마차를 보고 냉소를 띠었다. 그는 호위들의 반응을 보고 오늘 암살의 목표물이 그곳에 있지 않음을 확신했기 때문이다.

"하후 장군이 무엇을 생각하는지 관심 없다. 나와 목적이 같을 뿐. 그것은 바로 이 마차 행렬에 있는 그 요녀(妖女)를 죽이는 것이다!"

여청신은 십여 년 전에 시끌벅적했던 그 흠천감 사건을 떠올리며 되물었다.

"서원은 육합(六合, 천지와 동서남북, 천하) 이외의 것을 논하지 않는다. 난 호천도 출신이고 흠천감의 그런 말 따위는 믿지도 않는데, 너는 왜 그러느냐…… 나는 공주 전하를 4년 동안 따라다녔다. 그리고 전하께서 그 '예언의 사람'이라고 생각한 적도 없다."

이 말은 들은 순간 녕결은 머릿속이 번뜩였다. 제국의 하층민들은 제대로 알지 못할 비밀. 그때 왜 공주가 초원으로 시집가려 했는지, 그녀를 애지중지하던 황제가 왜 허락했는지 어렴풋하게나마 알게 된 것 같았기 때문이다. 녕결이 참지 못하고 고개를 돌리니 수려한 시녀의 눈가에 냉기가 가득 차 있었다. 반면 그 순간 중년 서생한테서는 모든 표정이 사라졌다.

서생은 눈을 감고 깊은 숨을 들이마셨다. 그의 호흡에 따라 주변의 낙엽이 돌돌 말리기 시작하며 청색 장삼이 바람을 타고 펄럭이기 시작했다.

"무엇을 더 하고 싶은 것이냐?"

여청신은 미간을 찌푸리며 말을 이었다.

"일흔 일곱 번의 숨을 쉬는 동안 넌 호흡조차 고르지 못했다. 내장과 기해가 이미 파괴된 것이겠지. 더구나 너의 본명검(本命劍)마저 파괴되었으니 이젠 평범한 군졸만도 못한 처지일 터…… 이 순간에도 평안을 얻지 못하는 것이냐?"

이 말에 초원 마적들과 호위들은 다소 안도했다. 오직 녕결만은 경계심을 늦추지 않고 있었다. 대당 제국은 명예가 생명보다 중요했고 비록 적이지만 숭고한 대검사였기 때문에, 여청신은 그를 생각하여 그가 생의 마지막 유언을 남기게 해준 것이었다.

하지만 녕결은 처음부터 전형적인 당나라 사람이 아니었다. 그는 명예를 중시하긴 하지만, 명예가 곧 목숨이라는 말이 정말 쓸데없는 말이라고 생각했다. 녕결은 세상에 생명보다 더 중요한 것이 있다고 생각하지 않았고, 설령 있다 해도 그것이 명예는 아니라고 생각했다. 그래서 눈앞의 대검사가 적이 된 이상, 그는 항상 어떤 방식으로든 상대를 죽일 수 있도록 경계하고 있었던 것이다.

어릴 때부터 온갖 고초를 다 겪으며 유랑하고 변방에서 만족들과 칼부림을 한 녕결. 그러한 경험은 그로 하여금 하나의 확고한 인식을 뿌리내리게 했다.

'죽은 적이야말로 가장 안전한 적이다. 그때가 되어야 모자를 벗고 적의 시신에 목례를 하며 최대한의 존중을 표시할 수 있다.'

바로 이때, 녕결의 예측대로 기이한 장면이 펼쳐지기 시작했다.

낙엽들이 빠르게 춤을 추고 중년 서생의 피 젖은 장삼이 부풀어 오르자, 그의 이목구비에서 핏줄기가 솟구쳐 나오기 시작했다. 마치 공포스러운 무형의 힘이 낙엽 사이와 천지에서 솟아나와 중년 서생의 몸 안으로 들어간 후, 다시 그의 모든 힘과 뒤섞여 몸밖으로 뿜어져 나오는 것 같았다.

"천지의 기운을 나에게!"

이 광경을 보며 여청신은 갑자기 안색을 바꾸며 분노했다.

"서원 사람이 감히 마종(魔宗)의 수법을? 네 이놈……
기사멸조(欺師滅)! 네놈이 감히 스승과 문조(門祖)를 모욕하다니!"

북산도 입구의 전투는 매우 처참했지만 노인은 시종일관 동요하지 않았다. 아군과 적군이 있고 승패와 생사는 있었지만, 결코 도덕과 정의와 관련된 문제는 아니라 생각했기 때문이다. 하지만 서생이 마도(魔道)의 자폭수단을 동원했다는 것을 보고 처음으로 분노를 금치 못했다.

"당신이 정도(正道)라면 어찌 마도(魔道)를 두려워하는가."

서생은 천천히 오른팔을 들어 노인을 가리키며 담담하게 말했다.

"이것이 타락이라면, 나를 명계(冥界, 어둠의 세계)에 빠뜨려
영원히 죄와 고통에서 벗어나지 못하게 하면 될 것을."

말을 마친 서생의 오른손 검지에서 갑자기 깊은 핏자국이 생기며 흰 뼈가 드러나기 시작했다.

그리고 기괴한 파열음과 함께 손에서 분리되며 불쑥 튀어나와 무서운 속도의 피 그림자로 변해 여청신의 얼굴로 향했다.

천지의 원기를 몸속에 품고 몸의 폭발을 감수하면서 자신의 육신을 본명물(本命物)로 만들고, 평생의 수행을 단 한 번의 공격으로 쓰는 방

법. 전형적인 마종의 수법.

호위대는 여청신 노인의 강대함에 크게 의지하고 있었다. 특히 지금은 만족들과 대당 호위대에 사상자가 극심했다. 만약 노인이 이번 공격으로 죽는다면 이후 대검사의 죽음을 대가로 한 공격을 막아낼 방법이 없었다.

"으아악!"

만족 두 명이 울부짖으며 서생에게 달려 들었으나, 두 발짝도 못 가 낙엽 위에 비틀거리며 쓰러졌다. 무릎을 꿇고 있던 호위대장은 핏물을 끌며 앞으로 기어가 죽은 호위가 남긴 철궁을 필사적으로 잡으려 했지만 역부족이었다.

녕결이 준비를 했다. 사실 그는 오랜 시간 준비를 하고 있었다. 상대방의 일거수일투족을 경계하며 천천히 몸을 움직여 최적의 위치를 찾고 있었다. 그리고 중년 서생이 천지의 원기를 빨아들이며 낙엽이 춤을 추기 시작한 순간, 그는 두 발을 앞뒤로 하고 평범해 보이는 황양목 활을 들어 상대방을 겨누고 있었다.

'윙 윙…….'

오른팔에 힘을 주며 강하게 손목에 전달하자 시위가 당겨지며 윙윙거렸고, 시위에 달린 화살이 가볍게 떨리다가 마치 곧 튕겨나가려는 배처럼 잠잠해졌다. 그리고 중년 서생의 손가락이 날아갈 때, 녕결의 오른손 검지와 중지 두 손가락도 풀렸다.

'윙 윙 윙…… 휘이 휙!'

시위가 빠르게 진동하고, 검은 화살의 그림자가 번개처럼 앞으로 날아갔다. 낙엽을 뚫고 밤의 어둠을 찢고, 대검사가 마종의 수법으로 날린 손가락이 여청신의 얼굴을 찌르기 전에 화살이 대검사의 가슴에 꽂혔다.

수행자라고 해서 육신이 보통 사람보다 강하지는 않다. 특히 검사, 염사, 부사(符師)는 오랜 기간의 명상 때문에 몸이 오히려 약해지는 경우가 많았다. 그렇기에 근신 방어에 각별히 신경을 써야 했고, 일반적으로 측근 호위를 두는 것과 함께 옷 안에 경갑(經甲, 가벼운 갑옷)을 착용했다.

서원 출신 대검사가 자신의 생명을 대가로, 마종의 수단을 동원해서라도 상대방의 가장 강력한 염사를 죽이려 할 때 그의 의지가 얼마나 확고한지는 너무나 명확했다. 그는 활을 이용한 기습을 눈치 챘지만 일부러 아무런 반응을 하지 않았다. 의식의 바다 속에는 지금 천지의 원기로 이루어진 호수만 남아 있었고, 그의 잘린 손가락은 마치 파도를 뚫은 검은 선처럼 힘겹게 나아가고 있었다.

이 순간 그는 모든 정신력을 집중해야 이 공격을 성공할 수 있었다. 그리고 청색 장삼 아래에는 정밀한 경갑이 있었다. 그렇기에 어떤 화살도 자신의 목숨을 빼어갈 능력이 없을 것이라 확신했다.

'츠측!'

화살 하나가 그의 가슴에 꽂혔다. 기이하게 고속으로 회전하며 파고든 화살촉은 순식간에 청색 장삼을 찢고 작은 틈을 만들며 들어갔다. 살점에 살짝 파고든 화살촉은 처음으로 선혈을 만들어냈다.

하지만 서생은 여전히 신경 쓰지 않았다. 심지어 고개도 숙이지 않았다. 얼굴 모공을 타고 스며 나오던 핏방울은 개울이 되었다. 그의 미간이 고통스럽게 일그러졌다.

'고통스럽지만 죽지 않는다. 이따위 고통이 대수인가.'

하지만 녕결이 쏜 화살은 한발이 아니었다.

'휙!'

두 번째 화살이 살을 파고 들어가는 섬뜩한 소리와 함께 서생의 가슴에 꽂혔다. 화살촉의 끝이 향한 곳은 첫 번째 화살이 장삼과 경갑을 뚫고 들어간 바로 그곳.

'획!'

세 번째 화살. 마치 앞뒤 재지 않고 순식간에 달려온 것처럼 점점 넓어지고 있는 그 터진 곳을 정확히 맞혔다. 그리고 더 이상 어떤 것에도 방해받지 않는 듯 서생의 몸을 관통했다.

녕결이 어떻게 한 것인지 아무도 알지 못했다.

이 짧은 순간에 평범해 보이는 목궁으로 어떻게 세 발의 화살을 연달아 쏘고, 더욱이 지극히 평범해 보이는 소년 군졸 하나가 어떻게 이렇게 무서운 궁술을 펼칠 수가 있단 말인가.

서생은 마치 단단하고 굵은 막대기가 자신의 가슴에 심하게 부딪혔다는 느낌을 받았다. 생생하게 느껴지는 진동. 그는 두 걸음 물러난 후 자신의 가슴이 좀 답답하다고 느꼈는데, 그 답답함은 곧 뜨거운 기운으로 변했다. 그가 무의식적으로 아래를 바라보았을 때에는 이미 화살 하나가 그의 가슴을 뚫고 들어간 후였다.

청색 장삼 밖으로 튀어 나와 있는 화살대와 화살의 깃털은 비가 스며들어 마치 빗속에서 붉은 꽃이 피어 있는 것처럼 보였다. 믿을 수 없다는 표정. 핏물 가득히 경악한 얼굴로 그는 천천히 낙엽이 썩어가는 진흙 바닥으로 맥없이 쓰러졌다.

마종의 수법으로 천지의 원기를 빨아들인 수행자라 하더라도 심장이 관통된 후 더 이상 염력을 운용할 수는 없는 터. 천지간에 보이지 않던 선(線)이 뚝 끊어졌다. 통제력을 잃은 피칠갑이 된 그의 손가락은 더 이상 여청신에게 위협이 되지 못했다.

노인은 눈썹을 살짝 치켜세우고 눈앞으로 다가온 절단된 손가락을 가볍게 밀어냈다. 손가락은 그의 노쇠한 뺨을 스치며 뒤쪽 마차에 떨어졌다.

'펑!'

통제력을 잃었다지만 강제로 흡입한 천지 원기가 응결되어 있는 손가락은 여전히 공포스러운 위력을 발휘하며 마차의 반을 부수어 폐차로 만들었다.

서생은 고통스럽게 자신의 가슴에 박힌 화살의 붉은 깃털을 본 후 간신히 고개를 들어 마차 뒤편으로 시선을 향했다. 마치 이 화살을 쏜 궁수가 도대체 어떻게 생겼는지 보고 싶다는 듯이.

녕결은 전혀 웃지 않았다. 여전히 손에는 목궁을 들고, 시위에는 화살을 얹어 팽팽하게 당기며 대검사를 겨눴다. 심지어 귀로는 이전보다 더 민감하게 숲속에서 나는 조그마한 소리라도 놓치지 않으려고 숨죽이고 있었다. 그는 경계하고 있었다.

"하후. 하후! 하후……!"

수려한 외모의 시녀가 그에게 그 대검사가 하후 장군의 부하라는 것을 일깨워줬을 때부터 녕결은 줄곧 마음속으로 그 이름을 외치고 있었다.

성은 하(夏), 이름은 후(侯).

대당 제국에서 가장 권력이 센 4대 명장 중 한 명. 무공이 출중하고, 전공(戰功)이 뚜렷하며, 성격 또한 용맹스럽고 냉혹했다. 군법이 엄격하기로 유명한 맹류영(猛柳營)을 오랫동안 지휘하고 있었으며, 오만하고 사람을 잘 죽이는 것으로 세상에 악명이 높았다.

그의 성은 하씨였지만, 자신의 자녀에게는 하씨 성을 허락하지 않았다. 자신의 전체 이름을 그들의 성(姓)으로 바꾸었다. 하후씨. 장남 하후경(夏侯敬), 차남 하후외(夏侯畏). 조정의 학사 하나가 이에 대해 의혹을 제기했을 때 하후는 거만하고 당당하게 대답했다.

"내가 만세에 전해지는 성을 만들었다. 내가 그 시작이니,
내 이름을 성으로 삼아야 함이 마땅하다."

하후 장군은 거만했지만, 녕결이 그의 이름을 묵묵히 되뇐 것이 그 이유 때문은 아니었다. 그는 네 살 때부터 이 피 묻고 건방진 이름을 그의 머릿속에서 잊어본 적이 없었다.

그는 하후 장군을 본 적이 없었다. 하지만 그는 하후가 무엇을 좋아하고 싫어하는지 알고 있었다. 하후가 가장 총애했던 첩이 누군지, 왜 그 애첩을 친히 죽였는지 알고 있었다. 하후가 왜 끼니마다 세 근의 고기를 먹어야 하는지 알고 있었다. 심지어 그는 하후가 매일 뒷간에 가는 시간도 잘 알고 있었다.

녕결은 대당에서 자신보다 이 명장을 잘 알고 있는 사람이 없다고 믿었다. 왜냐하면 자신보다 이 명장을 죽이고 싶은 사람이 없다고 믿었기 때문이다.

하후 장군의 거만하고 난폭한 겉모습에 숨겨져 있는 것은 냉정함과 교활함이었다. 그가 냉혹하고 잔인한 살인을 즐기는 것은 사실이었다. 하지만 그는 영원히 '자신의 손'만을 믿었다. 그래서 직계 대검사도 아닌 중년 서생에게 공주의 암살과 같은 큰일을 모두 맡기지 않았을 것이다.

하후의 충실한 사자는 사태의 추이를 관찰할 것이며, 어느 중요한 순간에 모습을 드러내어 모든 것을 마무리 짓고자 할 것이었다. 녕결에게는 이 순간이 기회였다. 반쯤 날아가 버린 마차 안에서 먼지투성이의 남자아이가 울면서 얼굴을 내밀었다. 수려한 외모의 시녀는 긴장된 표정으로 치맛자락을 들어 올리며 그곳으로 뛰어가려고 했다.

'털썩.'

녕결은 오른손을 번개처럼 내밀어 그녀를 쓰러뜨렸다.

'휙! 휙!'

두 개의 붉게 타오르는 금속환(金屬丸), 화유탄(火油彈). 대당 변군 정예병만이 극소량 갖추고 있는 무기. 변방의 군영에서 오랜 세월을 보낸 녕결에

겐 낯설지 않은 무기였다. 그는 재빨리 활을 버리고 두 손을 동시에 등 뒤 칼자루에 뻗으며 외쳤다.

"대흑산!"

'대흑산'이라는 한 마디. 주어도 동사도 없었다. 상상의 이름도 부르지 않았다.

하지만 그 외마디가 터져 나온 순간 상상은 너구리처럼 재빨리 시녀 곁으로 달려가 우산을 한껏 펼쳤다.

'촤악.'

그녀의 왜소한 몸에 비해 너무 커다란 우산이 펴졌다. 바로 대흑산(大黑傘)이었다.

마치 어두운 천막이 밀림 속에서 나타난 별빛을 가리듯, 화유탄 두 개가 땅에 떨어지며 대흑산 주위가 불타오르기 시작했다. 지면의 낙엽이 불쏘시개 역할을 하며 화염은 순식간에 막을 수 없을 듯한 기세로 퍼져 나갔다. 하늘 높이 치솟는 불길을 보며 뜨거운 화염 벽 안에 있는 귀인을 생각하며, 초원 만족들과 살아남은 호위들은 절망으로 울부짖었다.

하지만 그들은 보지 못했다. 화염이 대흑산을 태우지 못했음을. 고온의 뜨거운 화염이 기름때 많은 대흑산의 천에 닿자 매우 기이하게 약해지기 시작했다. 우산이 어떤 재료로 만들어졌는지는 아무도 몰랐지만 대흑산은 천막처럼 별빛을 가렸고, 또 뜨거운 불길도 막았다.

대흑산 아래 상상은 손잡이를 꼭 쥔 채 불길을 바라보고 있었다. 시녀도 대흑산 아래에서 붉은 빛을 바라보았다.

긴장감이 최고조로 치닫고 있었다.

그리고 동시에 대흑산 옆쪽 빈 공간을 따라 펼쳐지는 전투 장면을 보고, 눈빛에 놀라움을 넘어 경이로운 기색이 번지기 시작했다.

숲속에서 오랜 시간 침묵하며 인내하던 검은 옷을 입은 두 사람.

그들은 사태를 보며 냉정하고 정확하게 시간을 판단하며 움직이기 시작했다. 처음 공격은 화유탄 두 개. 그와 동시에 재빠르게 암살 목표를 향해 근접 공격을 시도했다.

그들은 강한 수행자가 아니었지만, 수행자보다 더 전문적인 자객이었다. 별들 사이에서 검은 자객 둘이 뛰어내렸다.

녕결은 활을 쏠 여유가 없었다. 하지만 녕결의 표정에는 별다른 변화가 없었고, 당황한 기색은 더더욱 없었다. 그는 활을 내팽개쳤다. 화유탄이 낙엽에 떨어지는 순간, 마치 허리와 다리 근육의 탄성을 한껏 끌어올리듯이 껑충 뛰어올랐다. 화유탄이 타오르는 동시에 그의 그림자는 뜨거운 불길을 타고 날아가는 것처럼 보였다. 몸은 살짝 앞으로 기울이며 양손은 몸 뒤로, 두 다리는 날아올랐다. 그 모습은 거대한 새가 활주하는 것처럼 보였다.

불의 벽을 뛰어넘으며 뒤로 향한 양손이 자연스럽게 등 뒤의 칼자루로 향했지만 이 모든 동작을 하는 녕결의 두 눈은 잡념이 없는 듯, 냉정함이 극에 이른 듯 차분하기 그지없었다.

시녀는 그의 차분한 눈빛을 보자 등골이 서늘해졌다.

반 년 전, 선우를 따라 초원 사냥을 나섰을 때 보았던 맹호(猛虎). 당시 맹호가 관목을 뛰어넘어 그녀에게 덤벼들었던 적이 있다. 앞발을 살짝 쥐고 뒷발은 가볍게 움츠린 채, 눈매에는 잔인하고 피비린내 나는 표정 대신 집중하는 평온함만 가득했었다. 그 눈빛은 그녀가 일생 동안 본 가장 무서운 눈빛이었다. 심지어 꿈속에서 그 침착한 호랑이의 눈빛을 본 후 화들짝 놀라 깬 적도 수차례.

감정 없는 평온함은 강인함과 자신감을 나타내며, 집중력은 의지와 결의를 뜻한다.

맹호가 먹이를 사냥할 때는 냉정하고 집중력이 있지만, 결코 냉혹하지는 않다. 적을 갈기갈기 찢어버리는 것은 그가 분노를 표출하는 것이 아니라 단지 생존을 위한 타고난 본능의 발현일 뿐. 자신이 잘할 수 있는 타고난 재능을 알고 있다는 것을 의미할 뿐.

시녀는 붉은 불빛에 비친 녕결의 얼굴을 보며 그 맹호를 떠올렸다.

평생 밤의 어둠에서 살인을 저지르는 자객은 위험에 가장 민감한 동물이다. 그 여인이 느꼈듯이, 두 자객도 불길을 뚫어 날아오는 소년을 보며 무의식적으로 긴장했다. 장검을 쥔 두 손이 경직되었다.

'챙!'

살짝 그슬린 녕결의 옷자락이 어둠의 밀림에서 몇 줄기 약한 불의 길을 그릴 때, 녹슨 칼 두 자루가 그의 어깨 뒤에서 번개처럼 튀어나왔다. 날카로운 금속이 부딪치는 소리가 났다. 순간 강한 바람에 불길이 거세지며, 불에 탄 옷이 그려낸 불길이 더 미세한 불꽃으로 변해 전장을 더욱 밝게 비추었다.

칼이 부딪친 반동을 이용해 녕결은 다시 앞으로 몇 걸음 튀어나가며 두 자객 사이로 들어갔고, 손목을 돌려 내리치던 두 칼의 방향을 횡으로 바꾸어 상대방의 기세를 제압하는 동시에 옆구리를 베었다.

도봉(刀鋒)이 비스듬히 아래로 두 자객의 가슴뼈를 자르자 자객의 살점과 피가 칼로 인해 밀려났다. 하지만 두 자객은 죽음을 앞두고도 비참한 울부짖음으로 강한 의지력을 폭발시켜 몸으로 녕결의 쌍검을 막았다.

그때 또 한 명의 자객이 귀신처럼 하늘에서 떨어졌다. 자객의 단도가 번득이며 녕결의 뒷목으로 향했다.

세 번째 자객!

두 자객이 몸을 던져 녕결의 두 칼을 막은 것은 포기가 아닌 마지막 시도를 위한 결연함의 발로. 어느 누구도 예상하지 못한 공격이었지만, 녕결은 여전히 평온해 보였다. 그리고 어디선가 녕결에게 들려온 가느다란 외침.

"육! 이!"

대흑산 아래 있던 상상이 외쳤다. 그녀는 긴장한 채 몸을 움크리고 있다가 세 번째 자객이 녕결에게 돌진할 때 눈을 꼭 감은 채 온 힘을 다해 두

숫자를 외쳤다.

은어? 방위?

상상은 어떻게 자객을 보았을까?

볼 수 있다 해도, 방위를 정확히 판단할 수 있다 해도, 녕결의 박도 두 자루는 이미 자객 둘의 몸에 박혀 있는데 무엇을 할 수 있단 말인가.

"육? 이? 더럽게 높네!"

녕결은 원망스럽게 중얼거렸지만, 주저 없이 두 손에서 칼자루를 놓으며 두 손을 머리 위로 쳐들었다. 점점 짙어가는 어둠과 그 어둠에 곧 삼켜질 불길 속에서, 자신의 등 뒤에 있는 그 딱딱하고 피를 머금은 듯한 면으로 감싸진 마지막 박도를 뽑아냈다.

'스윽!'

녕결은 뒤를 보지도 않은 채, 허리와 복부에 힘을 주고 몸을 비틀어, 온몸의 힘을 박도에 실은 채 하늘을 베어버릴 듯한 기세로 밤하늘을 향해 휘둘렀다.

'챙!'

예리한 도봉(刀鋒)은 매우 정확하고 빠르게, 떨어지는 자객의 손에 있는 단도를 날리며 거침없이 그의 목뼈 속으로 파고 들어갔다. 목의 절반까지 박혀버린 박도. 자객이 털썩 땅으로 떨어지며 무릎을 꿇을 때, 녕결은 물러서 앞선 자객의 가슴에 박혀 있던 칼을 하나 뽑아 아직 몸과 붙어 있는 자객의 나머지 목 절반을 베었다.

'뚝…… 데구르르르…….'

자객의 목이 두 무릎 사이로 떨어지며 썩은 낙엽 사이로 굴러 숲의 먼 곳까지 굴러갔다.

대당 제국과 연국의 전쟁에서 하후 장군이 이끄는 선봉 부대는 무수한 연국 기병을 찔러 죽였다. 당시 이 신비한 암살조는 정예 군사로 구성되어 있었다. 비록 수행자는 없었지만 전쟁터에서 수많은 공로를 세웠고 심지어 수행자를 암살하는 데 성공한 전례도 있었다. 하후 장군 수하의 암살조가 어떤 체계로 구성되었는지 아는 사람은 거의 없었지만 녕결은 익히 알고 있었다.

세 사람이 함께 움직인다는 것.

녕결이 어릴 때부터 항상 세 자루의 박도를 메고 다닌 이유는 자객들이 세 사람으로 한 조를 이룬다는 것을 알았기 때문이다. 어린 시절부터 산림과 초원에서 짐승들과 함께 생활한 녕결에게 어둠 속의 자객은 두려움의 대상이 아니었다. 그를 불안하게 하는 것은 신비한 수행자들일 뿐.

그래서 녕결은 재빨리 다시 원래 위치로 돌아가 활을 주워 멀리 있는 대검사를 겨누었다. 하지만 이번에 그의 경계는 필요가 없는 것으로 보였다. 서생은 조금도 움직이지 못했기 때문이다.

그래도 녕결은 한참 동안 침묵하며 경계하다가, 두 팔에 힘이 빠져 떨리기 시작할 때쯤에야 천천히 시위를 거두었다. 그제야 피곤함과 상처의 아픔이 몸을 파고들기 시작했다.

"괜찮아요?"

녕결이 고개를 돌리지도 않은 채 물었다.

'좌르락!'

대흑산이 다시 가지런히 접혀 모아졌다. 상상은 반쯤 주저앉아 녕결의 뒷모습을 보며 고개를 저었다. 그가 자신에게 물은 것이 아니라는 것을 알았던 것이다.

그때 수려한 외모의 시녀가 일어서서 치맛자락을 들어 올리며 반쯤 부수어진 마차를 향해 뛰어갔다. 그리고 남자아이를 품에 안고서 애석한 표정으로 아이 얼굴에 묻은 먼지를 닦아냈다. 예닐곱의 초원 만족과 대당 호위가 살아 있었다. 그들도 몸을 버둥거리며 일어나 마차 주변으로 힘겹게 걸어갔다.

부상이 심한 호위대장은 무릎을 반쯤 꿇고 고개를 떨구면서 침통하게 말했다.

"저희 작전이 실패하여 공주 전하를 놀라게 한 죄,
죽어 마땅합니다."

별빛과 잔존한 불빛이 공존하는 시각. 피칠갑의 남자들이 무릎을 꿇고 아이를 안은 여인에게 죄를 고하는 모습은 슬프기보다 차갑거나 비장하게 보이기까지 했다. 녕결과 상상은 그 광경을 가만히 지켜보았다. 수려한 시녀의 정체를 일찍부터 알고 있었기에 억지로 놀라는 표정을 짓지도 않았다.

잠시 숨을 돌린 호위와 만족들은 서로의 상처에 응급 조치를 하고 전투의 끝을 정리했다. 그리고 후방을 복잡한 표정으로 바라보았다. 충격적이었고, 심지어는 은근한 두려움까지 느끼고 있었다.

물론 호위와 여청신 노인이 적의 가장 강한 수행자 둘을 처리했기에 녕결이 마지막에 상대를 죽일 수 있었던 것은 사실이다. 하지만 그 사실이 더욱 더 그들에게 소년의 존재를 무섭게 느끼도록 했다. 앳된 소년의 모습 속에 차분하고 강인한 심장이 숨겨져 있는 것만 같았다.

**

호위대장은 나무토막 하나를 짚고 힘겹게 몸을 일으켰다. 그리고 녕결과 상상 두 사람에게 다가와 허리를 굽혀 예를 올렸다. 고맙다는 말 한 마디

하지 않았지만, 그의 이 동작에서 마음속으로부터 우러나는 감사함과 감격이 이미 전해지고 있었다.

녕결은 상상의 손을 이끌며 옆으로 비켜서 그의 절을 받지 않으려 했다. 이번 전투에서 초원 만족이 보여준 용맹함과 대당 호위가 보여준 엄격한 군율은 누구에게라도 존경 받을 만했기 때문이다.

"자네의 무예가 특별하지는 않았다. 맨손으로 대결한다면 나의 상대가 되지 않겠지. 하지만 나라고 해도 방금 세 자객의 암살 공격만큼은 막을 수가 없었을 것이다. 최소한 그들을 그렇게 깔끔하게 죽이는 것은 더욱더 불가능했을 것이고…… 자네가 이 살인 기술을 어디서 배웠는지 궁금하군."

녕결은 머리를 긁적이며 미소를 지었다.

"살인의 재주는 당연히, 사람을 죽이면서 배웠지요."

녕결은 자신이 네 살 때 하후라는 이름을 알고부터 그를 죽일 준비를 하고 있었다는 것을 호위대장에게 말하지 못했다. 그것은 당연한 일이었다. 호위대장은 변경 작은 도시의 한 소년이 날마다 칼로 나무를 베는 연습을 하며 하후 장군 수하의 모든 장군들의 전투 습관을 분석하고 무수한 대책을 세우고 있었던 것을 알 리가 없었다. 어찌 보면 오늘 녕결의 칼에 죽은 세 명의 자객은 녕결이 지난 십여 년 동안 매일 힘들게 수련하여 얻은 필연적인 결과물이었다.

오늘 녕결이 하후 장군의 부하들을 만나게 된 것은 우연일 수도, 또는 운명일지도 모른다. 여하튼 복수의 화살과 칼날이 마침내 그 한기를 드러내기 시작한 것이다.

"자네는 이제 열대여섯 일터, 설마 나보다 많은 사람을 죽이진 않았겠지?"

"짐승을 포함하면, 제가 확실히 더 많아요."

"사람을 죽인 것을 묻지 않았나…… 캐묻는 것이 아니라 그저 궁금했을 뿐이네."

"국경 근처 변성에서 가장 큰 수입은 마적을 죽이는 일이에요. 저희는 보통 그 일을 '장작을 팬다'고 하는데, 최근 몇 년간 위성의 장작 패기는 제가 다 사람들을 이끌고 가서 한 것이죠. 사람 죽인 것만 쳐도…… 꽤 될 거예요."

감사의 표시를 하기 위해 호위대장 뒤를 따라오던 초원 만족 한 명이 녕결의 이 말을 듣고 바로 발걸음을 돌렸다. 만족 동료 하나가 의심스러운 눈초리로 물었다.

"두령, 왜 그러세요?"

두령이라 불리는 만족은 화염의 잔재 옆에 털썩 주저앉으며 공포심을 다스리기 위해 자신의 뺨을 두드렸다.

"저 소년이 바로…… 전설 속 소벽호의 장작꾼인 것 같아."

이 말과 함께 초원 만족 네 명의 얼굴이 새파랗게 질리면서 순식간에 침묵에 빠졌다. 그중 하나가 슬며시 고개를 들어 녕결을 바라봤지만 재빨리 머리를 다시 숙였다. 마치 소년에게 자신이 훔쳐보는 것을 들키기 두려운 듯.

공주의 설득으로 길을 따라나선 만족들은 본래 초원에서 유명한 마적들로서 흉악하기로 유명했다. 하지만 그들에게 진정한 마적은 당나라의 강대한 변군들이었다. 변군들은 계절이 바뀌어 후방에 식량이 부족할 때마다 여가 활동을 하였다.

초원의 마적 털기.

변군은 이를 장작 패기라 불렀다. 그리고 그 흉악하고 잔인한 기병 수령을 장작꾼이라 불렀다. 그는 기병 중에서도 가장 무서운 존재로 지금 소벽 호수가 붉게 물든 이유이며, 초원 마적들에는 악몽과도 같은 공포스러운 이야기였다.

소벽호의 장작꾼.

다만 오늘밤 전까지만 해도 그가 이렇게 어릴 것이라고는 상상도 못했을 뿐이었다.

3

여청신

1

◑ ◑ ◑

피비린내 나는 처참한 전투가 끝난 후, 살아남은 사람들이 녕결을 바라보는 시선과 태도에 미묘한 변화가 생겼다. 길잡이로서의 그의 능력을 존중하면서도 눈엣가시이던 녕결이었지만, 지금은 무엇을 하든 무의식적으로 그의 의견을 구하고 있었다.

공주의 윤허를 받은 호위대장은 녕결의 의견에 따라 북산도 입구에서 즉시 철수하지 않고, 부상자 전원을 포함해 북산도 남쪽에서 대기하며 그들을 맞이하는 부대가 도착하기를 기다렸다.

여청신 노인은 모닥불 옆의 소년을 조용히 바라보며 웃고 있었다.

마차 옆 장작에 붙인 모닥불 옆에는 공주와 노인 그리고 녕결이 앉아 있었는데, 만족의 두령이 공손한 표정으로 녕결 곁으로 가 양손으로 술이 든 가죽 주머니를 건넸다. 공주의 미간이 저도 모르게 찌푸려졌다.

'초원의 만족이 존경심을 표현한다는 것은 두려워한다는 것인데…… 그 두려움은 어디서 온 거지?'

녕결의 미간도 절로 찌푸려졌다. 술이 너무 독했기 때문이다. 그리고 그는 옆의 노인을 보며 순간적으로 마음이 움직여 지친 몸을 일으켜 그쪽으로 다가갔다. 하지만 그가 어릴 적 상상했던 것처럼 무릎을 꿇고 예를 올리기도 전에 담담한 목소리가 그를 막아섰다.

"앉아."

녕결은 고개를 돌려 모닥불 옆의 시녀를 바라보며 속으로 짧게 한숨을 내쉰 후 공손하게 절을 올렸다. 그는 공주가 백치라고 생각했지만, 그렇더라도 두 사람의 신분 차이는 어쩔 수 없었다. 그녀는 시녀가 아니라 대당의 공주 이어(李漁)였던 것이다.

이어는 소년의 옆얼굴을 말없이 쳐다봤는데, 아이의 얼굴이 지극히 평범하다고 생각했다. 웃을 때 들어가는 작은 보조개와 눈에 거슬리지 않는 작은 주근깨 외에는 특별한 점을 찾을 수 없었기 때문이다. 하지만 그녀는 그를 볼 때마다 계속해서 초원의 맹호가 떠올랐다. 아슬아슬한 암살 사건을 겪고 아직 두려움이 채 가시지 않은 그녀는 평범한 녕결의 얼굴을 보면서 저도 모르게 마음이 평온해지는 것 같았다.

'이 소년이 맹호처럼 날 지켜주는 것인가?'

문제는 이 소년이 그녀의 마음에 들지 않는다는 것. 위성에서의 그 음탕한 가위 바위 보 놀이. 어린 시녀를 함부로 다루는 사실. 그리고 가장 불쾌한 것은 지금 표하는 공경에 아무런 성의가 없어 보인다는 점. 심지어 어느 구석진 곳에서 이 소년이 자신을 비웃을 것 같은 느낌이 들었다.

여자의 직감은 무시무시한 무기.

대당 제국의 가장 귀한 공주 전하. 밑바닥 군졸 하나가 자신을 비웃는다고 생각하면 분노가 치밀어야 하는데, 기묘하게도 그녀는 지금 소년 옆에서 안도감과 함께 오히려 보호 받는다는 느낌을 받고 있었다. 그래서 더 싫었다.

그녀는 그런 느낌이 좋았지만, 그게 녕결 때문이라는 것이 싫었다. 그래서 오히려 영문도 모를 부끄러움이 솟구치며 눈을 가늘게 뜨고 애써 냉랭한 어투로 말했다.

"적의 습격이 있을 때, 넌 마차에 있는 '그분'을 구하러 가지 않던데?"

"사실 위성에서부터…… 전하가 '전하'인지 알았어요."

전하가 전하이니, 그 마차 안의 전하는 당연히 공주 전하가 아닐 수밖에.

이어는 눈살을 살짝 찌푸렸다.

'이 소년이 어떻게 나의 정체를 간파할 수 있었지?'

"사람 죽이는 법을 군대에서 배웠다 했는데, 네 나이는 기껏해야 열대여섯 살. 그럼 위성에서 군사를 모집할 때 넌 더 어렸다는 이야기인데, 그 나이에 위성 변군은 어떻게 들어간 거지?"

'너도 열여섯 살 계집아이였을 때 초원으로 시집가지 않았나?'

이때 상상이 소리 없이 다가와 그의 곁에 앉았고, 녕결은 마음이 누그러지며 눈앞의 피어오르는 불꽃을 보고 회상하듯 말했다.

"제가 어렸을 때 상상을 구했다는 것은 아시지요? 그때 우리는 모두 굶주렸기 때문에 민산으로 숨어 들어갔고, 굶어 죽기 직전에 늙은 사냥꾼 하나를 만났어요."

그는 청아하고 아름다운 공주의 얼굴을 바라보며 말을 이었다.

"늙은 사냥꾼이 세외고인(世外高人)도 아니었고, 좋은 뜻으로 우리를 구한 것도 아니었죠. 하지만 그가 저에게 사냥을 가르쳐 주었습니다. 나중에 그 사냥꾼이 죽고, 전 상상을 데리고 민산을 떠돌며 사냥으로 연명했지요."

공주의 머릿속에는 매우 생동감 넘치는 장면이 펼쳐지고 있었다. 그 장면은 상상 속에서 공주의 눈앞에 펼쳐졌다. 열 살 남짓한 소년이 대여섯 살 여자아이를 업고 민산을 힘겹게 뛰어다니는 장면. 소년의 손에는 목궁이 들려 있으며, 여자아이의 등에는 나무 화살통이 메어져 있다. 며칠 동안 사냥을 못 할 때도 있고, 범에게 쫓겨 산언덕으로 떨어질 때도 있고. 가끔 토끼 한 마리 사냥하면 아이 둘이 기뻐 날뛰기도 하고. 이어 공주는 상상 속에서 빠져나와 눈앞의 현실과 마주쳤다. 이어 공주의 눈에 비친 녕결의 얼굴이 예전만큼 싫어 보이지 않았다.

"산속이 이렇게 험한데 왜 관아를 찾아가지 않았지? 우리 대당은 고아를 잘 보살피는데."

"살아남는다는 것…… 사람이 적은 곳이 오히려 더 쉬워요."

이 한마디에 얼마나 많은 고생과 피눈물이 감춰져 있을까. 이어 공주의 미간이 찌푸려졌다.

"그 늙은 사냥꾼은…… 어떻게 죽었지?"

"제가 죽였어요. 이 칼로."

녕결은 사냥꾼을 왜 죽였는지 이야기하지 않았다. 그 일은 세상 밑바닥의 음침하고 더러운 일이었다. 그래서 너무나 고귀한 공주에게 그런 이야기를 꺼내기 싫었다. 공주에게는 말을 아껴야 했다. 그리고 앞으로 누구에게도 그 이야기를 하지 않겠다고 결심했다. 녕결은 상상의 머리를 부드럽게 쓰다듬으며 품에 꼭 끌어안았다.

남자아이가 공주 곁에서 머리를 내밀어 신기한 듯 녕결을 바라보았다. 아이는 콧물을 훌쩍인 후, 녕결과 상상의 모습을 따라하며 머리를 공주 품에 묻었다. 이어는 손수건을 꺼내 서툰 솜씨로 아이 얼굴을 닦았다. 그리고 고개를 돌려 녕결에게 말했다.

"장안에 가면 내 편이 되어 줘. 그럼 네 앞날을 보장해 주지."

녕결은 공주 품에 안겨 있는 만족 남자아이의 신분을 일찌감치 짐작한 상태였다. 소만(小蠻)이라는 이름의 남자아이는 공주의 의붓아들인 게 틀림없어 보였다. 다만 그녀가 의붓아들을 이토록 아끼는 줄은 몰랐다. 특히 아이의 콧물을 닦아주는 작은 행동 하나가 마음에 걸렸다. 이런저런 생각에 빠져 멍하니 있다가 이내 공주의 제안에 놀라 정신을 차렸다.

"존경하는 공주 전하, 전 장안에 도착하면 서원에 응시할 생각입니다."

같은 말도 해석 방식에 따라 여러 의미가 될 수 있다.

'난 전하를 위해 목숨 바칠 시간이 없다.' 또는, '난 서원에 들어가면 앞날이 창창하니, 전하의 도움 따위는 필요없다.'라고 해도 될 것이다. 하지만 그렇게 대답하는 것은 도움이 되지 않는다는 것을 녕결은 잘 알고 있었다.

"입학시험에 합격할 자신이 있다는 건가?"

공주는 차가운 표정으로 말을 이었다.

"우리 대당은 인재를 아끼지. 하지만 '아낀다'는 말은 잘 새겨들어야 해. 인재가 재능을 발휘할 곳을 원하는 대로 찾을 수 있다면 어찌 그 많은 선인(先人)들이 인생을 허비하며 살다 갔겠느냐."

"저도 그건 잘 알아요. 그러니 전하께서 그런 걸림돌을 없애주셔야 하지 않을까요? 제가 가난해서 서원에 들어갈 기회를 놓치는 일은 없었으면 좋겠네요."

이어 공주는 의아한 눈빛을 숨길 수 없었다.

'이 소년이 뭘 믿고 내 제안을 이렇게 단칼에 거절하는 거지? 정말 냉정한 아이로군.'

그녀는 황제가 가장 총애하는 대당의 공주. 조정 대신과 대당 사람들이 가장 사랑하는 공주이지 않은가. 현재 녕결의 신분과 지위로 그녀와 이렇게 가까이 할 수 있다는 것만으로도 대단한 일이었다.

오랜 시간 침묵하던 그녀는 담담하게 말했다.

"알았어. 어쨌든 네게 빚을 진 건 사실이니까."

공주는 이 말과 함께 고개를 돌려 모닥불을 물끄러미 바라보았다. 모닥불은 붉고 강렬하게 타오르고 있었다. 그 옆으로 여청신 노인이 가부좌를 튼 채 명상을 하고 있었고, 저편 떨어진 곳에서는 호위대 군사들이 이미 깊은 잠에 빠져 있었다.

* *

숲속의 밤은 깊었다. 가끔 별빛에 취해 잠을 깬 산새가 지저귀곤 했다.

녕결은 그녀의 눈 언저리에서 반사된 빛을 바라보고 있었다. 그 빛은 까닭 모를 슬픔과 허무를 담고 있었다. 그녀의 시선은 길가에 쌓여 있는 호위와 만족들의 시신을 향하고 있었다.

'백치라 해도, 인간미가 있는 백치인 것 같네…….'

상상은 잠든 지 오래였다. 녕결의 무릎에 얼굴을 대고 엎드린 채. 눈을 뜨고 있는 사람은 녕결과 이어 공주 둘뿐이었다. 그때 갑자기 이어의 품에 안겨 있던 소만이 고개를 들었다. 아이는 눈을 비비며 이야기를 들려 달라고 칭얼댔고, 이어의 얼굴에 난감한 표정이 가득했다. 어릴 때 황궁에서 들었던 이야기는 기억에 남아 있는 것이 없고, 그렇다고 소녀 시절 들었던 남녀 이야기를 아이에게 해줄 수는 없지 않은가.

아이도 그다지 떼를 쓰지는 않았다. 그저 자신이 어머니라고 알고 있는 공주에게 불쌍한 표정을 지어 보였다. 악동처럼 짓궂은 얼굴로. 녕결은 곤경에 빠진 공주를 보고 헛기침을 했다.

"황금색 밀과 파란 귀리가 자라는 들판…… 그 오리알들이
하나씩 하나씩 깨기 시작했어. 그중 가장 큰 그 알은 홀로 꿈쩍도

안 하고 있었던 거야…… 오리 엄마는 가장 크고 못생긴 아이가 물속에서 헤엄치는 모습을 보며 자랑스럽게 말했어. 봐, 그는 미운 닭이 아니라 내가 낳은 오리야! 그런데 그 오리는 너무 못생겨서 어딜 가도 손가락질을 받았어…… 어느 날 아름다운 해가 서쪽 황야에 떨어질 때쯤 미운 오리 새끼는 큰 새들이 숲에서 날아오르는 것을 보았어. 오리 새끼는 여태껏 그렇게 아름다운 모습을 본 적이 없었지. 그들은 빛이 날 정도로 하얗고 목이 길고 유연했고, 너무나 아름다운 날개를 펼치고 따뜻한 나라를 향해 날아갔어."

넝결은 짧은 숨을 내쉰 다음 미소를 지으면서 이야기를 계속 이었다.

"한겨울이 지나자 미운 오리 새끼는 큰 백조 몇 마리에 둘러싸여 있었어. 스스로가 얼마나 부끄러웠는지 몰라. 자신이 너무 못생겼다고 생각했기 때문이지. 하지만 백조들이 부드럽게 그의 깃털을 쪼고…… 미운 오리 새끼가 문득 연못에 비친 자신의 모습을 봤는데 얼마나 아름다웠는지…… 봄이 되어 햇살은 한없이 따뜻했고, 라일락은 그 가지를 물속으로 늘어뜨리고 있었지. 사람들은 그를 보며 신나게 춤을 추며 소리를 쳤지. 저 예쁜 백조 좀 보세요!"

넝결은 타다 남은 땔감 하나를 집어 들고 땅바닥에 제멋대로 낙서를 했다. 그가 그린 낙서는 제멋대로 생긴 선이었다. 넝결은 그 선을 물끄러미 바라보며 고개를 숙인 채 이야기를 들려주었다. 아주 오래된 이야기였다. 그 이야기는 단순하면서도 슬펐다. 슬프면서도 행복한 이야기였다.

아이는 공주의 품에 엎드려 이야기를 들었다. 공주도 넋을 잃고 이야기에 빠져들었다. 언제 깨어났는지 상상도 미소를 짓고 있었다. 상상은 아주 어렸을 때 넝결에게서 그 이야기를 들었다. 민산 사냥꾼의 집에서 지낼 때였던가. 그런데 지금 다시 들어도 이야기는 흥미로웠다.

밤이 더욱 깊어졌다. 이야기를 다 들은 아이는 다시금 달콤한 꿈에 빠져들었다.

오랜 침묵을 깨고 이어는 말했다.

"네 이야기는 너무 심오해서 만(蠻)이가 이해하지 못했을 거야. 그래도 그런 것들을 일깨워줘서 고마워…… 난 그 오리 엄마처럼 이 아이를 친아들로 여길 것이고, 자랑스럽게 키울 거야. 장안에 돌아가면 절대로 다른 사람들의 비웃음과 차별 대우를 받지 않게 할 거야. 장래에 그가 백조처럼 하늘을 날 수 있을지는…… 그건 이 아이 스스로가 만들어 가야겠지."

녕결은 머리를 긁적이며 계면쩍게 웃었다.

"사실 그렇게 깊이 생각하고 한 이야기는 아닌데…… 어릴 때 상상에게 들려줬던 이야기예요. 상상은 자기가 까맣고 못생겼다고 생각했어요. 일종의 열등감이겠지요. 전 그런 이야기를 들려주면서 상상을 위로했어요. 단지 그것뿐이에요."

"어쨌든 깊은 의미가 담긴 이야기야. 남들에게 비웃음과 조롱을 받던 미운 오리 새끼가 자신의 노력으로 사람들에게 사랑받는 백조로 변한다…… 좋은 이야기야. 이 이야기는 사람들에게 좋은 자극이 되겠어."

"전하, 틀렸어요. 이 이야기는 많은 사람들을 절망하게 만들 거예요. 미운 오리 새끼는 결코 백조로 변할 수 없어요."

"그건 무슨 소리야?"

"그는 원래부터…… 백조였던 것이죠. 마치 전하와 전하 품에 안겨 있는 어린 왕자처럼. 진정한 미운 오리 새끼는 영원히 미운 오리 새끼예요."

이어는 무엇인가 깨달은 듯 소년의 얼굴을 말없이 바라보았다.

동화에서 비롯된 심오한 뜻의 대화. 물론 대화를 나누는 두 사람은 존귀한 공주 전하와 '소벽호의 장작꾼'이라는 별칭을 가진 소년이었다. 그 두 사람의 신분 차이는 하늘과 땅의 차이만큼이나 컸다.

무릇 사람들은 극단적인 환경에 처하면 자신의 신분과 책임 등을 잊고 순진하게 변하기 마련. 특히 젊은 사람일수록 그런 경향이 더했다. 피비린내 나는 전투를 겪은 북산도 입구의 밤, 모닥불 옆에서 소벽호의 장작꾼 녕결과 대당 공주 이어는 신분 차이를 넘어 단순히 이야기를 하는 사람이고 이야기를 듣는 사람일 뿐이었다. 이야기를 하고 이야기를 듣기 위해 두 사람은 어깨를 붙이며 좀 더 가까이 앉아야 했다. 모닥불 옆에서 잠이 들 때까지 두 사람은 그렇게 이야기를 나누었다.

'다그닥 다그닥 다그닥.'

시간이 얼마나 흘렀을까. 밤의 빛이 점점 사라지고, 별의 빛도 점점 사라지고……. 아침 햇살이 숲 끝자락을 밝히기 시작할 무렵, 북산도 남쪽에서 다급한 말발굽 소리가 들려왔다.

여청신 노인과 녕결은 동시에 눈을 떴다. 두 사람은 눈길을 주고받은 후 주변 동료들을 깨웠다. 만족 마적 한 명이 손을 들어 동료들에게 신호를 보내자 이내 정예 기병들이 그 모습을 드러냈다. 모닥불은 이미 꺼지고, 시커멓게 타다 만 나무에서는 회백색 재가 떨어지며 가끔씩 불똥이 튀었다.

초원 만족들과 호위대는 철궁을 꺼내 여전히 칠흑 같은 북산도 입구를 겨냥했다. 그들은 부상이 심각해 빨리 움직일 수가 없었고, 점점 가까워지는 적이 강하다는 것을 본능적으로 알아차렸다. 그들은 기다리는 것 외에는 마땅한 방법을 알지 못 했다. 달리 어찌 할 길이 없었다. 구출되거나, 전사하거나.

'휘이익.'

북산도 입구의 낙엽이 거센 바람에 휘날렸다. 희미한 빛 속에서 검은 갑옷을 입은 기병 수십 명이 나타났다. 적이 가까이 올수록 말발굽 소리가 천둥같이 변했다. 모닥불의 잔해가 진동하며 연기처럼 흩어졌다.

'웅 웅 우우웅…….'

대당 제국 최정예 중갑(重甲) 기병. 새벽빛에 비친 그들의 갑옷에 화살촉과 칼날에 의해 생긴 선명한 자국이 드러났다. 밀림 작전에는 적합하지 않은 기병이 밤새 북산도를 뚫고 온 것이다. 절박하고 초조해 보이는 그들의 모습으로 보아 남쪽 기슭에서 매복 공격을 당한 것을 미루어 알 수 있었다.

삼십여 장의 거리. 앞장선 붉은 장삼의 청년이 멀리 모닥불 곁에 모여 있는 사람들을 보며 소리쳤다.

"고산군(固山郡) 화산악(華山岳)이다! 전하께서는 어디 계시는가?"

녕결은 옆으로 고개를 돌렸다. 이어 공주는 자신의 어깨에 기대어 있었다. 그녀는 아직 잠이 덜 깬 모양이었다. 화산악이라는 청년 장군은 천둥 같은 말발굽 소리와 함께 그녀를 향해 달려왔다. 말에서 내린 그는 무릎을 반쯤 꿇고 군례(軍禮)를 올렸다.

"이 몸 산악이 늦었습니다. 전하께 죽을 죄를 지었습니다.
감히 용서를 청합니다."

뒤를 이어 지친 기색이 역력한 중기병들이 무릎을 꿇고 외쳤다.

"전하, 용서해 주십시오!"
"용서해 주십시오!"
"공주 전하!"

어느새 이어는 눈을 뜨고 있었다. 어쩌면 오래 전에 잠에서 깨어 있었는지도 모를 일이었다. 이어는 자신에게 여전히 충성하는 이 청년 장군을 보고 미소를 띠었다. 그리고 피 흘리는 전투를 겪고 달려온 기병들을 향해 웃으며 말했다.

"냉큼 일어나지 못할까. 아니면 진짜 죄를 묻겠다."

공주의 말에 화산악은 고개를 들었다. 그는 감격에 겨워 무슨 말인가를 하려고 했다. 그런데 공주가 소년 군사의 어깨에 머리를 기댄 모습을 보고 미간을 살짝 찌푸렸다. 화산악이 보기에 공주의 표정은 너무나도 자연스러웠다.

그는 자신도 모르게 심장이 뛰기 시작했다. 그는 눈빛에 의아함을 담으면서 불편한 기색을 숨기지 못했다. 녕결도 청년 장군의 표정을 똑똑히 살필 수 있었다. 눈썹이 검처럼 비범하게 그려진 잘생긴 얼굴. 젊은 나이에 이미 고산군의 도위(都尉)가 된 자. 중갑 기병을 통솔하는 자……. 의심할 여지없이 그 또래 중 가장 앞서고 뛰어난 인물일 터. 그 기량과 능력 또한 최고일 것이다.

물론 그런 화산악에게도 평생 넘지 못하는 문턱이 있었다. 심지어 몇 년 전에는 그 문턱에 걸려 보기 좋게 넘어진 적도 있었다. 그 문턱은 그의 마음 깊은 곳에 아무도 모르게 숨겨둔 것이었다. 하지만 숨겨둔 것이라고 해도 이미 대당 사람들 모두는 알고 있었다.

사랑. 대당 공주를 향한 깊고 뜨거운 사랑. 화산악은 등골이 서늘해졌다.

'넌 어떤 놈이냐. 어떤 새끼인데 이렇게 귀한 분의 몸을
가까이하고 있는 것이냐. 아니, 가까이가 아니고 이미 닿았잖아!'

＊＊

그는 당장이라도 칼을 뽑아 소년 군사의 어깨를 잘라내고 싶었다. 하지만 그 질투와 냉랭한 정서는 미소 속에 감추어야만 했다. 이어는 그의 눈빛에 순간적으로 스쳐간 의아함과 불쾌한 기색만 살짝 엿보았을 뿐.

'뭐지?'

그녀는 순간 멍해졌다. 그러다가 자신의 팔에 전해져 오는 따뜻함을 느끼고서야 화산악의 눈빛이 무엇을 의미하는지 알게 되었다. 이어는 무의식적으로 귀밑머리를 쓸어 올리며 어색함을 숨겼다. 사실 젊은 남자와 모닥불 옆에서 함께 밤을 보내는 것은 그녀 자신도 상상하지 못했기에.

이어 공주는 천천히 일어섰다. 녕결의 이야기에 귀를 기울이던 수려한 '시녀'는 더 이상 없었다. 두 사람의 팔 사이에 남은 온기가 새벽바람에 빠르게 식어 갔다.

아침 햇살이 그녀의 뺨을 비췄다. 그녀의 눈매는 유난히 맑고 아름다워 보였다. 하지만 그녀는 어느새 차갑고 거만한 모습으로 되돌아가 있었다. 그것은 당연히 온화하고 우아한 모습보다 아름다울 수가 없었다. 녕결은 웃으며 고개를 가로저었다. 녕결은 불빛 아래서의 '소녀'가 더 아름다웠다고 생각했다.

그제야 화산악의 눈에 수많은 시체가 띄었다. 주위에 남겨진 선혈의 흔적들……. 특히 부하에게서 자루가 없는 검을 건네받고서야 어젯밤에 일어난 전투의 처절함을 느낄 수 있었다. 그는 급히 부하에게 말을 준비하라 지시했다.

"지원군이 이미 움직였습니다. 신속히 떠나셔야 합니다, 전하."

이어 공주는 고개를 끄덕였다. 행렬은 중기병의 호위 하에 나아갔다. 도중에 화산악은 고개를 돌려 녕결을 쳐다보았다. 처음과 달리 그는 별다른 감정이 없어 보였다. 조금 차가운 눈빛이긴 해도. 아무리 봐도 이 소년 군사가 자신에게 아무런 위협이 되지 않을 것이라고 판단했기 때문이다.

그의 담담한 눈빛을 보며 녕결은 머릿속을 정리했다. 화산악이라는 청년 장군이 백치 공주에게 해가 되지는 않을 것으로 보였다. 하지만 방금 공주를 바라보는 화산악의 뜨거운 눈빛이 떠올랐다. 녕결은 화산악의 소유욕이 너무 과하다는 생각을 떨쳐버릴 수가 없었다.

사실 녕결은 그의 열광적인 사랑을 담은 눈빛에는 별 관심이 없었다. 다만 마지막 화산악의 눈에 나타난 담담한 기색이 마음에 들지 않았다. 그 담담함은 강한 힘을 바탕으로 언제든지 드러낼 수 있는 적의(敵意)를 뜻했다. 또한 그 담담함은 자신에게는 상대할 가치도 없다는 뜻이기도 했다.

녕결은 말 위로 올라타려는 공주를 보고 말했다.

"전하, 사실은 위성에서부터 드리고 싶은 말이 있었는데……."

화산악이 고개를 휙 돌렸다. 공주는 얼굴을 찌푸리며 훈계하듯 대꾸했다.

"장안에 돌아가서 말하지."

출발하기 전 화산악은 녕결에게 다소 부드러운 표정으로 다가왔다. 호위대장에게서 녕결의 군공에 대한 이야기를 들은 후였기 때문이다.

"큰 공을 세웠으니, 장안에 돌아가면 조정에서 상을 내릴 거야. 어린 놈, 잘했어."

화산악은 녕결을 낮춰 보고 있었다. 녕결은 말없이 미소를 지어 보였다. 그리고 상상을 데리고 언덕에 있는 천막으로 가 짐을 챙기기 시작했다. 상상은 다소 어색한 듯 대흑산을 등에 다시 묶은 후 의심스러운 눈초리로 물었다.

"도련님, 아까 일부러 말한 거죠? 할 말 있다고……."
"응."

녕결은 도신(刀身)에 묻은 핏자국을 닦아내며 무심하게 대답했다.

"화산악이라는 놈…… 너무 가식적이야. 놈이 나를 편하게 대하지 않으니, 나도 그를 편하지 않게 해줘야지."
"공주 전하께는 무슨 말을 하려 했는데요?"
"난들 알겠어?"

녕결은 어깨를 으쓱하며 장난스럽게 말을 이었다.

"그렇다고 위성에서 당신을 본 첫날부터…… 당신에게 푹 빠져서 미치도록 뜨겁게 사랑했다고 고백할 수는 없잖아?"
"하지만 화 도위는 그렇게 생각할 수도 있잖아요. 공주 전하도 그렇게……."
"백치가 바보 같은 생각을 한다는 것이 놀랄 일은 아니지."

상상은 녕결의 눈을 똑바로 쳐다보며 말했다.

"도련님도 자신이 가끔 어이없다 생각하지 않으세요?"

녕결은 고개를 갸웃하며 대답을 대신했다. 상상은 그 모습을 보며 고개를 저었다. 하도 어이가 없었기 때문이다.

"도련님 눈에는 도련님 외에 모두 백치로 보이는 거예요?"

녕결은 잠시 고민한 후 진지하게 대답했다.

"그건 내 문제가 아니지. 관건은 이 세상 백치들이 바보 같은 일을 너무 많이 한다는 거야. 화산악 같은 인재를 백치라 할 수는 없겠지만, 그깟 사랑을 믿는다는 점에서는 여전히 백치야. 그깟 사랑 말이야……"

"그럼 도련님 눈에는 저도 백치인가요?"

녕결은 진지하게, 심지어 엄숙하게 대답했다.

"넌 백치가 아니야. 넌…… 그냥 아둔해."

북산도를 떠나기 전 기병 몇 명은 남아 전투 현장을 지키기로 했다. 사건 수사를 하기 위해서가 아니라 전사자들의 시신을 수습하기 위해서였다. 생사를 막론하고 한 명의 동료도 버리지 않는 것이 대당 군대의 규율이었다.

다만 청색 장삼을 입은 서생의 시신을 수습할 차례가 되자 기병들이 난처한 표정을 지었다. 적이지만 대검사 아닌가. 부하들의 보고를 받고 화산악은 잠시 고민하다가 화장 대신 매장을 하기로 결정했다. 그러자 여청신 노인이 조용히 말을 건넸다.

"마도에 빠진 자군."

젊은 장군의 안색이 굳어졌다. 눈빛에는 경멸만 남게 되었다. 그는 마치 파리를 쫓아내듯 손을 흔들며 차가운 목소리로 다시 명했다.

"태워라."

* *

아침에 북산도 남쪽 기슭을 빠져나온 일행은 정오에 고산군에서 파견한 지원군과 합류할 수 있었다. 정예 기병 수백의 호위를 받으며 공주 이어는 도성 장안을 향해 나아갔다. 이로써 더 이상 그녀의 안전이 위협받지 않게 되었다.

이후 며칠 동안 이어와 만족의 어린 왕자는 계속 마차 안에 머물며 사람들 앞에 모습을 드러내지 않았다. 여청신 노인은 두 번째 마차에, 중상을 입은 호위와 만족은 그 뒤 몇 대의 마차에 나눠 타고 있었다.

녕결과 상상은 일행에 어울리지 않는 누추한 마차를 타고 멀찌감치 뒤떨어져 쫓아갔다.

고산군 경계에 이르러서는 호위대가 모두 중기병(重騎兵)에서 경기병(輕騎兵)으로 바뀌게 되었다. 마차 행렬의 속도는 더욱 빨라졌고, 녕결과 상상이 탄 마차는 더욱 삐거덕거리며 비명을 질러댔다. 기병 하나가 그들 옆으로 다가와 화를 내며 외쳤다.

"너무 느려! 속도를 내라구!"

졸다 말고 눈을 뜬 녕결은 소리치는 기병을 힐끔 쳐다봤지만 대꾸는 하지 않았다. 대신 상상이 눈을 가늘게 뜨고 조용히 속삭였다.

"도련님, 우리가 미움을 산 것 같은데요?"

"미움을 샀다…… 만약 '잊혔다'라고 표현했다면 우린 너무 가련해 보였을 거야."

녕결은 더 이상 모습이 보이지 않는 공주를 떠올리며 혼자 미소지었다.

"목숨을 걸어야 살아남을 수 있는 우리 같은 불쌍한 인간들에게는 이 세상 어떠한 동정도 역겨울 뿐이지."

이 세상에 영웅사(英雄史)는 있어도 동화는 없다. 녕결은 이 점에 대해 잘 알고 있었다. 모닥불 옆에서 보았던 소녀의 모습은 허상일 뿐. 그는 처음부터 마음이 흔들리지 않았다. 진정으로 마음이 흔들린 적은 없었다. 그래서 아무런 감격도 어떠한 실망도 없었다. 하지만 고산군 기병들에게는 미움을 받는 마차도 다른 한 무리로부터는 조금 특별한 다른 대우를 받고 있었다.

팽국도(彭國韜). 북산도 혈전을 함께한 호위대 대장. 그와 그의 부하들, 그리고 또 다른 전우인 만족들은 녕결과 상상에게 가끔씩 독한 술을 나눠 주었다. 그러나 만족들은 술만 건넸을 뿐 녕결과 이야기를 나누려고 하지는 않았다. 소벽호의 전설이 그들의 행동에 영향을 주었으리라.

"너희들이 도성까지 가는 데에는 아무 문제가 없다. 허나 기병 부대와 같이 움직이는 건 너희들에게 좀 불편하겠지. 그래서 내가 상부에 말은 전했지만 아직 답을 받지 못했다."

녕결은 머리를 긁적이며 대답했다.

"그럼 좀 더 따라가죠, 뭐."

**

무료하고 지루할 것만 같던 여정에 뜻밖의 일이 생겼다. 고산군에서 보급을 받고 장안으로 계속 향하던 다음 날, 두 번째 마차에서 녕결을 초대한 것이다. 기쁨도 잠시, 녕결은 초대의 의미를 한참 생각했지만 결국 아무런 의도를 짐작할 수 없었다. 생각하면 무엇 하겠는가. 녕결은 상상을 데리고 마차로 향했다.

마차의 장막이 걷히고, 녕결과 상상이 공손히 절을 하자 여청신은 놀란 표정을 지었다.

'내가 왜 불렀는지 알 수 있었을 텐데, 시녀와 함께?'

그러다가 노인은 일전에 들었던 이야기를 떠올렸다. 녕결과 상상이 민산에서 함께 겪었던 일들. 그래서 여청신은 녕결이 상상과 같이 온 점을 더욱 높게 평가했다. 물론 녕결이 그 점을 의도해서 한 행동은 아니었다. 상상과 함께 다니는 것은 단지 그의 오래된 습관이었을 뿐.

"내가 왜 자네를 초대했는지 잘 알 테지……."

녕결은 대답 대신 무릎을 땅에 대고 천천히 몸을 굽히며 절을 올렸다. 이 모습을 이해하지는 못했지만, 상상도 녕결을 따라 재빨리 무릎을 꿇고 예를 올렸다. 큰 은혜를 입어야 큰 예를 올리는 법. 아직 여청신 노인이 해준 것도 없었고, 해줄 수 있는 것이 무엇인지도 몰랐다. 하지만 노인은 이 두 사람의 모습을 보며 자연스럽게 수염을 쓰다듬으며 미소 지었다. 여청신 노인은 녕결을 일으켜 세운 후, 두 눈을 감고 마른 손바닥을 녕결의 가슴과 허리 뒤쪽 어딘가로 가져갔다.

그러자 마차 안에 밝혀져 있던 등잔 불빛이 어찌 된 영문인지 희미해져 갔다. 그리고 수많은 잿빛 알갱이가 빛 아래에서 흩날리는 것처럼 보이기 시작했다.

죽음과도 같은 침묵.

느린지 빠른지도 모르는 시간.

어두워졌던 등잔 불빛이 다시 점점 밝아지자 노인은 천천히 손을 거두며 담담한 눈길과 함께 가볍게 한숨을 내쉬었다.

"천지에도 숨결이 있는데, 그 기운이 이른바 원기(元氣)이다. 수행자가 원기를 느낄 수 있는 것은 염력 때문이지. 수행을 할 수 있는 가를 보려면, 네가 염력을 쌓을 수 있는 체질을 가졌는가를 먼저 봐야 한다."

녕결은 노인의 말을 조용히 귀담아 들었다.

"위성에서 너를 처음 보았을 때 너에게서 원기의 움직임을 조금도 느낄 수 없었는데, 오늘 너의 몸속을 보니 과연…… 네 기해설산(氣海雪山)의 혈(穴)이 비어 있구나."

노인은 잠시 침묵하다 어렵게 말을 이었다.

"…… 조금도, 조금도 없구나……."

안타까운 목소리. 긴 침묵 후에 녕결은 손가락을 관자놀이에 대며 진지하게 물었다.

"염력이나 의식 따위는 머릿속에서 나오는 것 아닌가요?"

"그 말을 틀렸다고 할 수는 없다. 다만 염력이 머리에서 나온다고 해도, 어떻게 몸 밖의 천지와 통할 수 있겠는가."

녕결에게는 조금 어려운 이야기였다.

"수행이란 가슴의 설산혈에 염력을 담는 것이다. 허리 뒤쪽의 기해, 즉 기해설산(氣海雪山) 주변에 열일곱 개의 혈이 있다. 종리산 밑 천 개의 동굴처럼 바람을 맞고 물을 담은 후에야 그 혈이 울리며 묘한 곡을 연주하게 되는 것이지. 위에서 부르는 자가 있고 아래에서 응하는 자가 있어야 그 뜻을 알고 서로 호응할 수 있는 것 아니겠느냐."

어느새 녕결은 노인의 이야기에 빠져들고 있었다.

"이 혈자리들은 열리거나 막혀 있는데, 이것은 타고나는 것이다. 후천적으로 수행해서 바꿀 수 있는 것이 아니지. 그래서 이런 말도 있지 않은가."

노인은 잠시 뜸을 들였다.

"수행이란, 호천(昊天, 하늘)이 우리에게 준 선물이다."

그 말을 할 때 노인의 목소리는 단호했다.

"자네 몸의 기해설산 열일곱 개 혈 가운데 열한 군데 혈이 막혀 있네. 그러니 어떠한 경지로 수행하더라도 천지와 자연을 접할 수 없어. 그러나 너무 아쉬워 할 필요는 없네. 천하의 억만 민중 중에 기해설산이 열 곳 이상 뚫려 있는 사람은 극히 드물다네. 그러니 자네 같은 몸은…… 지극히 정상이네."

노인은 담담하게 녕결을 위로했다. 그 말에 녕결은 고개를 숙인 채 씁쓸한 웃음을 지었다.

'나는 왜 이렇게 운이 없는 걸까…….'

그는 마음속으로 탄식했지만, 겉으로 노인에게는 진심어린 감사를 표했다. 그리고 상상을 데리고 노인의 마차에서 물러났다. 얼마간 시간이 흐른 후, 두 번째 마차의 등잔불이 다시 어두워졌다. 그리고 또 다시 장막이 열렸는데, 이번에는 공주 이어가 노인 앞에 앉았다.

"조금의 가능성도 없어요?"

공주도 궁금한 모양이었다. 여청신이 녕결을 주의 깊게 보았다 해도, 자신의 염력을 낭비할 필요까지는 없었다. 그가 녕결의 몸을 살핀 데에는 또 다른 이유가 있었다. 그것은 바로 공주 전하의 명령.

"의지력이 강하고 순수한 사람들이 보통 명상을 통해 염력을 얻을 수 있는데, 녕결은 영락없이 그런 사람이었습니다. 그래서 저도 기대를 한 것이지요. 혹시 열일곱 개 중 열 개 정도의 혈이 열려 있지나 않을까. 깨달음의 직전에 있지만 제대로 된 수행법을 몰라 초경(初境)에 이르지 못하지는 않았을까…… 그런데 안타깝게도 그는 체내의 열일곱 개 혈 가운데 열한 개가 꽉 막혀 있습니다. 호천의 배려가 그 아이에게는 없었네요. 아무리 잠재력이 뛰어나다 한들 소용이 없습니다."

노인의 얼굴에는 유감스러운 기색이 가득했다. 공주는 잠시 생각한 후 담담히 입을 열었다.

"그렇다면 더 신경 쓸 필요가 없네요…… 이 일로 선생에게 폐만 끼쳤습니다."

공주는 녕결이 수행을 이어갈 수 없다는 사실을 확인한 후 자신의 사람으로 키우려던 마음을 깨끗이 접었다. 노인은 이 말로 녕결의 장래가 결정되었음을 알았지만, 마지막으로 한 번 더 공주를 설득했다.

"장안성에 고수는 많으니 녕결 같은 젊은이가 특별하다 할 수는 없겠지만…… 이 소년이 몇 년만 더 성장하면 대당 최고의 군인이 될 수 있으리라 믿습니다."

공주와 여청신 노인의 이야기는 계속 이어졌다.

"그 소년의 무예나 심성은 모두 뛰어나지요. 하지만 그가 위성 변군이나 장안 군대에 남는다면, 굳이 그를 붙잡아 내 사람으로 만들 필요는 없어요. 다만 그는 지금 서원에 들어가 문신의 길을 걸을 생각인 것 같은데…… 그가 천천히 갈고 닦아 나라에 영향력을 미칠 수 있을 때에는, 그도 늙고 나도 늙고……

무슨 의미가 있을까요?"

"하지만 세상의 모든 일은 정해져 있지 않으니……

후일 만약에…… 그러니까 만에 하나라도 서원 이층루에 들어갈 수 있다면, 그에게 어떤 기묘한 일이 생길지 누가 알겠습니까."

"이층루?"

이어는 단호하게 고개를 저었다.

"이 세상에 서원 이층루에 들어갈 수 있는 사람이 몇이나 될까요?

녕결, 이 소년은 괜찮은 사람이지만 선생의 믿음이 너무 과하네요."

여청신은 미소를 지으며 대답했다.

"공주 전하의 믿음도 큰 것 같은데요. 그 소년이 서원에 들어갈 수 없다고 말씀하시지는 않으니…… 변성의 일개 군사가 서원에 들어갈 수 있다면, 어느 날 그가 저 이층루에 오르지 못한다고 누가 장담할 수 있겠습니까?"

이어는 순간 살짝 당황했다. 되돌아보니 자신도 녕결이 서원에 합격하지 못할 것이라고 생각한 적이 없었기 때문이다.

'그에 대한 믿음이 어디서 온 것일까…… 모닥불 옆에서 들었던 이야기? 맹호의 눈처럼 차갑던 그의 모습?'

그녀는 무심결에 밖으로 눈길을 돌려 모닥불을 지나고 있는 녕결과 상상 두 사람의 뒷모습을 바라보며 침묵에 빠졌다.

녕결은 자신의 심성과 의지가 수행에 적합하지만, 정작 수행을 할 수 없다는 것을 누구보다 잘 알고 있었다. 수행과 관련하여 자신을 본 누군가가 처음에는 놀라고, 시간이 지난 후에는 애석해하는 모습에 익숙해져 있었다.

7년 전 민산 동쪽 기슭 연나라 국경 근처에서 그 어린 검은 놈, 탁이를 만났을 때도 그랬고, 2년 전 위성에서 전공(戰功)을 세운 후 군부에 의해 잠재된 자질이 있는지 검사받았을 때도 그랬다. 만약 그가 수행을 할 수 있었다면, 일찌감치 대당 군부의 중점 육성 대상으로 관리되었을 것이다.

마음의 준비가 되어 있었기에 나쁜 소식을 듣고도 크게 실망하지는 않았다. 물론 여청신 노인은 그가 가장 가까이에서 본 수행자였기에 조그마한 희망을 품긴 했다. 하지만 안타깝게도 그 희망은 마치 그림 속의 몇 송이 도화(桃花)처럼…… 언제나 그림의 여백에 보일 듯 말 듯 숨겨져 있는 복숭아꽃처럼, 모두 헛된 희망일 뿐이었다.

'칼질이나 배워 장안에서 세속의 즐거움이나 즐겨야겠다.'

**

다음 날, 여청신 노인은 다시 녕결을 자신의 마차에 초대했다. 이번에는 상상이 함께 가지 않았다. 녕결의 뜻이라기보다는 공주가 먼저 상상을 자신의 마차로 불렀기 때문이었다.

"〈태상감응편〉은 자네가 이미 외웠다고 믿네. 그럼에도 이렇게 오랜 시간 천지의 숨결을 느끼지 못했다면…… 내 판단이 틀리지 않을 걸세."

"어르신, 저를 부르신 게…… 제게 한 번 더 충격을 주시려고?"

녕결은 당돌한 표정을 지었다.

"자네는 장안에 들어가면 서원 시험을 볼 것이고, 난 나이가 많아 정양이나 해야 할 터…… 다시 만나기가 어렵지 않겠나? 그래서 이야기나 하려고 불렀네."

여청신은 자상하게 그를 보며 말을 이었다.

"세상 사람들은 수행의 도(道)에 대해 궁금하게 여기지. 자네가 비록 수행할 수는 없다 해도, 혹여나 궁금한 것이 있다면 물어보게."

"아주아주 많아요."

"무엇을 알고 싶은가?"

"수행은…… 무엇인가요?"

여청신은 웃었다.

"정말 욕심이 많구나."

"그럼…… 수행의 경지는 어떤 것이 있고, 그 경지에 따라 어떤 능력을 가지나요?"

"여전히 예상 밖의 질문이네…… 그것들은 세속의 일반인이 잘 알지는 못하지만, 그렇다고 아예 비밀은 아니지."

"비밀은 아니라 해도, 비밀로 삼지요."

녕결은 웃으며 말을 이었다.

"제가 어르신 대신 그 비밀을 지켜드릴게요."

"좋아."

여청신은 크게 한번 웃고는 물었다.

"자네…… 호천도(昊天道)는 아는가?"

녕결은 눈앞에 있는 '호천도 남문(南門) 행주(行走)'라는 글자를 보며 고개를 끄덕였다.

"난 호천도 남문 출신으로 명을 받아 세상을 돌아다니지.
세상 사람들은 나 같은 사람들을 문하(門下) 행주(行走)라 한다네.
그러니 수행이 궁금하다면, 먼저 호천도에 대한 것부터 이야기해 주겠네."

녕결은 속으로 호천도 남문 행주라고 중얼거렸다.

"호천도는 호천을 믿고 받드는데, 이는 천하에서 유일한 수행의 정문(正門)이라 할 수 있네. 호천이 인간 세상을 비추기 때문에 천지만물이 숨을 쉴 수 있는 것이고, 이 호흡이 바로 어제 내가 말한 천지의 숨결, 즉 원기라고 하는 것이네. 그러니 호천이 모든 것의 출발점인 것이지."

'천지의 숨결! 모든 것의 출발점인 호천!'

"인간은 본래 만물의 하나인데 어쩌다 천지라는 여객에 머물게 되었다. 또 우연히 호천의 계시를 받아 자연 조화의 도리를 깨닫게 되었지. 그리하여 염력으로 천지의 원기를 제어할 수 있게 되고, 그를 통해 여러 가지 현묘한 일들을 행하는 것을 수행이라 일컫는다네."

노인의 설명은 계속되었다.

"수행의 길은 멀고 험난하여 그 의지를 시험하는 것인데, 우리는 이 길을 다섯 개의 단계로 나누었지. 그것이 바로 자네가 말한 다섯 개의 경지네."

"다섯 개의 경지는 무엇입니까?"

"초경(初境)은 초식(初識)이라고 불리네. 첫 번째 인식이라는 뜻이라네. 수행자의 염력이 기해설산 바깥으로 나가서 천지의 숨결을 깨닫는 경지이지."

"그럼 두 번째 경지는요?"

"두 번째 경지는 감지(感知). 수행자는 천지에 떠돌아다니는 원기에 닿을 수 있고 조화롭게 어울릴 수 있으며, 약간의 감각적인 교류도 할 수 있네."

"세 번째 경지는요?"

"세 번째 경지는 불혹(不惑). 수행자는 이때 대체적으로 천지 원기가 움직이는 법칙을 이해하여 이용할 수도 있게 되지. 사람들이 말하는 검사(劍師), 부사(符師) 등이 여기에 속하네."

녕결은 고개를 끄덕인 후 물었다.

"네 번째는?"

"네 번째 경지는 동현(洞玄). 이 경지에 들어선 수행자는 자신의 의식을 천지의 원기와 융합할 수 있고, 염사(念師)는 자신의 의식을 통해 적을 직접 공격할 수도 있지. 이 경지에 오래 머물게 되면 매우 현묘한 일들을 많이 행할 수 있네."

여청신은 녕결의 시선을 느끼고 웃으며 말을 이었다.

"젊은이, 자네가 나를 그렇게 쳐다볼 필요는 없어. 난 확실히 동현의 경지에 올랐지. 하지만 다 늙어서 간신히 오른발만 그 문턱을 넘었다고 보는 게 맞을 거네. 이제 곧 죽을 몸이니 평생 왼발까지 그 안으로 들어갈 희망은 없겠지. 그렇지 않으면…… 내가 그날 대검사 한 명 죽이는데 그렇게 고생을 했겠나."

마차 안의 등잔 기름이 조금 부족한 듯 불빛이 그리 밝지 않았다.

"다섯 번째 경지는 지명(知命)이라고 하네. 이른바 지명이라는 것은 지천명(知天命), 즉 하늘의 뜻을 아는 것이지. 이 경지에 들어간 수행자는 피상적으로만 천지의 원기가 움직이는 법칙을 이해하는 것이 아니라 천지의 원기가 움직이는 법칙을 본질적으로 터득하여, 호천과 자연 만물의 관계를 알게 되는 것이네. 즉 세계의 본질을 깨닫는 것이지. 이 경지에 오른 사람이어야 진정한 득도(得道)를 했다 볼 수 있지 않을까?"

"어르신, 다섯 번째 경지보다…… 그보다 더 높은 경지가 있을 것 같은데요?"

여청신은 흥미롭게 그를 바라보며 되물었다.

"왜 그렇게 생각하지?"

"만약 수행이 정말 기나긴 여정이라면, 그 길의 끝은 없을 터. 사실 세상에는 통하지 않는 길은 없기 때문에, 분명 더 높은 경지가 있을 거라 생각했습니다."

"자네는 초경에도 들어가지 못하는데, 의기소침하기는커녕 오히려 더 신이 난 것 같군."

녕결은 노인의 말에 허탈하게 웃으며 대답했다.

"그냥 제가 배우는 것을 좋아한다는 정도로 생각해 주시죠."

"여인을 이렇게 좋아하는 남자는 봤어도, 배우는 것을 이토록 좋아하는 남자는 본 적이 없네만."

"그럼 배우는 것을 좋아하는 것이 아니라, 그냥 호기심이 많다는 정도로 생각해주세요."

여청신은 한참을 침묵하다 고개를 들어 천천히 말했다.

“전설에 의하면 지명 위에 수많은 현묘한 경지가 있다지만, 정작 고서에 기록되어 있는 것은 두 가지뿐이라네. 하나는 천계(天啓), 하나는 무거(無距)이지.”

“천계는 무엇이며, 무거는 무엇입니까?”

“천계란 수행자가 호천의 계시를 직접 듣고, 호천의 위세광명(威勢光明)을 빌려 도문(道門)의 신술(神術)을 통해 온 세상을 비추는 것을 뜻하네. 호천이 광명 중 한 줄기라도 수행자의 몸에 맡긴다면, 그것이 어느 정도의 경지와 위세일지는 상상할 수도 없네.”

넝결은 제 마음대로 생각했다.

‘흰옷이 휘날리며 무릎을 꿇고 하늘에 절을 하고 구름과 안개가 흩어져 빛이 내려오며, 손을 흔들기만 하면 구름이 휘감겨 산을 흔들고…… 뭐 이런 건가?’

“그럼 무거는…… 어떤 경지인가요?”

“고서에도 인간 세상에 이런 경지가 나타났다는 기록만 있을 뿐 구체적인 묘사는 없네. 대신 단 한 구절만 남아 있지.”

“그 단 한 구절은?”

“마음이 따르는 대로 하지만, 거리낌이 없다(縱心所欲而無距).”

“거리낌이 없다는 건 무슨 뜻입니까?”

“구체적인 묘사는 없다고 하지 않았는가. 다만 추측건대…… 무거의 경지에 이르면, 염력이 만리(萬里) 밖까지 도달할 수 있지 않을까…… 이 얼마나 웅장한가.”

‘거리낌이 없다? 규칙(規)이 없다는 것인가, 거리(距)가 없다는 것인가?’

“무거에 관해서는…… 아마 서원의 기록이 더 상세하고

많을 걸세. 이 두 가지 경지에 이른 수행자는 모두 성인(聖人)일 것이야. 다만, 전설에는 천 년마다 성인이 나타난다 하는데, 이 세상에 성인이 나타나지 않은 지 꽤 오래니, 어쩌면 이런 것들은…… 신화와 전설에 불과할지도…… 많이 생각해도 소용이 없다는 뜻이네."

녕결은 다시 한번 크게 예를 올리며 노인의 가르침에 감사의 뜻을 나타냈다. 노인은 웃으며 말을 이었다.

"본래 난 자네가 세상에 유명한 대수행자가 누구이며 유명한 세외고인은 누구인가, 뭐 이런 것을 물어볼 줄 알았네만…… 보통 젊은이들은 그런 것에 더 관심이 많은 것 같은데…… 난 자네의 질문이 의아했네."

"인간 세상의 최강자를 아는 것이 지금 저에게는 아무 의미가 없어요. 그들은 하늘을 높이 나는 매고, 저는 그저 땅 위를 힘겹게 기어가는 개미일 뿐. 그들의 눈에 제가 보이지 않듯이, 제 눈에도 그들이 있을 필요가 없어요."

"그렇다면 자네…… 왜 수행의 기초에 대해서 물었나?"

"대수행자들은 적어도 짧은 시간 내에 제 삶에 나타나지 않을 거예요. 하지만 장안에 가면 평범한 수행자들은 만날 수도 있겠죠. 예를 들어 청색 장삼 서생과 같은 대검사. 저는 수행을 할 수 없으니, 더욱 더 수행에 대해 잘 이해하고 그들의 전투 방식을 알아야 하지 않을까요?"

"자네의 목적은?"

"언젠가 제가 수행자와 싸우는 날이 온다면, 오늘 제게 주신 가르침이 그들을 이기는 데 큰 도움이 되겠죠."

"보통 사람이 천지의 원기를 움직이는 수행자와 싸운다? 심지어 그들을 이기겠다……?"

노인은 녕결의 눈을 바라보며 같은 말을 반복하다가 갑자기 눈썹을 꿈틀거렸다. 노인의 수척한 몸에서 아주 큰 웃음소리가 터져 나왔다.

"하하하하하하!"

겨우 웃음을 그친 노인은 어색한 표정을 짓는 녕결을 보며 미소를 머금고 말했다.

"아주 호탕하군. 마음에 들어."

동현의 경지에 오른 수행자, 특히 염사는 명상에 더 많은 시간이 필요하기 때문에 여청신의 시간은 정말 금과 같았다. 하지만 그는 하루 이틀 사흘…… 가능한 한 많은 시간을 써서 녕결과 이야기를 나누었다. 사소하고 쓸데없는 것처럼 보이는 이야기까지도.

여청신 노인은 확실히 녕결을 좋아했다. 젊은이의 온화하고 앳된 겉모습 아래 숨겨져 있는 차분함과 성실함, 그리고 가끔씩 드러나는 호탕함. 이 모두 대당에서 가장 칭찬받는 품성이었고, 여청신은 뼛속까지 당나라 사람이었다.

오늘밤 그가 녕결에게 한 강의는 호천도 남문의 입문 과목. 딱히 비밀이라 할 것은 없었지만, 문규(門規)에 따르면 보통 사람에게는 알려줄 수 없는 것들이었다. 하지만 그는 녕결에게 모두 말해주었다. 녕결에 대한 믿음이 있었기 때문이다.

"나는 자네가 앞으로 대단한 수행자가 될 수 있을 것이라고 생각하네."

노인은 녕결이 혈이 막혀 있어 수행할 수 없다는 것을 누구보다 잘 알고 있었다. 그런 노인이 이유 없이 이치에 맞지 않게 어떤 도리도 없이, 그냥 이 젊은이가 지금 힘겹게 걷고 있는 이 길을 앞으로도 걸을 수 있을 것이라 여겼던 것이다. 그리고 녕결이 그 자신보다 더 차근차근 더 멀리 갈 수 있기를 바랐다.

노인은 마차 밖으로 점점 희미해지는 녕결의 뒷모습을 보며 혼잣말로 중얼거렸다.

"곧 검은 밤이 내려와 깔리는 때, 내가 죽음을 앞둔 지금에서야 내 마음대로 행하고 내 직감을 따라가고…… 이것이 바로 호천이 내게 준 계시인 것인가."

녕결이 누추한 천막으로 돌아왔을 때 공주의 마차에 불려갔던 상상도 이미 돌아와 있었다. 상상에게 공주와 무슨 이야기를 나누었는지 물었지만, 역시 기억상실. 녕결도 상상이 머리 쓰는 일이라면 질색을 하는 것을 알고 또 그런 상상의 태도에 익숙했다. 그래서 더 이상 묻지 않고 농담 몇 마디를 던진 후 대충 씻고 잠을 청했다.

다음 날도 공주 일행은 여전히 도성 장안을 향해 남쪽으로 길을 잡았다. 녕결과 상상 두 사람은 더 이상 예전처럼 지루한 날을 보내지 않았다. 시간이 날 때마다 어김없이 여청신은 녕결을, 공주는 상상을 불렀다. 여청신과 대화를 나눌수록 녕결은 더 많은 수행에 관한 지식을 얻게 되었다. 수행자가 염력으로 천지의 원기를 제어하는 여러 가지 방법, 또 수행자가 본명물(本命物)이라 불리는 물건을 통해 자신과 천지의 관계를 강화시킬 수 있다는 것도 알게 되었다. 예를 들어 검사가 어떻게 염력을 통해 원기를 무형의 끈으로 압축하고, 그 얇고 예리한 자루도 없는 비검(飛劍)을 연결시키는지 등등에 대해서 말이다.

수행자가 천지 원기와의 연계를 강화시키는 물건에 대해 엄격한 기준은 없었다. 호천도는 불진(拂塵, 중이나 도사가 번뇌 따위를 물리치는 표지로 쓰는 총채)과 목검을 주로 사용했다. 또 불문(佛門)은 염주와 목어(木魚)를 많이 사용했다. 부적과 비검은 가장 흔히 사용되는 본명물이었다. 드물게는 붓, 먹, 지팡이 같은 기괴한 것들도 있었다.

"염력으로 천지 원기를 부적에 봉인하는 수행자를 부사(符師), 진법 안에 봉인하는 수행자를 진사(陣師), 검 안에 봉인하는 수행자를 검사(劍師), 염력으로 직접 천지의 원기를 움직이는 수행자를 염사(念師)라고……."

"잠깐 잠깐…… 지금 농담하는 건 아니죠? 그 논리에 따르면 천지 원기를 똥통에 봉인하는 사람은 변사(便師)라고 해야 하나요?"

오랜 시간 이야기를 나누며 두 사람은 자연스럽게 친해졌고, 녕결도 가끔 게으르고 무례한 모습을 드러냈다.

노인은 찻잔을 내려놓으며 훈계하듯 말했다.

"약속은 세상에 전해지는 것이다. 몇 천 몇 만 년 동안 그렇게 불렀는데 무슨 문제가 있겠나? 쓸데없는 말은 하지 말거라."

"네."

시간의 무게 앞에서 녕결은 결국 졌다. 하지만 조용히 예를 올리고 자신의 마차로 돌아온 녕결의 검은 붓은 눈처럼 하얀 종이 위를 빠르게 달리고 있었다.

다음 날에도 대화는 여전히 이어졌다.

"수행자의 전투 수단과 관련하여 검사는 검술, 부사는 부적술, 나 같은 염사는 염술을 쓴다. 하지만 지명 이상의 경계에 들어간 대수행자들이 쓰는 수단은 구체적으로 구별 짓기 어렵다. 전대 어르신들 중에는 신술(神術)을 쓴 분이 있다고 들었지만, 구체적으로 어떤 것인지는 나도 알 수가 없다."

"검술, 부적술, 염술…… 그렇게 멋지지는 않은데…… 차라리 통칭하여 법사(法師)와 법술(法術)이라고 하는 게 어때요?"

"그렇다면 법(法)이라는 이 글자를 어떻게 해석할 수 있나?"

녕결은 또다시 졌다.

"이러한 각종 수행자 외에 사실 세상에서 가장 흔한 수행자는 무사(武師)다. 그들은 천지 원기에 대한 인식이 다른 종파에 비해 떨어지지만 전투력만큼은 막강하지. 무사는 전투를 할 때 천지의 원기를 신체 곳곳에 분포시켜 놓는데, 이는 마치 머리부터 발끝까지 무거운 갑옷을 입고 있는 것과 같은 효과를 낸다. 또 어떤 이들은 천지 원기를 빌려 자신의 피부와 근육을 자극해 철근 같은 몸을 만들기도 하지."

"북산도 입구에서 본 그 거한이 바로 무사?"

"맞아. 다만 그놈의 경지가 그다지 높지는 않았다. 대당 제국의 대장군은 네 명 모두 인간 세상 최강의 무사다. 화살촉이 그들의 갑옷을 뚫을 수 있더라도, 그들의 몸에 박힌 호체(護體) 원기는 뚫을 수 없다. 설령 호체 원기를 뚫을 수 있더라도, 그들의 강철 같은 신체에 해를 입히긴 어렵지. 이런 강자 앞에서는 자네의 궁술이 아무리 좋아도 소용이 없어."

'하후…….'

녕결의 머릿속에 자연스럽게 그의 이름 두 글자가 떠올랐다. 그리고 차분하게 필기를 하며 그와 맞서는 방법을 고민했다.

"그런 무도 강자들과 가까이 붙어서 싸우는 것은 죽음을 자초하는 셈이지. 자네는 힘이 좋지만…… 그들과 비교하면 범 앞의 하룻강아지일 뿐. 자네가 온 힘을 다해 공격해도 그들은 한 치의 움직임도 없이 손가락 하나로 자네 목을 부러뜨릴 수 있어."

"화살에 천지 원기를 덧붙이면…… 무사들을 상대할 수 있을까요?"

노인은 잠시 생각한 후 천천히 고개를 저었다.

"화살에 천지 원기를 띠게 하려는 수행자는 아주 드물었지. 드문 게 아니라 아예 없었다고나 할까. 화살은 비검과 달리 속도를 담아야 하기 때문에 매우 가벼워야 해. 그러니 자연의 감응과 방해를 받기 쉽지. 그 위에 부적을 새긴다 해도 원기가 너무 빨리 사라져버리지…… 물론 이 문제를 해결할 수 있다면 그런 화살은 의심할 여지없이 무서운 장거리 공격 수단이 되겠지만……."

노인의 말에 녕결은 혼자서 깊은 생각에 빠져들었다.

"장안성에 무사와 검사는 도처에 널렸다고 하지. 물론 과장된 말이지만 그래도 제국의 도성이자 천하제일의 성인 장안은 곧 와호장룡이며, 그만큼 수행자가 많다는 걸 의미하네. 장안에 도착하면…… 서원 안에서야 아무 일도 없겠지만, 서원 밖에서는 반드시 말과 행동을 삼가도록 하게."

"그런데 어르신, 장안성 안에 특별히 경계해야 할 것이 있을까요? 혹은…… 건드리면 안 되는 강자?"

여청신은 소년을 힐끔 보고 조롱하듯 되물었다.

"그날 밤 누가 그런 것 따위는 알 필요 없다고 하지 않았나?"

녕결이 웃으며 머리를 긁적이자, 여청신은 미소를 지으며 말을 이었다.

"그런 질문은 무의미하다. 이것만 기억하면 돼. 천하의 수행 유파는 많지만, 그 근원으로만 따지면 불(佛), 도(道), 마(魔) 세 가지 종파에 서원 하나가 추가되었다고 보면 된다. 불종(佛宗)은 보통 외진 곳에 있으며, 도가(道家)는 교단과 사원을 많이 개설하고, 마종은 언급할 가치가 없다. 내가 속한 호천도문(昊天道門)이 바로 도종(道宗)에 속하는데 역대로 많은 강자들이 배출되면서 지금은 각국 황실로부터 존경을 받고, 그들로부터 모두 공양을 받고 있지. 서릉(西陵) 신국(神國)이라는 곳을 들어 본 적이 있는지 모르겠지만, 그곳이 바로 호천도 총단(總壇)이 있는 곳이다."

"각국 황실이 존경하고 공양을 바친다? 대당 제국도 호천도에 그런 태도를 지니는가요?"

여청신은 쓴 웃음을 지었다. 천하 제일의 강국으로서 대당 제국은 세상에서 유일하게 호천의 체면을 세워주지 않는 세속의 황실이라 할 수 있었기 때문이다. 호천도 역시 대당 제국을 제압할 마땅한 수단이 없었다. 여청신은 당인이기도 하면서 호천도에 속해 있으니 대답하기가 좀 난감한 처지였던 것이다. 녕결은 노인의 눈치를 살피다 재빨리 화제를 돌려 물었다.

"마종은요? 그날 북산도 입구 전투에서 대검사가 마종 수법을 썼다고 했는데, 어떤 것이 마종 수법이에요?"

분위기 전환을 위한 질문이었으나 여청신의 표정은 더욱 굳어졌다.

"이 부분은 기록하지 말거라. 또 앞으로 다른 사람에게도 이야기하지 말고."

"네, 어르신."

"도종, 불종, 서원과 같은 정파 수행은 인간이 천지의 숨결을 감지하고 조화롭게 공존하는 것이다. 원기를 제어한다는 것은 더 정확히 말하면 천지의 힘을 '빌려서' 쓰는 것이지."

여청신은 어떤 기억이 떠오르는 듯 천천히 말을 이었다.

"마종이 쓰는 수법은 다른 종파와 근본적으로 다르다. 그들은 천지의 원기를 억지로 빨아들여 체내에 주입하는 것이야."

'뭐가 잘못된 거지? 원기를 보다 직접적으로 사용하는 것 아닌가?'

녕결은 고개를 갸웃거리며 물었다.

"그게…… 뭐가 잘못된 것인가요?"

"앞으로 그런 헛소리는 하지 말거라. 서원이나 호천도에서 마종의 수법에 대해 그렇게 논한다면, 가벼우면 사문(師門)에서 쫓겨나고 심하면 엄청난 처벌을 받게 될 것이다."

여청신은 심각한 얼굴로 경고했다.

"천지와 비교하면 사람의 몸은 거미와 같다. 체내 설산기해는 자신의 염력을 수용하는 것도 무리지. 그런데 천지의 원기를 억지로 체내에 흡입한다면 신체가 어떻게 그것을 감당할 수 있겠나? 결과는 단 하나, 북산도 전투에서 본 대검사처럼 자폭하여 죽는 것이다."

"그런데 마종도 종파라고 할 만큼……."

녕결은 어조에 최대한 신경을 써서 공손하게 물었다.

"세상에 수행 제자가 적지 않을 텐데…… 천지의 원기를 들이마시며 몸을 자폭시켜 죽는다면 그들은 어떻게 종파를 계승할 수 있었어요?"

"마종은 억지로 몸을 개조하는 악랄한 수단이 있다. 그 방법으로 천지의 원기를 수용한 것이지. 허나 그 과정은 피비린내 나는 잔혹한 과정이다. 전대 선인들의 말에 따르면 마종 수행에 있어서 그들은 처음에 일백 제자를 두는데, 그 가운데 기껏해야 둘 셋만이 자폭의 고통을 이겨낼 수 있다고 한다."

"정말 잔인하네요."

그러면서 녕결은 속으로 생각했다.

'세상에 수행의 자질을 가진 사람이 적은 이유가 마종의 수행 방식 때문이기도 하겠네. 그래서 불종과 도종이 마종을 용납하지 못하는 것은 아닐까?'

여청신은 녕결의 생각을 읽은 듯 더욱 엄숙하고 차갑게, 갈수록 목소리를 올리며 한 마디 한 마디 또박또박 말했다.

"마종은 억지로 사람의 신체를 개조하는데, 그들을 정상적인 인간이라고 할 수 있겠느냐! 인간은 천지를 구성하는 일원일 뿐이지만, 천지는 인간 외연에 존재하는 천지이다!"

여청신의 말은 커다란 울림이 되어 녕결의 귀에 박혔다.

"마종이 천지의 원기를 신체로 넣으려는 시도는 자신의 신체를 천지로 변화시키겠다는 것과 다를 바가 없다!"

여청신은 단호하게 말했다.

"자신의 신체를 천지로 변화시킬 수 있는 분은 호천이 유일하다!"
"호천이 유일하다고요……?"
"그래서 마종의 생각과 사상과 수행은 하늘의 뜻을 거스르는 것이야!"

장안에 거의 다다른 어느 날 밤 녕결은 또 노인에게 갔다. 다만 이번에는 노인의 초대 없이 스스로 마차를 찾았다. 마차 안의 등불은 아직 켜져 있었는데, 여청신 노인은 최근 며칠 동안 녕결이 쓴 필기를 보고 있었다.

백지에 쓴 승두소해(蠅頭小楷, 깨알같이 작은 해서체 글씨).

'흔들리는 마차에서 어찌 이런 아름다운 글씨를……'

그는 인기척을 느끼고는 천천히 종이를 내려놓고 창문을 바라보며 말했다.

"들어오게."

녕결은 마차로 들어가 낮에 앉았던 자리에 다시 앉아 잠시 침묵했다. 노인에게서 무슨 말인가 나오기를 기다리다가 못내 녕결은 스스로 입을 열었다.

"어르신, 제가 계속 이해가 안되는 일이 있는데…… 제가 수행의 자질이 없다는 것을 아시면서도 왜 저를 가르치시는 건가요?"

그는 유난히 맑은 눈으로, 하지만 약간 떨리는 목소리로 이어 물었다.

"설마 저의 타고난 비범한 재능을 알아보셔서 저를 특별히 대해주시는 건 아니겠지요?"

깜짝 놀라 입술을 살짝 벌린 노인이 의아한 듯 되물었다.

"자네의 비범한 재능이…… 무엇이지?"

이번에는 녕결이 놀랄 차례였다. 그는 난감한 듯 대답했다.

"저의 타고난 비범한 재능이 무엇인지 알면……
어르신께 여쭤보지 않았겠죠."

노인은 바짝 마른 손가락으로 녕결의 코를 가리키며 가볍게 떨었다. 그는 정말 무슨 말을 해야 할지 몰랐다.

"어르신, 저는 사실 비밀이 많은 사람입니다."

녕결은 끝까지 포기하지 않고 끈질기게 말했다.

"위성에서부터 여기까지…… 남의 눈에는 제가 게을러 보였겠지요. 언제 어디서나 졸고, 마차에 타서는 수시로 잠드는 모습을 보지 않았겠어요? 하지만 실제로는 그렇지 않아요. 저는 자는 것이 아니라 명상을 하고 있었던 거예요."

여청신은 여전히 입을 다문 채 녕결을 노려봤다.

"그런 표정 짓지 마세요. 정말이에요…… 변성 생활이 재미없는 건 아시잖아요. 전 매일 글을 썼어요. 글을 잘 쓰기도 하고, 쓰면 기분이 좋으니까요. 그 외 시간은 모두 〈태상감응편〉을 봤어요. 그런데 〈태상감응편〉이 지루한 것도 아시잖아요. 그러다 보니 자꾸 잠이 들었고. 그런데 지금 생각해 보면…… 진짜 잠을 잔 게 아닌 것 같아요."

녕결의 목소리는 갈수록 진지해졌다.

"처음 잠이 들었을 때, 주변 건축물과 사람 등 주변 환경이 저에게서 멀어지면, 마치 온 세상이 '네 속에 내가 있고, 내 속에 네가 있는' 천지로 변했어요. 심지어 어떤 신비로운 박자로 진행되는 숨결 같은 것도 느낄 수 있었고……."

이 말이 끝났을 때, 여청신의 표정도 사뭇 진지하게 변했다. 꿈에서 명상하는 것은 극히 드문 일이었지만, 호천도의 고서에 전혀 기록이 없는 것은 아니었다. 녕결은 꿈속의 느낌을 진지하게 회상하며 말했다.

"제 꿈에서 끊어지지 않는 규칙적인 호흡이 마지막에 어떤 실질적인 존재로 변했어요. 무엇인지 모르지만 따뜻한 한 방울 한 방울이 합쳐져 결국 제 몸을 감싸 안아주었죠. 다만 제가 어떻게 만져도 물보다 더 미끄러운 그것을 잡을 수 없었고, 그 무엇인지 모를 것이 그저 제 손가락 사이로 새어나가는 걸 지켜볼 수밖에 없었어요."

여청신은 마음의 동요를 최대한 억제하며 물었다.

"꿈에서 네가 느낀 그것의 범위는 얼마나 컸나? 아니, 뭐랄까…… 물 한 대야? 작은 시냇물? 아니면 연못?"

녕결은 고개를 들고 멍하게 대답했다.

"음, 그러니까…… 바다였던 것 같았어요."

여청신은 몸이 살짝 굳었다. 맥없이 자리에 앉아 오랜 침묵 끝에 자조적인 웃음을 터뜨렸다. 그 모습은 유쾌하기보다는 지친듯 보였다.

"그렇겠지…… 암, 그럴 거야."

녕결은 자신이 생각한 대로 대화가 흘러가지 않는다는 것을 느꼈지만 여전히 희망의 끈을 놓지 않고 물었다.

"어르신, 이게 말씀하신 초경이 아닐까요? 제가 느낀 것이 천지의 숨결은 아닐까요?"

여청신은 그의 어깨를 두드려 위로하며 약간 쉰 목소리로 설명했다.

"초경은 초식이라 일렀다. 수행자의 염력이 기해설산 밖으로 퍼져 나가며 천지의 숨결을 깨닫기 시작하는 것. 즉, 세속인들이 새로운 세상을 보게 되는 첫 순간이지. 그 첫눈에 보이는 세상이 수행자의 앞날을 결정짓지. 초경 때, 첫 인식 때…… 눈으로 본 것, 느낀 것은 그의 마음이 투영된 것이기 때문이야. 수행자가 명상을 하면서 얻은 염력이 순수하고 강할수록 그가 느끼는 원기의 범위가 넓다."

노인은 녕결을 조용히 바라보며 말을 이었다.

"자질이 모자란 수행자는 초경 때 자신의 몸 주위 작은 범위의 천지 원기만 느낀다네. 물 한 대야 정도에 마음이 투영되는 것이지. 자질이 좀 괜찮은 수행자는 연못 정도 되네. 만약 어떤 이가 시냇물이나 호수 정도를 느낄 수 있다면…… 그는 틀림없이 후일 세상이 존경하는 수행 대가(大家)가 될 것이네."

녕결이 무엇인가 말하려 했으나 노인이 급히 막았다.

"지금 세상에 지명 경지의 인물은 극히 드물어. 그중 남진(南晉) 검각(劍閣)의 검성(劍聖) 류백(柳白)의 자질이 가장 뛰어나다고 평가받지. 그는 여섯 살이 되던 해 초경의 경지에 들어갔는데, 그때 끊임없이 흐르는 커다랗고 누런 강을 보았다고 하네. 이것이 진정한 천재지! 그것이 바로 오늘날 그가 황하검(黃河劍)의 하나로 남쪽 지역을 종횡무진할 수 있는 이유이고, 그가 수행자들 중에 5경을 돌파할 가능성이 가장 높게 여겨지는 인물로서 추앙받는 이유이기도 하지!"

'황하를 본 이가 세상에서 가장 강한 수행자라고?

그럼 바다를 본 나는?'

녕결은 많은 비밀을 간직하고 있었지만 자신을 천재라고 생각한 적은 없었기에 그저 침묵했다. 하지만 여전히 뭔가…… 달갑지가 않았다.

"제 말이 듣기에 좀 오만하고, 주책없거나 혹은……
자아도취일 수도 있고……."

녕결은 단어를 조심스럽게 선택하며 천천히 말했다.

"이런 가능성은 전혀 없을까요? 그러니까 제가 남진 검성보다 더 강하다는 건 아니고요…… 그냥 제가 여러 해 동안 명상을 했기 때문에 초경에 들어갈 때 느낀 범위가 더 넓었다……
이런 거?"

"세차게 흐르는 큰 강보다 더 넓은 것이 무엇일까? 정확히는 모르겠지만, 최소한 확실히 끝없는 바다는 아니다. 왜냐하면 강과 바다는 같은 물이지만, 그 개념이 완전히 다르기 때문이지."

여청신은 가볍게 탄식을 한 후 이어 말했다.

"아이야, 초경에 바다를 느꼈다는 말의 의미를 알고는 있느냐? 그것은 온 세상의 천지 원기를 의미하는 거란다. 그 새로운 세계에 눈을 뜨는 순간, 그 세계의 모든 것을 볼 수 있는 사람은 없단다. 그건 불가능한 일이기 때문이야. 전설의 성인들도 하지 못한 일이란다."

노인은 다시 뻣뻣해진 소년의 어깨를 가볍게 두드리며, 미소 띤 얼굴로 위로했다.

"꿈일 뿐이지만…… 그래도 좋은 꿈이네."

녕결은 묵묵히 자리에서 일어났다. 그는 본래 수행에 대해 대수롭지 않게 생각했는데, 최근 여청신 노인의 가르침이 그로 하여금 쓸데없는 생각을 가지게 만들었다. 그렇지 않았다면 그는 지금 기분이 많이 좋았을 것이다.

희망이 없으면 실망도 없다. 처음부터 절망하면, 희망이 생길 리도 없다.

* *

상상은 뜨거운 물이 담긴 대야를 녕결 앞으로 들고 왔다. 그녀는 잽싸게 수건을 짜고 김이 나는 뜨거운 수건을 녕결의 지친 얼굴에 덮으며 호기심 가득한 표정으로 물었다.

"도련님, 오늘밤에는 뭐 물어보셨어요?"

녕결은 대답 대신 혼자 웅얼거렸다.

"제게 작은 비밀이 하나 있는데 안 알려줄 거예요, 하지만 제가 제 비밀을 기왕 알려줬으면 어르신도 제 비밀을 알아챘다고, 저같이 타고난 비범한 재능을 가진 수행 천재를 이미 알아봤다고 저에게 말해줘야 하는 것 아닌가요……."

녕결의 웅얼거림은 상상에게 하는 것이 아니었다. 그것은 여청신 노인을 향한 것이었다. 상상은 머릿속에서 녕결의 말을 쉴 새 없이 되풀이하다 이내 머리가 어지러워지고 눈앞이 깜깜해졌다. 그녀는 녕결의 얼굴에 덮인 수건을 꺼내 물에 두어 번 씻은 후 마차 밖으로 물을 뿌리며 말했다.

"도련님, 이번에는 도련님이 백치가 된 것 같아요."

확실히 백치 같았다. 녕결은 몸을 돌려 하늘의 수많은 별들을 보며 무의식적으로 뺨으로 손을 가져가 잘 잡히지도 않는 작은 주근깨를 만지며 웅얼거렸다.

"비검(飛劍) 놀이할 수 있다는 게 대단해? 난 헌원검(軒轅劍, 중국 모바일 게임)을 할 수 있는데, 너희들은 할 줄 알아?"

'또 헛소리 시작했네…….'

녕결은 상상의 시선을 본체만체하며 낡아 빠진 〈태상감응편〉을 꺼냈다. 그리고 한참 동안 책표지만 뚫어져라 들여다보았다. 마치 책 안에 숨겨진 비밀을 알아보려는 듯.

"대야를 가져와."

녕결의 목소리는 이미 평정심을 찾은 듯 보였다. 그는 책 한 귀퉁이에 불을 붙인 후 황동 대야에 던져 넣었다. 상상은 옆에서 놀란 표정으로 이 모든 광경을 지켜보았다.

녕결은 책이 불 속에서 검게 변하고 끝내 재가 되는 것을 바라보았다. 그러다가 저도 모르게 오른손이 살짝 굳어지며 가슴에 헛헛함을 느꼈다. 마치 오랜 친구가 떠나 다시 돌아오지 않을 것 같은 느낌, 또는 소년 시절의 꿈이 거품처럼 사라져 가는 느낌.

"나 썩은 장작 같지?"

상상은 고개를 저었다. 녕결은 미소를 지었다.

"나의 궁술보다 더 좋은 궁술을 또 나의 칼보다 더 매서운 칼을 가진 사람은 없지. 내 나이에 나만큼 사람을 많이 죽인 사람도 없어. 그래. 난 썩은 장작이 아니지…… 난 소벽호의 장작꾼이야. 비검 놀이는 할 수 없지만, 나중에 기회가 되면 내가 마적을 죽인 것처럼, 그…… 젠장맞을 대수행자도 죽여주지."

상상은 입술을 다물고 웃으며 고개를 끄덕였다. 이는 자포자기 후의 자위가 아니라 녕결의 결연한 의지였다.

'북산도에서 그 용감한 호위들도 대검사를 이길 뻔했는데, 내가 못 할 이유가 없잖아. 세상에 천하무적인 사람은 없어. 세외고인도 결국 인간이고, 그러면 나도 그들을 이길 수도 있는 것이야.'

세상 사람들은 자신의 능력이 형편없음을 발견하고 꿈을 이루지 못할 때 고통스러워하거나 열등감과 자괴감에 빠진다. 고통이나 성공에 대한 환상에 빠져 스스로를 마음의 감옥에 가두고 끊임없이 발버둥 치며 과거로 돌아가길 희망하는 사람들이 많다. 녕결은 처음부터 그런 사람이 아니었다.

'수행자가 되지 못한다고? 그럼 어때? 황제가 되지 못한다면 서예 대가가 될 것이고, 장군이 되지 못한다면 대학사가 될 것이다.'

죽을 때까지 한 우물을 파는 사람이 성공할 가능성이 높다. 하지만 의지와 결심만 확고하다면, 새로운 길을 택하는 사람이 더 존경받을지도 모른다. 삶이라는 이 좋은 녀석에게는 하나의 길을 가게 하는 것보다 다른 곳으로 방향을 틀게 하는 데에 더 큰 용기가 필요하기 때문이다.

녕결은 며칠 동안 희망과 실망 사이를 이리저리 뒤척이며 줄다리기를 했다. 마음이 개운하지는 않았지만 더 이상 생각을 하지 않기로 결심했다. 이럴 때는 술을 한잔 마시는 것이 가장 좋았다. 마침 밤에 상상의 병이 재발해 그녀의 작은 발이 얼음장처럼 차가워졌기에, 주종 관계의 두 사람은 독주를 시원하게 마셨다.

술은 어린 시녀가 반 이상 마셨지만 먼저 쓰러진 사람은 녕결이었다. 상상은 힘겹게 녕결을 이부자리 위에 들어 올리고는 늘 하던 대로 자신도 그의 품에 발을 넣었다. 흩어진 술 향기와 함께 녕결은 꿈을 꾸었다.

다시 나타난 따스한 바다. 다만 이번에는 손을 뻗어 잡으려는 헛수고를 하지 않았고, 여청신의 말대로 꿈을 꾸고 있다는 것을 알았기에 방관자처럼 냉정하게 눈앞의 모든 것을 바라보기만 했다.

'모든 것은 환각일 뿐, 나를 놀라게 할 수는 없지.'

전에 없던 차분함 때문일까. 이번에 녕결은 꿈 속 바다의 모습을 매우 뚜렷하게 보았다. 파란색이 아닌 초록빛 바다, 색은 짙었지만 너무나 투명해 마치 맑은 비취옥 같았다. 그는 바다 위에 유유히 서서 바다가 어디로 갈지 어떤 형태로 변할지 추측하고 있었다.

바다에서 하얀 꽃 두 송이가 나타난다. 꽃잎은 눈처럼 하얗고, 보통 꽃에서 흔히 볼 수 있는 꽃술도 없이 단조롭다. 바닷물이 흰 꽃의 밑동을 때리고, 초록빛 바닷물이 촉촉이 적시는 대로 눈에 보일 정도로 빠르게 자라는 하얀 꽃 두 송이. 꽃잎이 하나 둘 떨어지고, 바다에 닿아 다시 하얀 꽃으로 변한다. 하얀 꽃들은 빠르게 퍼져나가며 그의 시선에 보이는 모든 바다를 메우고 하늘 끝까지 뻗는다.

녕결은 이 광경에 마음이 흔들려 결국 발걸음을 내디뎌 꽃잎을 밟고 하늘로 향한다. 맨발이 곱고 하얀 꽃잎에 부딪혀 살짝 튕겼다 떨어지는 느낌. 부드럽고 미묘하다.

마차 안의 녕결은 이부자리에 비스듬히 누워 있었다. 이불은 반쯤 덮고 있었고 그의 이마에는 흘린 땀이 가득했다. 그리고 품에는 시녀의 작은 발을 꼭 껴안고 있었다. 어린 시녀의 발은 그녀의 다른 신체와 달리 눈처럼 희어 마치 하얀 꽃 두 송이처럼 보였다. 녕결은 눈살을 찌푸린 채 무심결에 자신의 두 발을 이불 속에서 바둥거렸다. 그러나 이내 그 발이 어디엔가 닿았는지, 편안하고도 만족스러운 표정과 함께 더 이상 움직이지 않았다.

정신과 마음이 점점 혼미해지며 꿈속이라는 것을 잊는다. 그는 매우 평온하게 바다 위를 걷고 하얀 꽃 위를 걷는다. 순간 마음이 흔들리며 온몸이 천천히 꽃잎에서 벗어나고 높은 하늘로 빠르게 날아간다. 매우 높은 곳에 날아가 고개를 숙이고 아래를 보니 초록빛 바다 위의 하얀 꽃은 이미 사라지고, 바다 깊숙한 곳에 붉은색 지면이 넓게 펼쳐져 있다. 그는 바다 속으로 떨어지며 깊이 잠수해 들어간다.

얼마나 지났을까. 그는 마침내 눈앞에 붉은색을 본다. 끈적끈적하고 짙은 붉은색. 끝이 없다. 붉은색 과일의 즙 같다고 할까. 아니 응고된 피 같다. 갑자기 핏물이 평온을 깨트리고 끓어오르기 시작한다.

그 속에서 수많은 사람들이 천천히 일어섰다가 넘어지기를 반복한다. 이목구비가 없는 그들은 몸부림치며 고통스러운 울부짖음을 소리 없이 내뱉는다. 그들이 아무리 발버둥 쳐도 얇고 붉은 막이 시종일관 그들을 고요하고 영원할 듯한 핏빛의 세계 속에 가둔다.

생명의 가장 깊은 곳에 있는 두려움이 천천히, 하지만 저항할 수 없도록 녕결의 몸을 덮치고 그를 마치 하나의 조각상처럼 만든다. 그렇게 느낌도 감각도 없이 붉은 피바다 옆에 서서 소리 없는 잔인한 광경을 지켜볼 수밖에 없다.

핏빛 바다가 육지로 변한다.

하늘도 생겨난다.

녕결은 자신이 하늘과 땅 사이의 황원(荒原)에 서 있다는 것을 깨닫는다. 발밑부터 먼 곳까지 수많은 시체들이 쓰러져 있다. 그 시체들은 대당 제국의 기병, 월륜국의 무사, 남진의 노병 그리고 초원 만족의 정예병. 수많은 핏물이 죽은 병사들의 몸에서 흘러나와 황원 전체를 붉게 물들인다. 먼발치로 보이는 검은 연기와 먼지. 무엇인가 허공에 떠서 자신을 무뚝뚝하게 바라보고 있다. 마치 어떤 생명이 있는 것 같다.

"어둠이 찾아올 것이다. 일찍이 내가 말했지만
아무도 나를 믿지 않았다."

어떤 이가 경멸하는 말투로 녕결의 귀에 대고 말한다. 녕결은 몸을 홱 돌려 말하는 사람을 찾았지만 보이지 않는다. 대신 주위의 많은 사람들이 고개를 들어 하늘을 바라보고 있다는 것을 알아차린다. 실의에 가득찬 장사꾼, 달갑지 않은 얼굴을 한 관원, 겁에 질린 아가씨, 미친 사람처럼 웃는 승려. 그들은 모두 먹이를 기다리는 거위처럼 고개를 쳐들고 있다.

황원에서 수많은 사람들이 두려움과 불안에 휩싸여 고개를 들어 하늘을 바라보고 있다. 녕결도 무의식적으로 그들의 시선을 따라간다.

여전히 대낮이고 하늘 위에 뜨거운 태양이 걸려 있지만, 무슨 이유인지 황원의 온도가 매우 낮다. 태양의 빛이 희미하고 천지는 밤과 같이 어둡다. 곧 밤의 어둠이 내려 깔릴 듯하다.

한 조각의 칠흑 같은 어둠이 지평선 너머로 번져 나온다.

별다른 특이점은 없었지만 그냥 절대적으로 검다. 그가 보았던 순백의 하얀 꽃들처럼 조금의 섞임도 없는 순수한 검은색. 하늘을 보는 모든 사람이 두려움에 떨고 녕결도 두려움에 휩싸인다. 하지만 모두 왜 두려움을 느끼는지 모른다.

녕결은 사방을 두리번거리며 방금 전 자신에게 말을 걸었던 사람을 찾는다. 묻고 싶다. 무슨 일이 생겼으며, 하늘이 왜 어두워졌는지. 하지만 보이지 않는다. 그때, 어떤 이의 아주 거대한 뒷모습이 사람들을 지나 황원 밖으로 걸어 나간다. 녕결은 그를 향해 큰 소리로 외친다.

"야! 너냐? 어떻게 된 일이야?"

거인은 돌아서지 않는다. 너무나 쓸쓸한 모습으로 사람들의 시야에서 사라질 때까지 걸어간다. 녕결의 외침은 황원에서 하늘을 쳐다보던 사람들을 놀라게 했다.

"어둠이 내리는데 잘 보고나 있을 것이지, 마지막 순간의
안녕마저 방해하다니…… 정말 짜증나게 하는 놈이군."

어떤 이들은 녕결을 원망했지만, 다수의 사람들은 그저 놀라운 표정으로 녕결을 바라보고만 있다. 그들의 눈빛에 기이한 변화가 생긴다. 점점 경악스러워지거나 점점 뜨거워지거나 또는 천천히 눈물을 흘리거나. 주정뱅이 하나와 백정 하나가 녕결 옆에 서서 조용히 그를 바라본다. 마치 그가 어떤 말을 하기라도 기다리는 듯. 모든 시선이 녕결에게 쏠린다. 마치 그가 어떤 희망을 대표하듯. 전 세계의 시선이 자신에게 쏠리는 느낌이 이상하다. 자신을 희망이라 여기는 느낌이 이상하다.

녕결은 순간 자신이 위대하고 숭고하고 심지어 신성해지는 것 같다. 하지만 녕결은 극히 평범한 인간. 그리고 그는 이 장야(將夜, 영원한 밤)의 세계가 도대체 어떻게 된 일인지 알 수가 없다. 그래서 그는 놀랍고 불안하며 또 극도의 두려움에 휩싸여 가슴이 찢어질 듯 아프다.

* *

녕결은 아픔을 느끼며 화들짝 꿈에서 깨어났다. 눈에는 공포의 기색이 역력했다. 그는 옷을 잡아당기며 두 손으로 가슴을 더듬었다. 다행히 미끄러운 땀만 있을 뿐 가슴 쪽 바깥에 부서진 심장은 없었다. 그는 아직도 두려움을 느끼는 듯 가슴을 툭툭 치면서 오랫동안 심호흡을 했다.

자고 있는 상상의 검은 콧날과 그 끝에 맺힌 귀여운 땀방울을 보며, 문득 살아 있는 것이 행복하다고 느꼈다. 그리고 큰 공포를 안겨준 기괴한 꿈에 대해 누구에게도 알릴 수 없음을, 아직 준비가 되지 않았음을 깨닫고 빨리 잊어버리기로 결심했다.

2

한 세상 두 형제

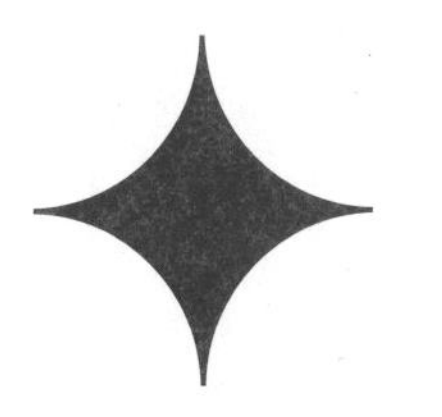

1

✦

홍수초

✦ ✦ ✦ ✦ ✦ ✦ ✦ ✦

2

◐ ◐ ◐

◑ ◑ ◑

다음 날 누추한 마차가 삐걱거리는 소리를 내며 출발했다. 마차 행렬은 오전에 장안성 밖 작은 마을에 멈추었다. 황실 사자와 조정 관원 그리고 며칠 전부터 이곳에서 기다린 공주의 의장(儀仗) 행렬이 공주 전하를 맞이했다.

넝결은 마차에서 뛰어내려 시끌벅적한 행렬 가장자리에 서서 회색 성곽의 그림자를 바라보았다. 웅장하고 화려한 의장을 든 행렬은 천천히 다시 장안성으로 향했지만 이번에는 주종 두 사람에게 같이 가자고 하는 사람이 없었다.

천천히 지나가는 첫 번째 화려한 마차. 곧 이어서 네 번째 마차가 넝결 옆을 지나갈 때 마차 장막 한 귀퉁이가 열렸다. 여청신 노인이 희끗희끗한 수염을 쓰다듬으며 넝결에게 미소를 지었다. 넝결은 공손히 허리를 숙여 예를 올렸다.

호위대와 만족들은 그의 곁을 지나갈 때 말에서 내리지 않고 가볍게 작별 인사를 했다. 얼굴에는 모두 미안한 표정이었다. 그들 모두 조정 관원 앞에서 감히 나서지 못했기 때문이다.

행렬의 후방을 맡은 고산군 기병이 사방을 경계하며 지나갔다. 도위 화산악은 넝결을 힐끔 쳐다보았지만 마치 그를 없는 사람 취급하며 말의 속도를 냈다. 실제로 그는 넝결 같은 하찮은 인물의 존재를 잊었는지도 모른다.

넝결은 그의 반응에 크게 신경 쓰지 않았다. 명문세가의 아들이자 대당 군부에서 가장 뛰어난 젊은 장군과 밑바닥 백성인 자신이 당분간 왕래할 일이 없다고 생각했기 때문이다. 하지만 한편으로는 언젠가 저 교만한 장군과 재회할 날이 꼭 있을 것이라 생각했고 그날이 멀지 않을 수도 있다 믿었다.

공주 행렬이 떠난 후 마을 사람들은 절반 이상 줄었지만 그 전보다 더욱 떠들썩해졌다. 감히 나오지 못한 사람들이 골목마다 모습을 드러냈고 문을 열지 못했던 상점들도 어느새 모두 장사를 시작했기 때문이다.

녕결은 이미 누더기가 되어버린 마차를 고물가게에 팔면서 상상의 여윈 어깨를 두드려 위로했다. 그리고 관도(官道) 대신 논두렁을 따라 걸었다.

밭에는 유채꽃이 한창이었다. 나비가 봄바람을 따라 천천히 날갯짓을 했고 꿀을 따느라 바쁜 벌들이 윙윙거리며 이리저리 날아다니고 있었다. 어린 시녀의 얼굴에 묻은 아쉬움의 눈물 자국은 점점 말라갔고 어느새 그녀는 웃음을 띠고 있었다. 그녀는 자신의 키보다 더 큰 보따리를 질질 끌며 논두렁을 걸었다. 녕결의 시선은 논밭의 시골 경치를 스쳤고 멀지 않은 곳에서 쉬고 있는 농부들에게 손을 흔들며 인사도 하고 날아온 나비를 보며 잡는 시늉도 했다.

그는 아주 어릴 적 장안을 떠나 줄곧 민산과 초원과 황원, 그리고 변두리 성에서 지냈다. 그런 녕결은 이렇게 평온하고 평화로운 경치에 기쁨과 흥분을 감출 수 없었다.

한 시진 정도 걸었을까. 어두운 그림자가 눈 앞의 개천과 눈두렁 그리고 두 사람의 머리 위로 번져 나갔다.

'아직 밤이 될 시간은 멀었는데…… 비가 오려나?'

녕결은 의심스러운 눈빛으로 고개를 들었다. 그리고 비구름 대신 갑자기 검은 성벽이 눈앞에 나타났다. 끝도 없는 것처럼 높고 긴 성벽은 하늘의 반을 가렸고 아직 떨어지지도 않은 태양도 가리고 있었다.

높은 성벽 위에서 검은 점 세 개가 쉴 새 없이 돌아다니고 있는 것도 희미하게 보였다. 왼쪽을 봐도 끝이 없고 오른쪽을 봐도 끝이 보이지 않는 거대한 성벽. 상상은 눈을 크게 뜨고 이 끝도 없는 웅장한 성벽을 보고 물었다.

"여기가 장안성이에요?"

검은 점 세 개는 매 한 쌍이 새끼를 데리고 비행 연습을 하는 것이었다. 그들의 둥지가 얼룩진 성벽 사이에 있었기 때문이다. 천 년에 걸쳐 비바람에 씻기고 시달려 이미 많이 낡아 보였지만, 여전히 난공불락을 자랑하는 성벽. 새끼 매가 나는 법을 배운 후 둥지로 돌아갔다.

　　녕결은 오늘 드디어 돌아왔다. 오랫동안 그는 장안성에서 멀리 떨어져서 살아 왔다.

　　'장안성, 오랜만이야.'

천하에서 가장 웅장하다는 명성은 거저 얻은 것이 아니었다. 장안은 너무 거대해서 동서남북으로 성문이 열여덟 개나 되었지만 매일 출입하는 관원들과 백성들 때문에 관도에는 항상 길게 줄이 늘어서 있었다. 덕분에 녕결과 상상은 황혼이 다 되어서야 성문 입구에 다다를 수 있었다. 사람들의 짐 보따리를 지나치도록 꼼꼼히 검사하는 군사들을 보며 녕결은 낮은 소리로 욕을 했는데, 다른 백성들의 욕설 소리가 너무 커서 앞에 있는 사람에게 들리지도 않았다.

　　대당 제국의 민풍은 순박하기도 했고 용맹스럽기도 했다. 따라서 엄숙해 보이는 군사들을 두려워하지 않는 사람도 많은 반면 제국의 엄격한 율법을 무시하고 달려드는 사람도 없었다.

　　드디어 녕결과 상상의 차례가 되었다. 군사는 녕결이 건넨 군부 문서를 받고서 그 소년이 뜻밖에 자신의 동료인 것을 알아차렸다. 그리고 표정이 훨씬 부드러워졌다. 하지만 군사는 녕결이 등 뒤에 멘 칼 세 자루를 보고 미간을 찌푸렸다.

　　"가보로 내려오는 칼이라……."

　　"칼이 있으니 사람이 있고 칼이 잊히면 사람도 잊히는 법……."

군사는 무료한 표정으로 손을 흔들며 말했다.

“이 말을 하루에 팔백 번이나 듣는다. 그러니 그만하고 보따리나 풀어라. 아이 둘이 오는데 무슨 놈의 보따리가 이렇게 커다랗단 말이냐…….”

군사의 시선이 순간 상상이 멘 대흑산에 이르렀다. 군사는 다시 한 번 미간을 찌푸렸다.

“이건 무슨 우산이지? 왜 이렇게 큰 것인가?”
“우산이 있으니 사람이 있고 우산이 잊히면 사람도 잊히는 법…….”

군사는 순간 웃으며 엄지손가락을 치켜세웠다.

“그 표현은…… 신선한데?”

녕결은 쓴웃음을 지었다.

‘농담이 아니라 진짜인데…….’

장안성 성문 출입구는 길고 어두웠다. 출구가 너무 멀어 마치 반짝이는 작은 구멍처럼 보이기도 했다. 상상은 녕결을 따라 그곳으로 향하며 궁금한 듯 물었다.

“도련님…… 장안 사람들은 저 군사처럼 모두 수다쟁이인가요?”
“거의 비슷해. 세상의 재물과 권세가 모두 모여 있으니 장안 사람들은 교만할 수밖에 없지. 하지만 교만할수록 겉으로는 사람들에게 관용을 베풀지. 왜냐하면 자신의 품격을 나타내야 하니까. 하지만 교만함을 드러내지 않으면 누구나 답답하지. 그래서 장안 사람들은 어떻게 하나…….”

녕결은 잠시 주위를 둘러본 후 말을 이었다.

> "그들은 말을 하는 거야! 관리에서 백성까지 황실의 비화부터 기방의 일까지, 마치 하늘 아래 그들이 모르는 것이 없는 것처럼. 그들이 가장 좋아하는 주제는 대당 제국과 다른 나라와의 전쟁 일화인데 그 이야기를 할 때면 그들은 마치 자신들을 모두 재상(宰相)이라고 여기는 것 같아."

성문 출입구를 통과할 때 칼이 없어지거나 사람이 다치는 참혹한 장면이 나타나지는 않았다. 칼도 우산도 목궁도 모두 무사히 통과했다. 다만 칼은 보자기로 싸고 목궁에서 활시위는 떼어냈다.

당국은 무예를 중시했다. 손에 마음에 드는 무기가 없다는 것은 목숨을 빼앗기는 일보다 고통스러운 일이었다. 그래서 장안에서 활은 허용되지만 활시위를 떼야 했고, 철궁 등 군용 활은 허용되지 않았다. 그 외에는 아무런 제약이 없었다. 물론 성안으로 들어가 활시위를 다시 붙이거나 칼을 꺼낸다 해도 아무도 신경 쓰지 않았다. 정부도 군부도, 심지어 황실의 황제조차도.

녕결과 상상은 변성 생활이 익숙했기에 황혼의 장안성에 들어가면 밤의 고요함을 만날 줄 알았다. 도박하는 소리를 제외하면 아무 소리도 들리지 않는 위성처럼, 잠들기 전의 조용한 성을 만날 줄 알았다.

그러나 밤의 장안은 여전히…… 시끌벅적했다. 길가의 등불은 청석길을 밝게 비추고 행인들은 무수히 많았다. 남자들의 옷차림은 소박한 편이었다. 꼭 끼는 소매와 짧은 상의, 그리고 평평한 신발은 깔끔해 보였다. 여자들의 옷차림도 매우 단순하고 소박했다. 다시 말하면 시원했다. 더 정확히 말하면 노출이 심했다. 봄날의 따스함에 거리에 나온 부인이나 소녀들은 모두 소매 밖으로 팔을 드러내고, 어떤 요염한 젊은 부인들은 가슴골이 훤히 보이는 옷을 입어 사람들의 눈길을 끌었다.

월륜국 관리 하나가 수염을 쓰다듬으며 익숙하게 주점과 기방 사이를 누비고 있었다. 남진 상인들이 주루의 윗층 난간에 기대어 별을 보며 술을 마시고, 어느 집 뜰에서는 관현악기의 은은한 선율이 울려 퍼졌다.

온 세상의 부와 풍류, 품격이 장안성에 집중된 것 같았다. 그 뜨거움이 사람을 흥분하게 하고 그 그윽함이 사람을 취하게 만들었다. 웅장함과 부드러움이 공존하고 칼날과 미인이 서로를 눈부시게 비췄다.

녕결은 상상의 작은 손을 잡고 등불과 사람의 바다를 걸었다. 그 어리둥절해하는 모습이 마치 시골에서 막 올라온 남매 같았다.

'눈썹 그리는 청작(青雀)의 먹, 얼굴에 바르는 접분(蝶粉), 옥잠분(玉簪粉), 진주분(珍珠粉)…… 저 장미 기름이 지분이라고 부르는 것인가? 저 병이 그 유명한 전설의 화로수(花露水)인가?'

상상은 길가에 펼쳐진 단지와 병들을 보며 다리에 힘이 풀려 더 이상 걷지 못할 것 같은 기분이 들었다.

'허리를 흔들며 걷고 있는 저 소녀의 풍성한 엉덩이는 어떻게 저렇게 탱글탱글할까? 방금 지나간 소녀의 담담한 체취는 어찌 그리 난초 같을까? 노점상에서 꽃을 고르는 아름다운 젊은 부인들이 나에게 왜 한쪽 눈을 깜빡이지?'

녕결은 즐겁게 사방을 훑어보며 더 이상 걷지 못할 것 같은 기분이 들었다.

'어린 시절 장안이 이렇게 멋진 곳이었나?'

걸을 수 없으면? 더 천천히 가면 된다. 그 순간 갑자기 거리가 조용해지며 날카로운 외침 소리가 들렸다.

"결투다!"

검은 인파 사이에 허리에 검을 찬 남자 둘이 증오의 눈초리를 보내며 서로를 바라보고 있었다. 두 사람의 오른쪽 소매는 모두 검에 의해 잘려져 있었다. 소매는 두 사람 사이의 땅바닥에 나뒹굴고 있었다.

세상이 조용해지자 모든 구경꾼들의 입도 굳게 다물어졌다. 결투의 공평을 보장하는 것은 모든 당인들의 핏속에 스며있는 규칙이었다.

"소매를 베는 것은 도전을 뜻하는데, 도전을 받아들이면 자신의 소매도 잘라야 해."

녕결은 상상의 손을 잡고 사람들을 헤치고 나가며 설명했다.

"이런 결투를 활국(活局)이라고 하는데 승부만 가리면 돼. 사국(死局)이라는 결투도 있는데 둘 중 하나가 죽을 때까지 싸우는 것이고 관아의 확인도 필요하지. 사국의 도전자는 칼로 왼쪽 손바닥을 베고, 받아들이는 상대도 같은 행동을 취해야 해."

"안 받아주면 되잖아요?"

"물론 되지. 그런데 받아주지 않으면 그 사내는 겁쟁이 취급을 받지."

"근데 왜 우리는 결투를 안 봐요? 위성에서 도련님은 구경하는 것을 좋아했잖아요. 그해 돼지 멱을 딸 때, 옆에 쭈그리고 앉아 밤새 봤던 기억이 있는데."

"당시 난 소나 양을 잡는 것은 많이 봤는데, 돼지 죽이는 건 처음 봐서 그랬어. 장안에서의 결투는 매일같이 벌어지니 나중에 봐도 돼. 그리고 장안에서 난 그냥 서원에 들어가서 공부만 하고 싶어. 귀찮은 일에 휘말리고 싶지 않아. 이제부터 우리는 겁먹은 개처럼 꼬리를 감추고 살자."

"전 암캐가 되고 싶지 않은데…… 꼬리를 감추고 사는 게 도련님과 어울리지도 않고."

"객잔이나 찾자."

녕결은 자포자기하듯 말했다.

"나 졸려."

상상은 앞에 한 건물을 가리키며 말했다.

"저기 객잔이 있어요!"

객잔이었지만, 진정한 객잔이라 부를 수는 없었다. 대충 하룻밤을 때울 수 있을 정도. 그래서 다음 날 객잔을 나섰을 때 둘은 객잔의 이름도 기억하지 못했다.

새벽 길거리에서 자상한 할머니에게 길을 묻고 남성(南城)을 향하니 비로소 큰 회화나무 두 그루를 볼 수 있었다. 나무를 보자마자 어릴 적 기억이 또렷하게 녕결의 머릿속으로 몰려들었다.

그는 눈을 감은 채 잠시 생각한 후 상상을 데리고 그곳으로 다가갔다. 큰 회화나무 두 그루 사이의 길은 마차가 지나갈 수 있는 넓이의 조용한 골목이었다. 길 양쪽이 누구의 집인지 모르겠지만 한 가닥 소리조차 나지 않았다. 하늘을 찌르는 큰 나무들만 담장을 통해 뻗어 나와 몇몇 행인의 머리 위에서 봄의 햇빛을 가리며 그늘을 만들어 주었다.

골목 중턱까지 걸어가니 두 저택의 대문이 마주보고 있었다. 오른쪽 집 계단 옆 돌사자상은 매우 깨끗했다. 대문은 굳게 닫혀 있었는데 깨끗하게 비질이 되어 있어 티끌이나 낙엽 부스러기 하나 보이지 않았다.

왼쪽 집은 상대적으로 매우 쇠락해 보이고 칠이 벗겨진 대문을 봉인하는 종이가 맥없이 바람에 펄럭이고 있었다. 대문 양옆을 지키는 돌사자상도 하나는 어디 갔는지 하나만 외롭게 남아 있었다. 그나마 남은 것도 귀가 없어지고 발이 부서지고, 받침대 뒤에는 시커멓게 그을린 진흙이 쌓여 있어서 마치 응고된 피를 보는 것 같았다.

녕결은 부서진 돌사자상을 보면서 어렸을 때 순(順)이와 그 옆에서 장난을 치다가 집안 어른에게 들켜 가법(家法)에 따라 벌을 받은 기억을 떠올렸다. 곧이어 네 살이 되던 해 선생의 회초리를 피해 그 꼬마를 데리고 저택 옆문을 통해 나가 놀던 장면도 스쳐 지나갔다.

상상의 시선이 두 개의 대문과 녕결의 얼굴 사이를 왕복했다. 녕결은 심사가 복잡해지며 우울해지는 듯했고, 그를 보는 상상의 기분도 따라서 가라앉으며 슬퍼졌다. 왠지 골목으로 불어오는 봄바람도 조금 더 차갑게 느껴졌다.

무너진 저택은 전(前) 선위 장군 임광원의 저택. 천계 원년 황제가 남쪽 지방 호수를 순시하던 중 장안성에서 임광원이 적과 내통한다는 고변(告變)이 일어났다. 친왕 전하가 직접 조사와 심리를 주관했고, 재상과 대신들은 옆에서 그 과정을 지켜보았다. 판결에 따라 임광원에게 반역죄가 씌워졌으며 임 장군 집안은 멸문지화를 당했다. 증거가 너무 확고했기에 조정에서는 누구도 그 결과를 뒤집을 생각을 하지 않았다. 간혹 하인과 집사들의 억울한 죽음을 애석해하는 이들도 있었지만 결국 임광원 장군만 원망할 뿐이었다.

장군 저택은 조정에서 환수한 후 십여 년간 몇 차례 다른 관원들에게 상으로 주어졌다. 그러나 저택을 하사받은 이들도 흉흉한 소문 때문에 잇달아 감사의 표시만 하고 정중히 거절했다. 이런 연유로 저택은 그 사건 이후로 줄곧 비어 있었고, 시간이 갈수록 더욱 황폐해져 갔다.

장군 저택 대문을 지날 때 녕결의 눈에서 슬픔의 기색이 희미하게 스쳐 지나갔다. 하지만 더 이상 어떤 이상한 감정도 찾아볼 수 없었다. 그는 머무르지 않았고 발걸음을 늦추지도 않았다.

그렇게 두 사람은 평온하게 긴 골목을 지나며 붉은 칠을 한 부귀한 저택의 대문과 황폐한 저택의 대문을 거쳐 갔다. 마치 봄날 장안에서 가장 흔히 볼 수 있는 것처럼, 외지에서 온 길손이 골목을 잘못 들어선 것처럼.

"그 흉가는 찾는 사람이 없는데 맞은편의 집은 잘 팔렸다며?
당시 선위 장군과 통의 대부는 대문을 마주하고 살았는데
선위 장군은 멸문지화를 당했고, 통의 대부는 계속 승진해서

지금은 문연각(文淵閣) 학사(學士)라네. 그러니 4품이나 5품쯤 되는 관원들이 그 사람의 덕을 보기 위해 줄을 선다네."

골목 끝자락의 반점에서 녕결과 상상은 구석의 작은 탁자에 앉아 옆 사람들의 잡담을 듣고 있었다. 두 사람은 조용히 말간 죽과 반찬을 먹고 있었다.

이 동네 사람들에게 항상 회자되는 이야기. 매일매일 이야기해도 질리지 않는 이야기.

"증정(曾靜) 학사 말인가? 그 어르신은 당시 통의 대부에 지나지 않았는데 후일 갑자기 구름 위로 날아가듯 높이 올라갔었지. 그 배경에는 기묘한 일이 있었는데 자네들은 들어본 적이 있나?"

"그 당시 사건이 너무 커서 심지어 황실에서도 말이 나왔었지. 그러니 이 동네 사람 중에 모르는 사람이 있겠나?"

한 중년 사내는 고개를 저으며 풍자하는 말투로 계속 말했다.

"그 당당한 통의 대부가 사나운 아내를 얻은 거지. 급기야 정실부인이 질투심 때문에 첩의 배에 손을 댔고, 심지어 그 첩이 천신만고 끝에 낳은 불쌍한 아이에게까지 손을 댄 거야. 마지막에 황실에서 내려온 명이 아니었다면 그 집안도 어떤 난장판이 되었을지 모를 일이지."

"황실에서 명을 내린 줄만 알았지, 그게 누구의 명인 줄은 아는가?"

앞서 질문한 사람이 두 손을 모아 북쪽으로 예를 올리면서 냉소를 섞은 목소리로 이어 말했다.

"황후께서 그 일을 아신 후 대노하셨고, 친필 서신을 써서 증정 대인에게 전달했다는 거야. 마누라 좀 잘 가르치라고……."

"아! 그 황후 마마께서 직접……."

술을 마시던 사람들이 말을 그친 후 조용히 눈을 마주치더니 동시에 미소를 지었다.

온 천하가 알다시피 대당 제국에는 대단한 황후가 있다. 황제의 총애와 절대적인 신임을 얻어 관원들의 상주문을 읽고 의견을 내는 권리까지 가지고 있는 황후 마마. 하지만 이 황후는 본래 황실의 평범한 비(妃)에 불과했다. 다시 말해 민간의 말로는 황제의 첩이었던 것이다. 그런데 후에 정실부인 '황후 마마'가 된 것이다. 일개 조정 대신인 통의 대부의 집안 일에 친필 서신을 보낸 이유는 이런 배경과 무관하지 않을 것이다.

"사실 증정 대인의 정실부인은 청하군(淸河郡)의 이름난 집안 출신으로, 이 때문에 대인이 줄곧 양보를 하고 있었는데 황후 마마의 편지 하나로 전세가 역전된 거지. 다만 연약한 문관이 이토록 악랄하게 변할지는 아무도 생각하지 못했던 거야. 첩의 아들을 모함하는 집사 셋을 매로 때려 죽이고, 부인 귀싸대기 두 방을 날리며 그와 동시에 청하군으로 돌려보냈다지 뭐야. 이렇게 깔끔하게 정실부인을 포기해버릴 줄이야!"

"사실 대인의 행동은 황후 마마의 위세로부터 스스로를 보호하는 행동이었는데, 세상일을 누가 알겠나. 이 과감한 행동이 황후 마마의 눈에 들어버린 거지. 그리고 증정 대인은 관운이 트이며 문연각에 들어가게 된 것이야. 전화위복이라 해야 하나? 첩을 죽이고 아들을 죽인 사나운 마누라가 결국 대인의 공명을 이루게 할지 누가 상상이나 했겠는가 말이지."

탁자에 있던 사람들이 일제히 탄식했다.

"증정 대인에 비하면 임광원 장군은 정말 운이 없었지…… 아니야, 나라를 배반했으니 천 번을 죽어도 싸다고 해야지. 다만 그 장군 집안 사람들은…… 너무 불쌍해."

나이가 지긋한 노인이 소금에 절인 달걀을 깨뜨려 먹으며 값싼 술을 단숨에 들이켰다.

"너희들은 직접 본 적이 없을 거야. 난 그날 그곳에 있었지."
"그 말이 사실이오?"

노인은 달걀을 삼키고 또 술로 입안을 적셨다.

"장군 저택에서 사람 죽이는 소리가 천지를 진동하고 사람 머리가 수박처럼 땅에 떨어져 굴러다니고, 그 피가…… 대문 밑에서 흘러나오고…… 정말 참담하기 그지없었네. 그 반역자에 대해 말할 생각은 없었는데 다만 가끔 그날을 생각하면 정말 안타까워. 조정에서 선위 장군과 친한 몇몇의 대신 어느 누구도 그를 편들지 않았지. 심지어 시신조차 거둬준 사람이 없었어."

노인은 잔을 내려놓고 무의식적으로 식당 주변을 살피며 소리를 잔뜩 낮춰 말을 이었다.

"성문랑(城門郎, 수도 성문, 황실 성문 등을 지키던 관직) 황흥(黃興)이라고 들어봤나? 선위 장군이 변방의 요새에서 데려온 부장군(副將軍)이었는데, 장군의 반역을 고발한 이가 바로 그 사람이야. 그런데 그 자가 지금 어디 있는지 아는가? 바로…… 친왕 전하 곁에 있어! 출세한 거지. 그리고 당시 소무(昭武) 교위(校尉)도 지금 잘살고 있다던데, 그 사람들은 매일 술을 마시며 선위 장군 집안 사람들의 머리를 떠올리기나 할까……? 어떤 느낌일지 상상도 되지 않는구만."

그들은 그 뒤로 한참 한담을 하다가 부인들이 정해준 하루치 주량을 다 마시고서야 아쉬운 작별을 했다.

녕결과 상상은 여전히 구석진 곳의 탁자에 앉아 있었다. 먹던 죽은 다 식었고, 절인 배추는 가장자리가 이미 말라버렸지만 일어설 생각이 없어 보였다.

"도련님, 도련님이 장군 집안과 관계가 있어요?"

녕결은 쓴웃음을 지었다.

"관계가 있지."
"제 말은…… 무슨 관계가 있냐고요."

녕결은 잠시 침묵하다가 웃음을 거두며 진지하게 말했다.

"그런데 그 관계는 말할 수 없어. 넌 나의 시녀이니, 그 말이 밖으로 나가면 조정에서 우리 둘의 목을 다 날려버릴 수 있거든."
"도련님, 헛소리 좀 그만해요."
"이 나라에서는 헛소리로 죽은 사람이 만족 오랑캐에게 죽은 사람보다 더 많아."

녕결은 웃으며 말을 이었다.

"때때로 알지만 말할 수 없는 것들이 있지. 말하면…… 죽으니까. 그러니 우리는 앞으로 헛소리만 해야 해."

말을 마친 후 그는 다시 젓가락을 집고 야채 절임과 죽을 번갈아 보면서 앞으로 무엇을 하면서 시간을 보내야 할지 고민했다.

그때 젊은 남자 하나가 반점으로 들어섰다. 왜소하고 평범한 생김새였지만, 눈에 띄는 특징 하나가 있었다. 검다는 것. 검게 그을린 얼굴은 마치 오랫동안 사용한 가마솥 바닥 같았다. 심지어 상상보다도 훨씬 검어 보였다. 상상이 호기심에 그를 쳐다봤다. 하지만 이내 너무 무례한 것 같아 고개를 돌리려 할 때 그가 구석을 향해 다가왔다. 그녀는 약간 몸이 굳은 채 오른손을 등 뒤로 뻗어 대흑산을 움켜쥐었다.

다행히 검은 남자는 상상에게 온 것이 아니라 바로 옆 탁자에 자리를 잡고 술과 안주를 주문했다. 상상은 다소 마음이 놓였다. 그녀는 이 검은 남자가 녕결과 등을 맞대고 있지만 둘 사이의 거리는 매우 가깝다는 것을 알아채지 못했다.

검은 얼굴의 남자가 처음 식당에 들어왔을 때 녕결은 그를 바로 알아보지 못했다. 연나라 국경 숲에서 만났을 때 그들은 모두 어렸고, 상대방은 녕결을 소영자(小影子, 작은 그림자)라고 불렀고, 녕결은 상대방을 소흑자(小黑子, 작은 검둥이)라고 불렀다.

녕결은 야채 절임을 입에 넣고 오물오물 씹었다. 마치 아가씨가 웃음을 참지 못하고 웃는 모습과도 같았다. 씹다보니 그가 제일 싫어하고 상상이 제일 좋아하는 야채 절임이었다. 녕결은 억지로 웃음을 참으면서 말했다.

"보아하니 그동안 잘 지냈네?"

상상의 얼굴에는 원망의 기색이 가득했다.

'도련님이 오늘은 이것까지 빼앗아 먹는 건가?'

그 순간 검은 남자가 어깨를 실룩이며 웃었다.

"너보다 잘 지냈을까…… 너처럼 부도덕한 놈이 서원의 심사를 통과하고 그때의 어린아이를 시녀로 만들다니, 비열한 놈…… 그나저나 저 아이는 날 모르는 것 같네."

"7년 전에 저 아이가 몇 살이었는데…… 나 같은 천재도 아니고."

녕결은 퉁명스럽게 말했다.

"얼른 진지한 이야기나 해. 내 가족을 죽인 놈들이 몇이야? 그리고 너희 마을을 몰살하고 후에 하후를 도와 은폐한 놈들은 몇 명이나 알아냈어?"

"임광원의 반역을 고발한 자는 세상이 다 알지만 그 사건의 증거를 조작한 놈은 알기 어려웠지. 두 놈이 8년 전에 출옥했는데 아직 장안에 살고 있어. 이상한 점은 그 두 놈이 너무나 평범하게 살고 있다는 거야. 그때 행동을 후회하는지는 잘 모르겠네."

녕결은 묵묵히 생각을 하고 있었다. 검은 사내가 갑자기 고개를 돌려 눈살을 찌푸리며 말했다.

"근데 왜 등을 돌리고 앉아 있어? 또 서신은 뭐 그렇게 복잡한 경로로 보내는 거야? 이런 엉터리 같은 짓거리는 어디서 배운 거야? 난 이 상황이 왜 적국 첩자(間者)를 만나는 것 같지?"

녕결은 이마를 짚으며 탄식을 한번 내뱉고 어쩔 수 없이 돌아앉아 그 검은 사내의 얼굴을 보며 대꾸했다.

"넌 지금 군부의 명을 받고 무슨 패거리에서 밀정으로 일한다며? 밀정이 이렇게 전문적이지 못해서야……."

검고 왜소한 사내가 헤헤 웃으면서 양팔을 벌렸다.

"밀정은 무슨…… 몇 년 만에 보는 건데, 너와 상상이 어떻게 변했는지는 봐야지."

녕결은 여전히 못마땅한 표정을 지었지만 양팔을 벌리고 허름한 반점 한

구석에서 상대방과 포옹을 했다.

검은 사내의 이름은 탁이(卓爾). 녕결에게는 이 세상에서 가장 친한 친구. 두 사람이 만난 시간과 장소는 정말이지 공교로웠다. 만난 이유도 기이했다. 두 사람은 각자의 이야기를 읊는 것만으로도 서로의 인생에 있어서 친구가 될 수밖에 없었고 영원히 배신하지 않기로 결심했다.

그들의 인생에서 공통의 목표가 있었기 때문에.

* *

'하후 장군을 죽인다.'

'친왕도 죽인다.'

* *

천계 6년, 대당이 연국과 전쟁을 치르던 중 하후 장군이 이끄는 우로군(右路軍)이 정해진 시간에 도착하지 않았다. 조정의 엄한 비판을 받았지만 하후 장군은 황풍령에서 연국 기병의 매복 공격을 당해 어쩔 수 없이 약속된 날짜를 지키지 못했다고 변명했다.

장안성 사람들은 알지 못했다. 우로군이 참수한 연국 매복 기병은 사실, 황풍령 일대의 당국 사람들이었다는 것을. 마을 몇 개가 우로군에 의해 몰살되다시피 했고 하후는 마을 장년층 남자를 연국 기병의 수령으로 둔갑시켜 학살의 책임을 연나라에 덮어 씌웠다.

마을 사람 전부가 살육된 것은 큰 사건이었기에 조정에서 관리를 파견해 조사했으나 모두 죽임을 당해 증인이 아무도 없었다. 물론 조사를 맡은 관리들도 문제가 있는 사람들이었기에 결국 하후의 말이 사실이라는 결론을 최종적으로 내리게 되었다.

이 사건으로 연국은 하서(河西) 일대의 넓은 옥토를 바치고 연국 태자를 인질로 보내고서야 당국 백성들의 분노를 진정시킬 수 있었다.

하지만 머리가 잘리고 불에 탄 사람들의 억울함을 아는 사람들은 많지 않았다. 또 검고 왜소한 소년 하나가 몰래 도망쳐 나온 것도 누구도 알지 못했다. 그때 도망친 소년이 탁이였다.

탁이는 녕결과 민산 기슭에서 만났고 한 수행자의 눈에 띄어 그를 따라가면서 녕결과 헤어진 후 오늘에 이른 것이다.

"야, 너 지금 무슨 경지야? 불혹? 동현?"
"너 같은 수행 백치도 경지라는 걸 알아?"
"당연하지. 수행 같은 간단한 일은 원래 백치 같은 짓이잖아."

녕결은 오랜만에 만난 친구 앞에서 얼마 전에 배운 지식을 뽐내고 있었다.

"동현 같은 소리 하시네. 내가 존경하지만 불쌍한 내 스승님도 죽을 때까지 불혹에 들어섰을 뿐이야. 그보다 불쌍하고 슬픈 나는…… 아직도 초경에서 힘겹게 기어 다니고 있지. 그렇지 않았다면 내가 밀정 따위를 하고 있겠어?"
"그때 그 어른이 뭘 보고 너를 제자로 삼았는지 아직도 모르겠네. 내가 그렇게 따라가겠다고 떼를 써도 안 데려가더니만 멍청한 숯덩이 같은 너를 데려가고."

탁이는 반박하지 않고 오랜 침묵 끝에 진지하게 말했다.

"소영자, 사실 그 이후로 계속 맘에 걸렸어. 사실 난 스승님에게 아무것도 배우지 못했거든. 너는 똑똑하니 만약 그때 스승님이 널 데리고 갔으면 더 좋지 않았을까…… 최소한 지금의 나처럼 군대에서 이렇게 오래 지냈는데 하후 곁으로 가지도 못하진 않았겠지. 상층의 정보들은 정말 알아보기가 힘들어."

녕결은 조용히 그를 보다가 갑자기 웃음을 터뜨렸다.

"뭘 알아보기 힘들어? 적어도 지금 우리는 하후가 하루에 뒷간을 몇 번 가는지는 알고 있잖아."

"그를 죽이는 데 전혀 도움이 되지 않아."

"도움이 돼."

녕결은 그의 눈을 보며 진지하게 말했다.

"오다가 하후의 자객조(刺客組) 하나를 죽일 수 있었는데 모두 네가 몇 년에 걸쳐 나에게 준 정보 덕분이야."

탁이는 적잖게 놀랐다. 하후 자객조의 실력을 알고 있었기 때문이다. 하지만 그는 더 묻지 않고 웃으며 물었다.

"처음으로 하후 사람을 죽인 느낌이 어때?"

"좋지."

녕결은 당시 칼로 베는 느낌을 떠올리며 거만하게 말하다가 갑자기 목소리를 낮추었다.

"너와 내 관계를 들키면 안 돼."

"장안성은 너무나 커서 적이라 한들 보고 싶어도 볼 수가 없어. 그리고 그 '대인물'들에게는 장군 집안 사람도 다 죽었고 우리 마을 사람도 다 죽은 거야. 그러니 너와 나 같은 사람들은 그들의 세계에서 존재하지 않는 거나 다름없지. 아무도 우리를 경계하지 않을 걸?"

"그나저나 명색이 당당한 하후 장군의 친위병 군사가 어쩌다 네가 말한 그…… 금어방(金魚幇)의 간판 싸움꾼이 된 거야?"

"상관을 따라 도성에 왔는데 군부가 날 거기에 밀정으로 내보냈지 뭐야. 그리고 금어방이 아니라 어룡방(漁龍幇)이야. 군부 상관이 우리 어룡방 방주(幇主)가 월륜국과 내통한다고 의심해서 나보고 그를 감시하라고 보낸 거야. 너도 알다시피 조정 귀인들은 장사를 위해서나 군부의 물자 수송을 위해서 이런 패거리들의 도움을 얻을 때가 많아. 그들이 적국과 결탁하면 문제가 심각해지지."

"어른방이라고?"

"어른방이 아니라 어룡방이라고!"

탁이는 화를 벌컥 냈다. 녕결은 그런 탁이를 보면서 싱긋 눈웃음을 쳤다.

"그런데 우리 방주라고? 이 말에는 문제가 좀 있는데? 네가 그 어른방…… 아니, 어룡방 방주를 존경하는 건가? 심지어 네가 스스로를 진짜 어룡방의 간판 싸움꾼으로 생각하는 건 아니지? 소흑자, 정신 차려. 난 밀정을 해본 적이 없지만 본 건 많아서 밀정이 감정적으로 흔들리면 안 된다는 것 정도는 알아."

"우리 방주님은 좋은 분이야."

탁이는 고개를 숙인 채 한참 침묵하다 고개를 들고 말을 이었다.

"사실 그분은…… 이미 내 정체를 알아챘어. 하지만 나에게 어떤 조치도 취하지 않으셨지."

녕결은 몇 마디 더 충고하고 싶었다. 하지만 탁이는 오른손을 들고 확고하게 거절하며 이어 말했다.

"그분은 내 형님이야. 내가 존경하는 형님. 나에게 더 충고할 필요는 없어. 대신 내가 부탁할 일이 하나 있는데…… 만약 나에게 무슨 일이 생기면 나 대신 형님에게 은혜 좀 갚아줘."

녕결은 '어룡방'과 '그분'을 몰랐지만 탁이의 말과 행동에서 엄숙함과 진지함을 느낄 수 있었고, 저도 모르게 어룡방 방주에 대한 호기심이 생겼다.

'도대체 어떤 인물이기에 탁이를 저렇게 따르게 하고 심지어 탁이가 죽어서도 은혜를 다 갚지 못할까봐 걱정하는 거지?'

7년 만에 나눈 첫 대화의 끝부분에서 두 사람은 최근의 상황을 서로에게 간단하게 설명했다. 탁이는 북산도 암살 시도 사건을 듣고 놀라며 물었다.

"좋은 기회인데 왜 공주 전하 편에 들어가지 않았어? 신분 차이가 너무 크긴 하지만, 네가 당시 내 스승님에게 했듯이 억지를 쓰면 못할 일도 아니잖아."

"안 돼. 공주 전하는 현명하고 사려 깊어 보이지만, 사실 순진하고 멍청해. 그녀를 따르면 언제 목숨을 잃을지 몰라."

이 말을 끝으로 둘은 작은 반점에서 헤어졌다. 녕결과 상상은 다시 객잔으로 향했는데, 객잔이 있는 시장에 도착할 무렵 이슬비가 내리기 시작했다.

'최악.'

대흑산이 검은 연꽃처럼 두 사람의 머리 위로 펼쳐졌다. 상상은 양손으로 우산 손잡이를 꽉 쥐고서 궁금하다는 표정으로 물었다.

"왜 자꾸 공주 전하를 백치라고 해요? 사실 괜찮은 분인데……."

"정말 괜찮은 사람일까……?"

녕결은 빗속에서 앞을 바라보며 천천히 고개를 저었다.

**

장안성 북쪽에 있는 황궁으로 곧바로 이어지는 길. 황제 폐하의 가마인 어가(御駕)가 지나다니는 어도(御道), 주작대로(朱雀大路). 회색의 주작대로가 빗줄기에 젖어 검은색으로 변했다. 깨끗하고 장엄했지만 어딘지 모르게 섬뜩한 거리. 특히 길 중앙에 있는 주작(朱雀) 조각상의 두 눈동자가 위협적으로 녕결과 상상을 노려보고 있었는데, 마치 돌 사이에서 날아올라 자신들을 죽이려고 하는 것처럼 느껴졌다.

대흑산 속 주인과 시녀 두 사람은 동시에 강력한 살의를 느꼈다. 두려움이 몸의 가장 깊은 곳에서부터 난폭하게 쏟아져 나와 서로 맞잡은 두 손이 순간 차갑게 얼어붙으며 한 발짝도 앞으로 나가지 못했다. 그들은 그렇게 대흑산을 쓴 채 힘겹게 도로가에 서 있었다.

시간이 얼마나 지났을까. 비바람이 잦아들고 따스한 햇살이 다시 거리를 덮었다. 오가는 행인들이 많아질 때가 되어서야 비로소 두 사람은 정신을 차릴 수가 있었다. 다시 보니 어도 중앙의 주작상에는 이상한 점이 전혀 없었다.

**

다음 날 아침 객잔에서 깨어난 두 사람은 세수를 하고 몸치장을 했다.

오늘은 각부 관아에 가서 수속을 밟고 서원 입학시험 수험표를 받아야 하기 때문에 녕결은 가능하면 깔끔하게 단장을 하고 싶었다.

"머리를 빗어주는 게 그렇게 어려워?"

"그럼 도련님이 직접 빗어요. 예전에 위성에서는 상투 하나 올리면 됐는데 오늘은 왜 기어코 그 서생들처럼 머리를 하고 싶은 거예요? 저는 배운 적이 없단 말이에요."

"이 태도 좀 보게. 그러고도 날 도련님이라 부르는 거야?

너도 알다시피 난 곧 서원에 들어갈 몸이야. 이제는 제대로 된 서생이 되는 거라고. 할 줄 모르면 배우면 되지. 앞으로 항상 그렇게 머리를 해줘!"

어제 주작대로에서 비를 맞으며 주작상을 보고 난 후 둘은 계속 삐걱대기만 했다. 하지만 그들은 당시의 느낌을 이해하거나 심지어 그 느낌이 진짜인지조차도 확신할 수 없었다. 그리고 어떤 애매한 이유들로 인해 둘은 그 일에 대해 언급조차 하지 않았다. 녕결은 좀 겸연쩍었는지 원래보다 더 흙빛이 된 상상의 작은 얼굴을 보고 미소 지으며 말했다.

"좋아, 좋아! 오늘 일 다 끝내면 진금기(陳錦記)에 가보자."

이 말에 상상은 마침내 웃음을 되찾으며 보자기에서 박도를 꺼내 건넸다.

녕결은 객잔 뒤편 작은 정원으로 들어가 아침 햇살을 받으며 도를 갈았다. 동작은 정교하고 강인해 보였지만 헝클어진 머리가 몸놀림에 따라 흔들거리는 모습이 다소 우스꽝스러워 보였다.

대당 제국은 온 세상의 중심이고 장안은 만국의 숭배를 받는 곳. 그 중에서도 특히 서원은 어떤 의미에서 대당 제국의 중심이기도 하고 만민들의 숭배를 받기에도 충분했다. 심지어 암암리에 황실의 영향력을 넘어선다는 평가까지 받고 있었다.

하지만 녕결은 대당 제국의 황실이 왜 이런 곳을 허가했는지 깨닫지 못했다.

'인간의 머리 위는 하나의 하늘이고 하늘 위의 태양도 하나인데, 한 제국에 어떻게 두 가지 목소리가 있을 수 있을까.'

녕결은 여전히 그 이유를 몰랐지만 오늘 하루 동안 겪은 체험은 적어도 대당 제국에서 서원의 숭고한 위상과 서원에 대한 조정의 존경심, 심지어 경외심까지 느끼게 하고도 남았다.

간단한 수험표 하나를 받기 위해 조정 6부 관아 중 3개 관아의 날인을 받아야 했다. 낭중(郎中) 이상의 관원만이 이 일에 관여할 수 있었기 때문이다. 군부(軍部), 이부(吏部), 예부(禮部)에서 이날 녕결이 만난 5품 이상의 고위 관원의 숫자는 그가 지난 16년간 만난 수보다도 더 많았다. 군적이 민적으로 전환되지 않았다면 그는 심지어 호부(戶部)도 들러야 했을 것이다.

'남진을 공격하는 것도 이렇게 번거롭지는 않을 거야…….'

제국의 관아는 엄격한 계층 구분이 있는 곳이고 녕결은 그저 배경 없는 변성의 군사일 뿐. 녕결은 자신이 수많은 경멸과 냉대를 당할 것이라고 생각했다. 그런데 웬일인지 관원들은 그의 이름을 보고 그저 가볍게 손을 흔들었을 뿐이었다. 마사양 장군이 경고했던 비난과 냉대 같은 것은 없었다.

'공주가 사람을 보냈나 보군.'

보통 사람이라면 대단히 감격해야 마땅한 일. 하지만 녕결은 그렇게 생각하지 않았다. 이미 전하가 약속한 일 아닌가. 비록 모닥불 옆에서 사사로이 이야기한 것이지만. 또 비록 그때의 전하가 진짜 공주 전하 같지는 않았지만 말이다.

예부에서 마지막 도장을 받았을 때 해는 이미 서쪽으로 기울고 있었다. 다행히 마지막 수험표 발급 책임을 맡은 관아는 예부에서 그리 멀지 않았다. 이미 그곳 문밖에서는 증서를 받은 젊은이 두세 명이 작은 목소리로 대화를 나누고 있었다.

"객잔에 오래 머무는 것도 좋지 않을 것 같아요. 동창들과 친해질 기회가 없잖아요."
"미리 서원에 가보는 것도 괜찮을 것 같은데요? 사형(師兄) 사저(師姐)들과 친해질 수도 있잖아요"

"서원이 싸지는 않죠. 장안성에서 가장 좋은 객잔 독채보다도 비싸요. 태조 황제 시절이 좋았는데…… 그때 서원은 숙식이 모두 무료였으니."
"이런 작은 돈을 아낄 필요가 있나요? 내가 보기에는 하루라도 일찍 서원에 들어가는 것이 좋을 것 같아요. 환경에 좀 더 익숙해지면 입학시험에 통과할 확률도 높고. 그나저나 군부가 이번에 정신이 나갔는지, 70명이나 추천하다니……."

녕결은 안으로 들어가려다 잠시 발걸음을 멈추고 그 젊은이를 보며 급히 물었다.

"저기 아까 말씀하신 거…… 이제 서원이 숙식을 공짜로 제공해 주지 않는다는 건가요?"

세 사람은 백치를 보듯 녕결을 바라보았다.

'그것도 모르는데 서원 입학시험을 본다고?'

녕결은 그들의 눈빛에 못마땅해 하며 바로 관아의 커다란 대문으로 들어갔고 그 문을 다시 나왔을 때는 이미 세 명의 젊은이가 보이지 않았다. 대신 그를 기다린 것은 상상. 그녀는 대흑산을 얼굴 가까이 하여 석양을 가리며 자신의 방법이 제법 괜찮다고 기뻐하는 중이었다. 그러다가 녕결의 모습을 보고 긴장하며 물었다.

"왜 표정이 그래요? 서원에 시녀를 데리고 들어가지 못한다나요? 안에 있는 대인들에게 말했어요? 제가 서원 일을 도울 수 있어요. 살 곳만 있으면 되는데……."
"그런 문제가 아니야……."

녕결의 목소리가 떨리고 있었다.

"서원이 숙식을 제공하지 않는다네…… 쉬운 말로 하면, 내가 합격하면 한 달에 30냥씩은 내야 된다는 뜻이야."

"30냥?"

상상은 무심결에 목소리가 높아졌다.

"그럼 서원에 뭐 하러 들어가요?"

그녀는 순간 자신의 이 말이 아무 소용이 없다는 것을 깨달았지만 미간을 잔뜩 찌푸린 채 말했다.

"도련님. 지금까지 우리가 은자 76냥 4푼을 모았는데, 오늘 길에 공주를 따라오면서 동전 하나도 쓰지 않았어요. 마차를 팔아 받은 돈과 마사양 장군의 후원금, 마지막에 받은 노름빚까지 다 합쳐도 200냥이 채 안 돼요. 장안에 와서는 이틀 묵고, 다섯 끼를 먹었고……."

녕결은 어린 시녀의 잔소리를 들으며 불안한 듯 말했다.

"서원 시험이 한 달 후에야 있는데, 그럼 우리가 한 달은 더 객잔에 묵어야 하는데 그 비용도 넣어야……."

이때 상상이 자신의 얼굴을 볼 수 있었다면 얼마나 놀랐을까. 왜냐하면 숯 검댕이 같은 얼굴이 충격과 공포로 새하얗게 변했기 때문이다.

어제와 비슷한 시간에 장안성에 또 봄비가 내렸다. 빗방울은 검은 대흑산의 두꺼운 천 위로 떨어졌다. 대흑산은 몇 사람도 비바람을 막아줄 만큼 크고 넓었지만 왠지 대흑산 아래 서 있는 녕결과 상상은 마치 자신들이 흠뻑 젖어 곧 얼음 조각이 될 것처럼 춥다고 생각했다.

"어디 가서 비 좀 피하자."

녕결은 목이 이미 잠겨 있었지만 황급히 말을 덧붙였다.

"주작대로는 가지 말고."

두 사람은 길가의 푸른 나무를 따라 목적 없이 걸어서 장안 북성의 외딴 골목, 한 저택 처마 밑에 섰다. 비는 피했고 대흑산은 접었지만 두 사람은 눈앞에 내리는 빗줄기와 물보라를 보며 한참 동안 말을 잇지 못했다.

"명색이 대당 제국이……."

녕결의 말투에 자신감이나 자부심 같은 것은 없었다.

"뜻밖에 교육으로 돈을 번다니…… 정말 부끄러운 일이야. 숙식 제공을 안 해주더라도 조금 싸게 해주면 안 되나? 그리고 내가 공주 전하를 구했다는 사실을 알아야지. 그냥 사람 하나 보내 말 좀 건네면 되는 건가? 최소한 은자 팔백 냥 정도는 하사해야 하는 거 아니야? 인색하기는!"

상상은 국가 정책이나 귀인의 도량보다 구체적인 일에 더 관심이 있는 듯 이미 손가락셈을 하고 있었다.

"한 달 넘게 객잔에 묵으면 안 돼요. 도련님이 서원 시험을 보겠다고 고집을 피우시면 어떻게 해도 안 될 것 같아요. 지금은 어떻게 돈을 아끼느냐보다 돈을 어떻게 벌 것인지 고민해야 해요."

"어떻게 번다…… 그것이 문제로구나……."

'사냥은 안 된다. 값이 문제가 아니라 장안 근처에 사냥할 곳이 없다. 장안 주변의 산림은 황제의 영지이니, 그 산의 사냥감도 황제의 것이다.'

"자수는 안 돼요. 그날 밤 길가의 노점을 자세히 봤는데, 장안성 사람들의 자수 솜씨는 저보다 훨씬 훌륭해요."

"장안성 주변에는 마적도 산적도 없어. 위성에서 마적을 죽이고 돈을 빼앗을 때 내 몫을 좀 챙겼어야 하는데 그때는 내가 너무 순진해서……."

"제가 그때 너무 많이 죽였다고 했잖아요. 도련님만 초원으로 나가면 그들이 금은 재산을 모두 챙겨 줄행랑을 쳤는데 도대체 어떻게 돈을 빼앗을 수가 있었겠어요?"

"나이가 너무 어려 경험이 없었어……."

녕결은 난감한 듯 눈썹을 치켜세우며 물었다.

"패거리에 들어가는 게 어떨까? 소흑자의 인맥을 통해 들어간 후, 열흘 이내에 상위층에 올라가 검은 돈을 버는 거지."

"서원은 품행도 검증한다고 들었어요."

'항상 어수룩하고 나태해 보이다가 갑자기 기억력을 보여줄 필요가 없을 때에만 영리하고 지혜로운 천재처럼 변한다니까…….'

녕결은 피식 웃음을 흘렸다.

"그럼 어쩌라고? 돈도 벌어야 하고, 서원도 모르게 하려면 자객이 되어야겠네! 문제는 자객단이 어디 있느냐는 것인데 길거리에서 물어볼까? '죄송한데, 대당 제국 최고의 자객단이 어디 있나요' 라고 물어봐?"

상상은 녕결이 부끄러운 나머지 화를 내는 것에 전혀 개의치 않고 진지하게 말했다.

"도련님, 창피한 것 알아요. 하지만 지금 우리는 진지하게 돈 벌 궁리를 해야 해요. 아니면 그냥 위성으로 돌아가요."

녕결은 이를 악물고 대꾸했다.

"출세하지 못하면 죽어도 안 돌아간다고 했어."

민산에서든 위성에서든 초원에서든, 아무리 힘들고 어려운 상황에 닥쳐도 둘은 버틸 수 있었다. 그런데 어이없게도 세상에서 가장 풍요로운 장안에 와서 오히려 생존이 큰 문제로 다가왔다. 상상은 그의 턱을 보며 오랫동안 망설이다 겨우 용기를 내어 말했다.

"사실 방법이 하나 있는데…… 도련님이 하고 싶어 하실지……."

녕결은 순간 상상의 얼굴이 너무 예뻐 보여 부드러운 표정을 지었다.

"지금 당장 돈을 벌 수 있다면 못할 일이 뭐가 있겠어."
"그럼 도련님의…… 글씨를 팔아요."

녕결의 표정이 굳었다.

"상상, 너 갑자기 못생겨졌다."
"네?"

녕결은 훈계하듯 말했다.

"글씨를 판다고? 그건 서예라고 하는 거야, 서예!
예(藝)라는 것은…… 에구, 말을 말자. 서생이 어떻게 자신의 작품을 팔아? 내가 몸을 팔지언정 서예를 팔지는 못하지!"

상상의 분노가 드디어 터졌다.

"도련님이 언제부터 서생이었다고! 도련님은 서생이 아니라 장작꾼이에요! 죽이는 것보다 글씨를 더 잘 쓰는데 정작 살인으로 돈 벌 생각은 하면서, 왜 글씨로는 돈을 못 번다는 거예요?"

녕결은 기가 죽어 조용히 말했다.

"말했잖아…… 글씨가 아니라 서예라고……."

그는 고개를 숙인 채 비에 젖은 장화를 보며 대흑산 끝에서 떨어지는 빗물로 보이지 않는 글씨를 썼다. 그리고 다시 한 번 자신의 어린 시녀에게 졌다는 것을 인정했다. 빗물로 쓴 멋진 글씨는 다음과 같았다.

'가난은 무섭지 않으나, 집에 있는 사나운 시녀가 무섭다.'

녕결은 마음을 정한 듯 상상을 바라보았다.

"단 조건이 있어."
"무슨 조건이요?"
"길가 노점에서 팔아선 안 돼. 점포는 있어야 해."
"점포는 비싸요."
"비싸야지. 내 글씨를 비싸게 팔 거니까…… 아니면 체면이 안 서."
"네, 네, 네…… 모두 도련님 말씀대로 하세요."

어린 시녀에게 완패해 투항하기로 결정한 후에도 녕결은 여전히 힘겨운 전투를 벌이고 있었다. 약간의 복지? 또는 마지막 체면? 어쨌든 지금의 당면 과제는 적당한 점포를 찾는 것이었다.

**

점포를 객잔처럼 찾을 수는 없는 일. 두 사람은 거간꾼을 찾아 나섰다. 거간꾼은 마치 군대를 지휘하듯 지도를 하나 꺼내서 비어 있는 가게 몇 군데와 가격을 제시했다. 설명을 다 들은 두 사람은 상상의 강력한 요구에 따라, 북성의 황성 근처와 각부 관아 근처를 제외했다. 또 부유한 서성과 깨끗한 남성을 피해 지저분하기로 유명한 동성 일대를 택했다.

장안성은 매우 넓었지만 그 인구는 더 많았다. 그래서 점포의 임대료는 천정부지. 땅값이 가장 싼 동성도 목이 좋은 점포는 결코 싸지 않았다. 하지만 그들이 가진 것이라고는 채 200냥도 안 되는 은자. 이틀 동안이나 거간꾼을 따라다녔지만 만족할 만한 결과를 얻지 못한 건 당연한 일이었다.

사흘째 되는 날 드디어 희소식이 들려왔다.

피곤함에 찌든 거간꾼이 흥분하며 녕결에게 뛰어와 동성 47번 골목에 양도하는 작은 서화점(書畫店)이 있다고 알려주었다. 서화점인 만큼 점포 안에는 종이와 붓, 먹 등이 모두 다 갖추어져 있다는 말도 빼먹지 않았다. 월세 15냥, 권리금 50냥은 별도. 심지어 계약 기간도 아직 1년 반이나 더 남아 있다는 것이다. 모든 조건이 녕결에게…… 정확히는 상상의 요구에 잘 맞아 떨어졌다.

녕결과 상상은 서로의 눈에 비친 놀라움과 기쁨을 알아차렸다. 가격도 비싸지 않았고 지도에서 볼 때 위치도 괜찮았다. 하지만 백문이 불여일견. 생존과 관련된 일이었기에 그들은 당장 승낙하지 않고 서화점을 방문한 후에 결정하겠다고 말했다.

양도할 주인이나 임대를 내는 주인도 없었다. 거간꾼이 열쇠로 빗바랜 나무문을 열었다. 세 사람은 차례로 들어갔다.

작은 점포. 사방의 흰 벽에는 몇 폭의 족자가 걸려 있고, 동쪽 벽 목재 선반에는 붓과 먹, 종이, 벼루 등이 놓여 있었다. 가장 만족스러운 것은 그 구조였다. 길가로 난 앞쪽은 점포지만 그 뒤쪽은 살림집이었다. 집의 작은 마당에는 우물도 하나 있었다. 두 사람은 다시 한 번 가격을 생각하며 만족한 미소를 지었다.

"이 서화들은 필요가 없으니 양도금을 더 깎죠. 붓, 먹, 종이, 벼루도 맘에 드는 것은 아니지만 아직 쓸 만하니 고물로 생각해서 받을게요. 단 이것들은 당신이 우리에게 준 걸로 해요."

상상은 작은 얼굴을 들어 녕결을 바라봤다. 그 얼굴에 칭찬과 미소가 가득했고, 속으로 도련님이 많이 발전했다고 생각했다. 거간꾼도 고개를 돌려 녕결을 바라봤다. 그 얼굴은 당장이라도 울 것 같았고 속으로 최근 며칠 동안 이미 이 인간들이 치사한 줄은 알았지만 이렇게까지 인색한지는 몰랐다고 생각했다.

'난 그냥 관리인일 뿐이고, 너희들 원수도 아닌데 날 괴롭히는 게 무슨 의미냐!'

어쨌든 흥정은 끝났다. 상상은 보자기에서 은자 상자를 꺼내 한참 동안 몇 번씩 세어보고서야 약정된 은전을 건넸다. 양측이 문서에 서명하는 순간, 동성 47번 골목에 위치한 이 작은 서화점은 정식으로 녕결의 것이 되었다.

거간꾼이 떠난 후 상상은 유쾌하게 웃으면서 집 뒤편 우물에서 물을 길어 청소를 시작했다. 어디선가 수건을 찾아 걸레질도 했다.

작은 서화점에는 먼지가 물에 젖으면서 피어오르는 냄새가 진동했고, 상상은 연신 힘겹게 물통을 옮기며 쪼그려 앉은 채 청소를 했다. 가끔씩 팔을 들어 이마를 훔쳤지만 사실 이마에는 땀 한 방울 나지 않았다.

녕결은 여느 때처럼 이런 일들에 전혀 신경 쓰지 않았다.

의자를 문 옆에 두고 앉았다. 어렴풋한 황성 거리 한 귀퉁이를 보고 또 고요한 47번 골목 양쪽의 회화나무 그늘을 보면서 생각했다.

'꽤 조용한 게 문(文)의 기운이 있군.'

녕결은 새로 인수한 서화점 거리가 썩 마음에 들었다.

"이 도련님 손이 근질근질하네!"

바쁜 상상도 기분이 매우 좋은 듯 시원하게 소리쳤다.

"저녁 먹고 해요!"
"좋아!"

간단하게 저녁을 먹은 상상은 반질반질하게 닦은 긴 책상에 종이 두루마리를 폈다. 그 옆에 먹과 돌벼루를 꺼내 벼루에 물을 부었다. 상상은 소매를 걷어 먹을 잡고 벼루에 천천히 동그라미를 그리며 갈기 시작했다. 얼마 되지 않아 곧 먹물이 진해지기 시작했다. 녕결은 이미 옆에서 붓을 잡고 조용히 기다리고 있었다.

좋지 않은 먹이 갈리면 은은한 묵향(墨香)이 아니라 고약한 묵취(墨臭)가 퍼진다. 붓걸이에 걸린 붓도 썩 좋아 보이지는 않았다. 하지만 녕결은 개의치 않고 기대 가득한 웃음으로 허리 뒤에 둔 왼손 손가락을 계속 비벼대고 있었다.

손이 정말 근질근질한 것처럼 보였다. 그 손은 돈을 훔치려는 것도 미녀의 엉덩이를 때리려는 것도 아니고, 단지 글자를 쓰고 싶은 것이다. 녕결은 글자 쓰는 것을 정말 좋아했다. 옆에 종이, 먹, 벼루가 없어도 나뭇가지 혹은 빗물이 떨어지는 대흑산으로 진흙 혹은 푸른 돌바닥 위에 글자를 썼다. 16년 동안 붓끝에서 나온 자유분방한 즐거움이 명상과 함께 그의 삶에서 가장 중요한 것임은 분명해 보였다.

붉은 붓이 먹물에 들어가 정신이 충만해질 때까지 먹물을 빨아 먹고, 녕결은 어깨를 나란히 하여 서서 앞의 종이를 바라보았다. 마치 칼집에서 칼을 꺼내는 것처럼 붓을 벼루에서 꺼내 들고 칼날이 날카롭게 뼛속으로 박히는 것처럼 붓을 종이에 대고 손목을 가볍게 움직이니 비로소 한 획이 나타났다.

짙은 눈썹을 가진 사내의 치켜 올린 눈썹 꼬리 같은 한 획.

첫 획 후에 그의 필세(筆勢)가 느려지더니 부드럽게 이어졌다. 글자를 쓰는 것은 이미 몇 년 동안에 걸쳐 그의 골수와 혈맥에 깊이 새겨져 있었다. 특별한 계획 없이도 그저 마음 가는 대로 행동하기만 하면 바로 자유롭게 종이에 써낼 수 있었다. 붓 끝이 점차 왼쪽으로 향했고 소박하면서도 자유로운 기운이 솟아났다.

그가 장안에서 처음 쓴 글자는 총 열여섯 자.

> "산고수장, 만상천만. 비유노필, 청장가궁.
> (山高水長, 萬象千萬, 非有老筆, 清壯可窮.)"
> '산은 높고 물은 길어, 천만 가지 형상들. 늙은이의 필력이 아니니, 맑고 장대함이 가히 궁극에 이르렀구나.'

이태백(李太白)의 〈상양대첩(上陽臺帖)〉이었다.

> '좋은 붓, 좋은 종이, 좋은 벼루 그리고 좋은 밤. 아름다운 시녀가 곁에 있고 맑은 차가 앞에 있다. 탁자 옆에는 향이 있고 창밖에는 명월(明月)이 있고, 소매를 걷고 글자를 마음 가는 대로 쓴다.
> 그 마음에 따라 가볍게 손가락을 튕겨 비검을 날려 천리 밖에 있는 대장군의 목을 벤다.'

이것이 녕결이 바라는 이상적인 모습이었다.

'47번 골목 허름한 점포에서 보내는 첫날 밤. 비록 붓, 종이, 벼루 모두 값싼 물건이고 여전히 달이 없어 밤이 적막하고 호젓했지만, 맑은 차 대신 물만 있고 맑은 향 대신 묵취만 가득하지만 비록 시녀는 너무 까맣고 작고 못생겼지만, 비록 지금의 수행이라는 것이 개똥만도 못한 것이라고 생각하지만…….'

지금이 자신의 이상에 매우 가까워졌다고 생각했다. 이렇게 현실에서도 붓끝이 마음 가는 대로 종이 위에서 춤을 출 수 있을 때 그는 여전히 행복했다. 심지어 지금 그는 글씨를 팔자고 한 상상의 제안이 천재적이었다고 생각하기에 이르렀다.

위성이 가난한 성은 아니었지만 그렇다고 풍요롭다고 할 수도 없었다. 또 군부가 제공하는 물자에 필묵지연(筆墨紙硯)이 있을 리 없었기에 위성에서 글씨를 쓰기 위해 드는 돈은 만만치 않았다. 하지만 지금은 상품(上品)은 아니지만 필묵지연이 있고 심지어 글자를 써서 돈을 벌 수도 있지 않은가. 그러니 상상이 잔소리를 할 일도 없다. 녕결에게 세상에서 이보다 더 즐거운 일이 어디 있겠는가.

고통스러운 시간은 하루가 한 해 같지만 행복한 시간은 흐르는 물과 같다.

그가 고개를 들고 시큰거리는 손목과 어깨를 주무르며 휴식을 취하려고 했을 때, 문밖에서는 이미 아침 햇살이 내려오며 먼발치에서 물을 따르며 장사를 준비하는 상인들의 시끄러운 소리가 들려오고 있었다.

* *

밤새 쓴 종이 두루마리가 가득 쌓였다. 처음에 정서를 가다듬기 위해 쓴 두 폭은 초서를 썼고 그 외에는 모두 정자로 썼다. 상상이 보기에도 제법 잘 팔릴 것 같은 글씨였지만 표구가 되어 있지 않아 아직은 제각각의 먹이 묻은 종이 두루마리로 보일 뿐이었다. 여러 해 동안 만 권 가량의 글씨를 써온 녕결은 자신의 글씨에 대해 매우 자신감이 있었다.

다만 그는 가장 자신 있고 마음에 드는 글씨를 지금 이 순간은 쓸 도리가 없었다. 왜냐하면 사람들이 영화(永和) 9년(중국 동진 시대, 기원 후 353년)이 언제냐, 회계산(會稽山, 중국 저장성에 위치한 산)이 어디냐고 물었을 때 어찌 대답해야 할지 몰랐기 때문이다. 그래서 그는 세상의 경전들을 베끼는 데 만족할 수밖에 없었다. 그래도 이 글씨들이 표구가 되어 벽에 걸리기만 하면 혜안(慧眼)을 가진 이들이 소문을 듣고 달려올 것이라 확신하고 있었다.

"아이고, 이틀이면 문턱이 닳아 없어질지 모르니 미리미리 수리를 해 놓아야겠어."

녕결이 득의양양하게 말을 했지만 아무런 대꾸도 들려오지 않았다. 이상하게 여긴 그가 고개를 돌려 보니, 어린 시녀는 어느새 방구석에서 무릎을 껴안고 잠이 들어 있었다.

"장안에서 소문난 국수 두 그릇 좀 사오라고 시키려 했더니만……."

그는 달게 자는 상상을 보고 고개를 저었다. 겉옷 하나를 가져와 그녀의 몸에 덮어줬다. 조용히 문을 밀고 나가 부드러운 아침 햇살 아래 맛있는 냄새와 장사꾼의 소리가 이끄는 대로 걸음을 옮겼다. 아니나 다를까 맛있어 보이는 산라면 국수가 삶아지고 있었다.

"아저씨, 한 그릇에 얼마예요? 우리 가게가 바로 저기니 이웃인데, 좀 싸게 안 될까요?"
"저쪽 서화점 말인가? 그동안 문이 열리지 않았었는데……."
"맞아요, 바로 그 가게예요. 제가 이번에 인수했어요."
"점포 이름은 무엇인가?"

"이름은 생각했는데 아직 현판을 못 만들었어요."

"이름이 뭐냐고?"

"노필재(老筆齋)!"

산라면 두 그릇을 사기 위해 이름을 급히 정했다는 것이 어찌 보면 황당했다. 상상은 이 일로 몇 년 동안이나 도련님에게 잔소리를 했다. 하지만 어쨌거나 주인 겸 서예가 한 명, 시녀 겸 잡일꾼 한 명이 꾸려가는 괴상한 이름의 서예 작품 전문점이 드디어 47번 골목에 등장했다.

**

글씨를 표구점에 보낸 후 이틀이나 기다려서 받은 날 장안성에는 다시 비가 오기 시작했고, 괴상한 이름을 가진 가게 문이 소리도 없이 홀연히 열렸다.

"봄비는 기름처럼 귀하다지. 좋은 징조야! 차향이 사람을 취하게 하고 또 묵향도 사람을 취하게 하고……."

푸른 적삼에 값싼 자사호(紫沙壺) 찻주전자를 들고 있는 녕결. 다만 소년 서생의 앳된 얼굴은 우스꽝스러운 모습이었고, 어른스러운 말투는 근엄하기보다 귀여워 보였다.

"하하하!"

문턱 너머 처마 밑에서 비를 피하던 사람이 마침 녕결의 목소리를 듣고 무심결에 녕결을 쳐다보고는 참지 못하고 웃음을 터트렸다.

녕결과 비교되게 단정한 푸른 적삼 차림을 하고 멋들어지게 검을 메고 있는 중년 남자. 그는 수려한 미간과 소탈한 기품을 뿜어내고 있었다. 그가 웃음을 터트리는 순간 내리던 빗줄기마저 빛을 발하는 듯했다.

녕결은 그제서야 밖에 사람이 있다는 것을 발견했다. 그는 자신이 방금 한 말에 민망해하며 헛기침을 했다. 그리고 고개를 돌려 거리를 바라보면서 아무 일도 없었던 것처럼 행동했다.

중년 남자는 비를 피하는 동안 무료했던가, 몸을 돌려 가게로 발걸음을 향했다. 가게 안 벽을 따라 둘러보며 제법 놀라는 눈치였지만 표구된 글씨를 살 생각은 없어 보였다. 노필재가 문을 연 이래 첫 손님이라 큰 의미가 있었지만 서생이라면 언제나 서생의 체면을 잊지 말아야 하는 법. 녕결은 먼저 입을 열지 않았다.

중년 남자는 가게를 한 바퀴 둘러보고는 녕결을 향해 서서 얼굴에 미소를 띠면서 말했다.

"어린 주인장……."

녕결이 말을 잘랐다.

"어려 보인다고 함부로 어린 주인장이라 부르지 말고 그냥 주인장이라 불러주시지요. 제가 객(客)이 검을 차고 있는 것을 봤다고 해서 검객이라 부르지 않듯이."

"좋네. 어린 주인장!"

그는 호칭을 바꾸지 않고 웃으며 말했다.

"왜 석 달 동안이나 비어 있던 이 가게를 임차했는지 궁금하네만."

"조용하고 주위 환경도 좋고 앞은 점포고 뒤는 살림집이니…… 안 얻을 이유가 있나요?"

"이렇게 좋고 저렴한데도 비어 뒀던 이유가 있지 않을까. 사람들이 자네보다 멍청해서가 아니야. 호부(戶部) 청운사(淸雲司) 창고 증축 때문에 장안부(長安府) 관아에서 이 거리 점포들을 수용하고 있는 까닭이야. 그 보상이 적다는 것은 자네도 알 터, 잘못하면 자네 본전이 사라질 수도 있지. 이곳이 조용하긴 하지. 다만…… 옆 가게들이 문을 열지 않아 그렇다는 생각은 안 해봤나?"

녕결은 저도 모르게 미간을 찌푸리며 되물었다.

"그걸 어떻게 알았죠?"
"이 골목 점포들이 모두 내 것이니까."

노필재의 첫 손님이 집세 받는 상점 주인이라니. 아무래도 좋은 징조는 아닌 듯했다. 게다가 예상 못한 내부 속사정을 듣게 되었지만 녕결은 기분 나빠 하지 않았다.

'골목의 점포 전부를 소유했다면 부자일 테고, 대단한 배경도 가진 사람일 테지…… 이 사람과 계약했다면 걱정할 필요가 없는 것 아닌가?'

녕결은 그 남자와 이런저런 이야기를 나누었다. 심지어 남자는 떠나기 전 47번 골목의 유일한 세입자인 녕결에게 석 달치 월세를 추가로 면제해주겠다고 시원하게 약속했다. 녕결과 상상은 그것만으로도 매우 즐거워하고 있었다.

다만 그의 유일한 고민은 가게를 찾는 손님이 없다는 점.

* *

닷새째 장안성에 비가 내리고 있었다. 사람들은 자연히 외출을 꺼렸다. 가게 앞에는 하루에 행인 두세 명, 참새 두세 마리 뿐. 장사가 될 리가 없었다. 첫날 녕결이 말한 '봄비는 기름처럼 귀하다'는 말은 이미 '봄비는 오줌처럼 흔하다'로 변해 있었다.

점심 무렵, 드디어 한 일행이 가게 문턱을 넘었다. 배 나온 부자 상인 하나와 수행원 둘. 하지만 몇 마디를 나눠 보니 그저 비를 피해 들어온 한가한 사람일 뿐. 녕결은 일어서지도 않고 한 손에 싸구려 찻주전자를 들고 빗줄기만 바라보고 있었다. 부유해 보이는 상인은 크게 개의치 않고 마치 자신의 안목이 대단한 것처럼 보이려는 양, 뒷짐을 지고 벽에 걸린 글씨를 자세히 바라보았다.

의외로 녕결이 알지 못했던 것은 배 나온 부자 상인이 오랜 시간 장안에 거주했기에 실제로 어깨 너머 배운 안목이 그리 나쁘지 않았다는 점. 그는 벽을 물끄러미 바라보다 옆에 있는 수행원으로 보이는 자에게 말했다.

"이 허름한 가게와 어울리지 않게 괜찮은 글씨가 몇 점 있어."

칭찬이었지만 다소 경박해 보이는 말투. 녕결은 그 말에 공감하지 않고 여전히 의자에 앉아 무관심한 척했지만 실제로는 귀를 곧추 세워 부자의 다음 말을 기다렸다.

"젊은이, 이 가게 글씨들은 누가 쓴 건가?"
"제가 썼어요."
"쯔쯧…… 안타까워. 몇 폭의 작품이 괜찮기는 한데 어린 나이에 너무 대가인 척하며 노련함을 표현하려 했구만…… 됐네. 사실 비를 피하려 들렀지만, 오늘 자네 운이 좋은지 알게. 셋째야, 이 작품을 내리거라. 내가 사련다."

녕결은 순간 몸을 돌리며 물었다.

"얼마에 사실 건가요?"

"이 글씨가 노점에 걸려 있었다면 500문(文) 정도였겠지만 점포 임대료나 자네의 미래를 봐서 은자 두 냥에 사겠네."

"꺼져주실래요?"

부자는 안색이 돌변하며 화를 냈다.

"네 이 어린놈이 호의도 모르고!"

"난 당신이 '나이가 어린데 대가 흉내를 냈다'라는 말을 했을 때 이미 꺼지라는 말을 준비하고 있었어. 다만 당신이 값을 어떻게 매길지 궁금했을 뿐. 만약 당신이 값을 높게 치렀다면 내가 당한 모욕도 가치가 있었을지 모르겠지만, 지금 당신이 말한 가격은 그에 한참 못 미치지. 그러니까 꺼져!"

부자 상인은 얼굴을 붉히면서 씩씩거리며 소매를 걷어붙이고 나가버렸다.

채소를 씻고 있던 상상이 문으로 달려오며 빗속으로 사라지는 그들의 뒷모습을 보면서 안타까움을 감추지 못했다. 그녀는 작은 몸을 돌려 의자에 유유히 앉아 있는 넝결을 보며 화를 냈다.

"도련님, 은 두 냥이면 충분해요!"

먹 두 개, 종이 석 장. 노필재 개업 이후 수일 동안의 수입은 그게 전부. 상상은 짜증이 났다. 하지만 넝결은 개의치 않는다는 듯이 오후에는 아예 가게 문을 닫아버렸다. 그리고 어린 시녀의 마음을 달래고자 그녀를 데리고 그 유명한 진금기 지분 가게를 한 바퀴 둘러본 후 담박서점이라는 곳에서 책 몇 권을 샀다.

상상의 기분을 풀어주기 위한 넝결의 행동은 효과가 확실했다. 손에 진금기의 지분함을 든 상상의 얼굴에는 어둡고 검은 피부색도 가리지 못하는 즐거움만 가득했다. 그 모습에 넝결도 기분이 덩달아 좋아졌다.

오른손으로는 대흑산을 들고 왼손은 우산 밖으로 뻗어 떨어지는 빗물의 감촉을 느끼며, 두 사람은 마치 작은 참새 두 마리처럼 뛰면서 47번 골목으로 돌아왔다.

빗물이 손바닥에 떨어지면 톡톡.

장화가 빗물을 걸을 때마다 탁탁.

**

그때 대흑산이 살짝 흔들리더니 점포로부터 석 장 남짓 떨어진 곳에서 멈추었다. 빗물에 검게 그을린 것처럼 보이는 점포 맞은편 회색 담벼락, 그 아래 힘없이 앉아 있는 사람. 검은 피부에 피를 너무 많이 흘린 듯, 검붉은 멍이 든 것처럼 보이는 얼굴. 대흑산 손잡이를 잡은 녕결이 멈칫했다.

'둥!'

큰북이 울리는 듯한 소리. 녕결이 청석판을 박차고 오르자 주위로 물보라가 일었다. 동시에 그는 몸 안의 모든 힘을 허리에 모아 튕겨나가듯이 회색 담벼락을 향해 돌진했다. 이미 피투성이가 된 검은 얼굴의 사내는 힘겹게 입술을 오므리며 웃은 후 단호하게 고개를 저었다. 복부에는 처참한 상처가 나 있었고 찢어진 검은 옷 사이로 피가 솟아 나오고 있었다. 이미 뼈는 으스러진 것 같았으며, 붉은 피와 하얀 뼈 사이로 파열된 내장도 보였다.

녕결은 사내의 상처를 보자마자 그의 결심과 단호함을 이해했다. 녕결은 느릿느릿 다가갔다. 대흑산을 쥔 손은 심하게 떨렸다. 하지만 최대한 떨림을 진정시키며 조용히 뒤로 물러나 먼발치에서 회색담을 주시했다.

'다다다다다……'

이윽고 소란스럽게 들려오는 발자국 소리. 그 소리는 거리를 가득 메웠다.

"첩자가 도망쳤다! 수색 중이니 길을 비켜라!"

다급한 발소리와 날카로운 외침. 비를 뚫고 골목 안으로 달려온 수십 명의 대당 제국 우림군(羽林軍, 고대 금위군의 별칭, 새처럼 빠르고 숲처럼 많다 하여 붙여진 이름)은 담장 밑에 앉아 있는 탁이를 둘러싸면서 사방을 삼엄하게 경계했다. 부대를 이끄는 장교는 탁이의 상태를 보고 안도의 한숨을 내쉬었다. 더 이상 도망칠 수가 없다고 여긴 것이다.

봄비가 갈수록 거세지고 있었다. 빗물은 회색 담장을 더욱더 검게 물들이며 벽면을 타고 개울물처럼 흘러 벽을 붉게 물들였던 탁이의 핏물을 빠르게 씻어냈다.

**

우림군은 47번 골목에 계엄령을 선포했지만 사방에서 구경하려는 사람들이 몰려들었다. 모두들 차가운 비에 옷이 흠뻑 젖었지만 담 아래 검붉은 사내의 얼굴을 보며 무슨 일이 일어났는지 저마다 추측하고 있었다. 군중 사이에 대흑산을 쓰고 빗속에 앉아 있는 탁이를 바라보는 녕결. 그의 표정은 진지했다.

그는 어느 때보다 집중해서 그곳을 바라보았다. 마치 그 얼굴을 영원히 머릿속에 새기려는 듯.

'7년 전 민산에서 널 처음 만났을 때도 얼굴이 검었지.
넌 왜 이렇게 까맣지? 그을린 가마솥 밑바닥보다 까맣고,
상상보다도 까맣고…….'

눈을 감은 탁이는 그렇게 영원히 우림군 군사들의 손에 의해 47번 골목

을 떠났다. 구경하던 사람들도 흩어지고, 녕결과 상상도 대흑산에 의지하며 가게로 돌아왔다. 표시는 나지 않았지만, 상상이 보기에 녕결은 넋이 나간 사람 같았다.

"저녁에 국수 먹자."
"네."

상상은 빛과 같은 속도로 재빨리 대답하고는 손에 든 책과 지분함마저 던져버리고 바로 뒤채로 달려갔다. 달걀부침이 세 개나 들어간 국수. 녕결은 순식간에 한 그릇을 비웠고, 심지어 젓가락을 놓으며 상상에게 시답잖은 농담을 던지기도 했다. 그러나 녕결의 그 웃음소리는 왠지 모르게 목이 메인 것처럼 들렸다.

밤이 깊어가고 인적도 끊기고 비도 그치고. 녕결은 가게를 나가 주위를 이리저리 살핀 다음, 느린 발걸음으로 맞은편 회색 담장 앞으로 가 쪼그리고 앉았다. 그는 천천히 손을 내밀어 벽을 쓰다듬었지만 싸늘하게 식어버린 담벼락에 그놈의 체온은 이미 사라지고 없었다.

'그놈이 치명상을 입고도 여기 온 이유…… 나에게 뭘 말하려고 했지? 이 차가운 빗속에서 얼마나 기다린 거야? 도대체 무슨 생각을 한 거지?'

순간 녕결은 멈칫했다. 녕결의 가늘고 긴 손가락이 어딘가 머물렀다. 한 벽돌 모서리에 희미한 혈흔과 함께 조그마한 흔적이 있었다. 손가락으로 만지지 않으면 알기 힘든 육안만으로는 절대 발견할 수 없을 것 같은 아주 조그맣고 희미한 흔적.

그 벽돌 틈새에 기름 먹인 종이가 끼워져 있었다.

가게로 돌아온 녕결은 기름종이 몇 장을 상상에게 건네며 잘 보관해 달라고 당부했다. 그리고 다른 날과 다르게 직접 물을 끓여 발을 씻고 습기 찬 차가운 이불 속으로 파고들었다.

"7년 전 내가 그와 함께 한 날이라고 해봐야 기껏 열흘 남짓.
그 뒤로 그는 스승을 따라갔지. 넌 아마 기억도 못 할 거야……
그놈은 스승에게 아무것도 못 배웠다고 했고 얼마 전까지도
군부의 첩자 노릇을 했으니 잘 지냈으리라고 볼 수는 없지."

녕결은 잠시 말을 멈추었다가 다시 입을 열었다.

"그동안 서신만 주고받다가 7년 만에 다시 만났으니, 우리 사이에
깊은 감정의 만남이 있다는 건 말도 되지 않을 수 있어.
어쩌면…… 나와 그놈의 관계는…… 서로가 서로를 이용한다고
말하는 게 더 어울릴지 몰라. 더 정확히 말하자면…… 난 그놈을
이용해 하후와 관련된 정보를 얻고 있었는지도 몰라."

녕결은 머릿속이 어지러웠다.

"그런데 그놈이 그냥 이렇게 죽어버리면서 일이 복잡해졌어.
그놈 마을 전체가 살육의 현장이 되었다는 사실을 알고 있는
사람은 이제 나 혼자뿐. 그러면 그것도 내 몫이 되어 버린 것
아닌가? 아, 지금…… 나 자신에게도 골치 아픈 일들이 많은데,
그 일까지 내가……."

옆에서 상상은 아무 말도 하지 않았다. 녕결이 지금 말하는 것은 대화가 필요해서가 아니라 단지 자신의 감정을 털어놓는 것. 또는 자기 자신을 설득하는 과정이 필요했기 때문이었다. 상상은 이를 너무 잘 알고 있었다. 그래서 듣고만 있었고 그리고…… 잠이 들었다.

녕결은 오랫동안 잠들지 못했다. 결국 다시 눈을 뜨고 뒷마당 정원 우물가에서 칼을 갈았다. 다시 가게로 들어와 등불을 희미하게 밝히고 아무렇게나 폐지를 뜯어 대낮에 요란하게 쏟아 붓던 봄비처럼 몇 줄의 글을 썼다.

'돌이켜 생각하니 그 망극함이 더욱 심하여, 그리움에 사무쳐 불러보아도 꺾이고 부서진 마음 가슴이 찢어집니다. 이 고통이 어찌 다하리오. 때맞춰 오지 못하였음에 애통함만 깊어지니, 목이 메어 어찌 말로 하리오.'

녕결이 쓴 글은 왕희지의 〈상란첩(喪亂帖)〉이었다. 글을 다 쓰고 난 녕결이 머리를 조아리는 동안 상상이 일어났다. 홑옷을 걸친 그녀는 녕결의 옆에 서서 의아한 눈빛으로 글씨를 바라보았다.

"이것은 한 선인의 글씨를 모사한 것에 지나지 않아."

상상은 고개를 끄덕였다. 하지만 녕결이 보니 역시 자신의 말을 이해하지 못하는 것 같았다. 그래서 더 이상 해석을 해주지 않고, 그저 묵묵히 글자들을 열 번 이상 모사했다. 녕결은 마침내 오늘에서야, 가슴이 찢어지는 고통과 목이 메어 말을 하지 못할 슬픔이 어떤 것인지 알게 된 것 같았다.

★★

날이 밝았고, 비가 그쳤다. 봄비에 씻긴 햇빛이 유난히 밝고 아름답게 47번 골목을 비추었고, 마치 모든 건물의 처마와 어두운 회색 담을 아름답게 수놓고 있는 듯했다.

노필재 문은 다시 열렸다. 녕결은 의자에 앉아 책을 읽고 있었다. 그는 책을 읽으면서 그 내용 때문에 가끔씩 미간을 찌푸리거나 또 가끔씩 웃음을 터트렸다. 그럴 때마다 찻주전자를 기울여 차를 한 모금씩 마셨다.

책 사이에 기름이 흠뻑 젖은 종이 한 장이 끼워져 있었다. 그리고 영원히 비에 젖지 않을 글씨가 기름종이에 선명하게 남아 있었다.

탁이가 죽기 전 마지막으로 벽돌에 쑤셔 넣은 종이. 고위층 사람 몇 명의 이름과 행적, 취미 같은 정보들이 기록되어 있었다. 녕결은 이 내용이 탁이의 죽음과 관계가 있는지는 몰랐다. 하지만 적어도 이 순간 탁이의 죽음을 가치 있게 하기 위해서 무엇을 해야 할지는 알고 있었다.

기름종이에 적힌 첫 번째 이름은 장이기(張貽琦). 그는 어사대(御史臺)의 시어사(侍御史)로서 관원들의 감찰과 탄핵 등을 담당하고 있었다. 장이기는 당시 감찰어사였고 선위 장군 임광원 반역 사건의 보조 심리를 담당했다. 그리고 어사대 주부(主簿)로 승진했을 때에는 연국(燕國) 국경 변경 마을 살육 사건을 조사한 관리 중의 한 사람이기도 했다.

13년 관직 생활. 정8품에서 종6품 하(下)까지. 관운이 좋다고 할 수는 없었지만 녕결은 이런 것에 관심이 없었다.

그의 관심은 두 사건에서 그가 맡은 역할. 하후 장군이 선위 장군 임광원을 누명 씌워 죽일 때, 그리고 변경 마을 살육 사건의 책임에서 빠져나올 때 이 사람은 분명히 어떤 역할을 했다.

'그렇다면 너는 죽어야지.'

어사는 관직 품급이 아주 높지는 않지만 그 권력은 강했다. 종6품 시어사는 제국 관료 체계에서 사실상 중요한 인물 중 하나였다. 그래서 그가 출입하는 곳은 경비가 삼엄했고, 관아뿐 아니라 저택에도 호위들이 많았다. 글씨를 파는 가난한 소년이 대당 제국의 도성 장안에서 어사를 죽인다는 것은 말도 안 되는 짓이었다. 그것은 허상을 넘어 영웅의 서사 같은 것이었다.

그러나 녕결은 어떻게 해야 상대방을 죽일 수 있을지 그 방법을 고민한 적이 없었다. 그가 생각하기에 사람을 죽이는 것은 세상에서 가장 간단한 일이었다.

그의 생애는 모살(謀殺)로부터 시작되었고, 이후 민산과 만족의 초원에서도 계속되었다. 최근 북산도 입구 전투에서도 그의 칼은 쉬지 않았다. 그의 칼과 화살이 얼마나 많은 짐승과 인간을 쓰러뜨렸는지는 알 수 없을 정도였다. 그 수를 헤아려 무엇 하겠는가.

그의 관심사는 오로지 하나.

'어떻게 사람들 시선을 피해 장이기를 죽일까.'

죽이는 것과 도망치는 것은 별개의 문제.

* *

막강한 당 제국의 관아. 장안성의 깊이를 헤아릴 수 없는 강자들을 생각한다면, 장이기를 죽이는 것과 동시에 자기 삶의 결말도 죽음뿐이라는 것을 잘 알고 있었다.

기름종이에 적힌 장이기에 대한 자료는 부실했다. 정확히 말하자면 하나의 정보를 제외하고는 녕결의 계획에 별 쓸모가 없었다.

'장이기는 성격이 정직하고 굳세다. 하지만 실제로는 몰래 여색을 밝히고 암암리에 기방을 드나들기 좋아한다.'

문제는 탁이가 군부의 하급 첩자였기에 장이기가 드나드는 기방의 위치까지 찾아내지는 못했다는 점이었다.

"장안성에 기방이 그렇게나 많다는데, 그놈은 주로 어디를 다닐까?"

녕결은 한숨을 쉬면서 고민에 빠졌다.

그렇다고 상대방을 미행하며 찾아내는 서툰 방법을 쓸 수도 없을 터. 어사대나 시어사 장이기도 이런 얕은 수에 대응할 방법은 강구해 놓았을 것이다.

그는 턱을 괴고 한참 동안 길가를 바라보았다. 비가 그친 뒤 유난히 맑은 해를 넋 놓고 바라보다가 갑자기 벌떡 자리에서 일어났다.

'장작을 패는 것과 다를 바 없잖아? 마적들이 어디에 있는지 알아내려면 또 그들이 마음씨 좋게 지도를 제공할 리 없다면, 결국 내가 할 수 있는 일은 직접 초원에 들어가는 것. 나무껍질에서 마모된 흔적, 들풀에 마른 똥, 타다 남은 모닥불의 재를 보는 방법뿐.'

녕결은 안쪽에 대고 큰 소리로 외쳤다.

"장안성 구경 좀 하고 올게."

문밖으로 향하는 녕결의 뒷모습을 보며 상상이 재빨리 따라와 걱정스러운 표정으로 물었다.

"어디 가요? 따라갈까요?"
"네가 따라오면 안 되는 곳이야."

햇빛이 내리쬐는 장안의 거리. 녕결은 봄비에 씻겨 내린 피를 애써 잊었다. 그는 객지 타향에서 장안으로 유학 온 소년 서생으로 변신해 있었다. 그는 담박서점에 가서 다 본 책 몇 권을 반납한 후 곧장 어사대와 장씨 저택 사이를 쉴 새 없이 돌아다녔다.

다음 날 그는 버드나무 그늘 아래 노점 옆 사람들 틈에 서서 어사대인이 어사대를 나와 자신의 집으로 돌아가는 것을 지켜보고 있었다. 그 옆을 지키는 호위들, 골목에 삼엄한 치안군, 수시로 지나다니는 우림군 기병을 보고 이 거리에서 사람을 죽이는 무모한 방법을 택할 수는 없다고 확신했다. 낮 동안 별다른 소득이 없었다.

**

저녁 무렵 장씨 저택 대문이 활짝 열리고, 어사 대인이 누군가에게 정식 연회 초대를 받은 듯 저택을 나섰다. 그는 정실부인과 첩들의 시중을 받으면서 거만한 배를 내밀고 골목을 나섰다. 근처 찻집에서 차를 마시던 녕결은 드디어 작은 기회 하나를 포착했다. 녕결의 표정은 담담하기만 했다.

'정실부인을 제외하고는 첩들이 모두 풍만하네.'

어사 대인의 가마는 웅장한 친왕부로 향했고, 녕결은 근처 번화한 곳으로 걸어가 기색을 숨겼다. 그는 어느새 방금 장안에 들어온 돈 많고 촌스러운 어린 서생의 행색으로 바꾸어 근처 한 남자에게 물었다.

"형씨, 장안에서 어느 기루의 처녀가 풍만한 것으로 유명한가요?"

남자는 몇 마디 말로 녕결을 놀린 후 장안의 몇몇 기방들을 소개해줬다. 하지만 서원 입학시험 문제보다 더 복잡한 이름들을 들으며 녕결은 쓴웃음과 함께 다시 물었다.

"그럼 가장 비싼 곳이 어딘가요? 주위 환경도 번잡스럽지 않고."

사내는 시답잖다는 듯이 녕결을 훑어보고는 마지못해 대꾸했다. 녕결은 유명한 기방 몇 곳의 주소를 얻어 장안 거리를 헤맸다. 가는 곳마다 외관과 주위 환경을 본 후 아니다 싶은 곳은 고개를 젓고 다른 곳으로 발걸음을 향했다. 녕결이 발길을 돌린 기방은 신중하고 조심스러운 시어사 장이기가 올 만한 곳이 아니었기 때문이다. 네 번째 기방에 도착했을 때, 자신의 이런 방법이 바보 같아도 너무 바보 같다는 생각이 들었다.

'어떤 기방이라 한들 환경이 아름답고 조용할 것은 분명한 일이고

또 어떤 기방에나 풍만한 간판 기생 하나는 있지 않겠어?'
'딸랑 딸랑 딸랑…….'

네 번째 기방 입구에서 한참을 머무르다 발걸음을 돌리려는 순간 뒤에서 방울 소리가 들려오면서 그의 주의를 끌었다. 그리고 이어진 밝은 웃음소리가 거리에 울려 퍼지면서 많은 사람들의 시선을 끌어 모았다. 아직 장사를 시작도 하지 않은 기방 난간에 기녀들이 모여 있었다. 녕결은 그 모습이 마치 돈이 없어 돌아가는 앳된 얼굴을 가진 자신을 놀리는 것처럼 느껴졌다.

"진짜 참을 수 없게 만드는구먼."

그는 소매 속 전낭을 어림하면서 난간에 기대어 깔깔거리고 웃는 기녀들을 바라보았다. 녕결은 기녀들의 웃음소리에도 기죽지 않고 기방 안으로 들어섰다.

'기방에 들어가는 것은 장이기의 행적을 조사하기 위한 것이며
탁이의 원수를 갚기 위한 것이다. 연국 변경에서 참혹하게
학살당한 마을 사람들의 억울함을 밝히기 위한 것이고,
장군 집안에서 비참하게 죽은 사람들을 위해 정의를 찾아 주기
위한 것이다!'

녕결은 이런 생각을 하며 기방으로 들어섰다. 그리고 그 핑계에 마음마저 허우적거리고 있었다. 심장이 떨려왔다. 그래서 그런지 안으로 들어오고 나서야 건물 밖에 걸려 있는 간판조차 제대로 못 봤다는 생각이 들었다. 하지만 사실 이 기방은 간판이 없었다.

하녀의 안내에 따라 작은 뜰을 지나 불이 환히 밝혀진 건물 안으로 들어섰다. 녕결은 건물안 대청을 훑어보며 평온한 얼굴이었지만 사실 마음속으로는 경악하고 있었다. 기방은 처음이었지만, 이 기방은 그가 상

상했던 것과 너무 달랐기 때문이다.

시끄러운 밖과 달리 안쪽은 너무 조용했다. 현악기 소리는 음탕하기보다는 청아했고 대청 중앙 붉은색 담요가 깔린 무대 위에서 가는 허리의 여자 몇이 거문고를 연주하고 있었다. 그리고 그녀들은 무대 주위로 삼삼오오 모여 앉은 손님들에게 호감을 표시하거나 유혹하는 눈길을 보내기는커녕 그저 수려하고 부드러운 얼굴로 연주에 몰두하고 있었다.

하녀가 다가와 그에게 무엇이 필요한지 물었다. 하녀의 태도는 공손하기 그지없었다. 녕결은 상상 몰래 가져온 은자가 여기서는 크게 필요없겠다고 생각하면서 술 한 상을 시켰다.

청주 한 주전자와 꽈즈(해바라기씨) 두 접시, 달달한 월병 네 접시를 시켰다. 차가운 수건과 뜨거운 수건이 하나씩 나왔다.

꽈즈를 담은 작은 접시조차 매우 정교한 칠기였다. 검은 칠 사이에 붉은 매화가 그를 아름답게 유혹하고 있었다.

한 상에 무려 은자 넉 냥. 하지만 녕결은 그리 억울하지 않았다. 이렇게 사치스러운 장식과 공손한 대접이 변성에서 오랫동안 고생을 하며 살아온 이에게는 경험해 보지 못한 즐거움이었기 때문이다.

술을 두 잔 마시고, 견과를 몇 알 먹고 나니 악기 연주가 춤으로 바뀌었다. 가벼운 옷으로 감싸인 가녀린 몸의 무녀가 음악 소리에 맞추어 뛰고 돌았다. 손을 들면 하얀 피부가 보이고 발을 내디디면 매끈한 각선미가 드러나며, 조용한 분위기가 어느새 맛을 내기 시작했다.

손님 탁자에는 기녀들이 앉아 있었다. 술에 취하고 음악에 취해 분위기가 무르익으면서 손님과 기녀들의 거리가 점차 가까워졌다. 대화 또한 점점 농염해지고 사내들의 넓은 소매 속 손은 부드러운 살결을 찾아 갈 곳을 잃고 기녀들의 몸 근처를 맴돌았다. 하지만 기방의 규칙이 엄격한 탓인지 못 볼 꼴은 드러나지 않았다.

녕결은 기방 분위기와 너무 어울리지 않았다. 곁에 기녀도 부르지 않고 홀로 앉아 있으니 어색할 수밖에.

위층 난간에서 여자들의 웃음소리가 다시 들리고 손님들의 품에 안긴 기녀들도 가끔씩 재미난 눈빛으로 그를 힐끔힐끔 바라보며 어색함을 더해주었다.

“하하하하하!”

젊은 공자 하나가 녕결을 보고 크게 웃었다. 그는 녕결이 돈이 부족하다고 생각하지는 않았고 단지 부끄러워한다고만 생각해서 품에 안긴 기녀에게 녕결을 초대하라고 일렀다.

당인들은 성품이 대범하고 시끌벅적한 것을 좋아했기에 우연히 만난 사람을 술자리에 초대하는 경우가 그렇게 드물지는 않았다. 젊은 공자는 기분이 아주 좋아 보였고 녕결을 보자 옆에 있는 하녀에게 조용히 말했다.

“아가씨 둘을 불러 이 어린 아우를 잘 모시라고 해. 나이도 고향도 상관없고 재미있고 눈치 빠른 아가씨로 부탁해.”

녕결은 순간 이 말뜻을 알아채고 연신 손을 흔들며 사양했다.

“괜찮아. 하하하.”

젊은 공자는 크게 웃었는데 웃음이 다소 천박했다.

“어린 아우, 내 추측으로 자네 아직…… 총각이지?”

녕결은 어색한 듯 미간을 찌푸렸고, 평소 눈에 띄지 않던 주근깨가 꿈틀대는 뺨 위에서 뚜렷이 보이기 시작했다.

“내가 설마 지금 당신한테 ‘형님, 정말 안목이 있으시네’라고 외쳐야 하나?”

하녀는 연신 웃으며 녕결을 달래놓고는 재빨리 기녀를 부르러 갔다. 하지만 젊은 공자는 그리 밝지 않은 녕결의 표정을 보고 제 마음대로 추측하며 말했다.

"아우는 나이 많은 능숙한 여자는 싫고 오직 예쁘고 어린 아가씨만 좋아하나?"

녕결은 이 질문에 한동안 멍하니 앉아 있다가 마침내 결심한 듯 부드럽게 웃으며 대답했다.

"솔직히 말하자면…… 전 저와 나이가 비슷한 게 좋아요."
"그래, 그거야. 그게 남자의 본색이지. 그렇게 당당해야 해. 그래야 자네의 몸과 마음의 속박을 내려놓게 되는 거지."

젊은 공자가 흡족한 듯 녕결을 칭찬한 후 눈썹을 살짝 들어 올리며 이어 말했다.

"아직 어린 소년인데 자네와 같은 나이라면 이런 세상에는 '입문' 정도인데…… 어린 아우가 이런 '담담한 우물물'을 좋아하는지는 생각지도 못했어. 자, 우리 서로 인사나 나누세. 난 저유현이야."

녕결은 자신의 이름을 댈 생각이 없었다. 저유현의 태도가 눈에 거슬렸기 때문이다. '어리다'는 말에 욱해서 자신이 살아온 풍파를 읊으려고 하는 순간 어린 시녀 하나가 계단에서 황급히 내려오며 그들 곁으로 걸어와 맑은 목소리로 말했다.

"어린 공자님, 간 대가(簡大家)께서 모시라 합니다."

마음씨 좋은 젊은 공자 저유현의 후원으로 녕결이 마침내 새로운 시대를 맞이하려는 순간, 어린 시녀가 와서 방해를 했다.

'남자 주인공들이 의기양양하게 기방을 돌아볼 때 항상 이런저런 뜻밖의 사건에 부딪치곤 했지…… 기방에 불이 나거나 싸움이 나거나 질투를 받거나 사나운 부인이 나타나거나…….'

녕결은 긴장이 되었지만 한편으로는 실망을 금치 못했다. 그래서 자신을 만나자고 한 간 대가가 누구인지 생각도 하고 있지 않았다. 그런데 근처에서 술을 마시던 손님 몇몇은 간 대가라는 이름을 듣고 깜짝 놀라는 표정을 지으며 그를 부러워하고, 심지어 질투하는 눈초리로 그를 바라보기도 했다. 녕결 앞에 있던 젊은 공자도 잠시 어리둥절한 표정을 지었다. 그러다가 이내 질투하는 눈빛을 담아 녕결의 어깨를 툭툭 치며 크게 웃었다.

"자네, 운이 정말 좋구만!"
"오! 그런 거야?"

녕결은 정신을 차리고 자신을 바라보는 사람들의 시선과 표정을 바라보았다. 그제야 간 대가라는 사람에 대한 호기심이 강렬하게 일었다. 그 호기심에는 당연하게도 한없이 아름다운 상상이 짙게 배어 있었다.

계단을 올라 복도를 걸었다. 곧 아름다운 명기가 주렴 뒤에서 나와서 자신을 기다리는 모습을 볼 수 있을 것 같았다. 녕결은 두근거리는 가슴을 애써 진정시켰고 마침내 어린 시녀가 홍문(紅門)을 열고 주렴을 들어 올렸을 때, 자신이 그런 부인을 보게 될 줄은 정말 상상도 못 했었다.

간 대가는 남자가 아니라 여자였던 것이다. 녕결로서는 뜻밖이었다.

시녀가 왜 간 대가라고 불렀는지 알게 되었다. 나이가 지긋하고 눈가의 잔주름이 뚜렷한 부인. 하지만 완벽하게 유지된 몸매. 풍만한 가슴과 가는 허리는 얇은 옷에 감추어져 있었지만, 이마는 마치 초원에 튀어나온 언덕처럼 넓게 드러나 있었다. 미간은 좁았지만 부드러웠다. 오똑

한 코 아래 두꺼운 입술. 흉하다고 할 정도는 아니지만 그렇다고 출중한 얼굴과 몸매는 아니었다. 중요한 것은 결코 명기라고 부를 수 없을 미모였다.

나이가 비슷한 예쁜 소녀, 나이가 조금 많아도 소녀 같은 아가씨, 서른이 넘었다 하더라도 아름다운 여인…. 이 모두 각자의 특별한 매력이 있었다. 하지만 녕결이 만난 간 대가는 이 어느 부류에도 속하지 않았다.

마흔이 넘은 기품 있고 차분한 중년 부인. 녕결은 한참 부인을 바라보다 마침내 예의에 어긋난 듯한 자신의 표정을 깨달은 후, 웃음을 가득 담아 예를 올렸다.

"간 대가, 무슨 일로 저를 부르셨는지요?"
"자네는 어느 집안 공자인가?"

녕결은 숨기지 않고 자신의 내력을 소개했다.

"올해 군부 추천 인원이 많다고는 하지만, 그래도 서원의 첫 심사를 통과했다니 아무래도 재주는 있겠지."

간 대가는 그를 다시 한 번 힐끔 보고서 칭찬했다.

"그래도 변성에서 왔으면 내가 누군지 모를 텐데 첫 만남부터 이렇게 침착한 걸 보면, 자네의 심성 또한 여간 차분하지 않은가 보군."

녕결은 공손하게 대답했다.

이어서 시녀가 자랑하듯 부인에 대해 간단히 소개를 했는데 그제야 녕결은 아래층 사람들이 간 대가의 이름을 듣고 보인 반응을 이해하게 되었다.

30여 년 전 남진(南晋)의 새 군주가 즉위할 때, 홍수초라는 가무단이 가장 많은 박수를 받은 후에 그녀는 점차 세상에 그 이름을 알리기 시작했다. 그로부터 3년 후, 대당 황제는 홍수초 안에 대당 아가씨들이 많다는 이유로 특별히 자필 편지를 써서 홍수초를 대당으로 옮기라고 청했다. 물론 당국에 저항할 여력이 없는 남진은 응할 수밖에 없었다.

그 뒤로 홍수초는 줄곧 장안에 머물렀지만 근 20여 년 동안 대당의 황실에서만 춤을 추고 노래할 뿐 다른 나라의 축전에는 참여하지 않아 사실상 민간에서는 거의 잊힌 것처럼 보였다. 하지만 그들은 여전히 세상에서 가장 뛰어난 가무단이었으며, 그들이 머무는 이 기방이 비록 이름은 없지만 아직도 천하제일 기방인 사실은 그 누구도 인정하지 않을 수가 없었다.

남진 사절단이든 월륜국에서 조공을 바치러 온 관원이든, 초원의 만족(蠻族) 왕자든 간에 장안에 오기만 하면 이 이름 없는 기루에 와서 노래 몇 곡을 듣고 춤을 보곤 했다. 심지어 연국 태자가 7년 전 장안에 인질로 잡혀온 후로 홍수초를 의지해 가장 견디기 힘든 첫 2년을 보냈다는 설도 있었다.

간 대가는 천하의 명기는 아니었다. 하지만 홍수초 가무단의 대표로서 그녀는 수많은 천하의 명기들을 양성했다.

"자네는 어린 나이에 서원에 들어가면 장래가 창창한데,
굳이 저런 썩어빠진 서생의 풍류를 본받으려 할 필요가 있는가?
누가 기방에 출입하지 않으면 명사(名士)가 될 수 없다 하던가?"

간 대가는 줄곧 미소 지은 얼굴로 말했지만, 그 미소는 마치 칼로 새겨놓은 듯 느껴졌다. 순간 녕결은 대가의 미묘한 기분 변화를 감지했다. 아직도 그녀가 자신을 부른 이유는 몰랐지만, 자신이 서원 입학시험을 치를 것이라는 소식을 들은 후 부인의 목소리가 좀 더 날카로워졌다. 적의는 아니었지만, 마치 어른이 후학에게 따끔히 충고하는 듯한 모습이었다. 녕결은 최대한 공손하게 예를 올린 후 자초지종을 설명했다. 하지만 간 대가는 아랑곳하지 않고 자신의 이야기를 이어갔다.

"난 월륜국 사람이지만 장안에서 20년 넘게 살았으니 당연히 자네 같은 당국 남자들을 잘 아네. 듣기 좋게 말하자면 호방한 것이고, 나쁘게 말하자면 너무 과하게 친절한 척하며 체면을 차리지."

간 대가는 소년의 어리고 생기 넘치는 얼굴을 보며, 마치 오래 전 검은 나귀를 타고 거만하게 장안성에 들어왔던 푸른 적삼을 입은 어린 서생을 보는 듯했다.

"방금 그 젊은 공자가 누군지 아나? 그는 동성 7대 부자 가운데 한 가문의 어르신이 가장 아끼는 외아들 저유현이야. 그의 호주머니에는 아무리 낭비해도 없어지지 않는 은자와 전표가 있지. 그러니 저렇게 우리 기방에서 대범하게 놀 수 있지만 자네는? 당인 남자들의 성격을 볼 때 다른 이의 호의를 받으면 다음에는 그 호의를 갚으려 하겠지. 자네가 아무리 주머니 사정이 곤란해도, 다음에 그를 만나면 책을 팔아서라도 대접을 할 것 아닌가. 내 말이 틀리나?"

녕결은 침묵으로 답변을 대신했다. 대신 저유현이라는 젊은 공자의 이름은 머릿속에 새겼다. 간 대가는 웬일인지 그 모습에 더욱 화가 난 듯, 손목에 찬 나무 팔찌를 풀어 침상 위로 던졌다. 그녀는 폭풍처럼 질문을 연발하기 시작했다.

"자네는 아직 몸도 마음도 다 키우지 않았는데, 여기가 어디라고 들어왔나?"
"……?"
"가난한 놈이 화류를 즐기려 하다니…… 서원의 숙박비는 마련했나?"
"……."

"서원 입학시험 준비는 다 했나? 기출 문제집은 샀는가? 몇 권이나 샀나?!"

명기를 품으려다 매우 도덕적이고 엄격한 명기 엄마 같은 사람을 만나고, 게다가 그녀에게 호되게 꾸짖음을 당하고…… 녕결은 아무리 생각해도 자신이 비참했다.

'간 대가, 당신이 아무리 권세 있고 지위가 높은 사람들과 왕래한다고 해도, 당신이 내 엄마도 아닌데 무슨 자격으로 날 처음 보자마자 훈계하는 거지?'

그러나 간 대가는 권세로 사람을 억압하지 않았고, 마치 간절하게 가르치고 진심으로 꾸짖는 어른 같았기에 녕결은 정말 부끄러워 한 마디도 반박하지 못했다. 녕결은 간 대가의 질문이 끝나자, 더듬더듬 웅얼거리듯 조심스럽게 대답했다.

"처음 장안에 와서…… 호기심에 건물 밖을 보다…… 안에 누이들이 절 놀리는 것 같아서…… 순간 마음이 동해…… 저도 모르게 들어왔어요."

간 대가는 순간 멍한 표정을 짓더니 몸을 돌려 옆에 있는 어린 시녀에게 냉랭하게 훈계했다.

"폐하께서 공주 전하가 돌아와서 연회를 열기로 하셨다 말하지 않았어? 이게 얼마나 큰일인데 저 인간들이…… 며칠 쉬게 하고 춤 연습만 시켰더니 온몸이 근질거려 못 참겠다는 건가? 이제 소년 서생까지 꾀려고 하다니!"

어린 시녀는 연신 눈을 감고 대답만 할 뿐 감히 어떤 반박도 하지 못했다.

간 대가는 겨우 화를 억누른 후 곁눈으로 살짝 녕결을 쳐다봤다. 그리고 저도 모르게 속으로 웃었다.

조금 전 자신이 무의식적으로 대청을 봤을 때 이 소년의 몸에서 그놈의 냄새가 나는 것 같았다. 죽은 그놈의 냄새. 간 대가는 결국 참지 못하고 그를 불렀고, 또 무슨 이유 때문인지 모르지만 화를 냈다. 더 웃긴 것은 이 소년도 대들지 않고 순순하게도 간 대가의 꾸중을 고스란히 맞았다는 것이다. 마침내 그녀는 웃음을 참지 못하고 손을 내저으며 입을 열었다.

"궁금하다고? 안내해 줄 테니 한 바퀴 둘러보거라.
다 둘러보고 나면 서둘러 집에 가거라."

간 대가가 엄마처럼 굴었지만, 그녀가 먼저 이런 제안을 한 이상 녕결은 거절할 이유가 없었다. 그는 여전히 탁이의 흔적을 찾으려는 진짜 목적을 잊지 않고 있었기 때문이다. 그리고 자신이 장안 최고의 기방을 귀빈처럼 구경할 수 있다는 것에 매우 만족하고 있었다.

시녀가 안내하는 대로 서쪽 계단을 내려가니 건물 뒤편에 평평하게 깎아진 잔디밭이 펼쳐졌다. 자갈길을 걸어 하얀 담장을 지나니 개울물이 별빛 아래 흐르고 있고, 냇가 양쪽으로 여러 정원이 흩어져 자리하고 있었다. 곳곳에서 현악기 소리와 함께 은은한 노랫소리가 들려오는 것이 아마 곧 있을 황실 연회를 준비하는 듯 보였다.

예상치 못한 꾸중을 들은 어린 시녀는 마치 명소를 구경하는 듯한 녕결을 보고 표정이 더욱 일그러지며 조롱하듯 입을 열었다.

"오늘따라 간 대가께서 어떻게 된 것인지 공자 같은 궁상맞게
생긴 사람에게도 이렇게 잘 해주시네요. 공자는 서생인데도
완곡한 거절도 모르고 파렴치하게 기방을 구경하다니……
얼굴이 진짜 철면피네요."

이왕 염치없다는 말을 들은 녕결은 더욱 뻔뻔스럽게 대꾸했다.

"저 씨 공자가 한 턱 낸다고 하는데 내가 흥을 깰 수는 없지. 남자들 사이의 이런 일은 복잡한 듯하지만 사실 간단하지."

"남자는 무슨…… 남자아이면서…… 술도 사주고 돈도 대주고 그 사람이 공자와 친척도 아니고 친구도 아닌데, 배알도 없이 덜컥 받아들이다니……."

아이라는 말에 녕결은 벌컥 성을 냈다. 그리고 자신을 아이 취급하던 공주를 떠올렸다.

'나이 어린 시녀들은 다들 왜 이러는 거야? 참나!'

녕결은 그때 상황이 떠올라 자신도 모르게 헛웃음을 흘렸다.

"웃음이 나와요?"

녕결은 두 손을 벌려 자신이 어떤 나쁜 마음도 없다는 것을 나타냈다. 시녀와 더 이상 입씨름 하는 것도 귀찮았다. 중요한 것은 자신의 목적이었다. 녕결은 이미 목적을 이뤘다고 생각했다.

'이곳이 그렇게 고관대작들 사이에서 높은 위치를 차지하고 있다는 거지? 여기가 틀림없어. 자, 그러면 이제 이 어린 시녀를 통해 어떻게 정보를 알아내야 하나…….'

멍청한 척하거나 천진난만한 척하는 것은 모두 적합하지 않았다. 그래서 그는 변성에서 벌어지는 잡담과 흥미로운 이야기들을 풀어놓기 시작했다. 거친 모래 바람을 간직한 이 이야기들은 온종일 지분(脂粉) 향에 파묻혀 사는 어린 시녀에게 매력적일 것이라고 믿었기 때문이다.

녕결은 이 시녀와 같은 사람을 대하는 데에는 자신이 있었다. 수년 동안 그의 곁에 웃음기 없는 냉랭한 어린 시녀 상상이 있었기 때문이다. 상상과 얼마나 많은 이야기를 나누었던가.

'상상까지 내가 감당하는데, 너쯤이야…….'

물론 혼자만의 착각일 수도 있지만. 하지만 아니나 다를까, 시냇가에서 몇 걸음 못 가 어린 시녀의 눈가에 웃음기와 함께 흥분이 나타나기 시작했다. 녕결은 의미심장한 표정으로 하지만 자연스럽게 질문을 중간 중간 던지기 시작했다.

"왜 가무단이 기녀들 일도 해야 하지?"
"난 몰라요."
"그렇다면 뒤채에 있는 아름다운 아가씨 중 가장 인기 있는 사람은 누구지?"
"……."

시녀는 그냥 말없이 따르기만 했다.

"말하기 싫어? 그렇다면 하나만 더 물을게. 가장 높은 관직에 있는 귀인을 모시는 아가씨는 누구지?"

대당 제국에서 아름다운 아가씨는 그 아름다움이 무기이다. 홍수초 출신 명기는 평생 쓸 돈을 모을 수 있고 마지막에는 고관대작의 첩이 될 확률이 높으니 누가 마다하겠는가.

간 대가가 홍수초를 처음 만들었을 때는 말 그대로 가무단이었다. 하지만 남자 위주의 세상에서 살아남으려 하다 보니, 또 각국의 왕족 귀족과 황실의 압력을 견디기가 쉽지 않았기에……. 결국 그녀도 현실에 굴복하여 눈높이를 맞추기 시작했다. 그렇게 이 이름 없는 기방이 탄생하게 된 것이다.

시냇가 나무는 꽃을 활짝 피우고, 졸졸 흐르는 시냇물 물결 사이로 별빛이 무수히 부서지고 있었다. 하얀 담장 뒤의 세상은 이렇게 깨끗하고 아름다워 보이는 것을…….

녕결은 마치 시인처럼 뒷짐을 지고 걸었다.

'어린 소년이여, 번뇌하지 마라.'

녕결은 머릿속에 떠돌던 감정과 고뇌를 냇물에 내던졌다. 간혹 돌길 사이로 만나는 아름다운 아가씨를 보면 몸을 살짝 숙여 양보해주기도 했다. 녕결의 그 모습은 제법 운치가 있어 보였다. 열대여섯 살 소년 서생이 차분한 모습을 흉내 내는 것은 우스꽝스럽게 보일 수도 있었다. 더구나 녕결이 못생겼다면 눈꼴사납게 느껴질 수도 있었다.

그러나 다행히도 녕결의 앳된 모습은 사람들에게 귀엽게 보였다. 영준하다고까지 할 수는 없지만 충분히 어니선가 드러나는 모습은 은은히 깨끗했다. 뚜렷한 이목구비 덕에 멋스러운 분위기가 흐르기까지 했다.

길을 양보한 기녀들 몇은 그가 좀 전에 놀림을 받던 소년인 것을 확인한 후 입을 가리고 웃었지만, 이내 모두 같은 생각에 호기심이 생겼다.

'간 대가께서 사람을 시켜 기방을 구경시킨다고?
오래 살고 볼 일이네…….'

이내 녕결 주위로 아가씨들이 하나둘 모여들자 처음부터 녕결을 안내했던 어린 시녀는 마치 자신의 장난감을 언니들한테 빼앗긴 기분에 패배감에 젖었다. 그녀는 분노하여 간 대가의 위세를 빌려 소리쳤다.

"어린아이를 건드리지 마요. 이 소년은 곧 서원에 진학할
서생이에요. 그리고…… 다 흩어져요!"

"아이고, 우리 소초(小草, 어린 초씨)가 뭐가 그리 급할까? 언니들은

그냥 이 소년이 궁금해서 같이 놀고 싶을 뿐이야. 참, 서원에 들어간다고? 그럼 더 잘 봐둬야겠는걸?"

그때 뒤에서 누군가의 목소리가 들렸다. 그 목소리는 다급하게 들렸다. 주위에 있던 아가씨들이 순식간에 모두 흩어졌다.

눈부시도록 아름다운 여인 하나가 가벼운 발걸음으로 녕결에게 다가오고 있었다. 스무 살 정도 되어 보이는 여인이었다. 풍만한 몸매가 먼저 보였다. 그리고 드러난 손과 발이 옥과 같이 아름다운 여인. 너무나도 작은 얼굴. 주먹만 하다고나 할까.

자세히 살펴보니 요염하고 풍만하다기보다, 오히려 기묘하게 청순해 보였다. 마치 매끈한 옥 같은 기품을 뿜어내는 여인. 녕결은 그녀를 보자마자 눈을 동그랗게 떴다.

'저 사람이다!'

다른 아가씨들과 어린 시녀의 눈에 비친 녕결의 지금 모습은 과연 어땠을까. 첫눈에 사랑에 빠져 제대로 걷지도 못하는 둔한 거위? 뒤뚱뒤뚱 거위? 어린 시녀는 기분이 나빠졌다.

"수주아 아가씨. 간 대가께서 명한 일인데, 설마 거역하려고요?"

수주아라고 불리는 그 기녀는 홍수초에서 가장 인기가 많았다. 청초한 얼굴에 백옥 같은 피부, 게다가 풍만한 몸매로 언제나 손님들의 환영을 받았다. 물론 그런 수주아도 감히 간 대가의 명령을 거역하지는 못하는 법. 하지만 그녀는 생글생글 웃으며 앞으로 다가와 녕결의 손을 잡고 말했다.

"간 대가께서 내리신 명을 어찌 어기겠어. 다만 난 이 아이를 보기만 해도 좋네. 난 수줍은 아이의 모습을 제일 좋아하지. 자, 이 누나랑 정원에 가서 잠시 놀아도 되겠지?"

녕결은 거역할 생각조차 하지 않았다. 다른 아가씨들도 막을 생각을 하지 않을 때, 오직 그 어린 시녀만이 소리쳤다.

"간 대가께서 그를 데리고 장사하면 안 된다고 하셨어요!"
"어, 진짜?"

대답한 이는 수주아가 아닌 녕결. 그는 정말 놀라며 황급히 뒤돌아섰다.

'아…… 젠장…… 이 말이 밖으로 나가면…… 이제 난
더 이상 기방 출입을 못하는 건가……?'

어린 시녀는 득의양양하게 그를 보며 말했다.

"간 대가의 그런 명이 없었을 거라 생각하진 않은 거죠?"

녕결은 말을 할 수 없었다. 그저 자신의 앞날을 생각하자 마음속으로 눈물이 왈칵 쏟아지며 쓸쓸함과 비참함으로 가득해졌다.

'어쩐지 사서(史書)에 황제는 무섭지 않지만 성지를 전하는
태감이 제일 밉다고…….'

그래도 녕결은 모래알 같은 희망을 가졌다. 하지만 역시나…… 작은 정원에서는 더 이상 아름다운 일이 일어나지 않았다.

수주아는 침상에 앉아 시녀에게 해바라기씨를 가져오라고 했다. 그리고 어린 서생이 간 대가와 만났을 때의 상황, 또 변성에서의 생활에 대해 몇 가지 물었다. 녕결도 정신을 차리고 말을 받았다. 사실 대화는 그가 가장 자신 있어 하는 일 중의 하나. 간 대가를 상대로 또 그녀의 어린 시녀를 상대로, 그리고 장안에서 가장 인기 있는 기녀를 상대로도 전혀 기죽지 않고 마치 자기 집인 양 편하게 대화를 할 수 있었다.

목적은 정보를 알아내는 것. 수주아는 전혀 낌새를 채지 못했다. 화제는 어느덧 위성에서 장안성으로, 만족의 아가씨에서 홍수초에 드나드는 인물들로 넘어와 있었다. 그리고 어느 인물의 정실부인이 가장 질투가 많은지…….

손님의 사생활에 대한 잡담은 금기시되었지만, 사실 기녀들에게는 그런 이야기가 취미 생활 같은 것이었다. 수주아도 전혀 이상하다고 생각하지 않고 오히려 더 신나서 이야기보따리를 풀어놓았다.

녕결은 무심히 이야기를 듣는 것처럼 보였지만 사실 쫑긋하게 세운 귀로 여러 이름들을 걸러내고 있었다. 그러다가 어느 순간 해바라기씨를 든 손가락이 약간 뻣뻣해졌다.

"부인을 그렇게 무서워하는 사람은 정말 본 적이 없어.
사오 품쯤 되는 관원인데 여기 올 때마다 변장을 한다니까.
게다가 그놈은 남자 구실도 제대로 못하고 입만 번지르르해.
정말 입이 철로 만들어졌다는 어사 대인다워……."

녕결은 그 말에 순간 사레가 들어 기침을 내뱉었다.

'어린놈이 내 말뜻을 알아들었나? 어린놈이 생각보다
응큼하네…….'

수주아는 민망한 듯 그의 어깨를 툭툭 두드리면서 얼굴을 붉혔다.

"변성에서 하루 종일 뭐 한 거야? 너 같은 아이도 이런 걸 알아?"

수주아가 생각하는 변성에서의 이런 일은 아무래도 남녀 사이의 사랑 비슷한 것 같았다. 녕결은 웃으며 넘겼다. 그 후로도 농담을 하고 장난을 치다보니 수주아가 눈치를 줬다. 녕결은 창 밖으로 눈길을 돌렸다. 밤이 깊었다.

그는 일어서면서 작별을 고했다. 수주아는 잠시 생각을 하다 침대 맡의 상자에서 은괴를 하나 꺼내며 말을 건넸다.

"대단한 건 아니지만 이렇게 오랫동안 이야기를 나눴으니 그냥 넘어갈 수는 없지. 왜 그런지는 모르겠지만 난 너하고 대화하는 게 너무 좋아."

'당연하지. 손님들과 이야기할 때는 말투와 품위를 갖춰야 하지만, 나랑 대화할 때는 욕설도 내뱉을 수 있으니…… 하지만 나도 누이의 시원시원한 말투와 아름다운 얼굴 그리고…… 풍만한 몸이 좋아.'

녕결은 쉽게 누이라는 말을 떠올렸다. 그런데 풍만한 몸이라니…….

"누님을 만난 기념…… 첫 선물 정도로 생각할게요."

이 말에 수주아의 눈에 빛이 났고 천천히 다가가 그의 머리를 쓰다듬으며 말했다.

"간 대가가 왜 널 아끼는지는 모르겠지만 심심할 때 나를 보러 자주 와."

수주아는 누님이라는 호칭에 기뻐했지만 그렇다고 그를 동생으로 삼지는 않았다. 이곳이 기방이 아니라면 두 사람은 전혀 새로운 세계로 빠져들 수도 있었을 것이기에. 장안의 여자는 비록 기생이라 할지라도 스스로의 기품을 간직할 줄 알았기 때문에.

* *

47번 골목으로 돌아오니, 상상이 오후에 손님 두 명이 와서 주인장을 찾았다고 녕결에게 전했다. 하지만 녕결은 들은 체 만 체하며 상상에게 뜨거운 물을 받아 오게 하여 발을 씻고는 침대에 누웠다.

방에 불이 꺼지고 상상도 잠자리에 들고, 늘 그렇듯 녕결은 상상의 작은 발을 가슴에 품었다. 하지만 그의 머릿속은 온통 홍수초에서 보고 들은 것들로 가득차 있었다. 처음에는 장이기에 관한 일로 시작했지만, 어느덧 그의 머릿속은 수주아의 작고 불그스름한 얼굴로 채워졌다.

풍만한 몸매, 특히 마지막에 그녀의 품에 안길 때 느껴지던 부드러운 촉감과 난초 같은 향기…… 이 모든 것이 그대로 남아 있는 것 같았다. 얼굴이 화끈거렸다. 자신의 가슴에 닿은 상상의 작은 발…… 거기에 자신의 무릎이 닿은, 지금은 말랐지만 이후에는 달라질 상상의 가슴을 생각하자 더더욱 이불 속이 더워졌다.

'파다닥.'

녕결은 이불을 들치고 일어나 앉았다. 기척에 잠이 깬 상상을 쳐다보며 웃으며 말했다.

"장안이 변성보다 덥네. 이제 침대를 나눠 쓰자."

어린 상상은 눈을 비비며 어리둥절한 표정을 지었다.

"여기는 온돌이 없어서 장안이 변성보다 더 추운 것 같은데요?"

**

어사 장이기가 언제 기방에 갈 것인지 기방에 들어간 후의 동선은 어떠한지 떠나는 시간은 언제인지 등을 알아내기 위해 녕결은 어쩔 수 없이 며칠 동안 홍수초를 제 집처럼 드나들었다. 그리고 자신의 목적을 들키지 않기 위해 기방에서 대부분의 시간을 놀고먹는 데 썼다. 자연스럽게 수주아라는 그 풍만한 아가씨와 점점 더 친해졌다. 그리고 다른 아가씨들과 하인, 시녀들 또한 이 소년의 출입에 익숙해져갔다.

물론 녕결이 아가씨들과 할 수 있는 일이라곤 기껏해야 포옹 정도. 그래서 하룻밤을 보내는 비용을 지불할 필요는 없었지만 아무리 뻔뻔한 사람이라고 해도 하인들과 심부름꾼에게는 어느 정도 은자를 쥐어줘야 했다. 마침내 상상한테서 잔소리를 듣게 되었다. 모아 둔 은자가 며칠 사이에 많이 줄었다는 것이다. 상상은 녕결이 홍수초에 드나드는 것을 따져들었다.

"단골손님이 되어야 나중에 그곳에서 무슨 일이 일어나도 관아가 날 의심하지 않을 거 아니야. 이 일만 끝내면 거기서 시간을 더 보낼 필요도 없고, 돈이 줄어들 일도 없어."

"도련님, 그런데 왠지 서운하신 것 같은데요?"

상상은 작은 얼굴을 들며 진지하게 제안했다.

"어사 대인이 죽자마자 그곳에 가지 않으면 오히려 더 의심을 받지 않을까요?"

생각지도 못했던 이야기였다. 녕결은 눈빛을 번쩍이며 안심이 된다는 말투로 그녀의 머리를 쓰다듬으면서 대답했다.

"네 생각이 옳아. 생각해보니 그렇네. 일이 끝난 후에도 아무 일

없었다는 듯이 시치미를 떼고 홍수초를 몇 번 더 드나드는 게 좋겠어. 은자가 얼마나 남았는지 한 번 봐봐."

상상이 가장 좋아하는 일이 상자에 들어있는 은자를 세는 것. 그녀가 기분 좋게 일어서는 순간 녕결은 그녀를 다시 불러 품에서 지분함 하나를 꺼내 상상에게 건네주었다.

"이건 기방의 수주아라는 아가씨가 준 건데, 그녀는……
마음씨가 고운 것 같아."

지분함은 녕결이 수주아에게 대놓고 요구한 것이었다. 뻔뻔하다고 생각할 수도 있지만 상상에게 선물하기 위해서 녕결은 그 뻔뻔함을 감수했다. 다만 녕결이 걱정한 것은 상상이 지분함을 기녀한테서 얻어온 것을 알고 편견을 갖지는 않을까하는 점이었다.

기우(杞憂). 상상은 버드나무 잎 같은 눈에 웃음기를 가득 담고 말했다.

"예전부터 기방 아가씨들은 얼굴 가꿀 때 자신만의 비법이 있고,
그녀들이 바르는 지분은 진금기의 지분보다 더 좋다고 들었어요."
"맘에 들어?"

상상은 양팔로 지분함을 감싸며 싱글벙글 웃는 것으로 대답을 대신했다. 그리고 빨리 뛰어가 며칠 전에 진금기에서 산 지분과 함께 상자에 담아두고, 뜨거운 물로 녕결의 발을 정성스럽게 씻겨주었다.

밤이 깊어지고 가게 밖에서는 밤을 알리는 종소리가 은은히 들려왔다. 아직 잠들지 않은 상상이 갑자기 입을 열었다.

"도련님, 저 어사 대인…… 언제쯤 기방에 갈 거예요?"

녕결은 긴 침묵 후 낮은 목소리로 대답했다.

"내일."

상상은 녕결의 안위에 대해서는 별로 걱정하지 않았다. 오히려 다른 것에 더 신경을 썼다.

"그럼 내일이면 어사 대인이 죽을 텐데 죽기 전에 이유는 설명할 거죠?"
"응. 복수는…… 상대방이 내가 무슨 원수를 갚았는지 모르면 맛이 안 나지."
"그렇죠. 알려 줘야죠."
"그런데 내가 호천의 뜻을 받아 널 죽인다? 이렇게 말할 수도 없고…… 좋은 말이 없을까?"
"시를 쓰시는 게 어때요?"
"시? 자신 없는데……."
"그럼 제가 한번 지어볼까요?"
"그래."

상상은 자신이 지은 시를 진지하게 읽었다. 녕결도 진지하게 들은 후, 다시 한참을 진지하게 고민하고서 마침내 입을 열었다.

"이 시는 나보다 잘 썼는데?"

**

어사대 시어사. 종6품. 품급은 그리 높지 않지만 황제를 가까이에서 모시면서 지닌 권력은 많은 관직으로 선망의 대상. 하지만 장이기는 한 번도 만족한 적이 없었다.

'13년 전 이미 장래가 창창한 감찰 어사였는데, 그 고생을 하고도 이 쓸모없는 시어사에 불과하다니…….'

하지만 그는 감히 원망하지는 못했다. 자신의 승진 길이 막힌 이유를 잘 알고 있었기 때문이다. 선위 장군 임광원 사건, 그리고 7년 전 연국 변경 마을 학살 사건. 그때 어사대 주부에서 시어사로 승진한 이후로는 앞으로 한 발짝도 더 나아가지 못했다.

'친왕 전하와 하후 대장군을 위해 일을 했는데 공을 인정받아야 하는 거 아닌가? 그분들은 내가 앙심을 품고 전모를 밝히는 것을 두려워하지 않는 걸까?'

잠시 이런 생각을 안 해본 것은 아니다. 하지만 2년을 고민하다 드디어 4년 전쯤에 문득 깨닫고 두려움에 몸서리친 적이 있었다. 막강한 어사대를 몰락시키고 친왕 전하와 하후 대장군이 깔아준 청운(青雲) 대로를 흔적도 없이 잘라낼 수 있는 사람. 대당 제국에서 오직 한 사람만이 그런 일을 할 수 있었다.

황제 폐하.

세상 사람들의 눈에는 지금의 대당 제국 황제가 우매하다고는 할 수 없지만 선대 황제들에 비해 보수적이고 유약해 보였다. 사실 이런 결론에 이르게 한 것은 단 하나.

'황제 폐하께서 다른 나라와의 관계에서 과거의 무례함을 벗어나 도리(道理)를 따지기 시작했다!'

물론 도리가 무엇인지는 대당 제국에 달렸고, 도리를 따지는 강도가 인질과 순한 양들의 눈에는 가식적으로 보일 뿐. 그리고 황제가 결코 보수적이거나 유약하지 않다는 것을 장이기를 포함한 절대 다수의 조정 관원들은 잘 알고 있었다.

황제는 어려서부터 문학과 서예를 좋아했고 황색 용포 아래 약간의 서생 기질을 감추어 두고 있었기에 성품이 온화했다. 그것은 달리 보면 황제의 성품을 다소 산만하게 보이도록 했다.

하지만 황제의 성은 여전히 이(李)씨. 그의 몸에는 대당 황실의 교만하고 난폭한 피가 흐르고 있어 누구라도 선을 넘는다면 진정한 천자(天子)의 분노가 무엇인지 볼 수 있었다.

선위 장군 반역 사건과 연나라 변경 마을 학살 사건. 그 어떤 증인이나 증거가 없었지만 황제는 신하들의 조사를 그리 믿지 않는 것 같았다. 물론 증인과 증거가 없어 사건의 결과를 뒤집을 수는 없었지만, 그가 의심하는 관원들은 평생 승진할 기회가 없었다.

친왕 전하는 황제가 아끼는 막내 동생이며, 하후 대장군은 황제가 인정하는 대당 장군. 이들을 황제가 잠시 포용할 수는 있지만 보잘 것 없는 어사 장이기는 아예 고려할 대상 자체가 아니었다.

이를 깨달은 장이기는 망연자실했지만 곧바로 관직 사회에서 승진할 생각을 접고 속세의 즐거움에 몰두하기로 결심했다. 집안의 사나운 정실부인을 두고도 첩을 여러 명 두었고, 시간이 날 때마다 장안성의 유명한 기방을 놀러 다녔다.

다만 그런 생활을 하더라도 그는 여전히 돈과 관직이 필요했기에, 남들에게는 조금의 약점도 잡히지 않으려고 노력했다. 어사가 기방에 다니는 것은 대수롭지 않은 일이었지만 만에 하나라도 그가 어떤 약점을 잡혀 그 사실이 황제의 귀에 들어간다면…… 그는 그런 상황을 맞닥뜨릴 수 없었다.

장이기는 기방을 도둑처럼 드나들었다. 관원 중에 가장 조심스러운 사람이라고 해도 과언이 아니었다. 바로 이 때문에 탁이가 끝내 그의 행방과 동선을 제대로 파악하지 못했고, 녕결도 며칠 동안이나 시간과 은자를 낭비한 것이다.

마차 한 대가 홍수초 대문 밖에 멈추고 평범해 보이는 부자 하나가 내려 문 안으로 들어가며 뒤를 향해 손을 흔들었다. 하인들은 이 상황이 익숙한 듯 근처 골목 밥집에 가서 기다렸다. 부자는 문을 들어서면서 길을 안내하는 심부름꾼에게 물러가라고 명했다. 그리고 홀로 대나무 담장으로 가려진 돌길을 따라 시냇가 근처 정원으로 걸어갔다.

대당 제국의 어사 대인이 홍수초의 단골손님으로 변하는 이 순간, 그의 얼굴에서는 나라와 백성을 걱정하는 기색은 사라졌다. 지금은 오직 쾌락만이 그의 뇌리를 지배했다.

홍수초 안은 작은 건물들이 여기저기 흩어져 있어서 사람들 눈에 띄지 않았다. 예약 손님만 받았기에 다른 사람들의 눈에 띌 리도 없다. 안전에 대해서는 더욱 걱정할 필요가 없었다. 홍수초가 아니더라도 장안성의 치안은 세상에서 제일이었기 때문이다.

그리고 이 기방 주인의 배후에 장안 관아가 있다는 것은 공공연한 비밀. 또 간 대가의 뒤를 봐주는 사람은 천하의 황후 마마.

장이기도 이 사실을 처음 알았을 때 적지 않게 놀랐다. 그가 가장 탄복한 것은 기방의 포주 같은 사람이 뜻밖에도 황궁 출입을 자유롭게 한다는 것. 심지어 황후가 간 대가를 자매처럼 대한다는 소문도 있었다.

하지만 장이기가 모르는 것이 있었다. 며칠 전 장안에 온 지 얼마 안 된 소년 하나가 어쩐 일인지 간 대가의 눈에 들었다는 사실. 또 그가 상상도 못한 것은 그 소년이 3층 어느 난간에 반쯤 기댄 채 웃고 있는 자신의 뒷모습을 바라보고 있다는 사실.

녕결은 치밀하게 계획을 짰고, 수주아를 연루시키지 않기 위해 오후에 홍수초를 찾아 바로 본관에 있는 시녀 소초를 만나 이야기를 나눴다. 소초는 깜짝 놀라며 부끄러움과 기쁨이 섞인 말투로 말했었다.

"길을 잘못 찾은 거 아니에요?"

장이기가 옆문으로 들어오는 순간 녕결은 그를 발견했다. 부자로 변장한 모습이었지만 며칠이나 지켜보았기에 보는 순간 녕결은 오늘의 목표물을 몰라볼 수가 없었다.

"이놈의 늙은이에게 마지막 즐거움을 누리게 해줘야겠네."

녕결은 이 말과 함께 수주아가 첫날 밤 말했던 늙은 어사의 추악한 모습을 떠올리며 몸을 으스스 떨었다.

"아니지, 늙은이가 아가씨에게 봉사할 마지막 기회인가?"

계산해 보고 시간이 거의 다 된 듯하자 그는 능숙하게 뒷 계단을 타고 내려가 건물의 그림자를 빌려 옆문으로 돌아갔다. 장이기가 타고 온 마차의 표식을 확인하고 무심히 그 옆을 지나가다가 손바닥으로 끌채 위 어딘가를 눌렀다.

'이힝.'

끌채 앞에 묶여 있던 말이 그를 돌아보고 콧방귀를 뀌었다. 마치 녕결이 의심스럽다는 듯이. 그는 위성과 초원에서 오랜 시간을 보냈기에 말과 양을 다루는 것은 일도 아니었다. 아무렇지 않게 말의 엉덩이를 한 번 치니, 의심의 눈빛을 보내던 말이 순간 얌전해지며 말발굽으로 땅을 가볍게 몇 번 쳤다.

식당에서 밥을 먹던 호위 하나가 마차 주위로 눈길을 주었다. 마차 주위에 아무도 없는 것을 확인한 호위는 다시 고개를 숙여 그릇에 남은 음식을 게걸스럽게 먹었다.

홍수초 안 별당의 작은 정원마다 목욕용 나무통이 있지만 장이기는 매번 일을 치르고 나서는 홍수초 옆문 근처에 있는 한증막으로 들어갔다. 마음속에 남아 있는 열등감 때문에 때 미는 것만으로도 체력을 회복할 수 있었고 독방이었기에 안전감을 느낄 수도 있었다. 또 위치 때문에 찜질을 끝내고 마차에 오르기도 편했다.

여느 때와 다름없는 오늘밤.

장이기는 대충 몸을 씻고 비단 바지 하나만 입고 면으로 된 얇은 겉옷을 걸친 채 침대에 누워서 때를 밀어주는 그녀를 기다렸다. 등을 밀 때에는 정제된 우유가 필요하기에 기다리는 시간이 필요했다.

익숙한 기다림이었지만 오늘따라 장이기는 수주아에게서 나는 난초 향과 그녀의 육감적인 몸을 떠올렸다. 그러자 온몸이 다시 한 번 달아오르고 얼굴에 다소 원망스러운 기색이 드러났다. 오늘도 수주아는 그의 청을 거절했다. 장이기는 저도 모르게 화가 난 목소리로 혼잣말을 했다.

"네년도 기녀일 뿐인데 뭐가 그리 의기양양해. 본관이 너에게 그렇게 많은 돈을 썼는데 또 핑계를 대? 못된 년, 인정머리 하고는!"

장이기는 씩씩거리면서 다시 한 번 욕지거리를 했다.

"본관 품계가 낮다고? 역시 여자는 무식해. 종6품 어사 대인은 각 부(部) 정4품과도 같아. 아니 종3품과도 안 바꿔!"
'끼익.'

문이 열리고 가벼운 걸음 소리가 들렸다. 장이기는 욕설을 멈추고 눈을 감으며 쾌락의 시간을 기대하기 시작했다.

뜨거운 수건이 등에 올라오고 장이기의 입에서 절로 신음 소리가 터져 나왔다. 온 세상을 다 가진 것처럼 행복하기만 했다. 하지만 장이기는 알지 못했다. 그에게 다가온 이가 기녀가 아니라 넝결이라는 사실을.

"으음."

그의 입에서 나온 마지막 신음 소리.

곧이어 다른 뜨거운 수건이 그의 입으로 들어왔고 이어서 그의 손과 발은 침대에 꽁꽁 묶여버렸다. 장이기는 범사롭지 않은 기척에 놀라 눈을 뜨려고 했다. 장이기는 자신에게 이런 짓을 하는 자가 누군지 확인하고 싶었지만 이내 눈을 질끈 감았다. 홍수초에서 이런 짓을 하는 자가 얼마나 겁이 없고 잔인할 수 있는지 두려웠던 것이다.

'이놈이 내가 자신의 얼굴을 봤다는 것을 알면 살 길이 없겠지?'

장이기는 놈의 얼굴을 보아서는 절대 안 된다고 판단했다.

"생각했던 것보다 재미없네. 입막음을 당하면 늙은이가 발버둥을 칠 줄 알았는데 늙은이가 반항하면 손에 든 이것으로 아프게 하며 즐길 계획이었는데. 이렇게 빨리 얌전해질 줄은 몰랐어."

맑고 차분하지만 조롱이 섞인 말투. 흉악한 사람이라기보다는 어느 골목에서 담소를 나누는 소년과 같은 어조.

'속으면 안 돼…… 근데 이 젊은 새끼는 누구지?'

장이기는 궁금증을 억눌렀다.

"눈을 떠. 안 그러면 네 엉덩이를 박살낼 거야."

장이기는 두려움에 질려 눈을 떴다. 한 소년이 침대 앞에 쭈그리고 앉아 반 걸음도 안 되는 거리를 두고 마치 타향에서 옛 친구를 만난 듯 미소를 지으며 자신을 바라보고 있었다. 그의 손에는 두 척이나 되는 책상 다리 하나가 쥐어져 있었고, 자신을 바라보는 눈은 광기로 가득차 있었다.

"네놈 입에 있는 수건을 꺼내줄 건데 소리를 지르거나 할 생각은 마. 너무 시끄럽게 굴면 널 바로 죽일 수밖에 없어. 당국 관원은 죽음을 두려워하지 않는다는 것은 알지만 거기에 네놈이 포함되지는 않을 거야."

장이기는 앳된 얼굴의 온화한 웃음 뒤에 서릿발 같은 차가움이 배어 있다는 것을 잘 알고 있었다. 상대방이 자신에게 얼굴을 보여준다는 것, 심지어 일부러 보여주려고 노력한다는 것을 알고 나자 두려움은 점점 커졌다. 그렇다면 이제 남은 것은 두 가지 가능성.

'이놈 뒤에 탄탄한 배경이 있는 게 틀림없어.
어사가 모욕당한 후의 분노 따위는 개의치 않고 있어.
그렇지 않으면 난 오늘…… 죽는다.'
"우리 사이에 원한이라도 있나?"

장이기는 두려움을 억지로 억누르며 자신의 정적들, 자신이 처벌했던 죄인의 후손들을 떠올렸다. 하지만 자신이 황제의 보이지 않는 탄압으로 기를 펴지 못한 몇 년 동안은, 누군가의 미움을 살 자격도 없었다. 그러니 정적이 어디 있으며 그 후손이 어디 있겠는가.

"소설에서는 보통, '원한은 없지만 천하와 호천을 대신하여 너 같은 간신들은 죽어야 한다'라고 말하지. 하지만 유감스럽게도……."

녕결은 탄식을 내뱉듯이 말을 이었다.

"우리 사이엔 원한이 있어. 나는 위대한 무사도 미소년 전사도 아니야. 난 그저 원수를 기억하는 이름 없는 사람일 뿐."
"네가 지금 몇 살이나 되었다고…… 대체 내게 무슨 원한이 있다는 것이냐?"

장이기가 떨리는 목소리로 힘겹게 물었지만 녕결은 헛기침을 두어 번 한 후 가장 충만한 정신으로 천천히 읊조리기 시작했다.

"난 산천에서 왔다, 네 명을 거두러. 난 강변에서 왔다, 네 명을 거두러. 난 초원에서 왔다, 네 명을 거두러. 난 연국 변경 아무도 없는 작은 마을에서 왔다, 네 명을 거두러. 난 장안성 아무도 살지 않는 장군 저택에서 왔다, 네 명을 거두러."

마지막 두 문구에 장이기는 눈앞이 깜깜해지며 온몸에 힘이 빠져버렸다. 그는 마침내 이 소년이 자신에게 무슨 원한이 있는지 깨달았지만, 이미 너무 늦은 후였다.

풀지 못할 원한.

장이기는 앞에 있는 소년을 침울하고 절망적인 눈빛으로 바라보았다. 그는 목숨을 건질 수 있다는 기대는 하지 못했지만 그래도 시간이라도 끌어보려고 울먹이며 입을 열었다.

"나는 시키는 대로 그냥……."

장이기는 본래 눈치를 봐서 소리를 지를 각오였다. '사람 살려!'라는 외침이 바깥으로 나가기만 하면 자신의 호위든 기방의 경비든 그 누군가가 달려올 것이라 생각했기 때문이다. 혹은 소년이 당황해서 자신을 죽여야만 한다는 사실을 잊게 되지 않을까 하는 기대.

이 계획은 언뜻 그럴싸해 보였지만 장안에 머무는 어사 대인이 민산의 사냥꾼이 사냥감의 살을 베고 가죽을 벗기기 전까지 사냥감에 대해 가지는 경계심을 알 리가 없었다.

장이기가 숨을 들이마시는 순간 허파의 기류가 아직 성대에서 멀리 떨어져 있을 때 녕결의 손은 이미 그의 목구멍으로 들어가 있었다. 강철 같은 손끝이 장이기의 목구멍을 찌르는 순간, 겉으로 드러난 피부에는 손상이 없었지만 속의 연골은 이미 바스러져 있었다.

이어 녕결은 미리 준비한 쇠못을 꺼내 어사의 머리통 뒤쪽 어딘가에 댄 후, 오른손에 쥐고 있던 책상 다리를 힘껏 내리쳤다.

'푹.'

초원 만족의 날카로운 칼이 술이 가득 담긴 술 주머니를 찌르는 소리.

쇠못은 장이기의 뇌수를 뚫고 머리 깊은 곳으로 들어갔다. 이어서 녕결은 흰 수건 하나를 그의 뒷머리에 대고, 손으로 수건을 누른 채 두 발로 발돋움하며 온 힘을 다해 눌렀다.

'삐걱 삐걱…….'

침대는 녕결의 몸무게를 힘겹게 버텼지만 금방이라도 부서질 듯 보였다.

잠시 후, 녕결은 누르는 것을 멈추고 수건을 치워 장이기의 뒷머리를 자세히 살폈다. 손가락으로 머리카락을 헤집어 보았다. 못이 두개골로 들어간 구멍은 아주 작았고, 구멍에 난 미세한 혈흔도 이미 굳어 있는 것을 확인했다. 빛을 비추어 애써 찾지 않는다면 지극히 발견하기 어려울 흔적.

묘하게도 장이기는 바로 죽지 못했다. 고통에 몸부림치며 울고 싶었지만 목의 연골이 부러져 소리가 나오지 않았다. 심지어 눈까지 뒤집혀 눈동자가 위로 올라갔고 흰자위가 드러나며 극도의 공포가 그대로 드러났다. 사실 장이기는 머리 뒤쪽의 극심한 통증을 느꼈지만 어찌 된 것인지 정확히 알지 못했다. 만약 자신의 머리에 쇠못이 박힌 것을 알았다면 그것만으로도 놀라서 죽었을지도 모를 일.

"명을 받아 행하는 순간 죽을 각오도 있었어야지.
하지만…… 만약 네가 마차까지 뛰어갈 수 있다면 네 목숨을
살려줄 수도……."

이 말과 함께 녕결은 그의 팔다리를 묶은 수건을 풀어 옆에 있는 통에 던

져 넣으며 다가올 밤의 칠흑 같은 어둠 속으로 사라졌다. 죽음의 문턱에서 들은 말은 마치 도도히 흐르는 황하에서 마지막 지푸라기를 잡은 것과 같다. 아무런 계산 없이 앞뒤 생각할 겨를도 없이 본능에 따라 행동하기 마련이다.

마지막 남은 일말의 이성적 판단인가, 망연자실한 본능적 반응인가. 장이기는 곧바로 마차를 향해 달리기 시작했다.

녕결은 홍수초 밖 멀지 않은 곳의 대나무 숲에 몸을 숨긴 채 옆문과 마차를 주시하고 있었다. 자신이 계산한 시간보다 조금 늦어 절로 미간이 찌푸려졌다. 그때 장이기가 비틀거리며 옆문을 뛰쳐나오는 것이 보였다. 그 사이에 장이기는 언제 또 옷을 하나 찾아 몸에 걸치고 있었다.

장이기는 몸을 심하게 떨며 비틀거렸고 이미 초점을 잃은 눈빛으로 입을 벌렸지만 아무런 소리도 나오지 않았다. 술 취한 사람 같아 보였다. 아니면 물 밖으로 잡혀온 물고기 신세처럼 보였다. 물고기는 목마름에 결국 죽고 말 것이다. 마차 옆에 서 있던 하인은 안절부절못하며 놀란 얼굴로 바라보았다. 하인은 장이기한테서 이상한 점을 발견한 것이 아니었다.

"마님께서 어르신이 여기 계시는 걸 알고 이리로 오신답니다. 빨리 가셔야 할 것 같습니다!"

하인은 엉뚱한 소리를 늘어놓았다.

"으음……."

장이기의 입에서 알 수 없는 신음이 흘러나왔다.

'털썩.'

마지막 몇 걸음. 장이기는 짧은 신음 소리와 함께 마지막을 버티지 못하고 바닥으로 쓰러졌다. 절망적으로 떨리는 손을 뻗어 하인의 옷을 잡으려 했지만 창백한 얼굴에 경련이 일며 표정이 심하게 일그러졌다.

'히이잉!'

마치 그 표정이 말을 놀라게 한 것 같았다. 말은 큰 소리로 울며 마차를 앞으로 살짝 끌었고, 그와 동시에 끌채가 부서지며 마차는 부서지기 시작했다. 그리고 마침내 마차는 작은 산이 무너지듯 장이기의 몸을 덮쳤다.

'펑!'

먼지가 쌓이고 그 사이로 피가 흘러나왔다. 하인 몇은 바보처럼 멍하니 서서 이미 숨을 쉬지 않는 주인에게 무슨 일이 일어났는지 알지 못하겠다는 표정이었다.

"네, 마님께서 사납다는 것은 저희도 압니다. 어르신이 오늘 술을 많이 드셔서 마음이 안정되지 않았나 봅니다. 저희가 외치는 소리를 듣고 놀라서 너무 급하게 달려오셨나 봅니다. 하지만 어르신…… 어떻게 마차를 향해 돌진하실 수 있습니까? 그리고 이 마차는…… 왜 이렇게 약한 겁니까? 어디 부딪히지도 않은 것 같은데 이렇게 무너져버리다니……."

옆문 근처가 소란스러운 것을 알고 홍수초의 호위와 집사들이 새파랗게 질린 얼굴로 달려왔다. 하지만 어사 대인의 하인들은 주저리주저리 두서없는 말만 늘어놓았다. 호위와 집사들은 하인들의 모호한 설명을 더 들을 필요가 없다고 판단했다. 주위 사람들을 통제한 후 곧바로 장안성 관아에 알리기 위해 사람을 보냈다.

구경하는 사람들은 마차에 깔린 뚱보의 신분을 알 리 없었지만 홍수초 사람들이 어찌 모르겠는가.

'어사 대인이 기방 문앞에서 죽다니…… 이를 어쩐담.'

장이기가 자기 인생의 마지막 질주를 하고 있을 때, 사건의 진범 녕결은 어둠 속에서 두 주먹을 불끈 쥔 채 마음속으로 외치고 있었다.

'힘내라, 힘내라!'

녕결이 사용한 방법은 초원에서 만족들이 들소를 잡을 때 쓰는 수법이었다. 그 수법은 그도 여러 차례 사용해본 적이 있지만 사람에게 사용한 것은 이번이 처음이었다. 그 수법은 대상이 죽을 때까지 아주 짧은 시간의 틈을 두고 있었는데 사실 허약한 어사 장이기가 얼마나 버틸 수 있을지는 녕결도 확신이 없었다.

'역시 죽음을 두려워하지 않는 대당 제국 관원들의 삶의 의지를 과소평가해서는 안 돼.'

그는 마차에 깔린 장이기를 보며 속으로 감탄했다. 그리고 재빨리 돌아서서 하얀 수건으로 이마의 땀을 닦았다. 장안성에서 처음 저지른 살인이니 긴장할 수밖에 없을 것이다. 다만 긴장감마저 없애버릴 만큼 엄청난 충격 또한 받고 있었다.

'그 긴박한 순간에…… 몸에 옷을 걸치다니! 그런 생사의 고비에서 자신의 알몸을 드러내지 않을 정도로 체면을 챙기다니!'

의관금수(衣冠禽獸). 의관을 갖춘 금수. 사람의 탈을 쓴 짐승.

녕결이 감탄을 하고 있을 때 홍수초 사람들이 밖으로 뛰어나오고 있었고, 그는 반대로 홍수초 안으로 들어갔다. 그는 얼굴을 익혀 두었던 또 다른 아가씨의 거처로 들어가 그녀와 이야기를 나누었다. 녕결이 뜻밖에도 자신을 방문하자 아가씨는 매우 좋아했다. 둘은 웃음 가득한 얼굴로 침을 튀기며 수다를 떨었다.

그러면서 녕결은 가끔씩 소매 속에서 하얀 수건을 꺼내 입술을 훔치곤 했다.

2

춘풍정 조 씨

2

◑ ◑ ◑

어둠이 내리깔린 47번 골목.

노필재 뒤채 침대에서 녕결과 상상은 홍수초에서 있었던 일에 대해 이야기하고 있었다. 침대 옆 대야에 놓인 수건에는 불에 탄 흔적이 남아 있었다.

"왜 마상풍(馬上風, 복상사)으로 위장하지 않았어요?"
"마상풍이 뭔지 알기나 해?"
"어렸을 때 들은 기억이 어렴풋이……."
"내가 그런 이야기도 해줬어?"

녕결은 민망한 듯한 표정으로 이어 말했다.

"어사 대인이 기방에서 마상풍으로 죽었다면, 그 부인이 무조건 소란을 피우겠지. 그럼 조정이 사건을 조사하는 것은 뻔하지 않겠어? 그래서 내가 가장 신경 쓴 것이 관아로 하여금 단순한 사고로 믿게 하는 것이야. 그래야 관아에서 어사대도 입을 다물게 압박하겠지."

상상은 조용히 듣고 있다 부끄럽다는 얼굴로 대꾸했다.

"너무 복잡해서 못 알아듣겠어요. 도련님은 참 많은 생각을 하네요."
"너 그렇게 계속 생각하는 걸 귀찮아하면 점점 더 멍청해진다는 걸 알아야 해."
"계집이 멍청한 것은 당연하지 않아요? 세상 사람들도 다 멍청한 계집, 멍청한 계집이라는 말을 입에 달고 살잖아요."

녕결은 더 이상 말을 이을 수 없었다. 대신 잠시 침묵한 후 화제를 바꿔 걱정스러운 표정으로 물었다.

"오늘 양쪽으로 서신을 전달하느라 힘들진 않았어?

혹시 장씨 저택에서 널 본 사람이 있어?"

"없어요. 그리고 전 괜찮아요."

밤이 깊어 거리에 인기척이 없었다.

녕결은 침대에 누워 천장을 바라보며 오늘 일에 대해 정리를 했다. 사실 정리할 것도 없었지만, 단지 소흑자가 살아 있었다면 상상이 위험을 무릅쓰고 장씨 저택에 편지를 전할 필요가 없었을 것이라는 생각이 들었다.

녕결에게 늙은 문관을 죽이는 것은 간단한 일. 단 기생의 침대에서 죽는 것보다는 사고로 위장하는 것이 더 그럴싸했다. 그것이 조정의 기대에 좀 더 부합했으니까.

사람을 죽이는 느낌? 당연히 별 느낌이 없었다. 그는 늙은 사냥꾼을 죽이는 사냥꾼이었고, 마적을 죽이는 마적이었다. 다시 말해 그는 타고난 살수(殺手)였으며 뼛속까지 살수였다. 서원 입학시험에 응시한다고 그가 한 순간에 서생이 될 수는 없는 법. 그는 영원한 살수니까.

녕결은 환하게 미소 지었다. 마침내 가슴 속 울분이 한 가닥 빠져나가는 것 같았기 때문이다. 맞은편 침대 상상의 작은 얼굴에도 웃음꽃이 피었다. 오늘따라 녕결의 기분이 좋은 이유를 잘 알고 있었기 때문이다.

그래서 그녀는 도련님이 하후 장군을 포함한 모든 원수를 죽이면, 침대 밑에 고이 숨겨둔 자신의 상자를 꺼내 보여주리라 결심했다. 그때 그 종이를 본다면 지금과 느낌이 많이 다르리라. 녕결이 버렸지만, 상상이 보기에는 괜찮은 글씨.

탁이가 죽은 그날 밤 녕결이 쓴 〈상란첩〉.

이미 폐지가 되어야 할 그 종이를 자신의 어린 시녀가 몰래 보관하고 있다는 사실을 녕결이 어찌 상상이나 하겠는가.

"어젯밤 네가 지은 시를 처음 들었을 때에는 괜찮다 생각했는데 오늘 그놈 앞에서 읽을 때는 좀 이상했어. 좀 바보 같기도 하고……."

단조로운 반복, 우둔한 글씨. 사실 시라고 부르기도 좀 그런 것이었다. 하지만 두 사람이 복수를 결심했던 그날 밤만은 모든 것이 괜찮다는 생각이 들었던 것이 아닐까.

"그럼 고칠게요."

상상은 매우 진지한 표정으로 말했다.

"두 번째 복수는 언제 하실 거예요? 그 전까지 제가 고쳐놓을게요."
"급하진 않아. 더구나 두 번째 적힌 이놈은 좀 더 복잡해 보여. 장이기 사건이 잠잠해지면 다시 생각하자. 서원 입학시험 준비도 해야 하고."
"위성에 있을 때는 도련님의 복수가 시작되기도 전에 그 늙은이들이 먼저 병사하면 어쩌나 걱정하곤 했지요."
"호천께서 십여 년을 기다려주셨는데 설마 앞으로 며칠도 기다려 주지 못할까."

* *

그는 47번 골목 노필재에 이틀 동안 조용히 틀어박혔다가 바깥으로 나가 보았다.

장이기의 죽음은 무수한 소문과 조롱거리만 불러왔을 뿐이라는 것을 확인할 수 있었다. 녕결에게는 다행스러운 일이었다. 소문의 주된 줄거리는 어사 대인이 마누라를 극도로 무서워했다는 것, 그리고 운이 지지리도 없었다는 것. 녕결의 예상대로 그 사나운 부인은 포기할 줄 모르고 관아에서 떠들어대고 있었지만, 홍수초가 하루 쉬고 바로 영업을 재개한 것을 보면 어사의 죽음에 대해 별다른 의심을 갖고 있지 않다는 사실을 알 수 있었다.

사흘째 되는 날, 녕결은 홍수초에 한 번 들러야겠다고 생각했다. 상상의 말대로 다른 아가씨들 그리고 간 대가의 어린 시녀 소초가 뭔가 이상하다 느낄 수도 있을 터. 하지만 이번에는 상상과 함께 가기로 했다.

상상은 머리를 땋아 모자 안에 숨기고 녕결의 옷으로 갈아입었다. 하지만 특별한 변장은 필요 없었다. 작고 가무잡잡한 얼굴, 그리고 평범하게 생긴 이목구비가 누가 봐도 볼품없는 남자 시종의 모습이었다.

"오늘 비도 안 오는데, 굳이 그걸 가지고 가면서
남의 이목을 끌 필요가 있을까?"

그런데 상상은 늘 가지고 다니는 대흑산을 챙기는 것 아닌가. 녕결은 상상이 등에 멘 대흑산을 가리켰다. 하지만 상상이 자신의 의견을 굽히지 않자 더 이상 말을 하지 않았다.

'장이기를 죽인 일로 무슨 일이 생길지도 모른다고 생각하는 게
틀림없어.'

녕결은 상상이 여전히 장이기 죽음에 대한 여파를 걱정한다고 생각했다. 그녀가 대흑산을 지니고 있을 때 더 안전하다 생각하고 심리적 위안을 삼는다는 것을 알고 있었기 때문이다. 녕결은 상상의 행동을 내버려두었다. 그리고 함께 노필재를 나섰다.

두 사람이 노필재의 문을 닫자마자 한 무리의 사람들이 그들을 막아섰다.

건장한 사내들. 하나같이 봄날에 웃통을 아무렇게나 풀어 헤치고 가슴 근육과 검은 가슴 털을 내보이며 자신들의 위세를 과시하고 있었다.

그리고 조금 떨어진 곳에서 관아 아리(衙吏) 둘이 무표정하게 이곳을 바라보고 있었다. 이 사내들은 관아의 허락을 받고 파견돼 나온 것이다. 상상은 무의식적으로 손을 뒤로 뻗어 대흑산을 움켜쥐었다.

하지만 녕결은 조금도 긴장하지 않고 먼발치의 아리 둘과 상대방의 차림새를 훑어보았다. 대략 서른 정도 되어 보이는 그들의 우두머리가 앞으로 나섰다. 그는 욕설을 하며 달려드는 대신 공손하게 예를 올리며 말했다.

"자네가 그 어린 주인장이지? 며칠 전에 한 번 들렀는데,
그때는 자네가 없어 만나지 못했네."

녕결은 얼마 전 상상이 전해준 일을 떠올리며 물었다.

"무슨 가르침을 주려고 오셨습니까?"

녕결의 말에 우두머리는 싱글싱글 웃으며 태연스럽게 말했다.

"47번 골목에 왜 이 가게 하나만 영업하는지는
자네도 잘 알 텐데?"

사내는 단도직입적으로 조건을 꺼냈다.

"임대차 계약을 내가 은 이백 냥에 살 테니 자네는 다른 곳을 찾게.
그동안 만약 어떤 손실이 있다면 의견을 제시할 수도 있네.
그 의견이 합리적이면 당연히 보상해줄 것이야. 우리가 자네에게
요구하는 건 간단하네. 이사 가는 것…… 지금 당장."

조건은 나쁘지 않았다.

'장안성은 역시 천하에서 가장 좋은 곳이야. 철거를 해도 이렇게 좋은 대우를 해주네.'

녕결은 빈정거리는 마음을 속으로 삼켰다.

"조건이 좋다는 건 인정하죠."

"관아 대신 일을 하는 건데 깔끔한 게 좋지. 어린 주인장, 솔직히 말하지. 조정이 돈이 없겠나? 나도 중간에서 많이 먹을 생각이 없으니, 이사만 간다면 가격 정도는 더 쳐줄 수도 있어. 누이 좋고 매부 좋고 님도 보고 뽕도 따고, 그런 것 아닌가?"

녕결은 무심결에 상상의 표정을 살폈다. 작은 얼굴에 아무런 표정도 없어 도무지 생각을 읽을 수가 없었다. 노필재가 처음 문을 연 날 허리에 검을 차고 온 중년의 집주인을 떠올렸지만 이 상황에서 어떻게 해야 할지 도무지 판단이 서지 않았다.

"어린 주인장, 되든 안 되든 말은 한마디 해 줘야지?"

"저는 변방의 작은 성에서 온 사람이라 그저 궁금해서 그러는데, 제가 안 된다고 하면 어떻게 하실 건데요? 절대 맞서려고 하는 건 아니에요."

이 말을 배불뚝이 주인이 했다면 사내는 도발이라 생각했을 것이다. 하지만 녕결의 앳된 얼굴과 공손한 태도를 보고 사내는 진지하게 설명하기 시작했다.

"자네 가게 앞에 쓰레기를 엄청 많이 버리거나 밤중에 벽돌을 던지거나…… 이런 일들을 피할 수 없겠지. 더 화가 나면 자네 뒤뜰에 들어가 우물을 더럽힐 수도 있고. 자네들이 그 물로 밥을 지어 먹지 않나?"

'대당 제국 밤하늘에 달만 있었으면 그 달이 그 세상도 이 세상도 비추고. 그렇다면 정말 다를 게 하나도 없었겠구만.'

녕결은 처음부터 제안을 받아들일 생각이 없었다. 다만 어사를 죽인 지 얼마 되지 않았고 이틀 후면 서원 입학시험도 치러야 하는 지금 번거로운 일을 만들고 싶지는 않았다. 그래서 그는 제안에 마음이 흔들리고 있었다.

바로 그때, 47번 골목 먼발치에서 낮고 굵직한 발소리가 들려왔다. 이어서 어떤 것도 개의치 않는다는 듯한 차갑고 사나운 목소리가 들려왔다.

"쓰레기 버리기, 벽돌 던지기, 우물 더럽히기? 너희들이 언제 이런 자질구레한 것들을 할 정도로 간이 커졌나? 아니면 이전에 47번 골목에서 해본 적이 있단 말인가? 만약 너희들이 한 적이 있다면 어떻게 너희들의 손목에 손이 멀쩡하게 달려 있지?"

청색 상의, 청색 바지, 청색 장화를 신은 한 무리의 남자들이 골목길 저쪽에서 걸어오고 있었다. 먼저 말을 한 사람은 미간도 가늘고 목소리도 가늘고 몸도 가늘었다. 그의 몸에 걸친 청색 옷이 마치 대나무에 걸린 듯 바람에 펄럭이고 있었다. 그는 노필재 문 앞에 다다라 녕결에게 먼저 예를 올린 후 고개를 돌려 거친 사내들에게 조롱하듯 말했다.

"남성의 못난 놈들이 감히 강제 철거를 해? 너희들이 감히 47번 골목에서 그런 일들을 한다고?"

녕결에게 조건을 말했던 사내의 얼굴에 두려움이 드러났다. 하지만 그는 뒤쪽 나무 아래에서 끼어들지 않고 말을 삼키고 있는 아리 둘을 힐끔 보고는 다시 가슴을 펴며 말했다.

"넷째 형님, 말은 정확하게 하시죠. 그런 일들을 못하는 게 아니고 더러워서 안 하는 거죠. 그리고 이 어린 주인장은 사리에 밝아 보이는데 제가 왜 그런 일을 하겠어요?"

넷째 형님이라 불린 그 남자는 고개를 들어 하늘을 바라보았다. 그리고 사내의 발치께에 침을 세차게 뱉었다.

"퉷! 고소궁(顧小窮), 너 이 새끼 입 안 닥쳐! 47번 골목이 우리 형님 재산이 아니었다면 너희 같은 니미랄 것들이 지금처럼 서생인 척 얌전했겠어?"

고소궁은 목을 쳐들며 소리를 질렀다.

"그렇다고 어쩔 건데? 난 칼도 몽둥이도 쓰지 않았어. 내가 어린 주인장과 흥정하는 것도 안 된다는 말이야? 내가 은자를 내고 임대차 계약을 사는 것도 안 돼? 이게 당률(唐律)을 어기는 건가? 그럼 관아에 가서 소송이라도 하시든가!"
'퉷!'

그는 대답 대신 다시 한 번 고소궁의 발치에 침을 뱉었다. 그리고 대수롭지 않다는 듯 몸을 돌려 녕결에게 예를 올리며 말했다.

"어린 주인장, 여기서 장사를 계속하는 게 우리 3천 형제들의 체면을 세워주는 일이네. 안심하고 장사를 쭉 하시게. 만약 누가 감히 자네를 건드리면 내가 그의 머리를 후려쳐서라도 사과를 하도록 해주겠네."

녕결은 긴장한 척했지만 사실 장안성의 패거리들이 어떻게 행동하는지 흥미진진하게 지켜보고 있었다. 그리고 중년의 가게 주인이 장안성 패거리에서 대단한 위치를 차지하고 있다는 사실을 깨달았다. 녕결은 공손하게 답례를 올리며 입을 열었다.

"넷째 형님, 일전에 주인께서 석 달 치 월세를 면해 주신 것만으로도 감사하기 그지없어요. 그런데 오늘 고소…… 이 사람 이름이 뭐라고 했지? 하여튼 고 선생이 제시한 가격이 좋긴 해서……."

말을 끊어야 상대방이 말을 하는 법. 녕결은 이 대목에서 말을 끊고 말을 아꼈다. 고소궁은 녕결의 말에 얼굴에 희색이 돌며 재빨리 말을 받았다.

"넷째 형님, 잘 들어보세요. 이 말은 제가 아니라 이 주인장이 직접 한 말입니다."

넷째 형님이라 불린 사내는 콧방귀를 뀌며 고개를 돌려 녕결에게 물었다.

"이 새끼가 얼마나 약속했나?"
"은 이백 냥……."

녕결은 손가락 두 개를 펴 보였다. 동시에 말을 덧붙였다.

"장사에 지장을 받아 손해를 보면 더 줄 수도 있다고 했어요."
"은 이백 냥이라…… 장안에 이런 가격이 또 있을까? 있지. 바로 이 47번 골목에! 왜? 형님이 인덕으로 골목을 감싸고 있었으니, 그렇게 가격을 높게 쳐주지 않으면 움직이지 않을 테니까. 그런데 결국 어떻게 되었냐고? 인덕을 받은 그 망할 주인놈들이 돈을 받고 다들 도망가 버렸지!"

고소궁은 어색한 표정을 지었다. 장사하던 주인들은 관아와 패거리들에게 미움을 사기 싫어 결국 돈을 받고 도망가 버렸던 것이다. 심지어 어떤 사람들은 그것도 무서워 손해를 보고서라도 헐값에 가게를 넘겼다. 어찌 되었든 패거리들은 피도 눈물도 없이 돈을 벌고 있었던 것이다.

녕결은 그 말을 들으며 속으로 생각했다.

'이럴 거면 그 중년의 가게 주인은 자신이 돈을 받고 관아에 점포를 넘기는 게 낫지 않았나? 진짜 장사하는 사람들을 위해서 이러는 거라면…… 인덕(仁德)이라는 말에 어울릴 만한데?'

넷째 형님은 냉랭한 표정으로 녕결을 바라보며 울컥 하려는 순간 큰 형님의 당부를 떠올렸다. 그는 최대한 화를 억누르며 말했다.

"은 이백 냥? 좋아, 우리는 일 년치 임대료를 면제해주지. 그리고 장사하는 데 방해하는 놈들은 우리가 치워주지. 그건 덤이야!"

고소궁은 당황하며 말했다.

"형님, 인정도 없이 그렇게 값을 부르면 어떻게 합니까?"

"정? 인정? 너희들이 우리 형님 재산을 넘보는데 인정은 무슨 빌어먹을 인정?!"

욕설에 얼굴이 벌겋게 달아오른 고소궁은 이를 악물고 녕결에게 말했다.

"은 오백 냥! 이게 한계네!"

넷째 형님이 조롱하듯 대신 답했다.

"째째한 것 봐라! 송철두(宋鐵頭)가 그렇게 가르치나? 대범하게 부르려면 어찌해야 하는지 내가 대신 가르쳐주지."

그는 고개를 돌려 녕결에게 거만하게 말했다.

"어린 주인장, 이 거리에서 가게 문을 계속 열려면 내가 살아 있는 한 이 가게 임대료를 받을 사람이 없……."

마지막 글자가 입에서 나오기도 전에 녕결은 손을 내저으며 그를 막아섰다. 그리고 온화한 미소를 지으며 물었다.

"형님, 일 년간 임대료를 면제해 주겠다고 하신 거 맞죠?"
"그렇지."
"그러면……."

녕결은 몸을 돌려 고소궁 일행에게 공손히 예를 올리며 말했다.

"정말 죄송합니다만, 이 가게를 계속 하고 싶습니다. 형님들은 이만 꺼져 주세요."

순간 주변의 모든 사람들이 잠시 멍해졌다. 녕결이 가게를 계속하겠다는 말 때문이 아니라, 그가 넷째 형님이 임대료를 영원히 면제해주겠다는 말을 꺼내는 것을 막았기 때문. 넷째 형님은 표정이 잠시 굳어졌다. 그는 이내 정중하게 예를 올리며 힘차게 말했다.

"어린 주인장, 나이는 어리지만 하는 일에 의리가 있네. 앞으로 무슨 일이 생기든 내 이름을 팔고 다른 곳은 몰라도 동성(東城)에서는 자네 마음대로 하게!"

고소궁도 표정이 굳어지며 녕결과 넷째 형님의 얼굴을 번갈아 보았다. 그리고 큰형님 송철두가 퍼부은 욕설, 큰형님 얼굴에 남겨진 더 높은 신분의 형님이 남긴 손바닥 자국. 고소궁은 더 높은 큰형님의 막강한 배후가 정한 마지막 기한을 떠올리며 고개를 돌려 나무 밑에 있는 아리 두 명을 바라보았다. 지금까지 침묵하던 두 명의 아리는 가볍게 기침을 하더니 허리에 찬 칼을 잡으며 노필재로 향했다.

넷째 형님은 그들을 보며 마치 무슨 비통한 일이라도 생각나는지 갑자기 눈에서 극도의 분노와 냉랭함으로 채워진 눈빛을 발하기 시작했다. 그리고 녕결에게 차가운 목소리로 말했다.

"어린 주인장, 방금 내가 동성에서 마음대로 하라 했지?"

"네."

"그럼 오늘 내가 왜 그런 소리를 할 수 있는지 보여주지."

그때 아리들이 사람들 앞으로 와 꾸짖듯이 소리쳤다.

"여기 모여서 뭐 해? 소란을 피우려 하나?"

"그래."

넷째 형님은 담담하게 응수했다.

"소란을 피울 건데 어쩌시려고? 참고로 큰 소란을 피울 거야. 형제들! 두 분 관차(官差) 형님들을 잘 모셔라!"

말이 떨어지자 청색 상의 청색 바지 청색 장화의 사나이들이 아리 둘을 둘러쌌다. 누가 첫 주먹을 날렸는지는 모르겠지만 이내 장안 관아 아리 두 명의 몸을 향해 주먹이 비바람처럼 날아왔다.

아리들은 욕설을 내뱉었지만 칼은 뽑지도 못했다. 얻어맞아 머리가 깨지고 피가 흐리고…… 난리도 이런 난리가 없었다…….

잠시 후 주변이 조용해지고, 욕설은커녕 고통스러운 신음 소리만 남았을 뿐. 어느새 아리들은 자신의 신분을 대표하는 관도(官刀)도 던져 버린 후였다.

'이 패거리가 정말 대단한데? 관아의 아리들도 때린다고?'

녕결은 놀라 아무 말도 꺼내지 못했고, 멀지 않은 곳에 서 있던 고소궁 패거리들의 얼굴이 잿빛으로 변했다.

"자, 이제 그만."

팔짱을 낀 채 담담하게 방관하던 넷째 형님이 드디어 입을 열었다. 그리고 청색 옷의 남자들이 물러나자 아리 곁으로 가서 차갑게 다시 입을 열었다.

"감히 내 형제를 모욕하다니…… 너무 날 탓하진 말아."
"감히 관차를 때리다니! 목을 내놓을 각오나 해! 아니면
지금이라도 목을 쳐 줄까?"

녕결은 다시 한 번 감탄했다.

'역시 장안 사람들은 달라! 보잘 것 없는 아리도
저렇게 당당하다니!'

넷째 형님은 쪼그리고 앉아 경멸하는 눈빛으로 그 아리의 얼굴을 토닥거리며 말했다.

"그런 말로 날 협박하지 마. 우리 모두 대인들이 기르는 개인데,
너희 두 마리는 단지 나보다 옷 한 벌 더 걸쳤을 뿐이야.
물론 그 옷은 너무 비싸서 내가 너희를 이렇게 죽일 수는 없겠지.
하지만 큰길에서 개가 다른 개를 한 번 물었다고 대인들이
신경이나 쓰실까?"

이 말을 마친 넷째 형님은 녕결에게 예를 올리고 부하들을 데리고 거들먹거리며 떠났다. 고소궁은 잠시 논의하는 듯했으나 이내 피칠갑이 된 아리들을 부축하고 떠났다. 그들은 인사도 없었고 녕결과 상상을 보지도 않았다. 이 상황에서 상대방을 제압하거나 죽이기 전에 녕결에게 다시 협박하는 건 자신이 너무 작아 보일 뿐 아무 의미가 없다는 것을 잘 알았기 때문이다.

* *

47번 골목의 작은 시비는 그렇게 끝이 났다. 심지어 이후로 아무런 일도 벌어지지 않았다. 넷째 형님 말대로 개가 개를 문 사건은 양쪽 주인들 모두의 관심을 끌지 않은 듯했다. 하지만 녕결은 여전히 이해가 되지 않았다.

> '아무리 보잘 것 없는 아리지만 관복을 입고 관도를 찬 이상,
> 조정의 체면과 제국의 존엄을 대표하는 것 아닌가? 넷째 형님
> 뒤에 있는 그 집주인의 배경이 아무리 대단하다 해도 길거리에서
> 관차를 때린다? 그리고 왜 넷째 형님은 그 사내들 패거리들을
> 공격하지 않고 뜬금없이 장안 관아의 아리들에게 손을 댔지?
> 관아에 무슨 깊은 원한이라도 있는 건가?'

녕결은 미간을 찌푸리며 깊게 생각하려다 다시 얼굴을 폈다.

> '아차, 오늘은 홍수초에 가서 인사하고 거리를 돌아다니며
> 복수의 첫발을 내딛은 쾌감을 즐기는 날이었지? 이 일은 다음에
> 생각하자.'

녕결은 밝은 얼굴로 홍수초로 향했다. 평소에는 2문(文)을 내고 마차를 탔지만 오늘은 상상과 함께였기에 지루할 틈도 없이 홍수초까지 걸어갔다.

두 사람 모두 앞서 일어났던 난투극에 대해 마음을 두지 않았다. 녕결은 그런 장면에 이미 익숙해져 있었기 때문이고, 상상은 중요한 일 외에는 머릿속에 남기지 않았기 때문이다. 그래서 기분 좋게 걸었다. 성화방(盛華坊), 통달(通達) 거리를 지나 서점도 둘러보고 값싼 연잎밥을 사서 최대한 빠른 걸음으로 주작대로를 지났다.

그러다가 사람들이 모여 시끌벅적한 곳을 발견했다.

그곳에서는 수십 명의 백성들이 도포를 입은 노인의 인솔 하에 제단을 향해 머리를 조아리고 있었다.

"무슨 일이에요?"

함께 구경하던 사람 하나가 녕결의 질문에 답을 했다.

"호천도 남문의 한 도관(道觀)에서 복을 기원하는 의식을 하는 거네. 오늘은 장안성의 봄비가 가뭄이 든 북방으로 옮겨가길 기원하는 의식이지."

긴 수염을 기른 도인(道人)은 도포가 바람에 나부끼는 모습이 정말 신선(神仙)처럼 보였다. 손에 든 목검이 윙윙 울렸고, 목검의 끝이 가리키는 곳에서는 주홍 글씨가 쓰인 부적 몇 장이 날리고 있었다.

'휙!'

목검이 허공을 찢듯 날아가 제단의 황색 모래에 박혔고 바람을 따라 날아가던 부적들은 불에 타 한줌의 재로 변해 모래 위로 흩어졌다. 제단 앞에서 머리를 조아린 백성들은 여전히 경건했지만 구경하던 이들은 일제히 박수갈채를 보냈다.

드디어 의식이 끝나고 어린 도인(道人)들이 제단과 물품들을 도관(道觀)으로 옮기려는 중이었다. 갑자기 날이 어두워지며 봄비가 부슬부슬 내리기 시작했다.

상상은 두 손으로 대흑산을 받쳐 들고 작고 검은 얼굴에 올리며 의기양양하게 녕결을 쳐다봤다. 하지만 녕결은 상상의 눈빛에는 개의치 않고 비를 맞아 낭패가 된 어린 도인들, 그리고 그들을 보며 재미있어 하는 백성들을 바라봤다.

녕결의 시선은 비오는 제단 옆의 늙은 도인으로 옮겨갔다. 비를 맞고 있는 노인에 대한 연민이 아니라 놀라움 때문이었다. 목검과 부적의 움직임. 마술사가 아니라면 수행자였다. 여청신 노인이 알려준 것을 토대로 보면 늙은 도인은 불혹의 경지에 들어가지 못했고 감지의 경지에 오래 머물렀을 터.

천하에 서릉을 제외하면 장안성에 가장 많은 수행자들이 있을 것이다. 하지만 녕결은 상상과 한가롭게 거리를 거닐다가 수행자를 만날 수 있을 것이라고는 생각하지 못했다. 더구나 곧 불혹의 경지에 들어갈 도인이 심지어 불쌍하게도 이런 방식으로 연기(演技)나 하고 있을 줄은 정말 상상도 못했다.

'도관(道觀)이 이렇게까지 신자를 모으고 있는데, 그들이 모시는 호천께서 도인의 체면도 생각해주지 않으시네. 이 상황에 비라니…….'

호천도는 세상의 유일한 정교(正教)이며 각국 조정으로부터 존경도 받는다. 도관은 무수히 많은 땅을 소유하고 있지만 세금은 납부하지 않는다.

그 중 신관(神官)은 더욱더 신분이 존귀한데, 대하국(大河國)과 남진(南晉)과 같은 나라에서는 심지어 새로운 국가 군주가 즉위할 때 서릉에서 온 도문 대신관이 그를 인정하며 복을 내려주는 의식을 진행하기도 한다.

하지만 대당 제국에서만은 호천도의 위상이 그리 높지 않았다. 비록 호천도 남문의 신관은 대당의 국사(國師)로 책봉되었지만, 대당의 각 도관 관주 임명권은 황제에게 있었기에 서릉이 간섭할 수 없었다.

호천도 남문과 서릉의 관계 또한 다른 나라들과 달리 서먹했고 대당 제국이 개국할 당시에는 황제가 암암리에 호천도의 국내 전도를 금지했었다는 말도 전해져 내려왔다. 천하제일의 정교, 수억 명의 신자를 가진 호천도가 그런 억압과 수모를 감내할 수 있을까. 실제로 그들이 참지만은 않았다.

당시 열일곱 개 국가 연합 군대가 당국과 전쟁을 벌였을 때, 그 뒤에 서릉 신국의 그림자가 있었다는 것은 공공연한 비밀이었다. 백만 대군이라 불리던 17개국 연합군이 대당 제국의 강역(疆域)에 진입했으나 마치 떠오르는 태양과 같은 혈기 왕성한 제국의 기병들에 의해 산산조각이 났다. 대당 군대는 이 기세를 몰아 거센 물결처럼 양곡관(陽谷關)을 뚫고 천하를 휩쓸었으며 무수한 성들을 함락시켰다. 이 과정에서 이른바 연합군은 태양 아래 얼음과 눈처럼 흔적도 없이 사라져 버렸다.

그중 세 나라는 대당에 의해 직접 정복되어 지금의 하북도(河北道) 3군(郡)이 되었고, 이 세 곳을 대당 태조 황제가 북벌을 진행할 때 가장 심하게 착취했다.

천하를 놓고 겨룬 파란만장한 전쟁에서 서릉 신국은 공식적으로는 침묵하며 방관했다. 호천도문의 숨은 강자들은 끝내 출현하지 않았다. 그래서인지 전후 세력 재편 과정에서 대당 제국이 특별히 호천도를 상대로 정벌을 진행하지 않았고, 호천도는 마침내 대당 경내에서 전도할 자격을 얻었다.

이 전쟁을 통해 대당 제국은 천하 패권자의 지위를 굳혔고, 호천도는 여전히 천하에서 가장 많은 신도를 거느리는 정교(正教)가 되었다.

하나는 속세에, 하나는 종교에…… 서로 싫어하지만 그렇다고 서로에게 자신 있게 손을 댈 수도 없었다. 서로는 상대방을 모른 체했고 어느새 상대방에게 손을 쓰는 것 자체에 흥미를 잃어버리게 되었다. 이런 양상은 천 년 동안 지속되어 왔고 지금도 달라진 것은 없었다.

그래서 호천도는 다른 나라와 달리 대당 경내에서는 비록 제일 작은 도관이라도 세금을 내야 했고, 신자를 모으려고 해도 수행자를 동원해 길거리에서 묘기를 보여줘야 했다.

녕결은 대흑산을 쓰고 걸으며 다시 그 노인의 모습을 떠올리고는 저도 모르게 피식 웃으며 고개를 저었다. 어깨에 대흑산을 걸치고 왼손에는 노점에서 사온 부침개를 먹고 있던 상상이 오물거리며 말했다.

"도련님, 장안성이 좋은가 봐요."
"한 성(城)은 한 사람을 기르지만 사람의 맛은 그 성의 맛을 바꿀 수 있지…… 장안을 좋아한다기보다 장안 사람을 좋아해."

말을 하던 녕결의 눈살이 갑자기 찌푸려졌다.

"삼, 사, 칠…… 팔."

상상은 손엔 쥔 전을 급히 입속으로 우겨넣으며 다른 손으로 재빨리 그의 등 어딘가를 두어 번 긁었다. 녕결은 눈살을 더욱 찌푸리며 그녀의 손에 든 대흑산을 건네받고 말을 수정했다.

"아니, 칠…… 칠!"
"알았어요."

봄비가 내리는 장안성. 곧은 거리와 굽은 골목. 높은 건물과 우산을 쓴 행인들 사이에서 먼지로 덮인 검은 연꽃 같은 대흑산이 걸어가고 있었다.

대흑산 아래 상상은 한 손에 전을 들고 다른 한 손으로는 녕결의 가려운 곳을 긁어주고 있었다. 그들 두 사람의 얼굴에서는 시종일관 즐거움과 만족감이 번져 나오고 있었다.

우산 가게와 마부를 제외하면 비오는 날씨를 좋아하는 장사꾼은 없을 것이다. 기방도 마찬가지였다. 썰렁해 보이는 홍수초의 아가씨들은 외로움을 참지 못하고 간 대가를 만나거나 악기를 연주하며 무료한 시간을 보내고 있었다.

녕결과 상상이 홍수초에 들어갔을 때 아가씨들은 유달리 그를 반겼다. 맨 꼭대기 층의 한적한 방에서 40대 전후의 남자가 이 장면을 보고는 곁의 사내에게 낮은 소리로 질책했다.

“몽삼(蒙三), 간 대가에게 물어 보거라. 태도는 최대한 공손히 하고 저 소년이 누구인지. 특별한 배경이 없으면 쫓아내버려. 내가 돈을 내고 키우는 아가씨가 한가하게 저놈과 잡담이나 하고 있다니…….”

“그 소년에게 행패를 부리지 않는 것이 좋을 거야. 왜냐하면 그가…… 나의 마지막 세입자이니까.”

옆에 있는 작은 술상에서 또 다른 중년 남자가 그를 보고 웃는 얼굴로 말했다. 허리에 찼던 검(劍)은 그의 옆에 가지런히 놓여 있었다.

위층의 대화를 알 리 없는 녕결은 예전처럼 수주아 옆에 앉아 이야기를 나누고 있었다. 그녀가 눈치를 채지 못하도록 조심하며 장이기의 죽음이 어떤 의심들을 불러일으키고 있는지 알아보고 있었다.

“웃는 모습이 참 예뻐. 보조개 좀 봐. 귀여워. 그런데 말이야. 서원에 입학하려면 책을 읽어야 해. 네가 시험을 통과하지 못하면 우리 같은 여자들 때문이라는 소문이 돌 텐데 그때는 어떻게 하려고 그래?”

수주아의 말에 또 다른 아가씨가 장난치듯 대꾸했다.

“우리가 아니지. 녕결은 매일 너랑 이야기를 나누는데 우리랑 무슨 상관이야?”

사실 수주아의 말은 농담처럼 들렸지만 진지하게 녕결을 걱정해서 한 말이었다.

“공부는 이미 다 했으니 걱정할 필요 없어요.”

상상은 아무 말 없이 해바라기 씨를 까먹고 있었지만 속으로는 녕결의 말이 얼토당토않은 거짓말이라고 생각했다.

'하나도 아니고 여섯 과목인데…… 매일 독촉했는데 책은 거들떠보지도 않더니 몇 과목이나 봤을까나…….'

상상은 남자 시종으로 위장했지만 눈치 빠른 기방 여자들은 그녀가 계집아이라는 것을 바로 알 수 있었다. 소초는 곁에서 상상과 이야기를 나누며 속으로 동정하고 있었다.

'녕결, 이놈은 분명 상상이 못생겨서 염치없이 매일같이 여기 오는 거네.'

**

그 순간 꼭대기 층에 있던 푸른 옷을 입은 중년 남자가 일어나서는 같이 있던 사내 옆으로 갔다. 그는 주인과 함께 아래층을 바라보며 시원하게 웃었다.

"만약 저 소년이 마지막 세입자라면 나는 더더욱 그를 봐줄 이유가 없지. 그를 내쫓고 임대차 계약을 손에 넣은 후 다시 관아에 넘겨주면 되는 것 아닌가?"
"47번 골목 모든 가게 주인들이 내쫓긴 적도 있었지. 허나 내가 고개를 숙인 것을 본 적 있나? 더군다나 저 소년을…… 넌 쫓아내지 못할걸?"
"내가 쫓아내지 못한다고? 하하하. 하기야 춘풍정(春風亭) 조(朝) 씨 이름만으로도 쉽게 행동하지는 못하지."

푸른 장삼의 중년 남자는 미소를 지었지만 더 이상 말을 하지는 않았다.

앞서 그는 이미 넷째가 전한 말을 들었다. 47번 골목에서 무슨 일이 있었는지. 가장 이해가 안 되는 것은 소년이 터무니없는 가격을 부르지 않았다는 것. 다른 말로 하면 결코 비굴하게 행동하지 않더라는 것이었다.

노필재가 문을 연 첫날, 어떤 멍청한 놈이 감히 47번 골목에 들어왔는지 보러간 것이었다. 그 어린 주인은 확실히 장안성 강호에서 일어나는 일을 모르는 것 같았지만 결코 어리석은 녀석은 아니었다.

그렇게 훌륭한 글씨를 쓰는 어리석은 녀석은 없었다. 손에 그렇게 많은 굳은살이 박인 어리석은 녀석은 없었다. 열대여섯에 많은 사람을 죽이기 시작하여 오랜 세월 동안 밤의 어둠 속 피비린내를 맡으며 살아온 그에게도 믿기 힘든 사실이었다.

'저 소년이 스스로 나가지 않는 한, 누가 그를 쫓아낼 수 있을까.'

"조형(朝兄), 나는 어쨌든 친왕부(親王府)를 대표하여 자네에게 물어보는 건데 조금은 존중해줄 수 없나?"

조씨 성을 가진 중년 남자는 친왕이라는 언급에도 전혀 개의치 않는 듯 보였다.

말한 이는 최득록(崔得祿). 비록 세속적인 이름을 가졌지만 결코 세속적이지 않은 사람. 장안 최고의 기방을 운영하는 자가 세속적일 수는 없었다. 대부분은 장안 사람들은 이 기방의 배경이 장안 관아의 어느 고관대작이라고 알고 있었지만 청색 적삼을 입은 사람과 같은 몇몇 사람은 그 진실을 알고 있었다.

최득록과 같은 친왕부의 대집사가 진짜 배경이라는 것. 홍수초 자체가 친왕부의 이권 사업이라 해도 과언이 아니라는 것.

"홍수초에서 사건이 하나 발생했다던데 최형이 그런 이야기를 할 여유가 있는지는 정말 몰랐네."

"47번 골목을 친왕 전하가 원하는 것은 아니야. 단지 군부와 호부가 나서기 어려우니 우리 같은 해결사 패거리에게 부탁했던 것이지. 그런데 자네가 끝까지 우기고 안 놔주고…… 장안 관아 어르신들의 기분까지 나쁘게 해버리다니. 결국 우림군까지 나서지 않았나."

우림군이라는 말에 중년 남성의 미간이 살짝 찌푸려졌다. 그의 표정을 본 최득록은 재빨리 화제를 바꿔서 말을 이었다.

"허나 친왕 전하께서 자네를 마음에 들어 하셔. 한 번은 술에 취해 자네 이름도 언급했다네. 일처리가 어김없고 분수를 안다고 하시면서."

중년 남자는 시종일관 침묵했지만 미간의 어두운 기색은 더욱더 눈에 띄었다. 최득록은 계속하여 진지하게 말했다.

"이틀 전 이곳에서 어사 한 명이 죽은 건 잘 알지? 참 귀찮은 일이야. 재수 없이 죽은 것이지만 그 집안 사람이 장안 관아에 가서 하소연을 해대니까…… 물론 친왕 전하도 그 어사와 옛정이 있지만 이런 때 어떻게 나서서 말을 하겠나? 결국 내가 알아서 처리할 수밖에 없지. 만약 자네가 나를 대신해서 이 일을 조용히 처리해 주면 나도 더 이상 47번 골목 일은 손대지 않겠네."

"그 일을 처리하는 것은 너무나도 간단한데 우리 같은 강호 사람이 굳이 끼어들 필요까지 있는가?"

"모르는 거야 아니면 모르는 척하는 거야? 전자라면 내가 아는 춘풍정 조 씨는 없어. 너무 어리석기 때문이지. 후자라 해도 내가 아는 춘풍정 조 씨가 아니네. 어리석지는 않지만 너무 매정하기 때문이지."

"47번 골목 일은 사실 아무것도 아니야. 친왕 전하께도 나에게도 아무것도 아니지. 만약 정말 조정에서 '부(富)'가 필요하다면, 내가 친히 바치면 될 일. 그러니 자네가 그것을 핑계로 날 협박하는 건 의미가 없어."

춘풍정 조 씨라 불리는 사람은 진지하게 말을 이었다.

"춘풍정의 첫 번째 규칙은 조정의 권력 다툼에 끼어들지 않는 것이네. 전하든 군부든 호부든 일이 조정과 관련되어 있으면 난 피하지. 자네가 날 협박하면 할수록 난 더 멀리 피할 거네."

"춘풍정 조 씨는 장안 최대 패거리 두목이고 수천 명이 자네를 따르네. 조정에서 곡물 운송, 죄수 호송도 모두 맡기는데 자네는 피하고 만다고? 그렇게 혼자 피할 수 있을 것 같나? 어디로 피하고 싶은 건가? 설령 자네는 그렇게 할 수 있다 해도, 자네 수하의 그 삼천 명이나 되는 수하들은 어디로 갈 수 있다는 건가? 형부의 감옥? 변방의 군인?"

최득록은 음산한 눈빛으로 똑바로 쳐다보며 말했다.

"지난 몇 년 동안 조정이 조용해서 철밥통 같이 보신(保身)했는지 모르겠지만 지금은 공주 전하가 돌아왔어. 그녀는 친동생을 태자로 만들려고 하네. 황후 마마의 친아들이 있는데 마치 황후의 존재를 잊은 것 같아! 천자(天子) 집안의 일은 자네와 상관없다 말할지 모르겠지만, 이런 상황에서 어느 집의 개가 될지 태도를 명확히 하지 않으면 그럼…… 어느 집도 자네를 개로 삼아 주지도 않을 거야."

"개는 꼭 주인이 있어야 하나? 그래서 지금 자네가 친왕 대신 날 굴복시키려고 하는 건가?"

"지금 장안성에서 목소리 좀 낸다고 하는 사람들은 모두 자네를 신경 쓰고 있지. 왜? 자네는 주인이 없는 개니까."

"한 가지만 물어도 될까?"

"그래."

"황후와 공주 사이에서 친왕 전하는 누구를 지지하지?"

"아무도 지지하지 않지. 전하께서는 황제 폐하께 충성을 다하실 뿐. 폐하께서 지지하시는 분이 전하께서 지지하는 분이네."

대답을 들은 중년 남자는 미소를 지으며 말했다.

"미안하지만, 대당의 사내로서……
난 개로 사는 게 정말 익숙하지 않아."

"어떤 사람은 개가 되고 싶어도 될 수 없어."

"최형, 자네는 정말 설득을 못하는군. 나 춘풍정 조 씨의 성격조차 모르는 것 같으니……."

"다른 사람들의 눈치 때문인가? 그것이라면 걱정 말게.
친왕 전하께서 말씀하시길 자네가 고개를, 최소한
상징적으로라도 고개를 숙여 주면, 군부가 자네에게
적절한 보상을 하게 해준다고 하셨네."

대화가 이 지경에 이르자 친왕부 대집사인 최득록은 이것저것 따질 것 없이 직접적으로 친왕 전하를 언급했다. 하지만 여전히 중년 남자는 개의치 않는 듯 그저 문을 향해 걸어갔다.

"조 씨, 거기 서지 못할까! 자네와 자네 형제들이 그동안
경외(敬畏)라는 말뜻을 잊어버린 모양이군. 내 한 마디만 하지.
이 귀인들은 진짜 귀인들이야! 자네처럼 하수구에서 기어 다니는
바퀴벌레 따위가 알 수 있는 세상이 아니라고!"

중년 남자는 발걸음을 잠시 멈추었지만 뒤를 돌아보진 않았다. 최득록은 그의 뒷모습을 보며 차갑게 말을 이었다.

"자네가 뭘 믿는지 알아. 셋째 상(常) 씨, 넷째 제(齊) 씨, 다섯째 유(劉) 씨, 여섯째 비(費) 씨, 일곱째 진(陳) 씨 등 그 동생들 아니야? 그들이 싸움에 능하다는 건 알지만, 잊지 말게. 셋째와 여섯째는 우림군의 교위(校尉)이고 다섯째는 기병의 대장이며 일곱째는 호위를 하다 은퇴한 사람이지. 진정한 대인물이 손가락 하나만 까닥해도 자네는 명계(冥界, 어둠의 세계) 가장 깊은 곳으로 떨어져 영원히 빠져나올 수 없을 것이야!"

중년 남자가 갑자기 몸을 돌려 최득록의 눈을 바라봤다. 하지만 최득록은 기세를 굽히지 않고 사납게 말했다.

"최근 몇 년 동안 자네가 가장 믿는 형제들이 많이 죽었지. 넷째 제씨는 이미 폐물이 되었으니, 자네가 의지할 수 있는 형제들도 몇 안 되지. 자넨 귀인들의 진정한 힘을 몰라. 단 한 마디, 단 한 장의 문서만으로도 자네가 가장 신임하는 전력이 모두 사라질 수 있어. 장안성에서 그동안 자네에게 억압당하고 죽은 영혼들이 모두 기뻐 뛰쳐나와 자네를 순식간에 밟아버릴 것이야."

중년 남자는 잠시 침묵했지만 말은 하지 않고, 다시 몸을 돌려 문으로 걸어갔다. 그의 얼굴은 이미 평온함을 되찾은 듯 보였다.

"춘풍정 조 씨! 자네는 손을 너무 깊숙이 담갔어. 조정에까지 손을 뻗다니…… 지금은 모두가 자네의 적이야. 누가 자넬 용납할 수 있는지 두고 보지!"

중년 남자는 문에 손을 올린 채 뒤도 돌아보지 않고 나지막이 말했다.

"하늘이 용납하면 난 살 수 있어."

**

이 대화는 어떤 의미에서, 장안성 지하 세계의 역사적인 행보를 결정했다. 저 높은 곳에서 군림하는 대인물들이 강호의 들풀에 관심을 갖기 시작했을 때, 들풀의 생명력이 아무리 왕성해도 모두 타버린 후에는 검게 탄 줄기와 흙 속의 풀뿌리만으로 다시 예전의 무성함으로 돌아가지 못한다.

이것이 권력의 맛.

어사 장이기의 부인은 평생 이 맛에 취해 있었기에 남편이 갑자기 죽자 이 사실을 받아들일 수 없어 대리사(大理寺)와 장안 관아를 부리나케 뛰어다녔다. 하지만 안타깝게도 이번에는 그녀가 권력의 맛에 당할 차례였다.

"어르신이 어떻게 이렇게 단명하실 수 있습니까? 27년 전 국사(國師) 대인께서 관상을 보고 백 세까지 사신다 그랬는데…… 제가 보기에 우리 집 어르신은 그곳의 여우에 의해 당하신 겁니다. 경조윤(京兆尹) 대인께서 나서주시기만 하면, 제가 친왕 전하께 가서 우리 집안을 위해 제발 힘써 달라고 부탁하겠습니다."

단상에 앉아 있는 관원은 40대 초반으로 세모 눈과 마늘 코, 듬성듬성한 턱밑 수염 때문에 그리 단정해 보이지는 않았다. 용모를 따지는 대당 관료 사회에서 이 사람이 아직까지 장안 관아에 남아 있다는 것은 매우 특이한 예였다.

"음…… 부인께서는 슬픔을 거두시지요. 우선 본관은 장안 관아 사법참군(司法參軍), 상관양우(上官揚羽)라 합니다. 성이 상관이고 이름이 양우지요. 부인이 말씀하신 경조윤 대인이 아닙니다. 그리고 제가 알기로 어사 대인의 죽음에 대해서는 이미 검시(檢屍)까지 끝났는데, 마차가 부서지면서 머리를 크게 다쳐 죽은 것입니다. 살인 사건이 아닙니다."

어사라는 관직이 관원들의 미움을 사기 쉬운 일이다보니 대인관계가 좋을 수가 없었다. 물론 그의 배경인 친왕 전하가 살아있으니 이 기회를 노려 돌을 던질 관원은 없었지만, 쓸데없이 남의 일에 참견하려는 사람도 없었다. 그래서 부인이 대리사로 먼저 찾아갔지만 대리사경은 부인을 장안부로 밀어낸 것이다.

얼마 후 장안부 경조윤 대인은 찾아온 이가 어사 부인임을 보고받은 후 관아 측문으로 빠져나가 자택으로 돌아갔다. 부하들에게 오늘은 몸이 불편하니 휴식을 취하고 싶다고 말하며 다시는 문밖으로 나오지 않았다.

상관양우는 장안부 사법참군으로 형사 사건을 주관한다. 그는 도망칠 명분도 없었지만 애당초 피할 생각을 하지 않았다. 그의 눈에 어사 부인은 종이호랑이에 지나지 않았기 때문이다. 그는 대충 부인을 놀라게 하면 바로 겁을 먹을 것이라고 생각했다. 그리고 그 와중에 이익을 얻어 낼 수 있을지도 모르는 일.

이 상황에서도 이익을 따진다는 것이 사법참군의 탐욕을 대변했다. 그리고 이것은 그의 출신에서 비롯되었다.

상관양우는 남진 출신이었다. 그의 조상이 장안으로 이주한 후 5대(代)가 이곳에 정착했고, 대대로 동성(東城)에 거주했다. 아직 집안에 출세한 남자가 없었다. 모두 도박을 좋아하거나 여색을 좋아했다. 그래서 5대를 이어 겨우 낡은 기와집 두 칸과 조금의 재산밖에 모을 수 없었다.

그런데 상관양우 세대에 이르러, 그가 운 좋게 과거 시험에 합격하고 난 후 밑바닥 고생 끝에 진정한 관직을 얻게 된 것이다. 사법참군이 된 후 상관양우는 가난에 대한 두려움과 돈에 대한 광적인 추구로 지난 몇 년처럼 조용하거나 조심스러운 태도를 벗고 뇌물을 받는 길에 들어서게 되었다.

기실 장안 관아는 조정의 위아래에서 핍박받는 곳, 또 조세로 먹고 사는 불쌍한 관아이기에 뇌물을 탐하기가 쉽지는 않았다. 그러나 상관양우는 기꺼이 법을 어길 준비가 되어 있었던 것이다.

그의 냉정한 말에 부인이 분노하며 난리를 쳤다. 그는 그녀에게 좀 더 가까이 오라 손짓하며 목소리를 낮추어 말하였다.

"부인, 증인이라 해봐야 부인 집 시종밖에 없고 물증은 아직 관아 후원에 널려 있습니다."

그는 다시 한 번 주위를 살피고 더 목소리를 낮추었다.

"어사 대인 몸에 지분 향이 납니다. 사실 본관도 알아요. 어사 대인의 죽음이 너무 괴상하고 억울하다는 것. 그리고 소문이…… 소문이 너무 듣기 안 좋지요. 부인이 소란을 피워야만 부인이 어사 대인을 죽음으로 몰았다는 의심에서 벗어날 수 있겠지요. 그리고 그 기방도 부인에게 크게 보상을 해야 하고…… 조정에서 보낸 티도 안 나는 위로금이 무슨 소용이 있겠어요? 사실 손에 든 은이 최고죠."

어사 부인의 수척한 얼굴이 순간 어색해졌다. 상관양우의 마지막 말에 마음이 흔들린 것이 분명한 듯 했다. 그녀는 한참을 머뭇거리다가 갑자기 그를 바라보며 낮은 목소리로 말했다.

"이 일이 성사되면…… 보상금의 2할을 드릴게요."

순간 부인의 예상과 달리 상관양우는 갑자기 안색을 바꾸며 손에 있는 막대기로 탁자를 내려치며 호되게 꾸짖었다.

"이런 간도 큰 부인을 봤나! 당신 부군이 어사라서 좀 존중해줬더니, 스스로 죽을 길을 찾으려 하는구먼!"

고함에 어사 부인은 깜짝 놀라 어리둥절해졌다. 하지만 순간적으로 상관양우의 얼굴이 마치 그린 것처럼 다시 재빨리 부드러워지더니 친절하고 진심 어린 말투로 말을 이었다.

"본관이 부인이게 이런 말을 하는 것은 부인을 구하기 위함이오. 이 기방 뒤에 누가 있는지 아시오? 거기다 대고 은자를 갈취하려 하는 거요? 정말 배짱이 대단하네."

어사 부인은 떨리는 목소리로 대답했다.

"이거…… 이거…… 많이 가르쳐 주십시오."

상관양우는 손을 뻗어 하늘을 가리키며 낮은 소리로 말했다.

"그건 황후 마마의 이권이 걸린 사업이오."
"아?"

어사 부인은 순간 무릎이 시큰해지면서 더욱 떨리는 목소리로 말했다.

"이걸 어쩌지…… 어찌 한담……."

상관양우는 정색하며 말투를 바꾸어 근엄하게 말했다.

"이렇게 끝까지 행패를 부리면 어사 대인의 남은 명성도 지켜낼 수 있을지 장담할 수가 없어. 그가 기방에서 뛰어나오는 것을 많은 사람들이 봤고 그때 어사 대인은 술에 취해 있었지. 어사가 기생과 놀아났다…… 황실에서 알면 관직에서 제명되어 유록(遺錄)을 받을 수 없을지도 몰라."
"그…… 그…… 그럼 어떻게 하면 좋을까요?"

"문제는 이 일이 이미 밖으로 알려졌다는 사실이야. 하지만 기방에서 이 일을 처리하는 사람을 잘 정리해서 황궁에 계신 그분 귀에만 안 들어가게 할 수 있다면 아직 가능성이 있어."

"그렇게 해주세요, 제발!"

부인의 감정은 망연자실과 긴장감으로 가득차서 이미 이성적인 판단력을 잃은 듯 보였다.

"대인, 그럼 그 사람을 어떻게 정리할까요?"

상관양우의 얼굴이 밝아졌고, 또 곧 입금될 은전을 생각하니 모공 하나하나가 모두 펴지는 것처럼 느껴졌다. 어사 부인은 아무것도 모르고 상관양우의 호의 담긴 얼굴에 덩달아 안심하기 시작했다. 상관양우는 속으로 의기양양하게 생각했다.

'남자보다 여자를 상대하는 것이 편하고, 살아 있는 사람보다 죽은 사람을 상대하는 것이 편하지.'

그는 출신이 가난했다. 심지어는 비천하다고까지 말할 수 있었다. 의지할 곳 하나 없는 그는 얼굴까지 못생겼고 인품과 성격에도 아무런 장점이 없었다. 호천께서 그를 거두지 않는 한 그는 계속해서 이렇게 추하게 살아갈 것이었다.

'하늘이 용납하면 난 살 수 있다.'

3

어룡방 전투

2

◑ ◑ ◑

봄비가 이틀 더 내렸고 47번 골목은 여전히 썰렁했다.

녕결은 상관양우의 뼛속까지 새겨진 탐욕 때문에 어사 장이기 사건의 가장 큰 골칫거리인 어사 부인의 진정이 해결되었다는 것을 몰랐다. 녕결은 곧 치를 서원 입학시험과 비싼 수업료, 숙박비를 생각하며 골머리를 썩이고 있었다. 며칠 전 일 년치 임대료를 면제 받았지만 그것은 종이 위의 돈일 뿐, 손에 쥔 은자는 아니지 않은가.

이 점을 생각하자 그는 한숨에 또 한숨을 쉬고, 고개를 숙여 수저 끝으로 그릇에 든 국수와 파를 뒤적이고 있었다. 먹고 싶은 생각도 심지어 글씨를 쓰고 싶은 생각도 들지 않았다. 그리고 몇 년 동안 수없이 먹은 산라면에 산초 4개, 파 30개가 들어갔다는 것은 눈 감고도 알 수 있었다.

'톡 톡, 토도독…….'

비는 점점 더 거세지고 빗줄기가 골목 청석판을 때리는 소리가 점점 더 커졌다. 그는 그릇을 들고 문턱까지 가서 반쯤 웅크린 채 앉아 멍하니 빗줄기를 바라보았다. 그리고 마침내 고개를 숙이고 국수를 먹기 시작했다.

순간, 그는 고개를 들고 오른쪽 위를 쳐다봤다. 중년 남자 하나가 우산을 들고 노필재 문 밖에 나타났기 때문이었다.

튀는 빗물에 그가 입은 푸른 장삼은 반쯤 젖어 있었고 허리에 찬 검집에도 물방울이 맺혀 있었다. 하지만 표정만은 차분하고 온화해서, 마치 햇빛 아래 복숭아꽃을 보는 것 같았다.

일 년치 임대료를 면제해 준 그 집주인. 녕결은 그를 잠시 쳐다봤지만 아무 말도 하지 않고 다시 고개를 숙여 국수를 계속 먹었다.

"맛있는 향이 나네."

"너무 많이 먹어서 아무리 맛있는 국수라도 그냥 그래요."
"난 먹어본 적이 없네만."
"일 년치 임대료를 면제해줬다고 국수를 공짜로
드릴 생각은 없네요."
"난 자네 글씨가 마음에 드는데."

중년 남자의 말은 간결했고 화제 전환이 매우 빨랐다. 평소 명령만 내리고 질문을 받지 않는 사람들의 특징.

"저도 좋아요."
"잘 썼던데."
"저도 제가 잘 쓰는 걸 알아요."
"글씨 속에…… 살의(殺意)가 넘쳐. 난 살기가 그렇게 가득하고
두려움이 없는 사람을 거의 본 적이 없는데."

녕결은 잠시 침묵하다 국수 그릇을 보며 무심히 물었다.

"오늘밤 누구 죽이러 가요?"

중년 남자는 탄식하며 대답했다.

"그래, 하늘은 날 용납하는데 사람이 날 용납하지 않으니
사람을 죽일 수밖에."

녕결은 그제서야 남자의 얼굴을 쳐다보며 물었다.

"사람을 죽이고 싶으면 그냥 가면 되지,
왜 제 가게 앞에 서 있어요?"
"비가 그치기를 기다리네. 기다리는 사람도 있고……."

"그치길 기다리면 그치지 않는 게 비고, 기다리면
오지 않는 게 사람인데."
"사람이 오지 않으면 오지 않는 이유가 있겠지."

중년 남자는 미소를 지으며 물었다.

"우리 진지하게 몇 마디 나눠볼 수 없을까? 수도승처럼
이리저리 떠보지만 말고."
"그게 맞긴 하죠. 저도 뜬구름 같은 이야기는 싫으니까.
하지만 전 앉아 있는데 위를 쳐다보며 대화하고 싶지는 않네요."
"일어나도 좋아."
"당신이 앉지 그래요."

중년 남자는 웃으며 조금도 망설이지 않고 바로 쪼그려 앉았다. 젖은 청색 장삼의 끝자락이 노필재의 문턱을 가렸다. 그리고 그는 녕결의 앳된 얼굴을 보며 진지하게 입을 열었다.

"난 지금 힘에 부친다."

녕결은 국수를 먹으며 다음 말을 기다렸다.

"많은 거물들이 내 입장을 묻지만 난 지금 말을 할 처지가
못돼. 소위 말해 포위 공격을 당하고 있다. 나와 내 형제들이
일을 너무 깨끗하게 처리해서 대당 법률로는 날 처벌하지 못하기
때문에, 그들은 오늘밤 나를 직접 없애버리기로 결정했지.
비와 어둠을 이용해 남성(南城)과 서성(西城)의 패거리가
다 몰려왔어."
"당신이 기다리는 사람들은요?"
"얼마 전에 내 형제 하나가 죽었다. 나머지 형제들은 대부분

관아의 일을 보고 있기에 거물들이 쉽게 그들을 군영(軍營)이나 관아에 가둘 수가 있지. 그래서 오늘밤 내 사람이 매우 적다."
"형제가 죽었다면……."

밤비가 계속 내렸고 또 점점 더 거세지고 있었다. 중년 남자가 기다리는 사람은 오지 않을 것만 같았다. 그러나 그는 개의치 않는 듯 차분하게 그가 직면한 상황을 숨기지 않고 말했다.

"중요한 것은…… 오늘밤 한 사람이 내 곁에 있어야 한다는 거야."
"그게 누군데요?"
"빠르고 독하고 용감하며, 위험이 닥쳐도 눈 하나 깜빡 안 하고 내 몸에 그 어떤 것도 묻히지 않을 사람."
"오늘밤엔 빗물 정도는 묻겠네요."

녕결의 농담에 그는 긴장을 풀면서 웃었다.

"하하, 그래."
"요구 수준이 그렇게 높진 않네요."

잠시 침묵하던 녕결이 갑자기 웃으며 물었다.

"그런데 왜 저를 선택한 거죠?"

중년 남자는 시선을 녕결의 국수 그릇에 옮기며 말했다.

"내가 좀 알아봤지. 소벽호의 장작꾼이라는 명성이 장안성에서는 그리 높지 않지만, 난 전문적으로 마적을 죽인 사람이 무엇을 할 수 있는지 알지. 그리고 내 눈으로 직접 확인했으니까. 그날 나도 홍수초에 있었거든"

녕결은 자신의 별칭이 장안 도성 안에서 거론되자 눈살을 찌푸렸다.

"왜 당신과 같이 가야 하죠? 저에게 무슨 이득이 있나요?"

중년 남자는 소년의 솔직함이 마음에 들었다.

"장안성에서 아무도 나의 마지막 패를 모른다. 오늘밤 내가 이긴다면 그 패가 드러날 것이다. 그때 자네가 정말 엄청난 패를 얻게 되었다는 것을 알게 될 것이다."

"오늘밤 죽을지도 모르는데 왜 그 패를 먼저 꺼내지 않아요?"

"패는 패가 아니라 사람이고, 그 사람은 내게 명령을 할 수 있지만 난 그 사람에게 명령을 못한다. 그분은 내가 오늘밤 싸움에서 이기기를 바란다. 그분이 상대방의 마지막 패를 보고 싶기 때문이다."

"전 이런 대화가 너무 싫어요. 전 당신이 말한 엄청난 패든, 대들보든 관심이 없어요. 저에 대해 알아보셨다면 이전에도 제가 엄청난 조력자를 얻을 수 있었는데 거절했다는 것도 아실 텐데요."

대당 공주. 녕결은 그녀를 떠올렸다. 장안에서, 아니 대당 제국에서 공주를 뒷배로 둔 사람이 누가 있겠는가. 그는 이 말과 함께 다시 침묵에 빠졌다.

"단도직입적으로 가격을 부르는 게 익숙한가?"

"은자 오백 냥."

중년 남자는 눈살을 찌푸렸다.

"너무 적어. 더 올려야 하지 않을까?"

남자의 배포는 녕결이 생각한 것보다 훨씬 컸다. 오늘밤 싸움이 그에게 너무 중요했기 때문이었을까. 비 내리는 밤, 노필재 서예점 문턱 앞. 두 사람의 흥정은 확실히 기괴했다.

'돈을 주는 사람이 받는 사람에게 더 받으라고?'
"오늘밤 제가 몇 명이나 죽여야 하죠?"
"최소 다섯!"
"초원에서 마적 다섯의 목숨 값은 다섯 냥도 안 되죠.
은자 오백 냥이면 목숨도 바칠 수 있어요."
"목숨을 건 행동은 할 필요가 없다. 목숨까지 걸 필요는 없어.
위험하다고 판단되면 먼저 떠나도 좋다."

녕결은 고개를 저으며 대답했다.

"그건 제가 일하는 방식이 아니에요. 감정이 금보다 더 단단하다는
말은 정말 쓸데없는 말이지만 장사를 하는 이상 기본적인
상도덕은 지켜야죠."

중년 남자는 미소를 지으며 손을 내밀었다.

"장사라고…… 상도덕이라…… 마음에 드는군.
좋아, 그렇게 하지."

흥정은 이루어졌다. 녕결은 그와 가볍게 악수를 하고는 손을 거두며 말했다.

"성은 녕(寧), 안녕(安寧)할 때 녕이고요…… 이름은 결.
녕결이라고 해요."
"성은 조(朝), 대당 왕조(王朝)할 때 조…… 이름은 소수(小樹)!"
"오만방자한 성에 겸손한 이름이네요. 작은 나무라……"

"장안 사람들은 날 춘풍정 조 씨라고 부르는데 자네는 나를 조형(朝兄)이라고 불러도 되네."

"조소수가 더 듣기 좋은데…… 제 말은 소수라는 이름이…… 근데 당신이 어른방 방주예요?"

"조형이라고 불러도 되는데…… 그리고 이 새끼야, 어른방이 아니고 어룡방……."

"아…… 미안, 미안해요. 왜 난 자꾸 어른방이라고 하지?"

조소수는 허탈한 웃음을 짓고 말았다.

"난 스스로 어룡방 방주라고 생각한 적이 없어. 그저 형제들을 모아 조정(朝廷)이 하기 어려운 일을 대신했을 뿐."

녕결은 결국 그의 신원을 확인했다. 미소를 지으며 그의 어깨를 툭 치면서 말했다.

"장안 제일의 패거리 두목이 이렇게 겸손하다니…… 너무 가식적이지 않아요?"

**

녕결은 땔감 더미에 숨겨 놓았던 박도를, 상자에서는 황양목(黃楊木) 목궁과 화살통을 꺼냈다. 볼품없는 항아리에서는 대흑산을 꺼냈다. 그리고 한참 동안 상자 밑을 더듬어 안 씻은 지 오래된 검은 복면을 찾아냈다. 또 몸에 붙는 연갑(軟甲)을 입고 반팔의 두루마기를 걸치고, 월륜국에서 흔히 볼 수 있는 양식으로 머리를 묶었다. 검은 복면으로 얼굴을 반 이상 가렸다.

녕결은 한참을 청동 거울을 보며 준비 사항을 확인한 후, 주방으로 가서 안에다 대고 말했다.

"나 간다."

상상은 부엌 아궁이를 정리하고 가마솥과 그릇, 붓과 벼루를 씻고 있었다. 작은 얼굴에 아무런 표정이 없었지만 가늘고 긴 눈에는 초조함이 묻어나왔다. 무슨 연유인지 오늘따라 상상은 동작이 거칠어서 자꾸만 시끄러운 소리를 냈다. 그리고 검은 솥이 뚫어질 것처럼 팔에 힘을 준 채 벅벅 씻고 있었다.

"돈을 좀 벌 수 있어. 게다가 내가 보기에 그놈은 배경이 괜찮은 것 같아. 이번에 그를 도와주면 나도 그 사람 뒷배를 좀 이용할 수 있을 듯해."

'척!'

상상은 행주를 부뚜막에 내던지고 무거운 솥을 들었다. 그러다가 허리가 삐끗했는데 녕결은 본체만체했다.

"소흑자 이 멍청한 새끼, 그렇게 죽어버리다니……
내가 명계(冥界)를 찾아가 원수를 갚을 수도 없고……
오늘밤 그놈을 대신하여 원수를 갚아주는 셈 치지 뭐."

이 말을 마친 후 그는 더 이상 상상의 기분은 신경 쓰지 않았다.

**

장안 제일의 패거리인 어룡방의 방주. 오랜 시간 강호를 떠돌던 춘풍정 조 씨는 그동안 얼마나 많은 기인을 봤겠는가. 하지만 녕결의 모습을 보고는 여전히 의아함을 지울 수가 없었다. 특히 그는 녕결이 등에 맨 헌 천으로 감싼 신비로운 물건을 보며 물었다.

"사람을 죽이러 가는 게 아니라 도박빚을 지고 야반도주하는 것 같은데. 설마 모든 가산(家産)을 지고 온 건가?"

"전 칼 세 자루밖에 안 맸는데요?"

녕결은 사람의 그림자도 보이지 않는 골목을 보며 말을 이었다.

"당신 형제들 사이에 첩자가 없길 바라네요. 오늘 당신을 따라 사람을 죽였다가 내일 장안 관아의 조사 대상이 되고 싶지는 않으니."

"사실 그렇게 조심할 필요는 없네. 오늘밤이 지나도 자네와 내가 살아 있기만 한다면 말이야. 자네가 당률에 어긋난 짓만 하지 않으면 장안성은 물론이거니와 당나라 전체에서도 자네를 무시할 사람은 없을 거니까."

"조용히 사는 데 익숙해서……"

춘풍정 조 씨는 웃었지만 더 이상 말은 하지 않았다.

봄날의 아늑함은 이미 빗소리에 사라졌지만 어디선가 발걸음 소리가 많아지기 시작했다. 녕결이 드디어 문턱을 넘었고 조소수는 바람에 잘 버티지 못할 것 같은 우산을 폈다. 그렇게 두 사람은 동시에 발걸음을 내디디며 밤의 어둠과 빗속으로 들어갔다.

그때, 상상이 뛰어나왔다. 그녀는 문턱 안에서 무거운 가마솥을 두 손으로 안고 탁자 위에 먹다 남은 산라면을 보았다. 비바람이 몰아치는 골목을 걸어가는 뒷모습을 보며 그녀가 초조하게 소리쳤다.

"도련님, 아직 국수 다 안 먹었어요!"

녕결은 고개를 돌려 웃으며 대답했다.

"거기 둬. 돌아와서 마저 먹을게."

"식으면 맛이 없어요!"

녕결은 힘차게 손을 흔들며 말했다.

"그럼 하나 더 끓여 놔. 돌아와서 먹을게."
"파를 많이 넣을 거니까 도련님은 꼭 돌아와서 드셔야 해요! 도련님은 파향을 좋아하잖아요. 산초는 세 개만 넣을게요."

녕결은 대답하지 않았지만 그의 눈가에 웃음이 번졌다. 그는 갈수록 어두워지는 골목길과 갈수록 거세지는 빗방울을 보며 물었다.

"소수, 이제 어디로 가지?"
"춘풍정."

조소수는 호칭에 개의치 않고 평온하게 대답했다.

"내 집이 거기야. 적들도 거기 있고. 그리고 날 형이라고 부르면 좋겠는데…… 너야 말로 소수(小樹, 작은 나무)니까."

골목에는 비바람이 여전했다.

춘풍정, 그곳은 어떠할까.

절대 다수의 장안 사람들은 알고 있었다. 이유는 몰랐지만 춘풍정 조 씨가 자신의 패거리 명칭을 어룡방이라고 부르길 꺼려한다는 사실을. 그는 장안 제일의 패거리를 춘풍정이라 불리길 원했다.

사람들은 그가 어려서부터 춘풍정 두 번째 거리에 살았기 때문이라고 추측할 뿐. 또는 그가 암흑가에 살면서 너무 많은 사람을 죽여서, '봄바람이 부는 정자'라는 뜻을 가진 춘풍정이라는 보기 좋은 이름과 연결시키려 한다고 짐작만 할 뿐.

춘풍정은 동성의 빈민가에 위치해 있기에 대낮부터 밤까지 노점

상들로 가득했다. 그래서 이름과 달리 우아한 맛이 느껴지지는 않았다.

그러나 오늘 춘풍정 일대는 유난히 조용했다.

비 떨어지는 소리가 천둥소리처럼 요란하고, 바람이 허름한 간판을 스쳐가는 소리가 소나무 숲을 지나가는 바람 소리로 들릴 정도로 조용했다. 1번 거리부터 4번 거리까지 행인은 보이지 않고 어린애 울음소리조차 없이 비바람과 살의로 뒤덮인 골목에는 아무 소리도 들리지 않았다. 마치 모두 죽은 듯. 그곳을 두 사람이 산책하듯 어슬렁거리며 들어가고 있었다.

밤의 어둠과 비바람 소리에 모든 것이 가려진 곳, 그곳에 허름한 정자 춘풍정이 있었다.

얼마나 많은 적들이 정자 주위에 있을지 모를 일.

검은 복면을 쓴 녕결은 묵묵히 조소수 뒤를 따라가고 있었다. 주위에서 매복하고 있던 사람들도 예상하지 못했다. 조소수 옆에 푸른색 옷을 입은 3천의 형제 대신 앳된 소년 하나만 있으리라고는.

침묵의 시간이 길었다. 하지만 어둠과 비에 몸을 숨겼던 적들은 조소수와 녕결 두 사람만 오는 것을 확인한 후, 더 이상 행적을 숨기지 않았다. 쉴 새 없는 발걸음 소리, 장화 바닥이 물웅덩이를 밟는 소리, 칼집에서 칼을 빼는 날카로운 소리와 함께 강호 사내들이 정자 뒤와 작은 골목, 그리고 근처 집에서 걸어 나왔다.

조소수는 싱긋 웃었다. 뒤에 있는 소년에게 두렵지 않느냐는 재미없는 질문도 하지 않았다. 그저 팔을 들어 얼굴에 묻은 빗물을 닦아내고, 무리들 가운데 약간 뚱뚱한 중년 사내를 가리키며 말했다.

"저놈은 몽 씨, 남성 패거리의 두목이야. 그 옆에 있는 대머리는 송철두. 몽 씨는 송철두의 형. 송철두는 그날 자네 가게에 가서 난동을 부리던 놈의 큰형."

조소수가 손을 들자 패거리들이 움찔하며 한 걸음 뒤로 물러났다. 조소수는 다시 웃었다. 그는 상대방 패거리를 조롱하지도 않았다. 대신 그는 동쪽에 있는 패거리들 중 마르고 키 큰 사람을 가리키며 말을 이었다.

"저 사람은 준개(俊介)라고 부르지. 서성(西成)의 우두머리. 그의 수하에 제법 뛰어난 개 같은 놈들이 많이 있지. 평소에는 내 형제들과도 친하게 지낸다네."

그는 춘풍정 주위를 한번 훑고선 미간을 살짝 찌푸리며 말했다.

"저기 있는 인간들은 묘(猫) 아저씨가 부리는 사람들이지. 묘 아저씨는 장안 관아에 끈이 있고, 그 부하들은 규칙이란 걸 모르지. 물론 그리 신경 쓰지 않지만…… 그의 처제가 장아 관아 참군(參軍)의 첩이라 체면을 생각해 줬지. 그리고 부하들이 대부분 성문군(城門軍) 출신이라 무도(武道)에 능하지. 하지만 내가 맡은 화물 운송에서는 한 번도 성문군에게 뇌물을 바친 적이 없어. 그러니 그들은 항상 나에게 불만이 많았지."

수백의 장안성 패거리들이 어룡방 방주 조소수를 죽이기 위해 춘풍정 주위에 모였다. 하지만 이 광경을 마주한 조소수는 너무나도 여유롭게 오늘 밤 어떤 놈들이 동원되었는지 빠짐없이 설명했다.

인내심인가 자신감인가. 녕결이 목소리를 낮춰 이야기했다.

"저 사람들을 저에게 소개하는 것은 좋지만 저를 저 사람들에게 소개하진 마세요. 저 패거리들이 제가 누군지 알게 되면 앞으로 제가 어떻게 살아요."
"어차피 오늘 저들을 다 죽이지 않으면 결과는 죽음인데, 그런 것을 걱정할 필요가 있나?"
"죽이는 건 괜찮은데 귀찮은 건 싫으니까."

두 사람이 한가로운 대화를 나누고 있을 때 상대방 패거리 쪽에서 한바탕

소동이 일어나더니 몽 씨가 앞으로 나섰다. 패거리 중 수하가 가장 많고 평소에도 어룡방에 가장 억압을 받던 그였다.

"곡물 운송, 군부의 후방 지원, 호부 창고의 외곽 경비 등등 대당 제국에서 제일 돈을 많이 버는 일은 모조리 어룡방이 도맡았지. 허나 우리에게는 국물 한 방울도 내놓지 않았으니, 이게 네놈이 할 짓인가?"

몽 씨는 눈을 부라리며 말했다.

"공분을 산다는 것이 무엇인지 알 것이다. 그리고 이제 조정(朝廷)도 너를 혼내주려 하니 우리를 탓하진 말아라."

조소수는 미소를 지으며 입을 열었다.

"강호인들이 원래 수준이 낮아. 그래서 허구한 날 같은 말만 되풀이하지. 어느 집 개새끼가 멍멍 짖듯이 말이야…… 저 말은 정말 귀에 굳은살이 박일 정도로 지겨워."

이 말은 상대방이 아닌 녕결에게 하는 말. 하지만 반응한 이는 몽 씨.

'펑!'

몽 씨는 손에 들고 있던 나무 막대를 바닥에 세차게 내리치며 소리를 질렀다.

"어룡방이 식구가 삼천이라 하지만 너를 위해 목숨을 바쳐 싸울 놈들은 고작 이백도 안 되지. 심지어 그놈들은 귀인들에 의해 우림군 기병 군영(軍營)에 갇혀 있어. 그런데도 오늘밤 네놈이 살아나갈 수 있는지 보자!"

조소수는 환한 미소를 지으며 말을 받았다.

"첫 번째, 곡물 운송이든 군부 일이든 호부 일이든 내가 이 모든 것을 오랫동안 할 수 있었던 건 내가 그럴 자격이 있기 때문이지. 너나 준개, 묘 씨는 그럴 능력이 없어. 그것들을 네놈들 앞에 가져다주어도 너희는 먹을 용기도 없잖아? 두 번째, 춘풍정 형제들 중 오늘 춘풍정에 올 사람은 없어. 관(官)에서 일하는 사람은 차치하고서라도 넷째가 여기 없다는 게 이상하지 않나? 넷째는 이미 네놈들 본거지로 갔어. 지금쯤이면 아마 남성과 동성 그리고 묘 씨네 앞마당이 시끄러워지기 시작했을 거야."

춘풍정을 둘러싸고 있던 패거리들이 술렁이기 시작했다. 그들은 이제야 조소수가 스스로를 미끼로 삼아 자신들을 이곳으로 끌어들이고, 나머지 어룡방 패거리들을 자신들의 본거지로 보냈다는 것을 알아차렸기 때문이다.

"비겁하게 처자식을 건드리다니!"
"조소수, 이런 비열한 새끼!"

조소수는 고개를 갸웃하며 대꾸했다.

"네놈들은 지금 내 집 앞에 있는 거 아닌가? 적어도 난 너희들을 네놈들 집 앞에서 네놈들 부모와 처자식 앞에서 죽이진 않잖아? 누가 비열한 거야?"

그는 잠시 말을 끊고 차갑게 주위를 둘러보며 말을 이었다.

"하지만 오늘밤이 지나면, 설령 누군가 살아남더라도 장안성에 돌아갈 집이 남아 있을 거라는 기대는 더 이상 하지 마라."

간단명료한 한마디에 패거리들의 머릿속에 수많은 장면이 스쳐갔다. 춘풍정 조 씨. 그의 말이 곧 보증이었다. 그가 가족을 건드리지 않는다 하면 결코 가족을 건드리지 않는다. 반대로 그가 가족을 건드린다 하면? 남성의 몽 씨는 얼굴에 경련이 일었다. 그의 얼굴에 맺힌 빗방울 몇 개가 튕겨져 나갔다.

"집은 다시 지으면 되지만 사람이 죽으면 다시 살아날 수 없지. 네놈만 죽이면 강호가 달라질 터. 장안성은 이제…… 우리 것이 될 것이다!"

"장안성은 영원히 황제 폐하의 것이지."

조소수는 비웃으며 고개를 살짝 숙여 허리에 찬 검을 보며 말했다.

"잘 생각해라. 너희들이 오늘 죽는 이유를…… 그동안 너희들이 날 죽이겠다고 떠들어대도 내가 오늘처럼 손을 쓴 적이 있던가?"

조소수는 검병을 잡았고 그 순간 푸른 적삼이 살짝 흔들리며 살의가 뿜어져 나왔다. 그는 순식간에 다른 사람이 된 듯 보였고 그를 보며 녕결도 등 뒤의 박도로 손을 뻗었다.

최근 몇 년 동안 장안성은 어룡방 천하였다. 사람들은 어룡방 뒤에 대단하고 또 지독한 인물들이 있다는 것을 알고 있었기 때문이다. 셋째 상 씨, 넷째 제 씨, 다섯째 유 씨, 여섯째 비 씨, 일곱째 진 씨 등등. 사람들은 이들이 언젠가는 자신만의 천하를 만들기 위해 어룡방을 배신할 줄 알았는데, 의외로 그들은 여전히 큰형님을 따라다니며 한 발짝도 떠나지 않았다.

왜? 그들의 큰형님이 춘풍정 조 씨였기 때문이었다.

사실 춘풍정 조 씨가 싸우는 것을 본 사람들은 얼마 없었다. 아니, 거의 없었다고나 할까. 더 정확히 말하자면 그 장면을 본 노인들은 이미 다 죽었다. 하지만 그를 종이호랑이라고 생각하는 사람은 더 적었다.

몽 씨는 조소수가 검을 잡는 동작에 자신의 패거리가 겁을 먹은 것을 느꼈다. 그는 최대한 눈을 부릅뜨고 큰 소리로 말했다.

"그도 사람일 뿐이다. 신선이 아니야! 죽여!"

피에 정신 못 차리는 망나니, 강호의 전설적인 인물을 죽여 단번에 이름을 날리고 싶어 하는 거만한 인간들은 어디에나 있다. 패거리의 수를 믿고 용기를 얻은 사내들이 하나 둘 나서기 시작했다. 다른 이들도 일제히 칼을 들고 조소수에게 사방팔방으로 달려들었다!

"난 조용히 집에 가고 싶을 뿐인데……."

이 말을 끝으로 조소수는 검을 뽑았다.

**

교룡(蛟龍)같이 튀어나온 검을 쥐고 그는 빠르게 맨 앞에 있는 사람을 향해 돌진했다. 녕결은 그 모습을 보고 도병을 쥐었지만 아직 박도를 뽑지는 않았다. 암흑 속 전설이라고 불리는 사내의 진짜 실력을 구경해보고 싶었기 때문이다.

조소수의 검은 특별하지는 않았다. 길이도 넓이도 평범했고, 검의 날도 다른 점은 없었다. 다만 빗방울이 고속으로 움직이는 검에 닿았을 때 빠르게 흩어지며 검날에 잔주름이 희미하게 보일 뿐.

너무 대단한 사람이 솔직한 말을 하면 자칫 남에게 허세를 부린다고 오해를 사기 쉽다. 녕결도 처음엔 그렇게 생각했으나 조소수의 검이 마지막 찰나에 찌르기에서 내려치기로 변하는 것, 검신이 정확하게 선두에 있던 사내의 가슴을 가르는 것을 보고 조소수의 말이 결코 허세가 아님을 단번에 알았다. 꼿꼿한 검신이 공중에서 어떤 힘에 의해 강제로 구부러진 듯했고 심지어 검의 속도에 비해 하늘에서 내리는 빗방울은 너무 느려 보였다.

그의 검로(劍路)는 간결하면서도 눈을 홀리게 했다. 쾌(快)와 환(幻)의 검로.

'펑!'

두꺼운 가죽을 치는 것 같은 둔탁한 소리.

'슈웅…… 펑!'

선두에서 돌진하는 사람이 조소수의 얼굴도 제대로 보지 못한 채 허공을 날아 무려 석 장이나 떨어진 바닥에 나가 뒹굴었다. 공중에서 그려진 아주 긴 곡선에 조소수에게로 향하던 칼끝들이 순간적으로 멈칫했고, 약속이나 한 듯 모든 이들이 침묵에 빠졌다.

일격을 날린 검이 천신(天神)의 손에 있는 망치거나 혹은 신선의 손에 쥐어진 철로 된 채찍 같았기 때문이다. 달려오던 사내들의 몸은 뻣뻣하게 굳은 듯했다.

조소수는 발걸음을 멈추지 않았다. 그는 멋지게 검을 잡고 걸으며 한 걸음 한 걸음 발을 디딜 때마다 팔목을 살짝 움직여 가볍게 휘둘렀다.

'펑! 펑! 펑! 펑…… !'

윙윙거리는 소리와 함께 철 채찍처럼 휘몰아치는 검에 사람의 그림자가 하나씩 날아가 땅에 처박혔다. 검이 가슴에 닿자 골목 벽에 부딪혀 피를 토하고 검이 다리에 닿자 공중제비를 돌고는 피를 뿜었다. 처참한 광경과 달리 조소수가 검을 휘두르는 동작은 가벼웠다. 심지어 크게 신경을 쓰지 않는 것처럼 보였다. 마치 한 여름 밤 모기를 쫓아내는 듯…….

그 뒤를 쫓아가며 이 모든 장면을 보고 있는 녕결의 입이 떡하고 벌어졌다.

'찔러 죽이는 것이 아니라 검신으로 적을 치는 것은 최대한 힘을 덜 쓰고 간단하게 많은 적을 상대하기 위해서였구나…….'

"당신이 강한 건 알았지만 이렇게 강한지는 몰랐네요."

전설은 전설이다. 강호든 기방이든 관료 사회든 사람들의 기억에서 전설로 남은 사람들은 다 이유가 있다. 그 전설이 몇 년 조용했다고 전설이 아닐 수는 없을 터.

평소 용맹하기 그지없던 부하가 조소수가 살짝 휘두른 소매에 의해 날아가 버리고 상대방이 점점 가깝게 다가오는 걸 보자 남성 몽 씨, 준개, 묘 씨는 모두 몸이 떨리기 시작하며 도망치고 싶은 강렬한 욕망이 솟구쳤다. 하지만 이어서 자신들 뒤에 있는 '귀인'을 생각하며, 저택 안에 대기하고 있는 '진정한 강자' 두 명을 떠올리며 이를 악물고 외쳤다.

"한꺼번에 달려들어 그를 포위해서 도끼를 날려버려!"

외침이 울려 퍼지고 칼을 들고 돌진하던 무리들이 빠르게 뒤로 빠지며 뒤에 있던 두 줄의 다른 패거리들이 나타났다. 허리춤에 거친 띠를 매고 양손에 도끼 하나씩을 쥐고, 띠 안에 작은 도끼 네 자루씩 끼운 무리.

조소수의 얼굴에 처음으로 변화가 생겼다. 하지만 두렵기는커녕 귀찮다는 표정으로 고개를 저었다.

"어떻게 해야 하는지 알지?"

당연히 녕결에게 한 말. 녕결은 이때 어떻게 해야 하는지 정말…… 몰랐다. 물론 사방에서 몰아쳐 오는 도끼를 피해 도망칠 수는 있었다. 하지만 조소수는 이들을 두고 도망가지는 않을 터. 바로 그 순간 조소수의 뒷모습을 보고 북산도 입구에서의 전투와 여청신 노인이 했던 말이 떠오르며 눈이 번뜩 뜨였다.

'웅 웅 웅 웅 웅…….'

조소수의 손에 있던 청강검(青鋼劍)이 무서운 속도로 진동하며 검신에 묻어 있던 빗방울과 선혈을 모두 흩뿌리더니 공간 이동이라도 하는 듯 잿빛 그림자로 변하여, 빗줄기를 찢듯 도끼를 든 무리들에게 날아갔다.

'획!'

검영이 마치 밤하늘에 걸려 있는 듯한 빗방울을 하나씩 하나씩 찌르고 도끼를 든 사내의 가슴을 뚫고, 도끼를 든 손가락을 자르고…….

'슥 슥 슥 슥 슥…….'

끝도 없을 것 같은 살과 뼈를 가르는 소리와 함께 손가락이 우두두 땅에 떨어지는 소리, 그리고 낭자한 붉은 피! 그 짧은 순간 두 개의 도끼가 사내들의 손에서 던져졌지만 그와 동시에 손목이 잘리며 손과 도끼와 뒤이어 뿜어지는 피까지 같이 날아가는 기이한 장면이 벌어지기도 했다.

무수한 울부짖음 후에 찾아온 침묵 그리고 고요.

조소수의 표정엔 여전히 변화가 없었다. 하지만 남성 몽 씨의 얼굴은 더없이 창백해졌다. 그는 몸을 부르르 떨며 마치 미친 사람처럼 소리쳤다.

"조소수…… 조소수! 네놈이…… 수행자? 자네가 어떻게 대검사?!"

* *

"어떤 사람이 필요한데요?"

"빠르고 독하고 용감한 사람. 사람을 죽일 때 눈도 한번 깜빡거리지 않고 어떤 것도 내 옆으로 다가오지 못하게 할 수 있는 사람."

녕결은 조소수의 뒷모습을 바라보며 저도 모르게 손을 살짝 떨었다. 그리고 좀 전 그와 나누었던 대화를 이제야 이해했다. 북산도 입구 전투에서 대검사 곁에 있던 근접 호위 하나. 여청신이 가장 먼저 죽인 사람. 검사나 염사와 같은 수행자는 전투를 치를 때 자신의 몸 주위를 방어하는 것이 가장 중요하다.

지금 조소수의 모든 원기는 그 검에 응집되어 있었다. 그렇기에 그는 이미 방어 능력이 전혀 없었다. 다시 말해 누군가 소리 없이 다가와 기습 공격을 한다면 그는 큰 위험에 빠질 수가 있었던 것이다.

조소수가 녕결을 찾은 이유. 하지만 사실 도박이었다. 아직 어떤 사람인지도 잘 모르는 소년에게 자신의 목숨을 맡기다니. 이 도박 혹은 믿음이 녕결의 어깨를 무겁게 만들었다. 그는 숨을 깊게 들이마신 후 등 뒤에 비스듬히 하늘을 향해 있는 도병을 꽉 쥐고 반짝이는 박도를 천천히 뽑았다.

빗물이 먼지를 씻어냈고 오염된 빗물은 골목의 하수구로 흘러갔다. 이내 흙과 먼지, 피, 살점, 오물로 인해 냄새가 진동하고…… 장안성의 쥐들이 가장 사랑하는 환경이 됐다. 털이 좀 짓무른 쥐 한 마리가 더러운 앞발톱으로 사람의 손가락 하나를 잡고 흥분한 채 계속 물어뜯으며 가끔씩 자신의 털에 묻은 핏물을 핥았다. 고귀한 인간들의 싸움은 그것과 상관없는 일. 그는 잿빛 그림자가 손가락을 몇 개 더 베고 빗물이 그 손가락들을 자기 앞으로 가져오기만 바랬다.

'호천께서 보우하사 일용할 양식을 주시고…….'

'퍽.'

한 덩어리의 물건이 그것 앞에 떨어지며 오수와 핏물이 튀었다.

'내가 너무 탐욕스러워 호천께서 화가 나셨나?'

쥐는 공포에 질려 빠른 속도로 저택 앞마당 담장 밑 쥐구멍으로 들어가기 직전 저도 모르게 아쉬움에 뒤를 돌아봤지만, 다시 단호하게 꼬리를 흔들며 쥐구멍으로 들어갔다. 그것이 인간의 머리라는 것을 알았다면 자신의 결정을 후회할지도 모를 일.

하지만 후회할 시간은 영원히 오지 않았다. 쥐구멍을 통해 저택 안으로 들어가는 순간 그것은 대당 군인 장화에 짓밟혔고, 당군(唐軍) 정예 병사는 발을 들어 피투성이가 된 쥐를 확인하고는 무심히 다시 대열로 되돌아갔다.

그 병사는 손으로 바깥의 상황을 동료들에게 전한 후, 손에 든 철궁이 비 때문에 문제가 생기지 않았는지 다시 한 번 확인했다. 짙은 색 우의를 입은 수십 명의 당군 정예 병사들이 소리 없이 춘풍정 근처 저택 뒤편에 철궁을 들고 서 있었다. 담장 밖에는 싸우는 소리가 하늘을 찌르고 있었지만 그 누구도 이들을 발견하지 못한 듯 보였다.

조각상처럼 대기하고 있는 그들의 뒤쪽 누각의 나무 바닥에는 두 사람이 가부좌를 틀고 있었다.

중년쯤 되어 보이는 한 사람은 얼굴이 수려했고 하얀 장삼을 걸쳤다. 그는 옆에 작은 검 하나를 두고 있었다. 다른 한 사람은 갓을 쓰고 있어 얼굴이 보이지는 않았지만 그가 입고 있는 승복과 더러운 발, 앞에 있는 동발(銅鉢, 구리로 된 바리때)로 보아 고행승인 듯 보였다.

흰 장삼을 입은 검객이 눈앞의 빗줄기를 보며 나지막이 말했다.

"검사라니…… 어쩐지 우리를 동원한 이유가 있었군."

고행승은 아무 말 없이 동발 안에 담긴 빗물이 흔들리는 것을 보았다. 마치 자신의 기해도 흔들리는 듯 머리를 더욱 숙였고, 손가락은 느리지만 단호하게 손목에 걸친 염주를 만지작거렸다.

이 저택은 조 씨 저택. 바로 춘풍정 조 씨의 집. 이들이 앉아 있는 목재 누각의 이름은 청우루(聽雨樓). 춘풍전 조 씨가 한가할 때 앉아 조용히 빗소리를 들으며 문인 행세를 하던 곳이었다. 그곳에 당군의 정예병들과 강자 둘이 집 주인을 기다리고 있었던 것이다.

싸움이 일어나고 있는 곳 반대편 담장 밖에는 마차 두 대가 있었다. 빗물에 흠뻑 젖은 말은 재채기를 하려고 했지만 소리를 낼 수가 없었고, 말발굽질을 하고 싶어도 감히 움직이지 못했다.

말 그대로 쥐 죽은 듯 조용했다. 다른 한 대의 마차에서 간혹 기침소리만 들릴 뿐. 이 두 대의 마차에 누가 있는지는 알 수 없었다. 하지만 이때 조소수가 마차 옆에 서 있는 중년 뚱보를 볼 수 있었다면 마차 안에 있는 사람이 보통 사람이 아님을 짐작할 수 있었을 것이다.

평범해 보이는 그 중년 뚱보는 장안성에서 그리 유명하지 않았고 아무런 관직도 없었다. 하지만 관원들은 그에게 비위를 맞추려고 애썼다. 친왕 전하가 공식적으로 처리하기 불편한 일이 그의 손에서 정리된다는 걸 알고 있었기 때문이다.

그런 그가, 어찌 보면 재상의 집사보다도 권력을 많이 가진 그가 지금 마차에 들어가지도 못하고 마차 옆에 서서 허리를 공손히 굽히고 미동도 하지 않는 모습은 매우 겸손해 보였다.

* *

차가운 비가 내리는 저녁 춘풍정. 조 씨 저택 밖 골목 입구.

중년 뚱보는 마차 밖에서 허리를 숙인 채 나지막이 말했다.

"예상대로 조소수는 수행자였습니다. 그의 수행 경지가 낮지 않아

지금 상황이 좀 어려워 보입니다."

"뭐가 그리 급한가? 저택에 호부에서 데려온 이방인이 둘 있지 않나. 그들도 저놈을 막지 못하면 그때 우리가 나서도 늦지 않을 텐데…… 강호인들은 죽으면 그냥 죽는 거야. 장안성 지하 도랑에서 매일같이 쥐가 죽는 것처럼."

수백의 강호 사나이들도 세외고인(世外高人)의 눈에는 그저 도랑 안의 쥐와 같은 존재일 뿐. 춘풍정 조 씨는 수행자. 달려드는 이들은 강호인. 쌍방의 실력 차이는 마치 매와 개미의 차이와 같다.

남성과 서성의 패거리들 눈에는 악마가 자신에게 상냥하게 고개를 끄덕이며 인사를 하는 것 같았다. 그들은 마음속 깊은 곳의 공포심을 진정시킬 수가 없었고, 참지 못한 누군가가 소리를 지르자 모든 패거리들이 순식간에 흩어졌다. 몽 씨, 준개, 묘 씨 등 우두머리들은 이미 슬그머니 빠져나간 후였다. 낡은 춘풍정 주변에는 빗물에 쉴 새 없이 씻겨 내려가는 시체들과 중상을 입고 신음하는 이들 외에 사람의 그림자는 찾아볼 수 없었다.

다시 찾아온 고요.

녕결은 조소수 뒤를 따라 걸어갔다. 그는 도병을 단단히 움켜쥐고 있었지만 그것을 쓸 기회는 없었다. 일방적인 학살은 그렇게 끝났다. 하지만 그는 긴장을 늦추지도 않았고 미안한 마음을 갖지도 않았다. 그는 직감적으로 진정한 위험은 아직 오지 않았다는 것을 느꼈다.

'조소수가 수행자라면…… 저놈들도 수행자를 준비하지 않았을까?'

한 걸음 두 걸음, 조소수는 천천히 자신의 저택으로 걸어갔다.

'끼익.'

그가 손으로 문을 가볍게 밀자 짙은 색의 우의를 입은 당군 정예병 수십 명이 철궁을 들고 의연한 표정으로 그를 맞이했다. 하얀 장삼을 입은 중년 남자 옆의 단검이 천천히 진동하기 시작했고 삿갓을 쓴 고행승이 염주를 만지던 손을 잠깐 멈추었다.

반대편 골목 입구의 마차 두 대는 여전히 움직임이 없었지만 그중 한 대에서 간혹 나오던 기침 소리도 사라져 숨 막힐 듯한 적막이 흘렀다.

조용하고 또 조용했다. 잔잔한 바람 소리가 나뭇잎과 대들보를 가볍게 맴돌았고 부슬부슬 내리는 빗소리가 정원과 연못을 스쳐갈 뿐. 아무도 먼저 공격하지 않았다.

조소수는 철궁을 든 군사들 너머 검객과 고행승에게로 시선을 돌려 담담하게 입을 열었다.

"여기는 내 집이니 나가주시오."

"네 말에 쉽게 나갈 것 같으냐?"

하얀 장삼을 입은 검객의 차분한 답변을 듣고 조소수는 잠시 생각하다 다시 입을 열었다.

"며칠 전 오늘처럼 비가 내린 그날 네가 내 형제를 죽였나?"

검객은 고개를 약간 끄덕였다.

"그럼 네가 제일 먼저 죽어 줘야겠다."

'똑.'

그 순간 고행승 앞의 동발에 쌓인 빗물이 마침내 작은 빗방울 하나로 넘치기 시작했다.

조소수가 나섰다.

그는 오른손을 천천히 들었다. 그리고는 빗방울로 만들어진 주렴 사이로 비 오는 누각에 서 있는 하얀 장삼의 검객을 집게 손가락으로 가리켰다.

'웅 웅 웅 웅…… 휙!'

비 오는 밤, 밤의 어둠과 봄비 사이에 숨어 있던 얇은 검이 마침내 자취를 드러냈다. 마치 하늘에서 내려친 번개처럼 갑자기 허공을 뚫고 손가락이 가리키는 방향으로 향했다. 하얀 장삼의 검객은 눈을 가늘게 뜨며 오른손 가운데 손가락을 감아 튕겼다. 그의 옆 바닥에서 조용히 진동하고 있던 검이 검집에서 나와 푸른빛으로 변해 자신의 몸 앞을 감쌌다.

비검(飛劍)!

조소수가 예고한 이도 검객, 그의 손가락이 가리키는 이도 검객. 하지만 검의 첫 목표는 그가 아니라 그 옆의 고행승이었다.

고행승은 침묵하고 있었지만 주위의 상황을 경계하며 주시하고 있었다. 허공에서 천지의 원기가 미세하게 흔들리자 조소수가 공격에 나섰다는 것을 감지했다. 물론 첫 목표가 자신인지는 몰랐지만, 불종(佛宗) 제자의 본능으로 그는 손바닥으로 옆의 마룻바닥을 세게 내리쳤다.

나무판 틈새로 연기와 먼지가 자욱하게 일고 나무 계단 앞의 동발이 마치 누군가의 발에 차인 것처럼 세차게 튀어 오르면서 무수한 물보라가 흩뿌려졌다.

'쨍!'

잿빛 검영이 허공을 뚫고 내려와 유리처럼 맑은 빗방울을 갈랐지만 결국 동발에 의해 막혔고, 예리하고 빠른 검이 둔탁하고 두꺼운 구리 사발에 부딪히며 고막이 찢어질 듯한 소리가 났다. 고행승의 갓 아래 검은 빛 얼굴이 순간 창백해졌다. 힘에 겨운 듯 보였다.

그때 검객이 눈썹을 치켜 올렸다. 그는 재빨리 손목을 뒤집으며 중지와 식지를 나란히 뻗어 저택 대문 앞에 서 있는 조소수를 가리켰다.

그러자 그의 몸 주위에서 푸른빛으로 변해 반 바퀴 날아오르던 검이 조소수의 얼굴을 향해 날아갔다.

조소수의 비검(飛劍)은 고행승의 구리 사발과 충돌한 후 동발을 부수지도 않았지만 땅에 떨어지지도 않았다. 오히려 청강검에 있던 의미를 알 수 없었던 희미한 선들이 맹렬한 충돌의 힘을 빌려 짙어지면서 순식간에 공중에서 다섯 개의 얇은 검날이 되어 나아갔다.

무에서 유를 만들다.

하나가 둘이 되고, 둘이 셋이 되고, 셋이 다섯이 된 조소수의 검.

세 개의 검신이 동발을 피해 고행승의 몸을 향해 나아갔다. 나머지 두 개의 검신은 자신의 몸을 구하러 돌아오지 않고 하얀 장삼 검객의 얼굴로 향했다.

"네가 나를 죽이면 너도 죽는다. 나 조소수는 장안의 어둠에서 여러 해 동안 수행을 했기에 생사 따위는 개의치 않는다. 명산(名山)과 대천(大川)에서 스승의 보호 아래 수행한 너도 죽음을 두려워하지 않는지?"

'챙챙!'

장삼 검객은 죽음을 두려워했다. 갑자기 얼굴이 창백해진 그는 날아가는 자신의 푸른 빛 비검을 강제로 소환했다. 가장 위험한 순간을 맞닥뜨려 자신의 눈을 향해 날아오던 검신 두 개를 겨우 막아냈다. 하지만 그의 손은 떨리기 시작했고 하얀 손등에 시퍼런 핏줄이 튀어나왔다.

고행승이 자신으로 향하는 세 개의 검신을 인지했을 때는 이미 동발을 소환하기에 늦었다. 그는 대신 의미가 모호한 말을 중얼거렸다. 왼손 엄지와 식지에 걸려 있던 염주가 허공에 떠오르며 몸을 둘러싸면서 돌기 시작했다.

'치치치칙…….'

몸 사방으로 불꽃이 튀었는데 검날이 염주가 만들어낸 원에 몇 번이나 부딪혔는지 알 수 없었다.

이 모든 것은 찰나와 가까운 시간에 벌어졌고, 한 번이라도 작은 실수가 있었다면 세 명의 강자 중 누군가는 피를 튀기며 죽음을 맞이했을 것이었다. 동발에서 뿜어져 나온 고인 빗물이 아직 바닥에 떨어지지 않았고, 뜰에는 비가 여전히 천천히 내리고 있었다. 그리고 철궁을 들고 있는 당군 정예병들도 여전히 아무런 반응을 보이지 않고 있었다.

'휙! 휙! 휘이휙!'

갑자기 철궁에서 화살이 저택의 대문을 향해 날아갔다. 사실 그들은 가장 빨리 반응을 한 것이다. 다만 수행자들의 공격과 방어의 순간이 평범한 사람들은 인지하지 못할 정도로 짧았을 뿐.

수십 개의 화살이 날아갈 때 다섯 개의 검신은 두 수행자와 싸우고 있었다. 대검사에게는 이 순간이 가장 위험한 순간.

'번쩍.'

조소수로 향하던 수십 개의 화살 주위가 갑자기 밝아졌다. 동시에 날아드는 화살은 하나둘씩 부러지고 있었다. 녕결은 도병을 두 손으로 꽉 쥐었다.

그의 손목과 팔뚝의 근육이 상상할 수 없을 속도로 이완과 수축을 반복하며 박도를 회전시켜 마치 은빛 방패처럼 만들어 화살을 막아낸 것이다.

수십 개의 화살이 만들어내는 전우(箭雨, 화살비).

녕결의 칼 놀림이 아무리 좋다고 해도 모든 화살을 막아낼 수는 없었다. 하지만 그는 예리한 눈빛을 내뿜었다. 마치 초원을 날아다니는 매와 같은 눈빛. 그는 그 짧은 시간에 모든 상황을 뚜렷하게 보고 매처럼 냉정하고 감각적으로 예측하고 반응하여 자신과 조소수에게 날아오는 화살을 정확히 쳐냈다.

수많은 사투를 겪어온 소년. 그 공포와 두려움을 통해 다듬어진 위험에 대한 민감함과 정확한 판단력. 어떤 화살은 그의 귓불을 스치고 그의 옷자락을 뚫었지만 어느 화살도 그 둘에게 상해를 입히지는 못했다.

"진격!"

당군 정예병 지휘관이 명했다. 철궁을 쏜 정예병들은 일사분란하게 두 개의 조로 나뉘었다. 한 조는 활시위에 화살을 올리고 십여 명으로 이루어진 나머지 조의 군사들은 칼을 뽑아 정문 쪽으로 돌진했다.

"으아아악!"

화살의 위협사격을 받으며 돌진한 용감한 군사 하나가 양손에 칼을 들고 높이 뛰어오르며, 마치 꺾을 수 없을 것 같은 기세로 녕결의 머리를 향해 칼을 내리찍었다. 검은 복면 밖으로 드러난 녕결의 두 눈이 살짝 감겼다. 그는 상대의 칼은 보이지도 않는다는 듯이 자신 앞에 있는 비에 젖은 땅을 바라봤다.

'번쩍, 번쩍.'

녕결의 칼은 자신의 다리로 날아오는 마지막 두 개의 화살까지 정확히 쳐냈다. 그 후 그의 손목이 뒤집어졌다. 칼의 섬광이…… 갑자기 도광이 사라졌다. 밤에 움직이던 도광이 사라진 것은 단 하나의 가능성.

칼이 멈췄다.

칼은 덤벼들던 군사의 목에서 멈췄다. 박도는 그 사람의 목 절반쯤 깊숙이 박혀 있었다. 도신은 피부와 골육 사이를 갈라서 단단히 박혀 있었다. 그 틈 사이로 핏물이 흘렀지만 점점 더 거세지는 밤비에 빠르게 씻겨나갔다.

왼손은 도병의 가장 아래쪽을 잡고 오른손은 도병 위쪽을 반대로 쥐고, 허리는 여전히 숙인 자세로 그의 눈은 여전히 비 한 방울이 청석 바닥에 꽃을 피우는 모습을 바라보고 있었다.

시간이 멈춘 듯 보였지만 시간을 멈출 수는 없었다.

녕결이 번개처럼 왼팔을 잡아당기자 금속과 목뼈의 마찰음이 들렸다. 당군 군사가 눈도 감지 못한 채 쓰러지는 동안 녕결은 칼자루를 다시 움켜쥐고 뛰어올라 두 번째 적의 숨통을 끊었다. 녕결은 두 손을 교차하여 칼의 긴 손잡이를 잡고 범처럼 아주 작은 범위에서 쉴 새 없이 움직였다. 칼을 휘둘러 왼쪽에서 달려오는 적을 찌르고 몸을 돌려 빗물과 함께 또 한 명의 목과 복부와 어깨를 베었다.

순식간에 당군 정예병 넷이 죽었다. 시체에서 핏물이 사방으로 흘러 녕결은 마치 피의 웅덩이에 홀로 서 있는 것 같았다. 달려오던 나머지 정예병들이 멈칫하며 당황하기 시작했다. 녕결은 여전히 도병을 쥔 채 흐트러진 검은 복면을 정리했다.

규율이 엄격하기로 유명하고 천하에서 가장 강한 대당 군대. 그중에서도 정예병. 그들은 잠시 멈칫했지만 철수 명령이 내리기 전에 후퇴할 수는 없었다. 목숨 같은 군령을 가슴에 품은 그들은 다시 무모하게 달려가기 시작했다.

'휙휙휙!'

화살이 빗소리에 묻혀 소리도 없이 다시 날아들었다. 하지만 동물적인 감각을 지닌 녕결의 귀를 속일 수는 없었다.

'신후노(神侯弩)!'

당군이 가진 가장 무서운 철궁이었다. 한꺼번에 열 개의 화살을 발사할 수 있는 무기. 대당 제국의 천하 정벌 역사에서 무수한 영광을 누린 무기. 심지어 특수 설계로 일반 철궁보다 속도가 매우 빨랐다. 하지만 신후노를 만드는 데 필요한 특수 강철 자재가 점점 줄어들자 안타깝게도 현재는 당군의 기본 무기 체계에서 빠질 수밖에 없었다.

그런데 그 철궁이 뜻밖에 오늘 등장한 것이다.

처음부터 신후노를 쓰지 않은 이유는 수행자인 조소수에게는 이것이 무용지물이었고, 검은 복면을 쓴 소년이 그렇게 강하다고 생각하지 않았기 때문이었다. 그러나 지금은 상황이 변했다. 검은 복면을 타고 빗방울이 한 방울 떨어지는 시간에 녕결은 등 뒤로 손을 뻗어 대흑산을 잡으려 했다. 칼만으로는 신후노를 막아내기 힘겨울 것 같았기 때문이다.

그런데 녕결이 대흑산을 펴기도 전에, 빗소리만 들리던 조 씨 저택에 빗방울이 거문고 줄에 떨어질 때 나는 소리보다 맑은…… 거문고 연주자의 연주보다도 빠른 소리가 울리기 시작했다.

'딩딩딩딩…… 딩딩딩…… 딩딩…… 딩!'

다섯 줄기의 어두운 검영이 어느새 되돌아와 정원에서 돌아다니는 벌떼처럼 빠르게 날아다니며, 화살의 궤적을 정확히 포착해서 하나씩 날려 보내고 있었다. 조소수가 약간 창백하지만 평온한 얼굴로 오른손을 천천히 벌리자, 다섯 개의 검영이 그를 둘러싸고 휙휙 소리를 내면서 엄청난 속도로 원을 그리며 날았다.

무형의 검망(劍網). 그 속에 서 있는 조소수와 녕결.

검망을 구성하는 모든 선은 뚫을 수 없는 전선과 죽음을 의미했고, 빗방울도 정예병도 화살도 그 선을 치워버릴 수는 없었다. 바람이 불고 비가 퍼붓지만 아무도 감히 3장(丈) 남짓한 검망 안으로 들어갈 생각을 할 수 없었다. 용맹한 당군의 정예병이라 해도 죽음을 무릅쓰고 그 속으로 뛰어들 생각을 못했다.

청우루에 있던 고행승과 검객은 호흡을 가다듬었다. 동발과 염주, 푸른빛의 단검이 조용히 그들 몸 주위에 떠 있었다. 남진에서 온 검객이 놀란 얼굴로 조소수를 바라보며 쓴 웃음을 지었다.

"장안성 패거리 두목이…… 동현 대검사인 줄은 생각하지도 못했네. 심지어 한 발짝만 더 나아가면 지명의 경지에 오를 수도…… 이게 바로 대당 제국의 실력이고 저력인가? 하지만 네놈을 죽인다는 것은 당신들 대당 귀인의 생각이야. 넌 이길 수 없어. 그 귀인은 네가 복종하기만 하면 죽이지는 않을 거니까."

조소수는 코웃음을 쳤다.

"너는 내 형제를 죽였다. 넌 항복을 하건 안 하건 반드시 죽는다."

조소수의 단호한 대답에 장삼 검객은 입을 닫았다. 옆에 있던 고행승은 녕결의 낯익은 머리 모양을 보며 물었다.

"소년이여, 너는 월륜국 사람인가?"

녕결은 대답하지 않았다. 조소수는 당군의 정예병들을 보며 사납게 말했다.

"하나는 남진의 대검사, 하나는 월륜국의 고행승. 허나 너희들은…… 대당의 군인들이야. 권력자를 위해 타국과 결탁하다니 부끄러운 줄 알아야지."

정예병 지휘관이 살짝 고개를 숙이며 시선을 피했다.

"이제 이 일을 끝내자."

조소수는 팔을 다시 들어 청우루 쪽을 가리켰다.

'츠츠측 츠측!'

검망을 만들었던 다섯 개의 검신이 날카로운 소리를 내며 청우루로 향했다. 고행승은 재빨리 무릎 사이로 두 손바닥을 내렸고, 공중에 떠 있던 동발과 염주가 그의 몸 주위를 빠른 속도로 돌기 시작했다. 남진 검객도 무슨 말인가를 중얼거렸다. 염력이 기해설산의 모든 혈자리를 통과해 나왔다.

푸른 단검이 번개같이 날아들었다.

"속았다!"

고행승의 눈동자가 갑자기 움츠러들었다. 검신은 다섯 개가 아니라 네 개였다. 검신 하나가 소리 없이 빗줄기를 돌아 나무 기둥을 타고 미끄러져 내려간 후 반 길 높이쯤 되는 곳에서 갑자기 내달렸다.

검신은 마치 뜨거운 태양빛이 하얀 눈을 녹여 들어가듯이 나무 기둥을 뚫고 나와 남진 검객의 머리 뒤에서 나타났다. 남진 검객은 머리 뒤의 한기를 느끼는 순간 거대한 공포심에 사로잡혔다. 재빨리 두 손을 움직였고 그 순간 날아가던 푸른 단검이 휘청하였으나 이미 주인을 구하기는 늦어버렸다.

'푹.'

가벼운 소리와 함께 검신은 그의 뒤통수를 찌르고 다시 목뼈를 뚫고, 마치 살점과 피를 먹는 기괴한 벌레처럼 검객의 몸을 파고들었다.

남진 검객은 눈을 부릅뜨고 빗속의 조소수를 바라보며 그대로 뒤로 넘어졌다. 그는 죽음의 문턱에서 깨달을 수 있었다. 상대방 검의 속도가 자신의 단검보다 훨씬 빠르다는 사실을.

'팅, 팅.'

주인이 목숨을 거두자, 염력을 잃은 푸른빛 단검이 빗물이 고인 바닥에 두 번 튕기더니 더 이상 움직이지 않았다. 하지만 조소수의 피를 머금은 검신 하나는 아직도 피가 고픈 짐승처럼 다른 네 개의 검신과 함께 고행승의 몸으로 향했다.

'팅 팅 팅 팅…… 슥 스스슥……'

비 오는 허공에서 다섯 개의 예리한 검신과 단단한 동발이 쉴 새 없이 부딪쳤다. 염주도 검신과 부딪쳤다. 고행승의 몸 주변에 민들레와 같은 금빛 불꽃들이 피었다가 차가운 바람에 흩어지기를 반복하고 있었다.

얼마나 지났을까.

고행승의 낡은 법복에는 수없이 많은 구멍이 생겼고 그 구멍에서 피가 끊임없이 새어나왔다. 법복은 이미 붉은색으로 변했다.

조소수는 그냥 그 자리에 멈추었다. 다섯 개의 검신은 그의 보이지 않는 손가락처럼 사람을 죽이는 음률을 연주하는 듯했다.

빗물에 씻긴 그의 얼굴은 여전히 평온했지만 이전보다 더 하얗게 보였다. 고행승의 경지와 의지가 그의 예상을 뛰어넘었기 때문이다. 그는 장삼의 앞섶을 들추어 그렇게 폭우 속에 주저앉았다. 조소수는 주먹을 쥐었다.

'펑!'

다섯 개의 검신은 다시 하나로 모아지면서 동발을 찢어발겨버렸다.

바로 그때, 저택 밖에 있던 마차 두 대 중 한 대가 천천히 움직이기 시작했다. 말발굽 소리와 바퀴 소리가 모두 비바람에 묻혀 아무 흔적도 없는 귀신같은 마차가 그렇게 저택의 정문으로 향했다.

다섯 개의 검신이 거대한 하나의 검으로 변하자 빗줄기도 초조해하는 듯이 보였다. 청우루 근처의 빗줄기가 안개처럼 변하기 시작했다. 평범한 검 하나로 보였지만, 실제로는 조소수의 모든 의지를 담은 검.

'팅……!'

찌르고 또 찌르고 더 빠르게 찌르고. 찰나에 수백 번을 찔렀다. 딱따구리가 나무를 쪼는 것보다 빠른 검의 공격은 소리와 소리 사이의 끊어지지 않는 선율이었다.

"저놈도 얼마 못 버틴다. 죽여버려!"

당군 지휘관이 가부좌를 튼 조소수의 안색이 갈수록 창백해지는 것을 알아채고 다급하게 명을 내렸다. 사실 지금 순간 명령을 내릴 필요도 없었다. 고행승마저 죽으면 다시는 상대를 죽일 기회가 없었다. 더 정확히 말하면 반대로 자신들이 모두 죽을 것이 뻔했다.

'휙 휘익……!'

화살비가 다시 쏟아지고 십여 명의 날렵한 사내들이 다시 밀려들었다. 이번 정예병들은 이전보다 더욱 단호하고 겁이 없어 보였다. 절망의 끝에 내몰린 단호함과 용맹함.

하지만 그들은 조소수의 몸에 가까이 가지도 못했다. 그의 앞에서 소년 하나가 그들을 막고 있었기 때문이었다. 녕결은 비가 고인 청석 위에서 쉴 새 없이 움직였다. 이전보다 더 빠르진 않았지만 이전보다 더 무게감이 느껴졌다.

솟구쳐오를 때마다 엄청난 물보라가 튀었다. 물보라가 튈 때마다 정예병이 하나씩 쓰러졌다. 오른쪽 팔꿈치를 꺾자 당군 하나가 무릎이 잘렸다. 녕결이 왼발을 들어 한 명의 사타구니를 세게 걷어차자, 상대는 그대로 바닥에 무릎을 꿇었다. 이어서 칼끝이 아래서 위로 향하며 세 번째 병사의 복부를 찔렀다. 그리고 재빨리 칼을 뽑는 반동으로 허리를 비틀며 또 한 명의 종아리를 베었다. 단순하고 간단한 동작들에 당군 정예병들이 나무토막처럼 쓰러져갔다.

화살이 아무리 촘촘하게 날아와도 칼의 섬광이 아무리 많아도, 그는 시종일관 조소수 앞에서 한 걸음도 물러서지 않았다.

'펑!'

그때, 청우루 방향에서 벽돌이 솥을 깨는 듯한 엄청나게 큰 소리가 들려왔다. 사람들이 시선을 그곳으로 돌렸을 때에는 고행승 앞에 있던 동발은 이미 흔적도 없이 사라져버렸다.

쓰고 있던 갓이 동발의 파열과 함께 갈라지며 얼굴이 드러난 고행승은 절망의 기색이 역력했다. 그는 필사적으로 다시 손바닥을 바닥에 찍었고, 그의 몸 주위를 돌던 염주가 회전을 멈추고 검은 뱀으로 변해 주인의 얼굴로 향하던 청강검을 휘휘 감아 검의 속도를 늦췄다.

조소수는 청우루를 바라보고는 소매 밖으로 드러난 오른손으로 자기 옆에 고인 빗물 한 움큼을 쥐고 몸 앞에 뿌렸고, 청우루 안의 얇은 청강검은 그의 동작에 따라 갑자기 웅웅 소리를 내기 시작했다. 그리고 구름을 뚫고 승천하는 용처럼 앞으로 돌진했다.

'탁탁탁…….'

콩알만한 빗방울이 청석 바닥에 떨어지는 소리. 새로 난 가지가 바람에 부러지는 소리. 청강검을 감고 있던 염주가 끊어지며 사방으로 흩어지는 소리.

고행승은 쓴웃음을 지으며 두 눈을 감았다. 염주를 뚫은 청강검이 그의 미간을 파고 들어갔다. 피가 천천히 배어나오는 순간 쓴웃음마저 사라져버렸다. 그때 녕결은 당군 병사 한 명의 가슴에서 칼을 뽑았다.

'탁탁탁…….'

흩어진 염주 알이 바닥에 힘없이 떨어졌다.

아직 숨이 끊어지지 않은 당군들은 그 소리를 들었다. 가부좌를 튼 중년 남자와 폭우 속에 칼을 든 복면 소년을 보며 마음속에 절망이 가득 찼다.

'달그락 달그락 달그락.'

그 순간 뜬금없이 골목에서 마차 소리가 들리기 시작했다.
조소수의 미간이 미세하게 찌푸려졌다.

한편, 장안 남성 몽 씨가 가장 돈을 많이 벌던 구성(勾星) 도박장은 폐허로 변했다. 집기가 부서지고 도박 도구들이 사방에 널려 있고, 은전을 대신하는 도박용 패쪽은 골목에 흩어져 더러운 빗물에 잠겨 있었다. 길가에는 부인 몇과 아이들이 다리가 부러진 노름꾼 십여 명을 둘러싸고 울부짖고 있었지만 오히려 그들을 때린 그 패거리들을 원망하는 사람은 아무도 없었다.

40여 명의 푸른 상의, 푸른 바지, 푸른 장화 차림의 춘풍정 부하들이 그들 주위에 싸늘하게 서 있었다. 그들은 질서를 유지하는 동시에 남성의 모든 패거리들에게 자신들의 존재를 알렸다.

그들을 이끌고 있는 넷째 제(齊) 씨는 부하로부터 건네받은 푸른 헝겊을 받아 입가에 피를 닦아냈다. 하지만 그의 얼굴에는 득의양양하거나 거만한 기색이 하나도 없었다. 큰형님이 춘풍정에서 강력한 적들의 매복을 외롭게 맞서고 있다는 것을 잘 알고 있었기 때문이다.

똑같은 이야기, 비슷한 장면이 오늘밤 장안성 각 골목에서 끊임없이 발생하고 있었다. 묘 씨가 장악하고 있던 전당포와 기방이 푸른 옷의 사내들에 의해 부서졌다. 또 다른 사내들은 준개의 첩 셋을 제압한 후 그 호화로운 저택을 폐허로 만들었다.

서늘한 봄비가 점점 더 거세질 조짐을 보였다.

* *

오늘밤 장안 암흑가 패거리 각 세력이 관아라는 호피를 입고 동성으로 몰려들어 오랫동안 장안의 강호를 이끌어왔던 춘풍정 조 씨를 공격했다. 하지만 그들은 생각하지 못했다. 그 어두운 밤의 전설이 스스로를 미끼로 삼아 남성 서성의 패거리들이 자신의 구역을 빠져나간 틈을 타서 장안성 전체를 장악하리라는 것을.

그와 그의 형제들은 오늘밤 이후 장안성을 자신들의 손에 쥘 수 있었다. 만약 오늘밤 이후에도 춘풍정의 큰형님 조 씨가 살 수만 있다면.

* *

장안의 북성(北城). 경비가 삼엄하기로 이름난 우림군의 주둔지. 우림군 부대장 조녕(曹寧)은 두 손이 뒤로 묶인 교위 둘을 보고 조롱했다.

"상사위(常思威)? 나도 너를 셋째 상 씨라고 불러야 하나? 비경위(費經緯)? 아니면 여섯째 비 씨라 불러야 하지 않나? 우림군에 어룡방의 우두머리 두 분이 숨어계실 줄이야."

상사위는 성격이 온화한 편이었다. 그는 직속 상관을 보며 부드럽게 미소를 지으며 대답했다.

"정말 모르시는 건지 아니면 모른 척하시는 것인지…… 군에는 딴 주머니를 찬 사람들이 많지요. 제가 알기로는 부대장님도 몽 씨와 묘 씨 패거리에 지분이 있으실 텐데……."

비경위는 조녕을 차갑게 노려볼 뿐 아무 말도 하지 않았다. 조녕은 차분히 차를 두 모금 마시고 말했다.

"이 대화가 무슨 의미가 있겠나? 둘은 보잘 것 없는 교위일 뿐인데 …… 만약 춘풍정 조 씨의 체면만 아니었다면 내가 이런 말을 할 필요가 있었겠는가. 내 허락이 없으면 너희 둘은 이 군영에서 나갈 수가 없어. 그리고 너희가 군영을 나가지 못하면? 춘풍정 조 씨는 오늘밤에 죽는다."

그는 찻잔을 내려놓으며 담담하게 말을 이었다.

"춘풍정 조 씨는 오늘밤 반드시 죽는다. 그러니까 너희들도 곧 쓸모없게 된다."

상사위는 비릿한 미소를 날렸다. 상사위는 입꼬리를 말면서 말했다.

"이미 많은 사람들이 죽었지만 큰형님은 죽지 않을 것입니다."
"이 세상에 죽이지 못할 사람이 있을까? 우리 대당에서 이렇게 많은 귀인들이 춘풍정의 체면을 세워주려 했는데…… 그가 감히 거절하다니…… 그 많은 귀인들이 그가 죽기를 원하는데 강호인인 그가 도대체 뭘 할 수 있는지 한 번 보자."

말이 끝나자 주렴이 젖혀지며 차가운 바람을 타고 빗방울이 몇 개 들어왔다. 조녕은 급히 고개를 돌리며 크게 꾸짖으려 했다. 하지만 들어온 인물의 얼굴을 보고서 긴장했다. 그는 재빨리 일어나 공손히 예를 올리면서 물었다.

"임(林) 공공(公公, 태감)…… 밤이 깊었는데 어쩐 일로 오셨습니까?"

작은 키에 통통한 체격의 임 공공은 환한 미소를 지었다.

"별일 아닙니다. 오늘밤 우림군이 황성(皇城) 문의 경계 등급을 올렸다더군요. 그래서 무슨 일인지 물어보려고 왔습니다."

그 순간 임 공공은 손이 묶인 두 교위를 알아보고는 눈살을 찌푸리며 물었다.

"무슨 일입니까?"

**

대당 기병 군영의 횃불들이 여러 마리의 말을 훤히 비추고 있었다. 거센 빗물도 그 횃불만은 끌 수가 없었다. 기병 부통령 초인(楚仁)은 맞은편에 서 있는 각진 얼굴의 사내를 보며 소리를 질렀다.

"유사(劉思), 네 이놈! 군영 봉쇄는 군부가 직접 내린 군령이다. 네가 감히 그것을 어기려고 한다면 내가 직접 네 머리를 벨 것이다."

유사라는 사내는 체격이 건장했다. 심지어 말을 타고 있었지만 두 발이 땅에 닿을 듯 보였다. 그는 부통령의 분노를 아랑곳하지 않고 무심한 표정으로 안장의 장창(長槍)을 만지작거렸다. 그는 빗줄기가 만들어낸 밤의 주렴 사이로 장안 동성의 어딘가를 바라보고 있었다.

춘풍정.

유사, 어룡방 서열 다섯째. 춘풍정 조 씨가 검 한 자루에 의지해서 처음 장안성의 강호를 평정했을 때, 조소수 곁에서 한 발자국도 떨어지지 않고 서 있었던 인물. 하지만 그는 오늘 큰형님 옆에서 대신 화살을 막아 줄 수가 없었다.

'형님이 선택한 그놈이 잘해야 할 텐데…….'

그는 천천히 몸을 돌려 군영 입구에 있는 부통령 초인과 그 주위에 있는 군사들을 보며 여전히 무표정한 얼굴로 말했다.

"부통령 대인, 제가 어찌 군령을 거역해서 군영을 나가겠습니까.

허나 십여 년 전, 당신이 직접 나의 진급 서류를 찢은 후부터 전 당신과 언젠가 한 번 겨뤄보고 싶다는 생각을 계속 해왔습니다. 지금 당신이 대결을 받아들일 용기가 있는지는 모르겠네요."

**

황궁의 외지고 조용한 어느 방에서 짙은 하북도 어감의 말소리가 울려 퍼지고 있었다.

"진 씨. 당신은 황실 호위대 소속 아니었나. 비록 일찍 사직했다지만 한번 호위면 영원한 호위. 호위라는 것은 황제의 얼굴과 다름없는데 어찌 이런 세상의 시비(是非)에 참견하려 하는가? 조소수와 친분이 있다는 것은 알지만 오늘밤 일은 귀인께서 직접 계획한 일인 것은 당신도 잘 알 텐데…… 그런데 누가 감히 말릴 수 있단 말인가?"

**

마차는 천천히 멈추었다. 춘풍정 저택까지 불과 십여 장(丈).

멀지도 가깝지도 않은 거리. 보통 사람에게도 크게 의미가 없는 거리. 하지만 동현 경지의 수행자들에게는 서로에게 위험한 범위. 심지어 죽음을 의미하는 거리였다. 검사든 부사든 염사든 그들이 동현 경지에 들어서면 십 장 안의 목표에 대해서는 언제든 공격이 가능했다.

'뚝뚝뚝뚝…….'

거센 봄비가 마차 위에 떨어지고 끌채 위의 건장한 마부를 쉼 없이 때렸다. 이따금 마차의 장막이 바람에 날려 마차 안에 있는 사람의 장삼 한 귀퉁이를 노출시켰지만 그가 누구인지는 알 수 없었다.

마차 안에 있는 이는 고풍스러운 노인. 흰 눈썹이 수심에 가득한 듯 처져 있었고, 얼굴에는 주름이 무성하여 마치 황련(黃蓮)의 오래된 뿌리처럼 처량해 보였다.

소고우(蕭苦雨). 대당 제국 군부가 직접 양성한 인물. 20년 전에 이미 동현 경지에 오른 그는 오늘밤 군령에 의해 남방양관(南方陽關)에서 비밀리에 소환되었다.

마차 밖의 거친 비바람에도 소고우는 마치 아무것도 느끼지 못하는 듯해 보였다. 무릎 위에 올려진 두 손이 미세하게 떨리며 엄지손가락으로 검지와 중지의 손가락 가로마디를 번갈아 누르고 있었다. 두 눈은 감겨 있었고 눈앞은 두꺼운 마차의 장막.

하지만 그는 손가락만으로도 저택의 상황을 정확하게 가늠할 수 있었다. 그리고 폭우 속에 가부좌를 틀고 있는 조소수를 또렷이 느낄 수 있었다.

춘풍정 거리의 빗줄기가 무엇인가 보이지 않는 힘에 의해 흔들리며 기울어지기 시작했고, 아무도 알아차리지 못할 것 같은 천지의 원기 속에서 맺히기 시작했다.

폭우 속 조소수의 두 입술이 굳게 다물어졌다. 오늘밤 준수한 그의 얼굴에 처음으로 숙연한 기색이 드러났다. 그는 마차 안의 염사를 대처하기 위해서 모든 정신을 집중해야만 했다.

'퍽!'

오른손으로 옆에 고인 빗물을 세게 내리치자 흙탕물이 사방으로 튀었다. 그와 동시에 청우루 안 고행승의 미간을 파고들었던 청강검이 고속으로 돌아왔다.

'휙!'

청감검은 청량하게 울부짖듯 한 줄기 빛이 되어, 순식간에 정원을 거쳐 담을 넘어 빗속의 마차로 향했다.

"추!"

마차 안에서 담담한 소리가 울려 퍼졌다.

'웅 웅 웅 웅…….'

청강검은 그 소리에 맞은 듯 빗속에 생긴 무형의 원기 파동에 사로잡힌 듯 담을 넘자마자 갑자기 멈추어 미세하게 진동하더니, 곧 줄 끊어진 연처럼 처량하게 빗물과 함께 땅에 떨어졌다.

'툭.'

그리고 어떤 소리 하나가 마치 시공간을 초월이라도 한 듯 십여 장 떨어진 곳에서 터져 나왔다. 동시에 조소수의 고막과 기해설산혈에서 천둥처럼 세차게 울려 퍼지기 시작했다.

'쿵! 쿵! 쿵! 쿵!'

조소수는 자신의 심장이 보이지 않는 손에 잡힌 것처럼 느꼈다. 심장이 격렬하게 뛰기 시작했고 마치 북처럼 두드려지다가 순식간에 청감검에 대한 통제력을 잃어버렸다. 그리고 이 순간 자신이 아무런 대응을 할 수 없다면 자신의 심장은 마치 북의 가죽이 찢기듯 파열될 수도 있다는 사실을 깨달았다.

'갑자기 어디서 나타난 대염사인가!'

조소수는 재빨리 오른손을 들어 자신의 가슴을 세 번 쳐서 기해설산을 막고, 또 비스듬히 몸을 날려 빗물에 휩싸인 저택 밖 골목으로 날아갔다.

두 발을 땅에 힘차게 디디며 공기 중에 가득 차 있는 원기의 파동을 느꼈다. 음산한 기운으로 자신의 몸 주위에 형성된 무형의 그물을 느끼며 숨을 최대한 깊이 들이마시면서 한 걸음씩 앞으로 나아갔다. 마차를 향해서…….

갈수록 안색은 창백해졌지만 두 눈동자는 오히려 점점 더 빛났다. 평소의 평온함은 이미 굳센 의연함으로 바뀌어 있었다. 한 걸음을 뗄 때마다 주위의 원기 파동이 신체와 정신에 큰 손상을 입혔다. 그가 한 걸음 다가갈 때마다 마차 안의 대염사는 그의 기해에 더욱 더 날카로운 공격을 가했지만 그는 여전히 앞으로 나아가고 있었다.

그는 그 마차에 꼭 접근해야겠다는 일념으로 한 걸음씩 다가갔다. 조소수의 가슴이 뛰기 시작할 때부터 녕결은 이상함을 느꼈다. 거센 빗소리 속에서도 마치 북소리 같은 심장 소리를 들을 수 있었기 때문이다.

녕결은 그 소리가 어떤 염력으로 천지간의 원기를 제어하여 조소수의 심장을 직접 공격하는 것임을 알 수 있었다. 녕결은 지금까지와는 다른 긴장감을 느꼈다. 칼자루를 쥔 손이 차가워졌다.

'어떻게 하지? 진짜 적이 나타났네.'

조소수는 마차로 향하면서 녕결에게 아무런 당부를 하지 않았다. 사실 조소수의 정신은 온통 적에 대응하는 데 써야 했기 때문에 그럴 정신도 여유도 없었다.

녕결은 여청신 노인을 본 적이 있다. 그래서 염사가 얼마나 무서운 존재인지를 알고 있었다. 하지만 그 약점도 알고 있었다.

'약점은 몸이야. 무슨 수를 쓰더라도 염사의 신체를 공격해 명상을

끊어야 해!'

조 씨 저택 정문과 마차 사이는 십여 장 거리. 그 거리에서 대염사는 공격이 가능했지만 보통 사람인 녕결은 그것이 불가능했다.

'어떻게 명상을 끊지?'

생각하는 동시에 청석 바닥을 세차게 내려 찼다.

'퍽!'

사방으로 빗물이 튀었다. 그와 함께 녕결의 몸도 광풍에 휩쓸린 낙엽처럼 조 씨 저택의 정문을 가로질러 허공으로 튀어 올랐다.

'스스스 스슥.'
허공에 떠 있는 상태에서 그는 칼을 등 뒤 칼집에 넣은 후, 그 자세 그대로 목궁을 왼손에 쥐고 오른손으로 화살을 꺼내 마차를 겨냥했다.

'휙 휙 휙 휙!'

화살 네 개가 동시에 번개처럼 쏘아졌다.
허공에 차고 올랐던 녕결의 몸이 다시 바닥에 닿았을 때 네 개의 화살은 이미 조소수를 지나서 날아가고 있었다. 하지만 지금 필요한 것이 속도라면 잠시도 멈칫할 이유가 없었다.

'다다다다…….'

그는 두 발이 땅에 닿자마자 먹이를 향해 돌진하는 범처럼 몸을 앞으로 기울이며 마차로 질주했다. 그리고 또 목궁에 화살을 장전한 후 날렸다.

비오는 밤…… 녕결은 달리고 달리며, 쏘고 또 쏘았다.

**

조 씨 저택 정문과 빗속의 마차 사이에 14개의 화살이 나타났다. 그리고 각각의 빗방울을 관통하며 건장한 마부의 몸을 피해 마차의 장막에 정확히 14개의 구멍을 내며 안으로 들어갔다.

원래 근심 가득했던 소고우의 모습이 더욱 수척해 보였다. 하지만 여전히 그는 눈앞의 공간을 응시하고 있었다. 그 순간 그의 체내에 무한한 염력이 차오르기 시작했다. 은은한 난초향이 마차 안에 가득한 듯…….

번개 같던 화살이 마치 정지된 시간에 진입한 듯 순식간에 모든 속도를 잃었다. 마치 노인 앞에서 정지된 사물이 되어버린 것 같았다. 그렇게 화살 14개가 모두 기이하게 공중에 정지된 채로 떠 있었다. 하나는 소고우의 눈썹에서 3촌 거리에 두 개의 화살은 그의 두 눈 앞에…… 그리고 더 많은 화살은 그의 두 손 앞에서 정지했다.

'툭 툭 툭 툭 툭…….'

정지된 화살이 가볍게 떨어졌다. 마치 마차 밖의 빗물처럼. 빗물에 젖은 나뭇잎처럼. 화살은 모든 살기를 잃은 채 소고우의 발 아래로 떨어졌다. 하지만 소고우가 아무리 강한 대염사라도 그 순간 정신이 분산될 수밖에 없었다. 그의 염력이 천지 원기를 통제하는 데 미세한 틈이 생겼다.

조소수 같은 인물에게는 어떠한 빈틈도 기회로 작용할 수밖에 없었다. 그는 심장의 조임이 살짝 풀리는 것을 느꼈고 기해를 찌르던 통증이 조금 약해짐을 느꼈다. 조소수의 발걸음이 갑자기 빨라지며 마치 낙엽이 날아가듯 마차 앞의 말로 향했다.

'철썩!'

끌채 위의 건장한 마부가 손에 든 채찍을 세게 내려치자 소매 안으로 어두운 황토색의 빛이 스쳐 지나갔다.

'무사(武士).'

연로한 대염사 옆에는 무력이 강한 호위가 항상 존재한다. 녕결도 아는 것을 조소수가 모를 리 없었다. 채찍이 만든 바람이 조소수의 푸른 장삼을 휘날리게 했지만 그는 바람에 날리는 낙엽처럼 부드럽게 채찍을 피했다. 그리고 왼손 검지와 중지로 마부의 몸을 찔렀다. 손끝이 향하는 곳에 빛줄기가 헝클어지며 흰 줄이 나타났다.

마부는 아무렇지 않은 듯 채찍을 허공에 휘감으면서 조소수의 두 손가락을 막았다. 그리고 다시 한 번 채찍을 휘두르는 찰나, 아랫배 부위에 심한 통증을 느꼈다. 마부는 두 눈을 부라리며 자신의 하반신을 보았다. 너무나 평범해 보이는 박도가 이미 그의 뱃속에 깊숙이 꽂혀 있었다.

말 엉덩이 뒤쪽, 끌채 아래쪽에서 비스듬히 위로 찔러진 칼. 조소수보다 조금 늦게 마차 앞에 도착한 녕결이었지만 땅바닥을 한 바퀴 굴러 위치를 잡은 후 정확하게 상대의 연갑(軟甲)을 뚫고 아랫배에 박도를 찔러 넣은 것이다.

녕결은 아무 표정 없이 손목을 뒤집어 돌렸다. 칼에 찔린 것만으로는 상대를 죽음에 이르게 하지는 않는다. 하지만 그는 타고난 살인자였다. 그의 습관적인 동작에 마부의 내장은 엉망이 되었다. 그리고 마부는 자신의 몸을 쉴 새 없이 휘저으며 돌아가는 칼을 보며 공포와 절망의 기색을 띠면서 목에서 꺽꺽 소리를 냈다.

녕결은 상대방의 죽기 직전 표정을 감상할 기분이 아니었다. 그는 손바닥으로 끌채를 딛고 몸을 민첩하게 뒤집어 조소수의 그림자를 따라 그 신비로운 마차 속으로 파고들었다.

마차의 장막이 젖혀지며 차가운 봄비가 안으로 파고들었다.

소고우는 정면으로 지팡이를 내질렀다. 체내의 모든 염력을 동원해 이 까다로운 강호 인물을 죽이려 했다. 하지만 조소수는 빛나는 눈망울로 지팡이를 쳐냈다. 동시에 녕결은 조소수의 무릎 사이로 칼을 뻗어 소고우의 발바닥으로 내질렀다.

"으아아아악!"

소고우는 늙은 짐승처럼 울부짖었다. 하지만 발바닥의 통증으로 잠시 흐트러진 명상을 가다듬었다. 부들부들 떨리는 마른 나뭇가지 같은 손이었지만 온 힘을 다해 아래로 내리쳤다!

'펑!'

녕결은 그 공격을 흘려냈다. 그리고 순간의 기회를 놓칠 리 없는 조소수.

그는 재빨리 노인의 가슴으로 파고들어 상대방의 염력을 분산시킬 일격을 가했고, 발목 근처에서 검은 빛의 비수를 꺼내 상대방의 목덜미를 찔렀다.

'푹!'

한 칼. 두 칼. 세 칼. …… 열네 칼.

조소수는 무릎으로 노인의 몸을 제압하고, 왼손으로 노인의 오른 어깨를 필사적으로 누르며 오른손에 쥔 날카로운 비수로 노인의 목을 끊임없이 찔렀다.

그의 얼굴 표정에 변화는 없었지만 푸른 장삼에는 이미 적흑색 꽃이 피어나고 있었다. 노인의 목덜미에 앙상한 살점 몇 개만 남았을 때 비로소 그는 비수를 거두며 천천히 자리에서 일어섰다.

**

골목 입구의 다른 마차는 줄곧 미동도 하지 않고 거센 봄비 속에 조용히 멈춰 서 있었다. 최초의 혈투에서도 조 씨 저택에서의 전투에서도 움직이지 않았다. 이 마차 안의 젊은이의 얼굴 표정은 조금도 흔들리지 않았다. 조용히 연근 같은 자신의 손가락만 바라볼 뿐.

수행자 세계에는 몇 가지 공인된 법칙이 있는데, 염사는 기본적으로 같은 경지의 검사와 부사를 이기는 것이 그중 하나. 여청신 노인이 북산도 입구 전투에서 이겼던 것처럼.

그런데 오늘밤 전투의 마지막 승패는 뜻밖이었다.

"둘 다 동현 상(上)의 경지인데, 대검사가 대염사를 죽였다?
좀 어처구니가 없네. 조소수, 네놈 정말 대단하구나. 너로 인해
수행자 간의 전투가 다채롭게 되었군."

이 젊은이는 어린 나이에도 이미 친왕부(親王府)의 공봉(供奉, 직위명)이었다.

그는 겉으로는 조소수의 강인함에 감탄했지만 그 눈빛만은 전혀 놀라지 않은 것처럼 보였다. 다만 그는 조소수가 대염사를 쓰러트리기 전에는 자신이 손쓸 가치도 없다고 생각한 것일 뿐이었다.

물론 조소수와 그 이름도 없는 어린놈이 아무리 강할지라도 결국 놈들에게 남은 것은 죽음뿐이라는 생각은 변함이 없었다. 왜냐하면 그는 지명(知命)의 경지 밑으로는 무적(無敵)이라 불리는 왕경략(王景略)이었기 때문이다.

"가자! 내가 친히 장안성 어둠의 전설이 마지막 가는 길을
배웅해 주어야겠구나."

왕경략은 비릿한 미소를 지었다. 진정할 강자를 죽일 때의 흥분이 그의 몸을 감쌌다.

"가자!"

그런데 마차가 움직이지 않았다. 명령에 아무도 대답하지 않았다. 그는 마차 장막을 사이에 두고 천지 원기의 파동을 감지했지만 별다른 기척을 느끼지 못했다. 수상한 사람도 없었고, 골목 안에서 엿보는 다른 인기척도 없었다. 마차 주변이 적막으로 휩싸였고 빗소리가 유난히 요란하게 들렸다. 경계심이 들었지만 그 이유를 찾지 못했다. 그는 손을 뻗어 무거운 마차의 장막을 걷어 올렸다.

'스스슥.'

마차의 장막이 살짝 젖혀지는 순간 모서리가 잘리며 땅바닥에 떨어졌다. 왕경략은 눈을 가늘게 뜨며 오른 손가락을 살짝 튕겨 장막을 흔들었다.

'스슥.'

장막이 다시 잘리며 빗물 속에서 한낱 천 쪼가리로 변했다. 마차 옆에 보이지 않는 칼이 있는 것 같았다. 어떤 수행자의 염력도 감지하지 못했는데 천지의 원기만으로 장막이 움직이는 순간 잘라냈다. 사실 왕경략이 강자가 아니었다면 천지 원기의 그 미세한 변화조차 알아차리지 못했을 것이다.

왕경략의 얼굴이 새하얗게 질렸다. 어떤 의구심이 떠올랐기 때문이었다. 하지만 결국 그의 교만이 알 수 없는 공포를 이겼다.

'펑!'

그는 양손 열 개의 통통한 손가락을 마치 영양분이 넘쳐흐르는 백합처럼 벌렸다. 그리고 순간적으로 강한 파동을 내뿜어 마차의 장막을 걷어냈다.

그는 뭐라고 중얼거리며 마차 밖으로 뛰쳐나갈 준비를 했다. 그러나 그 순간 그는 마치 조각상처럼 굳어버렸다. 마차 밖 골목 입구는 이미 다른 세상으로 변해 있었던 것이다.

그가 마차 밖으로 뛰쳐나오려는 순간 천지간의 사나운 기세를 자극했다. 청석에 고인 빗물이 심하게 떨리더니 다시 허공으로 튀어 올랐다. 마치 정신없이 휘돌아드는 광인(狂人)의 춤사위처럼.

밤하늘이 호천의 작업실로 변한 것만 같았다. 하늘에서 떨어지는 빗방울은 모두 예리한 칼날이 되어 있었다.

'펑 펑 펑 퍼펑!'

마차 지붕 위에 떨어져 지붕이 부서지고 끌채 위에 떨어져 끌채가 산산조각이 났다. 끌채에 매여 있던 두 마리 말은 마지막 울음소리도 내지 못한 채 순식간에 빗방울에 베여 살점으로 나뉘어졌다.

'펑 펑 펑 퍼펑 퍼퍼펑…… !'

수만의 봄 빗방울이 골목 입구에 끊임없이 떨어졌다. 이상하게도 마차에 떨어진 비는 진짜 봄비처럼 부드러웠으며 왕경략의 창백한 뺨에 떨어졌는데도 핏자국 하나 남기지 않았다. 몸 아래 남은 유일한 판자 위에 처참하게 앉아 있는 왕경략은 초라하기 그지없었다. 옷가지는 이미 흠뻑 젖었고 젖은 머리칼은 힘없이 이마에 걸쳐져 있었다.

그는 망연자실하게 고개를 들어 밤하늘에 떨어지는 빗방울을 바라보았다. 추위 때문인지 두려움 때문인지 몸이 걷잡을 수 없이 심하게 떨리기 시작했다. 그는 다시 힘겹게 고개를 숙여 주변의 골목을 훑어보고 청석 바닥 위에서 춤추는 빗물을 보았다.

그는 빗물로 어렴풋이 만들어진 우물 정(井)자 모습을 보고 나지막이 혼잣말을 내뱉었다.

"정자부(井字符)?"

그는 넋을 잃고 고개를 돌려 비오는 밤 상대방의 자취를 찾아보았다. 이미 평소의 교만함과 자신감이 절망과 공포로 변해 버린 후였다.

그는 허리를 숙이며 심하게 기침을 했다. 그리고 갑자기 손으로 옆에 있는 빗물을 세차게 때리며 마치 괴롭힘을 당한 어린아이처럼 울부짖었다.

"말도 안 돼! 어떻게 신부사(神符師)가?"

그가 울부짖는 소리는 빗줄기를 뚫고 골목으로 흩어졌다.

"누가 이 부적을 만든 것이야!"

네 살에 초식, 여섯 살에 감지…… 열한 살에 불혹, 열여섯 살에 동현 경지에 올랐다. 그리고 십여 년에 걸쳐 동현 하(下)에서 동현 상(上)까지. 끊임없는 정진으로 '지명 아래로는 무적'이라는 명성을 얻었다. 왕경략은 수행자 중 천재였다. 물론 불가지지에서 나온 불가지인을 만나기 전까지겠지만.

이것은 왕경략 그도 잘 알고 있었다. 그래서 그는 젊은 수행자 천재라는 칭찬보다 차분하고 노련한 수행자라는 말을 더 듣고 싶었다. 그래서 그는 젊은 나이에 일부러 늘 두세 번 기침을 하곤 했다.

그런데 지금 그는 정말 기침을 하고 있었다. 두려움과 망연자실 때문인가. 그는 골목에서 드디어 모습을 드러낸 마르고 키 큰 도인(道人)을 보았다. 왕경략의 기침 소리가 더욱 심해지면서 떨리기 시작했다.

누추한 도포(道袍)는 기름때로 얼룩져 있었다. 세모난 얼굴에 성긴 수염이 그 노인을 더욱 추잡하고 저속하게 보이게 만들고 있었다. 세외고인(世外高人)의 모습은 찾아볼 수도 없는 도인(道人).

"내가 반나절 만에 이 부적을 그렸는데, 어떠하냐?"

"대당에서 부도(符道) 대가는 십여 명에 불과한데 도포를 입은 것을 보니 호천도 남문의 신부사 네 분 중 하나겠지요. 어르신 같은 분이 반나절에 그린 부적이라면 그 위력은 더 말할 필요도 없을 터. 다만 전 어르신이 왜 저를 죽이지 않으시는지가 궁금할 뿐입니다."

호천도 남문 신부사라 불리는 노인은 손을 가볍게 흔들어 글자를 써 귀찮은 봄비를 쫓아내며 말했다.

"월륜국 고행승, 남진의 검객, 군부의 노인…… 이 인간들이 죽으면 그냥 죽는 거지. 하지만 넌 달라. 내가 명을 받아 널 나서지도 못하게 한 것은 너를 보호하기 위한 것이야."

노인은 눈살을 살짝 찌푸리며 말을 이었다.

"왕경략, 넌 젊은 나이에 이미 지명 경지의 문턱 앞에 서 있지. 실로 매운 드문 일이야. 국사(國師)도 그리 평가했고 서원에서도 소문이 파다하지. 40여 년 후에는 네가 마지막 경지를 돌파할 가능성이 높다고. 우리 대당에서 너 같은 천재가 나오는 것은 쉽지 않아. 그러니 넌 40년 더 살 수 있도록 스스로 노력해야지!"

왕경략의 표정은 끊임없이 변하고 있었다.

"친왕부로 돌아가지 말고 변경으로 가서 3년 동안 속죄하도록!"

이 말을 마친 신부사는 어두운 골목으로 발길을 돌리면서 혼잣말처럼 중얼거렸다.

"춘풍정 조 씨가 개나 고양이도 아니고…… 네놈이 쉽게 죽일 수 있는 존재였다면 십년 전에 내가 벌써 죽였겠지…… 쯧쯧."

**

푸른 소매가 가볍게 펄럭였다. 빗물에 떨어져 있던 청강검이 윙윙 소리를 내며 날아올라 다시 조소수의 손에 들어갔다. 그는 뒤에 서 있는 녕결이 부상을 입지 않았는지 확인했다. 그리고 녕결을 향해 머리를 끄덕였다.

조소수는 검집에 검을 넣고 골목 앞으로 걸어갔다. 춘풍정 골목 입구에 이르러 조소수는 문득 걸음을 멈추고 다시 뒤로 몸을 돌렸다. 그 상태로 골목 어딘가를 응시했다.

한참이 지난 후 녕결은 참지 못하고 물었다.

"아직도 누군가를 기다리는 거예요?"

"그래, 왕경략이라는 사람. 하지만 그는 오지 못할 것 같군."

"왜요?"

"우리 대당에서도 수행 천재가 나오기는 쉽지 않지. 어떤 사람들은 그가 우리 손에 죽는 것을 보고 싶지 않은 것 같네."

"당신은 여전히 자신감이 넘치는군요.
제겐 당신 같은 자신감이 없어요."

녕결은 오늘밤의 연이은 싸움을 떠올렸다. 강한 수행자들을 보았다. 조소수가 없었다면 그는 이미 죽은 목숨이었을 것이다.

"그런데 당신의 마지막 패가 움직였다면 왜 빨리 나서지 않고 이렇게 당신을 죽을 지경까지 내몬 거예요?"

"이미 설명했듯이 그 패가 드러나면 장안성에서 아무도 감히 나서려 하지 않을 거야. 그렇게 되면 이런 짓을 벌인 '그 귀인'들이 무슨 패를 가지고 있는지 그들의 패가 몇 장인지 볼 수 있는 방법은 없어지지…… 나하고 함께 좀 걸을까?"

녕결은 오른 소매로 칼날 위에 맺힌 빗물과 피를 닦아냈다. 칼을 다시 등 뒤의 칼집에 집어넣으며 고개를 가볍게 끄덕였다.

봄비가 많이 잦아들었다.

검집을 움켜쥐고 있던 조소수는 손을 떼었다. 다시 검집에서 벗어난 손은 뒷짐을 지었다. 얼굴은 전보다 약간 창백해졌지만 크게 달라진 점은 없어 보였다. 녕결은 그를 뒤따라 걸어가면서 옷자락을 찢어 왼팔에 난 상처를 묶었다.

두 사람은 비 온 뒤 젖은 춘푼정 골목길을 한 바퀴 돌았다. 마치 사냥 후 자신의 구역을 순시하는 한 쌍의 사자 형제처럼.

다시 정문 쪽으로 돌아왔을 때 조소수의 얼굴에 옅은 피로감이 묻어났다. 그는 장삼 자락을 들추고는 젖은 돌계단에 그대로 앉아버렸다. 그때 살아남은 정예병 몇이 큰 소리를 지르며 그를 향해 돌진했다. 녕결은 칼을 뽑아 그들을 벤 후 무심하게 읊조렸다.

"강호를 떠돌아다니면 어찌 칼을 맞지 않을 수가 있을까……
나는 널 한 칼에 죽이고 널 두 칼에 죽이고……."

조소수는 검집으로 몸을 지탱하며 여전히 돌계단에 앉아 있었다. 하지만 오늘 처음으로 본 녕결의 도술(刀術)을 생각하면서 눈빛이 점점 밝아졌다. 군대에서 배운 칼이라고 했던가. 정확한 시간과 위치 선정, 날카로운 몸놀림. 생사의 고비에서나 배울 수 있는 것들. 묵직하고 간결하고 소박하고…… 가끔은 휘몰아치는 빗방울처럼 기이하고 종잡을 수 없는…… 하지만 칼을 뽑을 때는 최대한 힘을 절약하고, 칼을 내지를 때는 적의 가장 약한 부위를 공격하는…… 그것이 녕결의 도법(刀法)에 깃든 원칙인 것 같았다.

"오늘밤 내가 본 것이 사람을 죽이는 진정한 도법이구나. 그런데 이 친구는 아쉽게도 수행을 할 수가 없네. 그렇지 않다면 대당 제국에서 중요한 위치를 차지할 수 있을 텐데……."

숨을 헐떡거리는 소년을 보며 조소수는 웃으면서 물었다.

"좀 더 분위기 있게 죽일 순 없어? 넌 무슨 살인을 농부가 밭 갈듯이 하나?"

녕결이 몸을 돌리자 어깨에 맨 칼에서 핏물이 흩날렸다.

"밭 가는 게 살인처럼 힘들지는 않죠."

* *

47번 골목의 밤이 깊었다. 노필재의 문이 열렸다가 다시 빠르게 닫혔다. 그 안에서 희미한 불빛이 잠시 별빛처럼 켜졌다가 다시 사라졌다. 녕결은 등에 진 무기들을 내려놓고 대흑산을 싸고 있는 천을 벗겼다. 몸에 걸친 무거운 겉옷을 벗어 상상에게 건네주며 평소처럼 물었다.

"배고파. 국수 다 삶았어?"

상상은 마른 수건을 건네며 기쁘게 대답했다.

"가져다 드릴게요."

따끈따끈한 국수 한 그릇이 녕결 앞에 놓였다. 산초는 여전히 세 알이지만 파는 평소보다 훨씬 많았다. 면 위의 황금빛 달걀부침은 유난히 색깔이 고와 오늘밤 국수는 매우 특별해 보였다.

밭 가는 것보다 힘든 살인. 그 힘든 일을 하고 돌아온 녕결은 상상이 끓여온 국수를 보고 눈이 번쩍 뜨였다. 녕결은 후루룩 소리를 내며 국수를 먹어댔다. 상상은 기분이 좋아 녕결의 젖은 머리를 닦아주었다.

"국물 뜨거우니 너무 급하게 먹지는 마세요."

"음음."

뒤에서 헛기침 소리가 들렸다.

"정말 맛있어 보이네."

사실 조소수는 몇 시진 전에도 같은 말을 했었다. 노필재로 녕결을 찾아 왔을 때……. 상상은 여전히 못 들은 척했다. 하지만 녕결은 달랐다. 그는 국수를 입에 가득 넣고 우물거리면서 말했다.

"저 사람한테도 한 그릇 만들어줘."

잠시 후 상상은 국수 한 그릇을 더 담아 왔다. 조소수는 주위를 둘러보았지만 마땅히 앉을 의자가 없었다. 하지만 그는 개의치 않고 녕결 옆에 쪼그려 앉아 국수를 먹기 시작했다.

그러다가 그는 젓가락질을 멈추고 미간을 살짝 찌푸렸다. 그의 국수에는 산초도 없고 파도 없고 달걀부침도 없었다. 그는 젓가락으로 녕결이 먹던 국수 그릇 가장자리를 가볍게 두드렸다. 녕결은 곁눈질로 보고는 하마터면 국수를 뿜을 뻔했다.

그는 고개를 돌려 상상에게 웃으면서 말했다.

"너무 인색하게 굴지 마. 달걀 하나 부쳐서 올려줘."

상상은 이내 달걀을 부쳐 조소수의 그릇에 담아 주었다. 녕결과 조소수는 같은 곳에서 같은 그릇에 담긴 같은 국수를 먹었다. 그리고 상상은 두 사람과 그리 멀지 않은 곳에 쪼그리고 앉아 있었다.

아무도 말은 하지 않았다.

얼마나 지났을까. 녕결은 빈 그릇을 내려놓고 편안하게 뒤로 몸을 젖힌 후 조소수에게 말을 건넸다.

"내가 죽인 사람이 다섯이 넘었어요…… 너무 인색하게 굴지 마세요. 그리고 상상에게 달걀부침도 해달라고 했어요."

"그래, 이천 냥……?"

"좋아요!"

조소수의 말이 끝나기도 전에 녕결이 받아들였다. 마음은 설레고 있었다.

상상은 작은 주먹을 몰래 움켜쥐며 이천 냥이라는 돈이 얼마나 되는 건지 계산하고 있었다. 상상이 설거지를 하기 위해 일어나자 조소수는 아쉬운 듯 국수 그릇을 그녀에게 건넸다. 마지막까지 손가락을 빨면서…….

조소수의 소매에는 얼룩얼룩한 혈흔이 남아 있었다.

"역시 상처가 가볍지 않군……."

조소수는 자신의 소매를 들여다보면서 중얼거렸다.

"괜찮아요?"

"걱정 마. 내가 동성 골목에서 자라며 얼마나 많은 싸움을 했는지 모를 거야. 그때마다 얼마나 심한 상처를 입곤 했는지……. 매번 그놈들은 피칠갑이 된 나를 보고 다시는 일어서지 못한다고 생각했지만 그때마다 난 다시 일어나 그들에게 치명타를 날렸지."

"싸움밖에 모르는 사내도 수행을 할 수 있다니…… 그리고 이렇게 대단하게 성장했고. 난 정말 열심히 수행하고 싶은데 초경조차 들어가지 못하고…… 호천께서 정말 눈이 멀었나 봅니다."

녕결의 자조 섞인 혼잣말에 조소수는 웃었지만 그 이야기를 더 계속하지는 않았다.

"오늘밤이 지나면 당신의 비장의 패가 드러난다고 했잖아요?"

녕결은 황성 성벽의 한구석으로 시선을 돌리며 말했다.

"그 패는 아마 황궁에 있겠죠. 뒷배가 그토록 든든하니 관아 눈치를 볼 필요도 없었을 테고."
"오늘밤 이후 아마 모든 대당 제국의 사람들이 날 부러워할 것이다."

조소수가 담담하게 말을 이었다.

"그러나 그들은 내가 무엇을 바쳤는지 모르지."
"황궁의 귀인을 대신하여 일을 하려면 뭘 바쳐야 하는데요?"

조소수는 시원하게 웃으며 대답했다.

"그분이 우연히 생각날 때마다 난 속세의 그 사소한 일들을 수없이 처리했지. 아니었다면 난 이미 동현을 뚫고 지명의 경지에 올랐을 것이다."
"그것뿐이에요?"

조소수는 웃음이 다소 엷어지며 대답했다.

"혈기도 바쳐야 하고 일을 할 때 국가 전체의 정국도 고려해야 하고…… 그러려면 때때로 맘이 편치 않을 때가 있어. 상대의 모든 패를 드러나게 하기 위해 수개월을 참는 거지. 그것을 위해…… 내 형제를 지켜주지 못했다."

'탁이…….'

녕결은 자신과 탁이의 관계를 말하지 않고 태연하게 물었다.

"당신 형제가 어떻게 죽었는데요?"

"죽은 형제의 이름은 탁이. 군부의 밀정이었지. 군부가 그를 시켜 내가 월륜국과 결탁했는지 살피라고 했어. 그런데 실제로는 춘풍정에 손을 대기 위한 명분을 찾거나 나에게 직접 죄를 뒤집어 씌우기 위한 짓이었지."

조소수의 얼굴에서 어느새 웃음기가 사라져 있었다.

"형제는 형제. 그는 모든 내막을 내게 말해줬지. 물론 군부를 위해 날 조사하지도 않았고 나에게 죄를 뒤집어씌울 명분을 찾지도 않았어. 하지만 그는 또한 대당의 군인. 그렇게 그는 몇 달 동안 이러지도 못하고 저러지도 못한 채 괴로운 시간을 보냈다."

조소수는 눈을 내리깔았다.

"돌이켜보면 황궁에 계신 그분께 진실을 알렸어야 했어. 그랬다면 설령 똑같이 죽었더라도 그 시간들이 그렇게 고통스럽지는 않았을 거야. 하지만 황궁에 계신 그분께 누를 끼칠 수는 없었어."

녕결은 지나가는 말로 물었다.

"그가 어떻게 죽었는지는 아직 말하지 않았어요."

"이중 첩자는 항상 위험하지. 중립을 유지해도 언제 목숨을 내놓게 될지 모르는데 만약 한쪽으로 기울었다면 죽을 가능성이 더 커지지. 그날 그는 마침내 군부의 기밀을 나에게 알려주기로 결심했었지. 하지만 결국 발각되어 암살당했다."

조소수는 가게 앞 회색 담을 보며 말을 이었다.

"바로 이 가게 맞은편에서."
"그를 죽인 사람이 바로 당신이 조금 전에 죽인 그 남진 검객인가요?"
"맞아!"

조소수는 넝결의 풋풋한 얼굴을 보며 미소를 지었다.

"이제부터 우리는 형제야."

넝결은 웃으며 말했다.

"갑자기? 너무 장난 같지 않아요?"
"한 세상 두 형제. 이런 일은 원래 이렇게 간단한 거야."
"한 세상, 달걀부침 국수 두 그릇."

넝결은 고개를 저으며 말했다.

"형제라는 말은 너무 흔해요. 그리고 제가 아는 이름난 형제들은 누구 하나 먼저 죽지 않으면 마지막엔 서로가 반목했어요. 오늘밤 전 그냥 당신을 돕고 싶었을 뿐이었어요. 물론 돈도 벌고…… 너무 멋진 척하지 말고 생활 속에서 작은 행복이나 찾아보는 건 어때요?"

조소수는 뜻밖이라는 표정을 지었다.

"네 나이답지 않게 세상을 보는 눈이 왜 그렇게 어두워? 정말 네 과거가 궁금해지네. 혹시라도 훗날 내게 털어놓을 마음이 생기면 꼭 날 불러줘. 내가 차 한잔 사지."

"제 과거는 저도 기억하고 싶지 않은데 하물며 다른 사람에게……."

"그럼 달걀부침 국수 말고 네게 삶의 진정한 의미는 무엇이야?"

"삶의 의미? 당연히 일과 사랑 또는 돈과 여자? 그렇게 의미심장하게 웃을 필요 없어요."

녕결은 마침 걸어오는 상상을 가리키며 물었다.

"상상, 홍수초 아가씨 중에 누가 네 마님이 되면 좋겠어?"

"도련님 왼쪽 두 번째 앉았던 아가씨."

"육설 아가씨? 왜?

상상은 진지하게 대답했다.

"얼굴에 분을 곱게 바르고 웃을 때 아주 깨끗해 보였어요. 치아도 하얀 것이 아주 건강한 것 같고. 그리고 몰래 엉덩이도 봤는데 아이도 잘 낳을 것 같아요."

녕결은 고개를 돌려 조소수를 향해 득의양양하게 웃었다. 조소수는 그의 왼쪽 뺨 위에 생겨난 작은 보조개를 바라보며 생각했다.

'매일 가게를 지키고 앉아 어린 시녀와 어떤 기녀가 아이를 잘 낳을지, 어느 기녀를 부인으로 얻는 게 좋을지 논의하는 것이 삶의 의미인가?'

싸움을 하기 위해 노필재를 떠나기 전 문에 기대어 있던 어린 시녀의 모습. 노필재로 돌아온 후 먹었던 달걀부침 국수 그리고 구석에 마치 잊힌 듯 있었던 자신의 모습이 연이어 떠올랐다. 아무도 끼어들지 못할 것 같은 둘만의 자연스러움.

"원래 삶의 의미가 살아가는 그 자체였군."
"시큰한데요…… 그 말은 너무 시큰해요."
"나 간다. 오늘밤 아직 처리해야 할 일들이 남았어. 은자는 내일 누군가 와서 줄 거야. 또 그 사람이 널 데리고 어딜 갈 거고."

녕결은 경계하는 듯한 눈빛으로 물었다.

"안 가면 안 돼요?"

조소수는 가게 문을 열며 단호하게 말했다.

"안 돼."